你是少女

我是阴翳的五脚怪物

暗夜交错中春光乍现

你拿起枪 我成为你的祭献

——《刺槐》

有爱的青春陪伴者

# 狂恋你 2

完结篇

甜醋鱼

著

江苏凤凰文艺出版社
JIANGSU PHOENIX LITERATURE AND ART PUBLISHING

**图书在版编目（CIP）数据**

狂恋你. 2，完结篇 / 甜醋鱼著. -- 南京：江苏凤凰文艺出版社，2021.10（2021.12重印）
ISBN 978-7-5594-5920-6

Ⅰ. ①狂… Ⅱ. ①甜… Ⅲ. ①长篇小说－中国－当代
Ⅳ. ①I247.5

中国版本图书馆CIP数据核字(2021)第093403号

# 狂恋你. 2，完结篇

甜醋鱼 著

责任编辑　王　青
特约编辑　欧雅婷
责任校对　彭　佳
出版发行　江苏凤凰文艺出版社
　　　　　南京市中央路165号，邮编：210009
网　　址　http://www.jswenyi.com
印　　刷　长沙鸿发印务实业有限公司
开　　本　880mm × 1230mm　1/32
印　　张　10
字　　数　391千字
版　　次　2021年10月第1版
印　　次　2021年12月第2次印刷
书　　号　ISBN 978-7-5594-5920-6
定　　价　45.80元

# 目录

# 目录

# 第一章

/

## 阿喃，我是林清野

“快快快！这些桌子放到那儿去！小心点啊，别磕着碰着了，可贵了！碰坏了拿工资可赔不起啊！”徐振凡嗓门大，一走进刺青店就听到他的声音，叉着腰指挥着装修队。

许知喃这些年做出了一些成绩，刺青店生意越来越好，前不久正好碰上旁边两家店铺要转卖，她便买下来了，打通两侧的墙，重新装修，比从前宽敞许多。

“振凡哥。”许知喃给他倒了杯水，“你别忙了，剩下的他们看着做就好了。”

徐振凡喝口水润了润喉咙，眼斜过去，又吼一声：“嘿！桌子腿的漆都给你们磕掉啦！”

装修队一看，还真是，忙道歉：“抱歉抱歉，我们没注意到这儿有东西。”

磕得不算严重，许知喃过去拿手抹了抹：“没事，你们继续吧，辛苦了。”

话音刚落，门口又响起一阵声音。

有人扛着棵四株发财树进来，热热闹闹一声喊：“老板，这是路西河代表刺客店送来的！”

徐振凡笑起来：“这也真是奇了啊，同行竞争对手间还送开业礼物的我真是头一回见。”

许知喃忙碌着又引人过去：“放这儿吧。”安排好后才又说了句，“路大哥人好。”

“他其实特可惜你当初没能去他店里呢。”徐振凡笑道，“不过你不去也是对的，看你现在把店弄得这么好，去了倒可惜了。”

如今堰城的刺青店里头有两家最出名。

一家便是路西河的老牌刺青店——刺客；另一家则是许知喃这家。两年前，许知喃也给取了个正式的店名，两个字——喃喃。

大家也没多想过为什么要取这个店名，这店主就叫许知喃，无非是用自己的名字命名罢了，再正常不过。

说来这店最有神秘感的也还是这老板，一头蓝发，两年多了，从来没见她换过其他颜色。

也有人问过她为什么一直都染着蓝发，她只是笑笑说："觉得好看。"

到下午，装修队总算是结束了最后的工作。

打通两家店后，刺青店空旷气派了许多。

许知喃前年收了几个徒弟，如今技术也都不错，算是小有成就。

早上不少认识的刺青师都来祝贺，到下午店里才重新恢复安静。许知喃重新整理了这几年的设计稿，厚厚一摞，按时间重新排序后放到书架上。

"师父。"李焰走上前，"刚才陈小姐打电话过来，想跟你预约今天晚上的时间。"

李焰是许知喃带得最出众的一个徒弟，挺"朋克"的一个小姑娘。

"今晚啊？"

"嗯。"

"今晚我有事。"许知喃说，"没事，一会儿我自己回复她，你去忙吧。"

"行。"

之前就已经约了今晚和赵茜见面，许知喃重新跟陈小姐约了时间。

到晚上，店里还有两个客人，徒弟在文，许知喃稍微收拾了下自己便提前离开了。

赵茜毕业后一直留在堰城工作，没多久就谈了个男朋友，如今到了谈婚论嫁，让许知喃陪她去试婚纱。

"阿喃！"赵茜已经在商场门口等着了，一见到她，几乎是跳起来冲她挥了挥手。

"你男朋友呢？"

"没让他跟来，试婚纱当然要留点神秘感了。"

许知喃笑笑，和赵茜一块儿进了店。

店员忙迎了上来："赵小姐，欢迎光临。"随后，店员拿出几件之前赵茜看上的婚纱。

"阿喃，你觉得哪件好看？"赵茜转头问。

许知喃瞧了一圈，最后指着其中一件：“我感觉这件比较能显你身材。”

“那就先试这件。”

赵茜跟店员一块儿去试衣间试婚纱。许知喃在沙发边坐下来，另一个店员凑上前问：“小姐，您要不要在我们店挑一件伴娘服呢？”

许知喃还没回答，里头的赵茜听到了：“要要要，我刚忘了给你说了，你快挑件伴娘服，你可是要当我伴娘的！”

店员效率很高，立马拿出店里几身伴娘礼服。

“您看一下，这些都是我们的设计师新设计的款，这件蓝色的会很衬你的发色呢，你皮肤白，穿这样的肯定好看。”

“稍等一下吧，等她出来了再选。”许知喃礼貌地回道。

试婚纱是一件比较烦琐的事。

许知喃坐在外面等，对面就是一面落地镜。

她许久没有剪头发，如今长度已经快到腰了，又是一头蓝发，打了两个卷，像波浪一般。

瓜子脸，皮肤白皙细腻，睫毛浓密卷翘，只抹了点提气色的口红，身上只一件普通的连衣裙，却又精致得像个洋娃娃。

赵茜终于换好婚纱出来。

许知喃说得没错，这件的确很能凸显她的身材，腰线掐得窄，贴合皮肤，修长天鹅颈也露出来。

赵茜又给许知喃挑伴娘服，也觉得蓝色那件不错。

“月月呢？要不问问她喜欢什么样的？”许知喃问。

姜月考研后又准备读博，如今又开始忙了。

“她哪有空啊，白天我给她打了个电话，说就让你挑就可以，反正你俩身高体形都差不多。”赵茜用手肘撞了撞许知喃，凑到她耳边狭促道，“就是胸围你大点儿。”

许知喃朝赵茜的手臂上打了一下。

她最后还是试了那件蓝色的伴娘礼服，一出来赵茜的眼都瞧直了：“阿喃，你这也太好看了吧！”

她不太穿这样正式的礼服，还有些不习惯，扯了下胸前的纱，微蹙着眉：“你觉得可以？”

“太可以了！”赵茜说，“我都迫不及待想看你穿婚纱的样子了。”

许知喃一顿，依旧笑着，没说话。

赵茜也很快反应过来自己说错话了，忙扯开话题聊别的。

确定好了婚纱和伴娘服后，赵茜让店员拍了张她们俩的合照。

“我要发个朋友圈。”赵茜捧着手机，刚要按下发送键，忽然指尖一顿，“不对啊，这样我男朋友也看到了，算了还是不发了，阿喃你发吧？”

“好啊。”

许知喃发了朋友圈，刚退出去便收到顾从望的信息。

【顾从望：你现在在那家店？】

【许知喃：嗯。】

【顾从望：结束了吗，我正好在附近，过来找你。】

许知喃和赵茜在店外等了会儿，顾从望便开车到了。

他如今进入父亲的公司，一身西服，模样标致，车窗一摇下来就有不少人朝他看过去。

他先送了赵茜回家，再送许知喃回去。

许知喃问：“你今天来找我是有事吗？”

“也没什么大事，这不是好久没见了嘛。”

许知喃后来慢慢察觉出了顾从望对自己不一般的情感，从前妈妈也跟她提过，可当时的她并未察觉出来。

直到近几年顾从望不断拒绝家里安排的相亲，也从没谈过一个女朋友，许知喃才隐隐约约察觉出来，可顾从望从来没跟她开过这个口。

“我前些天遇到顾叔叔了。”

“嗯？说什么了？”

“说你一直不谈女朋友呢，他都愁死了。”

“我这才多大，他就是太急了，你妈妈怎么就不催你。”

许知喃一顿，抬手捻起胸前那条项链，手心握着那颗蓝宝石，轻声说：“我有男朋友的啊。”

目送许知喃进屋后，顾从望才自嘲地勾唇一笑。

这两年多来，他哪会不知道许知喃是怎么想的，本也考虑过告白，但如今这情况，他已经再没有可能插足到许知喃和林清野之间了。

他们俩看似分开了两年半，实则早已经密不可分。

十四、关池和季烟三人如今得了空还是会一块儿聚个餐，倒也从来没有因分道扬镳而生疏过关系。

三人买了些食材，一块儿去工作室吃夜宵。

他们其实也不常聚，偶尔聚了也只是去夜宵摊儿上撮一顿，今天难得碰上周五，明天都空着，才来工作室自己煮着吃。

算算日子，也已经有小半年没去了。

“你们谁带钥匙了啊？”季烟问。

关池摇头道：“我没带。”

“我找找啊。”十四把夜宵袋子递给关池，摸了好一会儿兜，里衬都抽出来了，空的。

季烟无奈道：“别跟我说你们都没带啊。”

十四立马反击：“我以为你带了，以前不都你带着的吗？”

季烟道：“我临时换了件衣服，谁知道会三个人都没带啊，得了，要不换地儿？”

骂骂咧咧间已经走到了工作室旁，季烟不抱任何希望地拧动门把，意外地发出“咔嚓”一声——开了。

屋里的光线透出来，在深夜的小巷中打下一道斜斜的光影。

三人皆是一愣。

十四说：“别是进贼了吧？”

他把身旁的季烟拉到身后，刚想自己率先进去，往前踏一步，又停下了，把关池拉过来：“你年纪最大，你上。”

关池翻了个白眼。

他轻轻推开门。

工作室内的灯只剩下一盏是好的，光线昏暗。

便是在这昏暗光线下，他们看到一个人，背对着，背影熟悉又陌生。

季烟喉咙像是被什么糊住了，她想说话，但却开不了口。

眼前这人背影落拓，半倚在窗边，指尖捻着一支烟，烟头猩红火光。

听到动静，他也缓缓侧过头来。

平头，夹烟的手修长骨感。

他被打磨沉淀两年半，身上那点少年气沉下去，眉骨硬朗，棱角分明，只一眼就足够人感受到压人的气场。

几乎不用言语，就能从他身上感受到他这两年半来经受了什么。

他依旧是那样吸睛，但又好像跟从前那个林清野完全不一样了。

最后还是关池最先发出声来，颤抖着：“队长……”

林清野弹了弹烟灰，淡笑：“怎么来这儿了？”

关池提起手里的夜宵袋子，千言万语想问的话都没说出口，完全被他牵着思绪：“打算来这儿聚个会。”

季烟直接哭了：“队长，你怎么回来了也没跟我们说一声啊。”

“哭什么，今天才出来的，没来得及说。”

他表现良好，又因当初的事性质特殊，因此提前释放。

十四和关池也都哭了，两个大男人哭得整张脸都皱起，可怜又滑稽。

两年半来，他们不是没有想过去探监，但林清野从没有同意过。

四人站在屋里，说来奇怪，只有林清野没哭。

十四边哭边问：“队长，你吃饭了没？”

“还没。”

“那正好了。”

十四将食材一一拿出来，季烟去厨房拿出那个已经许久没用过的电磁炉，将汤底倒进去。

很快，汤底烧开，热气带着香味氤氲出来。

关池从沙发底下抽出一箱酒，一副不醉不归的架势。

林清野坐在沙发边，看着三人忙活，电磁炉带来点生活气。

他们边哭边聊，林清野看着他们，神色不变。

那两年半的时光不是白过的，从前林清野身上有很重的少年气，看着比十四和关池更年轻些，现在却是反过来了。

他成熟了，沉淀了。

那点儿从前最为张扬恣意的东西也转化为冷戾，侵略性十足。

聊了许久，季烟才终于敢触碰其中最敏感的那个话题：“你回来后，去见过许知喃吗？”

林清野今晚第一次出现破碎的神色，但也转瞬即逝，只夹烟的手轻顿了下：“她都毕业两年了吧。”

“嗯，现在她那店也开得越来越好了，好像是打通了旁边两家店铺，今天算是正式的重新开业，上午时那附近还挺热闹。”

林清野磕掉烟灰：“是吗？”

“店址也没搬，就在旁边那条街上，你要不要去看看？”季烟问。

这回林清野没说话。

“她这些年和以前变得不太一样了，挺厉害，带了徒弟，刺青店也做出名气来了，长得漂亮，这附近就算不做文身的也都认识她。”季烟说，“哦对，主要她染了蓝头发，大家都知道那家店店主是个蓝头发的小姑娘。”

“蓝发？”

"嗯。"季烟看着他的表情，"也快染了有两年半了吧，没断过。"

他离开多久。

她便染了多久的头发。

也不知是在坚持什么。

林清野沉默着，过了好一会儿，才终于露出了今天晚上第一个真正的笑，很淡，低低地从嗓子里漾开，连带着那冷戾的脸也染上些许温柔。

"那也挺好。"他说。

林清野是什么意思，乐队三人听得出来，也明白为了什么。

季烟问："你真不打算去找她？"

"好好一小姑娘。"林清野靠在沙发上，人有点懒，"就不去祸害人家了。"

季烟急道："队长……"

十四也忍不住道："队长，你不能这么想，你说平川之光这些年染蓝头发干什么，我都不信这跟你没关系，这怎么能叫祸害呢，你是林清野啊，你想干什么就干什么，换别人，从头来过我不信，但你肯定是可以的。"

林清野自嘲勾唇，哼笑了声。

大家这么久没见，不再聊这些，换了个话题。

"你出来的事你爸知道了吗？"

"没，还没来得及跟人说。"

"抽空回去一趟吧，叔叔也不容易。"李烟是后来通过许知喃才知晓了一些他家庭的事，"你离开没多久，他就离婚了。"

这倒是出乎意料，林清野扬了下眉，并未过多反应。

"后面抽空了回去。"他淡声，也不知道心里究竟在想什么。

吃完夜宵，他们没多留，收拾完剩余的垃圾便起身离开。

关池问："队长，你回公寓睡还是在这儿？"

"懒得回了。"林清野又给自己点了支烟，"行了，你们走吧。"

三个人走到门口，十四又回头说了句："队长，之后不管你有什么打算，有用得着我们的地方你尽管提，当初刚拿到金曲奖，你为了我们拒绝那么多邀约，我们都记在心里，不管是什么，就你一句话。"

林清野笑着，摆了摆手。

工作室里又只剩下林清野一人。

林清野抽完那支烟，起身去洗澡。

水珠顺着线条往下落，他看着镜子里的自己，有片刻的恍然。

而后，他缓缓侧过身来，背后的刺青也落了水，线条流畅又细腻，尤其眼睛，格外传神。

他侧着头看了许久，才拎起衣服套上，也不管身上的水还没擦干净。

走出浴室，他翻出手机，开机。

一打开就被一堆乱七八糟的短信轰炸，手机卡住了，动不了。

林清野将手机丢到一边，过去开窗，如今是平头，都省得用吹风机吹头发了，随便吹会儿风就能干。

没几分钟头发就干了，他重新捞起手机，好多 App 右上角都有 99+ 的红圈标志，林清野没这方面的强迫症，也就懒得管了。

微信里也有不少垃圾信息。

许知喃的聊天对话框是置顶的，很容易找到。

里面只有一条信息，确切地说，是一张图片。

林清野点进去时没有多做准备，而当他看到那张照片时就发现自己太大意了。

那是一张许知喃的自拍照，蓝头发的。

看背景像是在浴室，头顶是暖黄色的浴霸灯光，头发还是湿的，大概是刚刚洗完。

蓝发容易褪色，她穿着件白色短袖，肩膀胸前的位置都晕出一块蓝色水迹。

他有两年半的时间没有见到许知喃了，这样猝不及防地看到她，这种冲击太大，让他那颗心脏像是被狠狠攥了一把，有一瞬间连气都透不过来。

说实话，许知喃变了很多。

虽然她从前也漂亮，但现在的漂亮比从前更盛，有更多的东西由内而外地透出来，成为她独有的气质。

温柔又耀眼。

那张照片底下还有三条撤回的信息，他不知道当时许知喃给他发了什么。

林清野看着手机里那张照片许久，然后保存到相册，又点开许知喃的朋友圈。

很巧，许知喃不久前刚发了一条。

照片里是两个人，旁边那个林清野也有些印象，是她从前那个室友，穿着婚纱，而她穿着蓝色礼服，身材玲珑有致，精致得像画，让人移不开视线。

看了两分钟，他把手机重新关机，躺床上睡觉。

可闭着眼却又怎么也睡不着。

他先前说不去祸害许知喃，他的确是真心这么想的，但如今看了她的照片却又忽然忍不住了。

他对许知喃的执念扎根得深。

从前年少轻狂，被她一句无心的话伤害，于是也曾经不管不顾地伤害过她，没有问过她的想法，就直接将她拉入了自己的生活中。

现如今他满身罪恶出狱，未来看不清楚，想放她去过舒服惬意又细水长流的日子，可他又看到了她的照片。

一颗心脏狂跳不止，带着他脱离那个地狱，重新回到现实生活。

第二天一早，林清野便去找王启。

他轻车熟路地到十六楼王启的办公室，推门进入。王启倒是在，抬头看到他，也同样愣住。

林清野最先打破沉默："王叔。"

王启张了张嘴，没发出声来，又咳嗽了声，才说："清野？"

"嗯。"

"什么时候出来的？"

"昨天。"

"你爸知道了吗？"

"没，晚点跟他说。"

"那，许知喃呢？"

林清野笑了声。

不知怎么大家好像都会问他有没有去见过许知喃。

"也没。"

王启一顿，看了他一会儿："那你想过未来打算怎么办吗？"

"我来找你拿之前那份半完工的专辑。"

王启神色一喜："还打算继续吗？"

"先走着看看。"

"有目标就可以，有目标就可以。"王启欣慰道，"你打算怎么做，我可以帮你。"

林清野一笑："王叔，你一个公司董事，不是做慈善的，没必要帮我这样一个连前路都看不清的。"

"你打算自己做？"

"嗯。"

"独立音乐人可费钱了。"王启斟酌着问了句，"你要去找你爸借钱吗？"

"没，我自己之前也有钱，还够用。"

金曲奖获奖的奖金、各种场合商用他的歌也都有版权收入，在酒吧时他的薪酬也开得并不低，再加上当初《我为歌来》那节目的薪酬，林林总总加起来，纵使没有林冠承，他也从来没缺过钱。

“说实话，你说你前路看不清，但我旁观者清，林清野，你知道一个人的天赋有多重要吗？真正想要爬上一个行业的金字塔顶端，天赋绝对比努力更重要，光凭努力也许能分一杯羹，但顶端，想都别想，就是这么残酷。”

林清野在王启的话中慢慢静下来。

他在那样的地方待了两年多，有时候会忘记从前那样光芒万丈、意气风发的自己到底是怎样的。

“你当初能拿到节目的第一名就已经足够证明了，我愿意帮你也不只是因为我跟你爸认识，而是因为你，你是林清野，我知道投资你不会让我失望。”王启说，“想想吧，还是留在公司里，你也能全心投入到你想干的事。”

“说这么久，唱片小样还在吗？”

“不在我这儿。”

“在哪儿？”

“我给许知喃了。”

林清野指尖一顿，抬眼。

王启耸了耸肩：“两年前我就给她了，你想要，自己去找她，肯定没丢。”

林清野不说话，眼底沉下来，黑沉沉的，压着人。

王启问：“不打算去找她了？”

“再说吧。”他答得轻松。

“林清野，我有时候真觉得你挺浑蛋的，至少对人小姑娘来说，你现在这德行就是个浑蛋！”王启指着他说。

林清野靠在椅背上，双手插兜，懒散轻慢，对此不做反应。

“你觉得这样就是对她好了，她心里想的是什么，想要的是什么，等的又是谁，我不信你不知道。”王启说，“你要是那么容易就放下，当初又何必因为她让自己落到那般境地。”

过了很久，林清野才缓声说：“王叔，你不知道，很多人从那个地方出来，受尽鄙夷白眼，根本没法再过回普通人的生活，于是又犯事进去了。”

王启一愣，而后说：“可是你觉得这样就是不祸害许知喃了？那我告诉你，你早已经把她祸害完了，人小姑娘跟你一块儿这么久，又等你两年多，你不去找她，她剩下半辈子也就被你一块儿祸害了。”

“你不去找她，那才叫祸害人家。”王启一字一顿，掷地有声道，“现在只有你能去补偿她。”

林清野眼中闪过一道亮光，他出狱以来第一次露出这样的神色。

但并不是王启第一次见到了。

当初林清野站在门口跟他讲，自己要做专辑，说“想要保护好她，我得自己做出成绩来”时，也曾经有这样的眸光。

王启说：“你要是个男人，就让她往后都过得舒舒服服的，而不是避着她逼她去过没你的日子。”

许知喃接到方侯宇的电话时正在商场。

昨天回去后，她才想起来参加赵茜婚礼还没给对方买礼物，这些年赵茜酷爱收集香水，她便抽空又去了趟商场打算买瓶香水。

店员热情推荐：“您可以试试这款，很符合您的气质呢。”

“不是给自己买的，是打算送给好朋友的结婚礼物。”

“这样啊，那您也先试试这款吧，这是新出的，味道很清新特别，正适合现在的夏天。”

店员在她手腕上喷了一下。

这时候，方侯宇的电话打来了。

许知喃走到另一边：“方叔叔。”

“阿喃，苏遣死了。”方侯宇说。

许知喃一愣。

当初那件事之后，苏遣就一直没有醒来，处于植物人的状态。

“那……”她喉咙发干，“会不会影响到林清野？”

“你不知道吗？”

“什么？”

方侯宇有些诧异：“我也是刚刚跟看守所的同事联系想问问林清野的情况才知道，他已经提前释放了啊，就在昨天。”

许知喃一瞬间不会动了，大脑一片空白，脚也死死定在了原地。

提前释放。

昨天。

她怎么一点儿都不知道？

直到挂了电话，许知喃都不知道刚才方侯宇最后说了些什么。

她像是被一道雷电直接击中，手指也止不住地开始发抖。

店员看她挂了电话一直站在那儿没动，便上前问：“您要不要再试试香，现在前调已经过去了，味道会更好闻。”

许知喃回神，黑睫颤抖得飞快，好一会儿才重新稳下心神。

她抬起手腕，细嗅了下。

店员在一旁解说："这是一款中性香，但也特别有小女生的感觉，中调是柠檬和甜橙，到尾调就会有槐花香，清新中带点涩，也比较特别。"

许知喃也同样闻到了压在最底层的尾调，槐花香透出来。

她忽然犯了恶心，像是应激反应，恶心感来得迅速，她捂着嘴偏过头干呕了下。

店员一愣，以为她这是晕香反应剧烈，忙拿装了水的喷雾在她手臂上又喷了下，淡化方才的气味。

当初，她被苏遣带到了那废弃楼里，好不容易脱身离开，下楼便看到林清野双手沾血，苏遣躺在他脚边。

当时风卷着路边的槐香轻拂进来。

她在那一刻双腿发软，意识消退，只五官记住了当时的场景。

刺槐的槐花香便是当时的记忆点。

以至于后来每一年刺槐花盛开时，她都容易产生应激反应，像是将当年的刺激转移到了槐花这个寄托之上。

"您没事吧？"店员扶起许知喃。

"没事，抱歉，我先上个卫生间。"

许知喃站在洗手台前，洗干净手腕上残留的香水味，又往脸上泼了把水，这才慢慢喘过气来。

她看着镜子里的自己，面色惨白，眼角也应激反应似的泛红，有些湿润。

许知喃双手撑在洗手台前，她的头发在刚才洗脸时也沾湿了，垂在胸前，很长了，那点蓝映进她眼睛里，渐渐又湿润了。

商场的卫生间进进出出很多人，许知喃就一直站在那儿，有人奇怪地朝她看过去，她也不知道。

时间一分一秒地过去。

她想起来拿出手机，给林清野打个电话。

那一串深深刻在她脑海中却已经有两年半没有拨通过的号码。

她手发着抖，拿着手机贴到耳边，紧张到无法呼吸，每一秒都是折磨。

然后，手机里那串机械女声给了她最终的审判——"您好，您所拨打的电话已关机。"

许知喃平静地拿下手机，熄屏，低着头看着大理石面的洗手台，然后黑睫轻颤，一颗眼泪毫无预兆地掉下来，和洗手台面上的水珠融合在一起，消弭于无。

她忽然被一种前所未有的绝望感包裹，当初高烧醒来知道林清野被判刑时没有，这两年半来每一个难熬的夜晚也没有，直到这一刻。

那个晚上，林清野就跟她说，要是有了别的喜欢的人，可以交往看看。

可经历过他给的，她怎么可能再喜欢上别人。

看过璀璨星河，再看其他人便只是田野中忽闪的萤火虫。

谁也比不上林清野。

所以她在林清野背上刻下了自己，告诉他，你是我的了。

她把自己的后路断了，也把林清野的后路断了，那样的刺青图案洗不干净，他不可能顶着那样的图案再去找其他女孩儿。

可现在他明明已经出狱，却没有来找她。

当时在狱中也是，所有人想要探视，他都没有答应，那样骄傲恣意的少年，不愿让任何人看到自己狼狈的模样。

而现在明明出来了，却联系不上了。

许知喃慢慢在洗手台前蹲下来，哭得无声无息却又悲痛欲绝。

温柔是他，光芒是他，残忍也是他。

等重新收拾好走出卫生间时，已经过了许久。

香水店店员看到折返的许知喃还愣了下。

许知喃刚刚哭过，声音还有点未散的喑哑：“之前最开始试的那瓶经典款你帮我包起来吧。”

“好的，别的还有需要吗？”

许知喃看着刚才那瓶害自己有了应激反应的香水：“这瓶也要。”

店员愣了下：“这瓶吗？”

“嗯。”

买好了香水，许知喃便直接回了店里。

如今她店里生意很不错，因为和路西河的“刺客”不属于同一风格，来她这儿的女孩儿比较多，而路西河那儿的顾客则多是男人。

今天店里倒是有个男人。

许知喃还没推门进去就听到里头的吵嚷声，李焰跟她学了一年多了，是个暴脾气的姑娘，可这回倒也拿那个男人没办法。

那架势反倒像是砸场子的。

许知喃推门进去：“李焰，怎么回事？”

李焰忙小跑到她旁边，拉她到一边，低声说：“师父，这人不讲理，专门欺负咱们店里没男人呢，要在‘那儿’文身。”

“哪儿？”

“那儿呀！”李焰一阵挤眉弄眼。

许知喃听懂了：“那你就给他文，刺青师眼里文哪儿都一样。”

“话是这么说，可他就是别有用心呀。”李焰不服气地跺跺脚，“他一进来也不问自己要文的那个图案哪个刺青师最擅长，就直接说要最漂亮的，我给他说了价格他还嫌贵，一看就是个外行，你说这不是明摆着欺负人吗！”

“而且啊……”李焰朝那男人身上偷偷横了眼，“我刚才听他打了个电话，好像是说他刚出狱，多吓人啊！我都不敢跟他吼，怕惹急了他直接把这店弄成什么凶案现场。”

许知喃看了那男人一眼。

那男人已经在一旁上上下下地打量了许知喃好几通，抬抬下巴：“哎，就你吧，你来给我文身。”

许知喃拍拍李焰的肩膀：“你不是今晚有事吗，先回去吧，这里交给我。”

“能行吗？”

“放心。”

李焰本就赶时间，又叮嘱了许知喃几句便离开了，店里就剩下许知喃和那个男人。

许知喃走上前：“你要文什么样的？”

男人拿出手机：“这个。”

很普通的一个图案，不需要什么技术。

“这样子的图案其实你可以找普通的刺青店做，价格也比较便宜一点，我做的话价格比较高。”

“多少？”

“时价三千，你这个不用一小时，按图计费，八百块钱。”

男人扬起眉，又上下看了她一通：“行，贵点就贵点，漂亮就行。”

“漂亮”两个字加重音。

许知喃没理，开始做准备工作。

男人倒是没再不干不净地说话了，开始跟她套近乎，一会儿问她年龄，一会儿又问她要联系方式。

她戴上手套，拿着文身笔重新走到工作桌边。

与此同时，刺青店门从外面被打开——

门口站了个人。

然后哐哐两声，他抬手砸了两下门。

白衣黑裤，身形落拓。

刺青店的灯光很亮，装修灰黑两色。

他就这么倚在门框边，懒洋洋的。

林清野。

他变样了。

他没看许知喃，而是看那个男人，像是认识，笑得轻慢又嚣张："欸，泡妞之前你倒是先去打听打听这是谁的妞啊。"

样子很痞。

许知喃从来没想到，她和林清野再次见面会是这样的。

她直直地看着他，愣在原地。

旁边的男人看着很怵他，"哎哎"几声，不说话了。

林清野将视线移到许知喃身上，然后笑了："阿喃。"

"我是林清野。"他说。

语气轻松，好像他只是花五分钟去外面买了瓶水。

而不是那漫长的两年半。

如今的刺青店刚刚装修翻新，光线很亮，许知喃能够看清林清野身上脸上的每一处细节，每一处都在此刻刻进她心里，形成永远不会遗忘的烙印。

她第一次见到这样子的林清野。

她从来没见过这样子的林清野。

寸头，一张脸棱角分明，刀凿斧刻般，每一处线条都利落锋利，这会儿懒洋洋地靠在门边，攒着挥散不去的痞气和桀骜。

她在这一刻，仿佛看到从前的林清野，又好像认识了一个全新的林清野。

夜风呼啸而过。

刚才说要文身的男人很没眼力见儿，也没注意到许知喃这会儿神色的变化，还在那儿说，看着还挺快乐："哟，野哥，你也出来了啊。"

林清野没说话，冷冷地看他一眼。

那男人一愣，这才回忆起林清野说的第一句话——泡妞之前你倒是先去打听打听这是谁的妞啊。

他看向许知喃，后者眼圈已经红了。

哎哟……

"这是你的妞儿啊？"男人说话很糙，手往许知喃身上一指。

林清野扬眉："你说呢。"

得。

那男人也没了文身的兴致，花八百块钱泡个别人的妞，这买卖哪个傻子会做。

他摆摆手，悻悻地走了。

刺青店内只剩下许知喃和林清野。

这一天发生的所有事都太有冲击性了。

下午时得知了林清野出狱，她却打不通他的电话，以为他再也不会出现在自己的生命中。

可到了晚上，他就忽然出现在门口，语气轻松，跟她打招呼："阿喃，我是林清野。"

好像他们从来没有那两年半的隔阂。

可分开时，林清野是蓝发，她是黑发。

而重逢时，她是蓝发，林清野是黑发。

两年半的时光鲜明清晰地横亘在如今许知喃的及腰长发以及林清野的寸头上。

许知喃眼圈发烫，一眨眼，大颗的眼泪就砸在地面上。

月亮缓缓从厚重的云层中移出来。

林清野就那么看着许知喃哭，先前脸上的轻松神色渐渐消失了，敛去笑，他站直了，长腿一迈，走到她身边。

他张开双臂，低声道："来。"

可许知喃没动，她红着眼眶掉眼泪，就是不进他的怀抱。

林清野叹了口气，再次向前一步，揽过她，手贴着她的后脑勺将她搂进了自己怀里。

许知喃还挣了下，没挣开，被他更用力地抱住。

她在他怀里流泪。

也不知哭了多久，到后来，林清野那件衣服都湿了一大块。许知喃眼睛哭肿了，这才从他怀里出来。

林清野用手指抹去她的眼泪，说："我回来了。"

许知喃终于确信。

分开两年半，他们没有隔阂。

那两年半在两个人身上都割去一刀，但如今痊愈，肉也长在一块儿，已经分不清哪一处是自己，哪一处又是他了。

今天的刺青店早早关门。

许知喃从架子上给林清野拿了个刺青师用的口罩。

林清野没拿："现在不戴也没事，应该没人能认出我来。"

许知喃坚持，他也就戴上了。

他大概是还没来得及看网络上的情况。

如今议论他的的确是少了，但大家并没有忘记他，至少粉丝从来没有一刻遗忘。

林清野是被打上传奇色彩的人物。

十六岁组乐队，十八岁拿到金曲奖，放弃当时所有橄榄枝在酒吧驻唱四年，二十三岁，他大学毕业，凭借《我为歌来》进入娱乐圈，直接新人拿到冠军，却又在前途一片大好时突然入狱，如今他二十六岁。

许知喃看向店门外的林清野，他仰着头，看着她那块刺青店名灯牌，龙飞凤舞两个字——喃喃。

现在，二十六岁的林清野。

在他身上已经看不出确切的年龄感。

很矛盾，其实他的模样还是年轻的，但内里更深层次的东西却压着他的年纪。

许知喃收回视线，关上店门，又抹了把泪，走到他旁边："你要先跟我回去吗？"

"你现在住哪儿？"

"就那边的小区。"许知喃指了个方向。

"买的？"

"租的。"

这些年许知喃也有了些积蓄，现在她刺青的时价很高，店做出名气后生意也不错，虽然最近砸了大半到扩店装修上，但真要买房，付个普通地段的首付的钱还是有的。

但她就是从没动过买房的念头，林清野不在，她好像总是觉得踩不到实地。

林清野问："没跟你妈妈住？"

"嗯，她在那儿住了那么多年，都是认识的邻居，也习惯了，我店离家太远，晚上回家太晚了，就在那儿租了套房。"

她细细跟他解释，也想弥补这两年半来的点点滴滴，只是刚刚哭过，声音总带着颤。

两人步行回去，穿过小路，到许知喃住处。

她这公寓显然没有林清野的气派，但被她经营得很温馨，阳台上还有个花架，客厅也收拾得干净整洁，挂了幅装饰画。

许知喃从鞋柜里拿了双拖鞋给他，又给他倒了杯水。

林清野在沙发上坐下来。

许知喃坐在他侧边的单人沙发上，忽然问："你什么时候出来的？"

"今天。"

许知喃拿着杯子的手一顿，低下头，哽咽再次泛出来："骗人。"

"阿喃。"林清野静静地看着她，"我不确定我现在还能不能给你我想要给你的生活。"

"可只有你可以给我我想要的生活。"许知喃说。

两人四目相触。

林清野那颗被两年半时光打磨摧残的心被许知喃那些眼泪一点点浸湿泡软了些。

他笑了声："你想要什么生活？"

"我也不知道，但肯定得有你。"许知喃又问，"那你想给我怎样的生活？"

"我俗，就想让你光鲜亮丽的，到哪儿都没人敢给你气受，想买什么就买什么，想干什么就干什么。"

许知喃弯唇："听起来好像也还不错。"

林清野抬眼。

现在的许知喃跟以前的确是不一样了。

他看着眼前的许知喃，她嫌头发长太烦，扎了个马尾，高高束起，有一撮落在胸前，波光粼粼的蓝色。

她依旧是安静温柔的，但也是自信的。

"想要这样的？"林清野问。

"清野哥。"她忽然唤了他一声，这个称呼太久没有说了，以至于她说出口都有些恍惚，又呢喃自语般地重复了遍，"清野哥。"

"嗯？"

"当初是你跟我说的，让我相信你，你是林清野啊。"

一句话，带着林清野回到曾经。

那天初晨，他带着许知喃在十四家的游戏厅通宵，还算硕果累累，他手里提着十个南瓜玩偶。

少年的意气风发历历在目。

“我相信你的，我一直都很相信啊。”许知喃轻声说。

林清野好一会儿没说话，唇线绷直，然后笑了：“我今天去了王叔那儿。”

“然后呢？”

“去找他要专辑，但他说他交给你了。”

许知喃一愣，忽然明白了他的意思：“你，是要重新开始吗？”

“我昨天想了一晚上，我会的不多，从前也没好好读书，唯一对音乐有天赋，也有兴趣，不想就这么放弃。”

当初他是因为什么退出，如今想要再次进入这个圈子，会遭遇怎样的舆论，他和许知喃都清楚。

可再如何艰难，狮王起身，远山震慑，蚍蜉不可撼树。

“不知道能不能成功，但想再试一次。”林清野看着她笑，“也算是对你有个交代吧。”

许知喃走进卧室，那张专辑小样她一直好好收藏着，妥帖地放在一个带密码锁的小铁盒里。

林清野坐在客厅沙发，许知喃站在他面前，伸手过去，指间捏着那张专辑。

林清野垂眸，眼皮跳了下。

恍如隔世。

《喃喃》。

以及封面上的那个自己。

他笑了下，接过，揣进兜里。

手机也在兜里，昨天晚上看到许知喃那条朋友圈后他就直接关机了，今天一天都没开。

林清野将手机开机，边问：“你那个室友要结婚了？”

许知喃一愣：“你怎么知道？”

“昨天看到你朋友圈了。”

“哦……”许知喃坐下来，“我今天给你打电话，你关机了。”

话音刚落，他的手机便开机了，跳出来未接来电提示，而后屏幕又一跳，林冠承打来电话。

林清野看着屏幕上那个名字许久，然后跟许知喃说了声，走到阳台上，接起电话。

他没出声，电话那头的人也没出声。

过了好一会儿，电话那头的人发出一点细微的呼吸声，林冠承还没开口说话就已经先哽咽了。

林清野听着他哭，而后说：“爸。”

“哎。”林冠承应声，“你现在在哪里？”

“见个朋友。”

“明天回趟家吧。”林冠承的声音带着浓浓的哽咽，“我们也好久没见了。”

“行。”他这回倒是答应得很快。

没聊几句便挂了电话，父子俩从前没有什么话题聊，沟通很少，两年半没有聊，便更不知道聊什么了。

林清野推开阳台门，再次走进去。

许知喃不在客厅，他往前几步，在厨房里看到她。

她背对他，站在厨台前，露出的后颈白皙纤细，蓝发分两绺，分别垂在胸前。

“在做什么？”

许知喃回头看他一眼：“你吃饭了吗？”

“没。”

“我也没，我煮个面。”

林清野走到她旁边，靠在厨台上，看着她拿筷子搅动锅里的细面。

“现在会下厨了？”

“我以前也会一点的，就是没机会而已。”许知喃抿了下唇，“之前你没让我碰。”

林清野一顿，回忆起她说的是哪次，低低笑了声，捏着她手腕拉开，接过她手里的筷子：“我来。”

很快，两碗面出锅，他们端到餐桌上吃。

昏黄温馨的吊灯，热气腾腾的面，窗外是万家灯火。

这里才是人间。

林清野轻轻舒出一口气，咬了口面。

“刚才在刺青店，那个男人你认识吗？”许知喃问。

“嗯，里头认识的。”

许知喃一顿，后知后觉地反应过来他口中的“里头”是指什么地方。

她抬眼看林清野，他倒是神色如常，看不出其他丝毫反应，咽下面：“你店里经常会有这种人？”

“没有，第一次遇到这样的，我店里来的女孩儿比较多。”

他几口就吃完那一碗面。许知喃还剩下小半碗，问他："你还要吗？"

"不用，吃饱了。"

许知喃看着他眼角那道疤，手指点了点自己眼睛下边："这个是怎么弄的？"

林清野抬手蹭了下疤："打架。"

"那里？"

他很无所谓地笑："不然呢。"

许知喃眼圈再次转红，低下头，眼泪直接从眼眶砸进了面汤里。

许知喃从前不是个爱哭的人，这两年半来她也很少因为这件事哭了，她把自己弄得很忙，经营着这家店，逼自己不要总去想林清野。

林清野叹了口气，起身坐到她旁边，掰过她的脸，双手捧着，拇指指腹擦掉她的眼泪，温声说："我这不是没事了吗。"

"对不起。"她背佝偻下去，双手挡着脸哭得泣不成声，"对不起，对不起，清野哥，对不起。"

她不断重复着"对不起"。

"如果不是因为我，你就不用遭受那些。你那么好，那么多人喜欢你，对不起……清野哥，都怪我。"

到后来，她躬着背伏在他腿上，哭得几乎崩溃。

这个样子的许知喃，林清野其实很熟悉。

就像是当初时衡去世后林清野的内心，只是他都埋在心底，没有把对不起和自责都说出来。

"没关系阿喃，不怪你。"他把许知喃扶起来，将她搂进怀里，一下一下拍着她的背，温声哄，"不哭了啊宝宝，不用说对不起。"

他在这一声声的"没关系"中，仿佛也看到了当年那个被许知喃无条件偏爱的自己。

她哭到几近虚脱，没力气再收拾餐桌。

林清野将两副碗筷拿进厨房，简单冲洗干净。

时间也已经不早了，林清野拿出那张专辑看了眼，又放回去。

正打算起身离开，许知喃红肿着眼抬起头来："清野哥，你还回去吗？"

林清野脚步一顿，听到她说："你住我这儿吧。"

林清野站在门边，静立半晌笑了："你确定吗？"

"嗯。"许知喃移开视线，没看他，只说，"我这儿的被子都是刚晒过的，睡着比较舒服，你房子那打扫也要时间。"她又忽然想起来，"昨天晚上你在哪里睡的？”

“工作室，随便将就了一晚。”

许知喃蹙起眉。

林清野笑了声：“那就住这儿吧。”

她抿了抿唇，看周围，碗筷已经洗好了，也没有其他可干的事。

林清野倒是神色自若，靠在墙边，双手揣兜，视线淡淡落在她身上，而后问：“你先洗还是我先洗？”

“随便。”她忽然不怎么敢看他，又说，“你先洗吧。”

“行。”他转身进了卧室。

许知喃跟着进去，帮他拿了浴巾毛巾，又从抽屉里翻出一件还没有拆开过的睡袍，再把新的牙刷和杯子给他。

小姑娘一个人生活也都安置得井井有条，每样东西都放得很整洁。

林清野拿着东西进了浴室，门关上，不一会儿，水声响起。

许知喃坐在床边，到这一刻都还觉得像是做梦一般。

从前跟林清野的那些纠葛到此刻都算不上什么，她再也不会去怀疑林清野到底爱不爱自己，也不会觉得没有安全感。

她低下头将脸埋进掌心，缓缓舒出一口气来。

里面水声很快就停了，林清野穿着浴袍出来。

她不敢多看，拿上旁边自己的衣服就低着头进去。

他刚洗完澡，浴室里温度还很高，她的脸也被热气蒸得发烫泛红。

洗了澡，两人换下的衣服都丢在竹篓里，许知喃把衣服塞进洗衣机，而后打开浴室门通风，这才将头发放下来。

她在水池里放满水，准备洗头发。

林清野抽完烟回来，倚在浴室门框边。

她穿了条睡裙，肩上勾着两条蓝色宽肩带，底下是纯棉质地的带小碎花的白色裙摆。

是偏可爱的睡衣，但露出后背两道漂亮的肩胛骨，皮肤白皙细腻，总让人觉得风景无限，便也显出几分清媚来。

林清野看了会儿，问：“怎么洗头和洗澡分开？”

许知喃没注意他是什么时候站在那儿的，吓了一跳，冲掉头发上的泡沫，又戴上一副一次性手套，拿出架子上一瓶蓝色罐子，往手心挤了一大块蓝色黏稠状的膏状体。

“因为要抹这个，弄到身上会有颜色残留的。”

“这是什么？”
“补色剂。”
林清野看着她那一头蓝发。
“还有这种东西呢。”
“嗯。”许知喃笑了笑，“我也是后来才知道的。”
“我昨天看到你给我发的信息了。”
“嗯？”
“那张照片。”
“啊。”许知喃想起来，“那是两年前的了吧。”
“后面怎么还撤回了几条？”

经常染发对头发的损伤是很大的，尤其染蓝色还需要提前褪一遍色。

许知喃的发质倒是一直不错，没有干枯分叉一类的毛病，就是先前有一次伤到头皮了，染发太频繁导致的。

头皮发炎过敏，冒了好几颗红点，碰着就痛。

那天晚上她在家洗头发，洗发水渗进头皮的伤口，直接就痛得流眼泪了。

她那时候状态不好，经常只要眼泪开一个口子就哭得停不下来，她便忽然忍受不了，给林清野发了信息。

明知道他不可能会回复她。

当时昏昏沉沉，到后来也都已经忘记了自己当时发的信息是什么，无非是想他的那些话。

她独自跌坐在浴室满是水的地上，哭完了，擦擦眼泪，又将那几条信息都撤回了。

只剩下那张照片，已经过了两分钟，不能再撤回了。

在那之后，继续频繁染头发肯定是不行了，怕会伤到毛囊，可许知喃就是坚持着那点自己也说不清楚到底为什么的理由，想要保持着那一头蓝发。

后来经理发店小哥提及，才买了补色剂，平时洗头时抹上去就可以，直接当洗发水用都可以，对头发的伤害很小，等黑发长出来了才去理发店一趟。

对于这些事，许知喃说得很轻松，一笔带过。

林清野却始终蹙着眉。

她抹了一遍补色剂，在头发上停留了十来分钟便洗掉。

林清野上前，帮她洗净，冲下来的水都是蓝色的。

他又给她裹上干发巾，拿着吹风机到外面，吹风机声音很响，轰轰的。他指尖轻柔地插进她发丝，给她吹头发。

许知喃头发偏厚，又长，等吹干已经将近二十分钟过去。

两人沉默了二十分钟，等吹完了，林清野才说：“我回来了，以后别染了，黑头发也好看。”

许知喃低着头，手搅到一起，乖乖点头：“嗯。”

他揉了把她的头发：“睡吧。”

床上只有一床被子，好在床还算大，双人床，不会显得太拥挤。

许知喃那种紧张感和无措感再次泛上来，林清野已经绕到床另一边，床随着重量往下陷，他掀开被子坐进去。

许知喃的喉咙空咽了下，慢慢蹬掉拖鞋，小心翼翼地掀开被子一角，也钻了进去。

“关灯吗？”林清野问。

灯在许知喃这边，她又再次爬起来，关掉灯，重新小心翼翼地钻回去。

卧室内漆黑一片。

怎么今天连窗帘都没拉开。

许知喃皱了皱鼻子。

太黑了。

她心跳加速，林清野洗过澡，烟味冲淡，身上是她浴室里沐浴露的味道，和她的混在一起，导致在这漆黑环境下她都分辨不出林清野现在离她到底是远还是近。

胡思乱想之际，林清野说话了：“阿喃。”

“啊？”

“明天我要回一趟家。”

她并不多问，像是无条件支持他所有选择和决定：“好。”

身侧床又往下陷了下，而后一只手臂搂过来，属于林清野的气息扑面而来，他的身子也紧接着贴过来。

许知喃脸颊上也感觉到一点刺，是他的头发，现在很短了。

她缓缓侧过身，面对他，呼吸不自觉放轻了。

林清野将她搂进了怀里。

时隔多年，能再次这样紧密无间地拥抱，也永远是食髓知味，许知喃顾不上羞，往他怀里挤，将脸紧紧埋进了他胸膛，手臂也跟着绕过去，贴着他的背。

她知道那背上有什么，指尖不自觉在上面摩挲。

林清野低笑一声：“想看看自己的作品吗？”

当初文身时就很突然，那之后没多久林清野就被带去接受调查了，她也从来没见过那个文身恢复好后的照片。

她鼻子又有点酸："嗯。"

林清野起身，身子向前倾，越过她打开灯，而后背对着她将睡袍脱下来。

灯光映照下，他背后的少女图案终于展现在她眼前。

许知喃眼眸湿润，指尖轻颤着轻轻抚摸上去。

"让你看不是为了让你哭的。"林清野失笑，重新穿上睡袍，关灯，把人拉进怀里。

"你痛不痛？"她带着哭腔道。

"这都多久了，早就不痛了。"

她皱着张脸："那时候我不该给你文这个的，多疼啊。"

"挺好的，不然我两年半都见不到你，日子都不知道该怎么熬。"

见她又有了要大哭一场的架势，林清野无奈叹气，拍拍她的背，哄道："好了好了，睡吧。"

那一晚上他们什么都没做，只是相拥而眠。

第二天一早，林清野先醒了，一睁眼看到怀里的许知喃，片刻恍惚，而后提了下嘴角，抱着她重新闭上眼，继续睡。

许知喃没有赖床的习惯，只不过大概是在林清野怀里难得能够睡这么踏实，这天便起晚了，被李焰的电话吵醒。

"喂？"许知喃半阖着眼接起电话。

"师父，你今天不来店里吗？"

"来。"她话音一顿，横在她腰上的手动了下，瞌睡瞬间没了。

李焰也觉得她的反应似乎不太正常，联想昨晚店里最后的那个客人："师父，你没事吧？昨天那个大块头没有找你麻烦吧？"

"没有，他后来走了，没文身，店里有事吗？"

"那倒是没有，我就看你今天还没来，打电话问问而已。"

许知喃说："嗯，我洗漱完就过去，你先忙吧。"

挂了电话，身后林清野又贴上来，热气烘着，许知喃没敢动。

林清野声音有些哑："去店里？"

她睫毛忽闪了下："嗯。"

他松开她。

许知喃忙爬起来，逃似的跑进了浴室。

她看着镜子里的自己，脸颊和耳朵都红了，可反倒是更有了些人气儿，不再是从前不温不火的像个没有情绪的娃娃了。

林清野等许知喃洗漱完了才进来。

他昨天那件衣服已经干了，重新穿上。

浴室门窄，许知喃擦肩出去，眼睛都没敢乱瞟。

好在林清野也没提及这个细节故意惹她害羞，尽管刚才那样，他自己肯定也是知道的。

许知喃胡思乱想半天，又忽然觉得不太对劲，以前的林清野可不是这样的性子，在这样的事上他其实挺随意的。

许知喃从前还把他归入了“及时享乐”那一栏，不受束缚，无所禁忌。

她迟疑着，再次朝浴室看过去，少年已经有了男人的轮廓，瘦高落拓。

她视线往下——

只一眼，她迅速转回脑袋，再也不敢多看了。

许知喃去刺青店后，林清野便去找林冠承。

他戴了口罩帽子，一路坐电梯上岷升集团顶层的董事长办公室，外面的助理拦住他：“抱歉，请问您有提前和林总预约吗？”

林清野摘了帽子，看向她。

助理一愣，震惊地看着他，难得失态，愣怔好一会儿才反应过来：“林少爷？”

林清野朝办公室门口抬了下下巴：“他在吗？”

“在的在的，您请进吧。”

林清野跟着助理走进去。

林冠承站在落地窗前，闻声回头，这两年他似乎一下子老了许多，白发也不少。

他看着林清野，张了下嘴，没发出声来。

林清野不自觉站直了些：“爸。”

那两年半下来，很多东西他好像也不像从前那般在意了。

助理退出去，林冠承看了他一会儿：“回来了。”

“嗯。”

“我昨天听你王叔说才知道你已经出来了，也从他那儿知道了你今后的打算，有没有什么需要我帮忙的地方，你想要做音乐，也是个费钱的事儿，爸可以给你投。”

林清野笑了下：“不用，现在钱我够花。”

助理拿着茶水又进来一趟，很快又出去了。

“坐吧。”

林清野在沙发上坐下来，喝了口茶，淡淡地问："听说你离婚了？"

"啊，对，离了有两年多了。"

林冠承年轻时忙着事业，的确对林清野多有疏忽，起初对于傅雪茗在两个孩子中的偏心并未太过注意，毕竟林清野那时候的确算不得乖。

但后来时衡去世后，傅雪茗的偏见偏心就不加掩饰，林冠承当然也看得出来，可他那时候的确是爱着傅雪茗，放不下，也不想去承认这一点，因为承认了这一点也意味着承认了傅雪茗从来都没有爱过他。

他想尽办法想让母子俩缓和关系，可母子俩水火不容的气性却是一脉相承，脾气都硬，谁也不肯低头，一直维持了那么多年这种状态。

林冠承常年夹在两人之间，直到林清野入狱后成了导火线。

他这才认清了自己从前有多可笑，说来也羞愧，他一个年过半百的人了，竟然要等到儿子步入这样的田地才终于认清了自己那卑微的爱情。

林清野并没对离婚内因探究，大概猜得到，也不怎么感兴趣。

"那你现在一个人住？"林清野问。

"嗯。"林冠承点头，"你现在住哪儿？要不要也干脆回家来住？"

林清野笑了笑："我一个人住习惯了。"

他说得稀松平常，林冠承却又是一阵心疼。

林清野是什么时候开始一个人住的呢？

时衡去世时他只有十三岁，没能力搬出去自己住，林清野不是没跟他说过想自己出去住，被他想都不想就否决了，说这么小年纪有什么好出去住的。到后来林清野做了乐队，开始也能赚点钱了就很快搬出去，到拿了金曲奖，那段时间他被捧到高处，算是赚了人生第一桶金，便买了套公寓。

林冠承并不勉强他。

这么多年都没在家住，他不能现在逼林清野回来住。

父子俩没聊几句，林清野便起身准备离开。

"你打算去哪儿？"林冠承问。

"回公寓，要重新处理一下之前那个专辑。"

"我让司机送你回去。"林冠承拍拍林清野的肩膀，拨通内线吩咐了句，又对他说，"之后有什么需要我帮忙的，你尽管说，我毕竟只有你这一个儿子，你都不找我帮忙就没人找我帮忙了。"

林清野往门口走，手臂往后摆了摆，走得潇洒："行。"

司机已经在底下候着了。

刚才林冠承只吩咐了他等着，没说这坐车的竟然是两年前入狱的林家小少爷，不自觉地视线就定在林清野身上，很失礼。

好在林清野没在意。

走到近前，司机才恍然回神，忙给他拉开车门，又很快跑到驾驶座旁上车："小少爷，您去哪里？"

林清野报了自己公寓的地址。

车平缓地驶出。

中途司机手机响了，他拿出来看了眼，刚要挂断，林清野视线扫到备注——囡囡。

"没事，你接吧。"

司机道了声谢，暂时将车停到路边，接通。

林清野突然注意到司机的手机，是他没见过的型号，像是两年半前他看到的新款概念片的样子。

的确，两年半的时间，手机也已经出了新的型号了。

但他昨天跟许知喃相处的时候并没有意识到这一点，他们用的手机是同一个牌子的，也是两年半前当时的最新型号。

但许知喃当初买的那部内存小，昨天林清野还注意到她手机跳出来的内存空间不足 10% 的消息。

林清野忽然意识到，她不换手机的原因。

她这些年挣了不少钱，不至于买部手机都要犹豫。

两年半，内存已经不足还不换的原因只有一个，怕他在"里面"待了那么久，出来后清晰地感觉到和外界的脱轨感。

她在用自己的方式很小心地保护他。

林清野垂下眼，轻轻摇了下头，哼笑一声。

司机已经挂了电话，又跟林清野说了声"抱歉"，继续往公寓方向开。

"等一下。"林清野忽然开口。

司机回头："什么？"

"去手机店吧，我要买部手机。"

车停到手机专卖店外，这个点店里没有其他顾客。

即便有口罩和帽子，但以防万一，他没就这样再次出现在大众的视线中，而是拜托司机帮忙去买。

很快，司机便买了两部最新款的手机回来，将两个袋子和一张卡交给林清野，这才再次出发回公寓。

他已经很久没有玩过乐器了。

手生，也手痒。

走进家门，里面一股太久没有人气的灰尘味，他开窗通风，将那两部手机袋子放到一边，推开一扇门进去，便是他之前放着很多乐器的房间。

林清野拿出那张专辑放进 DVD，按下播放键，第一首歌便传出来。

也许是心境阅历有了转变，他对那歌已经不如从前满意，听完一遍，林清野拿出纸席地而坐，重新进行修改。

弄完这些，他才又走回到架子鼓前坐下。

刚开始已经能明显感觉到手生，林清野舔了舔下唇，鼓槌在指尖转了一圈，重新继续。

一段谱子一连练了十来遍才终于重新找到感觉，等将那些乐器全部上了遍手，外面天色都已经暗了。

许知喃今天有两个预约，都是大活，耗时长，从早忙到晚，到晚上八点才得空吃了晚饭。

李焰还在那儿忙。

由于现在许知喃时价很高，所以有些想刺青又不算太了解刺青的小姑娘还是会找她店里的徒弟来义，许知喃主要还是负责一些精细程度高的大活。

许知喃一个人坐在桌子前，托腮看着面前的手机。

这手机除了顾客的信息，都已经安静一整天了，林清野连个消息都没有。

她点开和林清野的聊天对话框，改为双手托腮。

犹豫。

犹豫。

犹豫。

大概是昨天下午时她那一通打给林清野的电话得到关机的回应，弄得她总有些害怕林清野会再次消失。

尽管她也了解他的脾气，他既然已经迈出那一步回来找她了，之后打算怎么做也应该已经想清楚了，不会再无缘无故地消失。

可她就是想更保险一点，想他索性来跟她一块儿住。

但她一想着早上林清野从背后抱着她时那被硌到的触觉，便觉得脸上发烫。

她和林清野的关系到如今这一步，其实很多关于恋爱的步骤顺序都已经不重要，但她还是不知道怎么开口让他过来和自己一起住，一想就脸红。

许知喃这边正犹豫着，手机忽然响了。

林清野打来的。

她忙接起来，很快出声："喂？"

他愣了下，笑问："接这么快。"

"嗯。"她应声，抬眼看了下周围，还有两个顾客在，总觉得像做贼心虚，垂着头压低声，"怎么啦？"

"来问问你什么时候下班。"

"应该快了，怎么了？"

他说得稀松平常："我已经到家门口了啊。"

他在那头笑了声，低沉的，透过手机传过来，震得她耳朵也有点麻，开口的声音像是抱怨又像是撒娇。

"你早上没给我钥匙，我被锁外面了。"

扑通扑通。

许知喃的心脏逐渐跳得激烈。

她喉咙空咽了下，再也忍不了，唰地站起来："我马上回来！"

李焰被许知喃的动静吓了一跳，抬起头来："师父，你干吗去啊？"

"我突然有个事，下班后你帮我关下店门。"许知喃将东西囫囵扫进包里，急匆匆地就要往外走。

"哦，好啊。"李焰愣怔地点点头。许知喃早就推门出去，跑没影了。

旁边的顾客之前来过几次，也还算是了解这刺青店老板的性子，头一回见她这样，打趣道："怎么，你老板谈恋爱啦，这火急火燎的。"

李焰一本正经道："谈恋爱是不可能谈恋爱的。"

"为什么？"顾客诧异地问，"我以为你师父这种，男朋友能一周换一个呢。"

"那也得她愿意，她要是想的话我估计一天换一个都没问题，反正我做她徒弟都一年多了，也从来没见她对哪个男人有过一丁点的好感。"李焰啧啧几声，摇头晃脑，"难啊，不动凡心。"

许知喃一口气跑到小区楼下，气喘吁吁。

那颗被李焰称为不动的凡心这会儿跳得异常起劲儿。

她租的房子楼层不高，五楼，这旧小区的电梯上下速度很慢，这会儿还卡在顶层。

许知喃等不及了，推开楼梯间的门跑上去。

连着跑了五层，她胸腔剧烈起伏着。

小区很旧，门是墨绿色的那种，门口一个写着“Welcome”的红垫子，走廊上的灯光也不太亮。

他就这么懒洋洋地站在门口，原本视线是垂着的，看着有些落寞，听到声音才抬起头来。

许知喃站在原地，累得迈不动腿，喉咙也干，发不出声音。

刚才跑得太快太急了。

林清野就那么看着她，半晌笑了：“跑回来的？”

“……”

她抓抓头发，终于是透过气来，“嗯”一声，放慢了步子走到他旁边。

开锁进门。

许知喃拿下玄关墙壁钉子上挂着的钥匙串，取下其中一枚递给林清野，抿了抿唇，说：“这是家门的钥匙。”

他接过：“这就给我了？”

“嗯。”

“阿喃。”他揉了把她的头发，“防狼之心不可无啊。”

许知喃睫毛轻颤了下，然后抬眼仰头直直看进他眼睛里，缓声道：“我需要防你吗？”

她能感觉到林清野有些地方不一样了，比如昨晚和今早。

他对她都有点太规矩了。

从前的林清野不是个规矩的人，他太随性了，想怎样就怎样，其实并不太考虑别人，有时也会给人带来压迫感。

但这些他现在都没有了。

不是不想，而是会忍耐了。

许知喃有点搞不懂他心里是怎么想的，却又问不出口这种问题。

林清野被她那清凌凌的眼眸一下望到底，他向来对她那双眸子没什么抵抗力，太阳穴一跳，有细小的电流顺着脊椎蔓延上来。

林清野率先在对视中移开视线，转身进了屋。

许知喃在身后轻轻舒出一口气。

她有点懊恼又纠结，低着头没走几步，脑袋撞上他胸膛，也不知道他是什么时候转过身来的。

许知喃“哎哟”一声，捂着额头再次抬头。

“撞疼了？”

“没有。”

林清野还是在她额头上揉了揉：“送你个东西。”

“什么？”

他提起手里的袋子，是手机。

许知喃这才注意到他手里提着的东西：“怎么买这个了？”

他说得很轻松：“看到就买了，昨天看你那手机内存都不够了。”

“哦，因为我手机里存了很多刺青的照片和视频嘛，以前买的时候感觉 64G 也挺多的了，没想到用用还挺快，我都已经把好多用不上的 App 都给删了。”

许知喃没明说自己不换手机的理由，林清野也没探究到底。

“手机给我。”

她从包里拿出来，递给林清野。

屏幕摁亮。

出现一张林清野的照片，是之前音乐节上粉丝拍的，那时候他也是蓝发，白衬衫、黑裤，手里拿着麦架。

照片的背景是成片挥舞着的荧光棒。

林清野眼皮一跳，视线多停留几秒。

而后，他帮她拿出手机卡，将数据重新导入到新手机里。

弄完许知喃这部手机，林清野又开始弄自己的手机，许知喃坐在他对面，忍不住斟酌着问了一句：“这部手机现在多少钱啊？”

“不知道，让我爸司机帮我进店买的。”

虽然这个型号已经出来有段时间了，但五六千肯定还是要的吧。

两部手机就得上万，也不是笔小数目。

林清野之后继续做音乐还要准备很多东西，前期资金投入量肯定很大，这又一万块钱没了，他还可能不愿意向他爸爸要钱，许知喃皱着眉，开始盘算自己这些年攒下来的小金库。

可隔行如隔山，她也不知道林清野之后到底需要多少钱，自己那点够不够支撑他一段时间。

林清野看到她的表情，再一联想刚才她的问题，瞬间了然这小姑娘脑瓜子里在想些什么。

他看着信息导入进度条不断拉长，故意逗她，忽然说：“后面做专辑买设备挺花钱的，我可能要把我那套公寓卖掉。”

许知喃立马说：“哦，好啊，你可以直接住我这里。”她顿了顿，也觉得自己这小出租屋和林清野那公寓实在是差距太大，登不得台面，又补充，“或者我明天就去中介那儿看看有没有更好一点的公寓。”

林清野抿了下唇，绷住笑：“这个不用，这不是离你店近吗，方便点，挺好。”

许知喃仿佛是生怕他累着：“那你那个公寓要卖掉的话，要不要我帮你盯着，要是有人想来看房，我可以带他们过去。”

林清野随口胡诌：“不用，这个我找别人去弄，你工作也忙。”手机进度条终于全部读完，他收起手机，朝她笑了下，“你能收留我就行了。”

许知喃洗过澡出来，林清野正站在床边打电话。

刚刚打完，他转身看她，说：“你先睡吧，我临时有点事。”

许知喃一愣：“要出去？”

“没，临时需要写个歌而已。”

“我陪你吧。”

他笑：“以前你可没这么黏人啊。”

“没有……就是，我现在也睡不着。”

林清野快步走到她面前，揉了把她头发：“黏吧，小姑娘黏人点儿好。”

两人回到客厅，他拿了纸笔，直接坐在茶几下的白色毛绒地毯上，背后靠着沙发。

而许知喃坐在沙发上，她洗过澡已经换好了睡裙，将腿整个包进去，手臂圈着腿，像个扎根在沙发上的小蘑菇。

夜静悄悄，屋子里安安静静的。

许知喃的陪伴也很安静，就坐在他身后侧，并不说话。

大部分的歌都是先写歌词再写曲，写完歌词研究透，便可以开始找和弦了。

但林清野这晚很有灵感，那两年半带给他的另一项技能便是静心，心安定下来，人也处于放松状态，旋律也不用一条条地想，想出第一条，后面一整段便直接哼出来了。

他全心全意投入，也没跟许知喃说话，等全部写完回头一看，她不知道什么时候已经睡着了。

她抱着腿，下巴抵在膝盖上，睡熟了。

蓝发挡脸，样子却很乖。

林清野看了她很久，渐渐出神，又觉得有些燥热，出去抽烟去了。

一支烟抽完回来，他把那张已经被写得破破烂烂的纸折两折塞进裤子里，将许知喃轻轻抱起，回了卧室。

许知喃不记得昨天自己是什么时候睡着的，醒来才发现已经在床上了，再一睁眼，从敞着的浴室门里看到了林清野，他已经起床了。

她伸手摸了下自己身侧的被褥，还是烫的。

看来昨天他还是睡觉了的。

许知喃看了眼时间，早上七点还差五分钟，她也爬起来，走进浴室，揉着眼，还有点睡眼惺忪："你怎么这么早起床。"

"待会儿出门有点事，你再睡会儿吧。"

"不睡了。"许知喃也一块儿挤进狭小的卫生间内，挤了牙膏开始刷牙，"你昨天几点睡的？"

"凌晨一点。"

"这才几个小时，你睡得够吗？"

"差不多了，特殊时期，时间得节省着点用。"林清野帮她顺了顺睡得乱七八糟的头发，"得让我们阿喃快点过上好日子啊。"

许知喃满嘴牙膏沫，看着他眨了眨眼。

林清野搂着她的腰，在她额头上落下一个吻："走了。"说完便真就走了。

外面门一开一合，屋子里再次安静下来。

许知喃原地愣了许久，才缓缓抬手摸着自己额头，轻轻笑出声。

沈琳琳也是通过王启才得知林清野出狱了的事，当初《我为歌来》她是第二名，但对林清野她并没有丝毫嫉妒，而是惜才。

当初入狱的事她也唏嘘不已，甚至为此掉过几次眼泪。

于是知道后便主动打电话给林清野邀歌，这是她找林清野邀的第二首歌了。

一大早，沈琳琳家的别墅门铃被摁响。

她在裙子外披了条披肩，趿着拖鞋出去开门。

她看到变了样的林清野也同样一愣，而后便是唏嘘，她比他年长几岁，看到他的才华，也为此感到心疼。

"快进来吧。"沈琳琳忙说，给他倒了杯水，"怎么来这么早，已经写好了吗？"

林清野笑了声："不是你说越快越好吗，正好昨晚有灵感。"

写歌这玩意儿，只要有灵感，写起来很快。

"歌词和谱子呢，快给我看看。"沈琳琳迫不及待。

林清野从口袋里抽出一张——破破烂烂的 A4 纸，折两折，已经皱巴巴的了，上面黑色水笔涂涂抹抹好几处，看着乱七八糟的。

沈琳琳看着那坨纸，又看看林清野，确定他不是拿错了。

她后退一步，翘着兰花指指着那纸，目光嫌恶："你把这脏东西给我拿远点儿！"

说完，她却忍不住笑了。

从前林清野就张狂无比，说实话，也不知该说他是没礼貌还是知世故而不世故，叫她一个大前辈都是连名带姓地叫。

沈琳琳的确因为他的才华对他心心相惜，但有时候也实在觉得这人太讨人厌了。

比如现在。

她满心都是想要帮助他，拉他一把，结果这人倒好，拿着这么张破烂废纸就来糊弄她。

可又偏偏觉得这样也挺好，林清野这样的人，就得臭屁点浑蛋点，被生活和挫折压弯脊梁骨那一套悲情路线不适合他。

林清野直接把那纸塞给她："你看看满不满意。"

沈琳琳这才发现，这居然还真是个正经的曲谱。

背面是歌词，正面是谱子，只是涂涂改改的痕迹太多，像是什么涂鸦画。

她神色渐渐认真起来，照着谱子哼出声，一段很好听很缱绻又很温柔的调子，从头到尾都非常顺。

"这是你一晚上写的？"

"嗯。"

沈琳琳看着他说："你说我现在帮你是不是太无私了啊，你这明摆着以后是要跟我抢饭吃的啊。"

林清野扬了下眉。

沈琳琳又结合歌词哼了遍，给了他一个评价："你好像变温柔了。"

他勾唇，不置可否。

"不过好像又没有变，那两年半不容易。"沈琳琳拍拍他肩，"看到你还跟以前一样我还挺欣慰的。"

"我以前什么样？"

沈琳琳回忆一番，说："莽撞，恃才而骄，张扬。"

"听着不是什么好词。"

"其实也不是完全一样，现在的你啊。"沈琳琳笑道，"这叫孤勇。"

乾坤未定，你我皆是黑马。

锋芒被磨平，却从更里层迸发出无限的光芒，单枪匹马又怎样，一腔孤勇又如何。

林清野笑了声，最后跟她道了声谢。

后面几天，林清野将行李搬到了许知喃的出租屋，依旧很忙，经常许知喃都睡着了他还在忙。

到周末，许知喃便回了趟家。

知道林清野在忙，她也没跟他说，独自一人回家。许母还不知道林清野已经提前释放的消息，许知喃也暂时没告诉她，不知道该怎么跟她说现在两人已经住在一起。

一回家，许母已经做好了一桌子的菜。

“我看你好像比前段时间肉乎点儿了？”许母看着她说。

许知喃摸摸脸：“胖了？”

许母笑道：“胖点好，你之前太瘦了，我看你还是读大学那会儿胖瘦正好。”

许知喃去称了个体重，果然胖了两斤。

她长胖变瘦最先就体现在脸上，之前林清野刚刚入狱那段时间她瘦得厉害，脸都快瘦脱相了。

“你现在这样再胖个十斤都没有问题。”许母说，“快去洗个手，我们吃饭了。”

许知喃应声，洗了个手出来。

刚坐下，赵茜突然轰炸了一堆消息过来。

【茜茜：什么情况？？？】

【茜茜：沈琳琳今早突然发了一首新歌，作词作曲两栏的署名都是林清野？？？】

【茜茜：这可是新歌啊！为什么会是林清野？】

【茜茜：他不会是回来了吧？】

【茜茜：微博都炸了，林清野就是林清野，露个名字就直接上热搜第一。】

许知喃点进链接。

热搜第一：林清野复出。

# 第二章

/

我回来了

许知喃指尖一顿，放下筷子。

林清野向来固粉能力很强，从前是，现在也是，因为娱乐圈中从来没有过一个像他这样的，独一无二，粉丝寄托的感情便也更深。

他消失了两年半，粉丝们无处可知他的消息，到沈琳琳这首歌才终于再次看到了林清野的消息。

【啊啊啊啊啊啊啊啊啊！！！哥哥要回归了是吗！！！】

【琳琳姐是见过哥哥了吗，呜呜呜，我们都好想他啊，能不能让他发条微博啊哭了。】

【林清野！老子爱你！！！】

【呜呜呜，歌好好听啊，听到的时候就不知道为什么忽然想到林清野了，结果一看作词作曲居然真的是他，瞬间掉眼泪了。】

【啊！我真的梦回《我为歌来》，我好爱！第一第二名再合作一次吧！】

【我真的好想林清野啊，我哭了，快回来吧回来吧，千万别做幕后啊，有些人就得是站在舞台上的！吃的就是舞台饭啊！】

【我永远爱林清野！！！】

这些是粉丝说的，当然也有反对的恶言恶语。

这都很正常。

林清野的性格向来毁誉参半，从前是，现在经过那样的事后更不用说。

只不过许知喃看到这些话还是需要做心理准备，很容易就心疼。

【滚啊！】

【粉丝是没脑子被虐习惯了，要五官不要三观吗？当初退圈之前那个视频里怎么推倒自己粉丝、凶自己粉丝的都忘了吗？】

【这种坐过牢的人要是都还能回娱乐圈挣大钱，那我也去当明星了哦，门槛也未免太低。】

【林清野粉丝简直最毒最蠢了吧，这都能原谅。】

【沈琳琳脑子也被驴踢了吧，这些年被捧到高处，现在连林清野这种人都敢帮了，我看你还是先管好自己吧。】

……

当初林清野的事出现得很突然，粉丝们也是突然收到媒体爆料说当红新晋歌手林清野被捕接受调查。

一石激起千层浪，又因从前对林清野就有不少批评声音，于是各种猜测怀疑诽谤都冒出来。

林冠承直接给各家报社杂志下了通牒，不许再议论关于林清野的任何事情。

封消息、降热度，减少伤害。

所以后续很多内容都是靠大家脑补的。

只不过林清野被捕后，紧接着又有公告称多年前堰城一直未破的绑架悬案告破，但凶手却重伤入院。

有粉丝为了还林清野清白，去想办法调查了这件事。

之前林清野被指校园暴力时有个女孩儿接受采访还他清白，虽然采访视频对人像和声音都做了模糊处理，但粉丝依旧在一中学校贴吧找到了蛛丝马迹，得知那个女孩子的父亲便是当年调查绑架案的警察。

于是粉丝们一直都认为，是因为那则视频让绑架案凶手和林清野产生了联系。

粉丝们凭借对林清野的信任，不相信他会无缘无故因故意伤人到那一境地，也都相信这一关联绑架案的说辞。

可到底没有确切的证据，这也成了其他黑粉诋毁林清野、嘲笑讽刺林清野粉丝的素材。

许知喃盯着热搜底下的评论许久，有心疼惋惜呼唤回归的，有恶意谩骂讽刺让滚的。

虽然她之前就已经想到会出现这样的情况，但真实看到那些话被放到林清野身上，依旧心疼到难以忍受。

许母注意到她的表情，问："怎么了？"

许知喃说不出"没什么"。

还在大三时母亲就已经给她提过可以找男朋友的事，偏偏如今毕业两年来再也没跟她提过这事，即便周围邻居还撺掇着总想给她安排相亲，也都被许母不动声色地全部拒绝了。

这其中，为了什么，许知喃很清楚。

她低着头，筷子无意识地戳了戳饭粒，低声说："妈，他出来了。"

"什么？"许母愣了好一会儿，"那个孩子？"

许母也不敢多问，不知道两人现在到底是个什么情况，怕触到许知喃的伤心处。

当初许知喃那持续了大半年断断续续的生病，让许母心有余悸。

"嗯。"许知喃说，"我跟他已经见过了，挺好的。"

"哦。"许母松了口气，"那今天怎么没跟他一块儿回来吃饭啊？"

"他最近还挺忙的，就没跟他说。"

"在忙什么？"

"之前他就已经做出来了一张专辑，现在在重新修改准备。"

"那很好啊，他这个年纪能这么快重新站起来不容易，前半生也算是够坎坷了，之后你要多照顾他。"

许知喃点点头，"嗯"了声。

许知喃对妈妈这番话还是有些吃惊的，虽然也知道林清野当年的事和苏遣有关，妈妈知道前因后果必然不会反对林清野，但也没想到她会什么都不多问便说出了刚才那番话。

许母心里明镜儿似的："我啊，以前希望你能找个疼你的对你好的踏踏实实的男朋友，细水长流的。但日子嘛，怎么过不是过，你能开心最重要了，今天看你好像长胖点了我心里还想呢，我们家阿喃好像最近开心点儿了哦。"许母笑了笑，"难怪呢，原来是他已经回来了。"

"不过有一点。"许母声音稍严肃些，"这孩子我虽然没见过，但大概也能猜到他是什么样的性格，你得好好跟他说说，管着他，别再冲动行事。"

许知喃眼圈发烫，忙眨了眨眼，把眼泪憋回去，张开双臂抱了许母一下："谢谢妈妈。"

许知喃暂时没有回复赵茜，等吃完饭刚想回复，赵茜便打来电话，刚接通就一通"炮轰"。

许知喃走到屋外，笑着听她说完："嗯，是回来啦。"

赵茜很气愤："你居然都不跟我讲！什么时候回来的啊？"

"也才没多久，陪你试婚纱的后面一天遇到的。"

"那你们现在到哪一步了啊？"

许知喃停顿了下：“我们挺好的，他最近挺忙的，后面要花钱的地方也多，要把之前的公寓卖掉，所以现在他跟我住一块儿呢。”

赵茜震惊了：“都住一块儿去了？”

“可以啊，阿喃！你可以啊，这速度！说不定最后你比我还更早有宝宝了呢！”赵茜越说越夸张。

许知喃红了脸，轻声说：“我们还不是那样子的啦。”

“你就别骗我了，孤男寡女的，分开两年半，就林清野那样儿的，我懂我懂。”赵茜一脸暧昧。

可他们真的没有啊。

许知喃不知道该怎么解释，索性也就不解释了。

赵茜又问：“那我婚礼那天，你是不是跟林清野一块儿来啊？”

许知喃想了想：“他应该不去。他现在又重新受到关注了，后面还是小心点儿的好。”

“那倒也是，那你记得来啦，可不能见色忘友。”

许知喃笑着说了句“知道了”。

沈琳琳那首歌一经发布就上了音乐 App 实时搜索榜、播放榜第一名，同时，《我为歌来》节目组官微也点赞转发了那首歌。

《我为歌来》当时节目内大家的关系都很融洽，圈内大家也都还算了解林清野入狱的真实情况，再者，如今乐坛一线沈琳琳都已经表态了，他们也没什么好顾及的，纷纷帮忙转发宣传沈琳琳的这首歌。

意思很明显，帮沈琳琳是其次，更重要的是为这首歌的词曲作者林清野声援。

宣传圈拉大了，娱乐圈内和沈琳琳交好的歌手演员都纷纷转发。

反正不管出了什么事都有沈琳琳兜底，帮朋友转发宣传也很正常。

随着宣传规模的不断扩大，林清野的黑粉跳得更加起劲了，恶意辱骂的声音越发响亮。

他的确有污点，恶意也能切中要害，看得许知喃心惊胆战。

今天刺青店一忙完，许知喃就回了出租屋，林清野还没回来。

许知喃没多问他最近到底都在干些什么，只知道是和那张叫《喃喃》的专辑有关。

到了晚上，林清野给她发来一条信息。

【清野哥：还在忙吗？】

【许知喃：已经回家了。】

【清野哥：我在王叔那儿，今天会晚点回去，你先睡吧，别等我。】

他半句没提网络上的恶评，似乎也丝毫没有影响到他的心情。

许知喃回了个“好”，起身往洒水壶里灌了水，去阳台浇花。

最近这花开得越来越盛了。

花期好像也比从前长了。

林清野回来的时候的确已经很晚，客厅灯没关，许知喃给他留灯了。

他放轻脚步进屋，看到卧室床上耸起一团，她已经睡着了，他拿上睡衣直接走进浴室。

他把水调得很小，尽量不吵醒许知喃。

今天去传启娱乐公司跟那些制作人重新讨论了专辑的方向，他如今再听，对之前那一版已经不太满意，所以部分做了推翻，部分做了修改。

这些天都在忙这个。

今天重新录音的过程中还打了架子鼓，很耗费体力，也出了不少汗。

他加快速度洗完澡，套上睡衣，门口响了两下轻轻的敲门声。

许知喃的声音响起：“清野哥？”

软糯又惺忪的，几乎可以想象门外现在许知喃是怎样的状态。

“嗯，怎么了？”

“没事，我就问问是不是你。”

林清野笑了声：“不是我还能是谁。”

许知喃想想也是，点点头，又回去睡了。

林清野穿好衣服便也出来了，绕到另一边爬上床。

“来。”他低低一声。

许知喃便缩进了他怀里，林清野搂住她，低头在她头发上亲了下，很香，黑夜中像蓝色的波浪。

“刚才吵醒你了？”他问。

“没有，我本来去上厕所的。”

“那你现在不上了？”

许知喃这才想起来，自己还没上厕所，可也不想再动了，又往他怀里挤了挤：“算了。”

林清野笑了声：“这还能算了吗？”

她鼓了鼓嘴，咕哝声：“本来就不是很想，现在没感觉了。”

大半夜的，林清野心情愉悦，心想这要是清醒的时候，许知喃应该不会跟他细究这个话题。

他摸摸她脑袋，随便她，没再说话。

当他以为许知喃应该已经睡着之际，她又闭着眼说："你不要把那些人的话放在心里。"

"什么？"

"就那些不好听的话。"

林清野这才后知后觉地反应过来她指的是什么。

他今天一整天一直在忙专辑的事，虽然知道这件事，但也只是扫了一眼就继续忙去了，没太在意网络上是怎么评价他的。

林清野向来不怎么在意大众的看法。

许知喃却替他在意。

他低笑一声，拍拍她的背，无奈道："你还是少看点吧。"

许知喃没回答，在他怀里睡着了。

时间走过一周，赵茜的婚礼到了。

伴娘团六个人，许知喃和姜月是她同学，另外四个都是她家那边的亲戚，表妹表姐们。

六件伴娘服都是上回许知喃试穿过的蓝色礼服。

婚礼直接办在酒店顶层，没有那些婚闹一类的习俗。

赵茜的老公是个程序员，IT 男，头发倒是还算茂密，性格比较内敛，没赵茜那么活泼闹腾，也算是互补。

姜月已经从赵茜那儿听说了林清野的事，搂着许知喃的臂弯站在一边，说："我本来还担心婚礼上你会触景伤情呢，现在倒好了。"

许知喃笑了笑："以前也够让你们担心的了。"

"苦尽甘来嘛。"

两人正聊着天，忽然许知喃肩头被拍了两下，一个身着西装的男人站在旁边："你好。"

许知喃侧头回道："你好。"

"你是女方的朋友？"

"嗯，是的。"

男人笑道："我是男方的伴郎团，刚才就注意到你了，你这头发还挺酷的。"

姜月轻轻撞撞她的肩膀，一脸了然。

许知喃礼貌道："谢谢。"

"你今年几岁啊？"

"二十五岁。"

"哦，我二十七岁，大你两岁。"

赵茜也注意到她们这儿了，跟旁边人说了声，立马提着裙冲过来。

赵茜已经跟男朋友交往两年了，性格又开朗，对男朋友那边的朋友也大多都认识，直接一巴掌拍在了周荣的肩膀上，说："我早发现你刚才就盯着我朋友看了，我跟你讲，人可是美女加富婆一个，想追她，我警告你，你想都别想啊！"

周荣笑道："我怎么了，我很差吗？"

"瞧瞧你那怦怦跳的色心。"赵茜眯着眼，"人家有男朋友了。"

"有男朋友了？"周荣一挑眉，"今天也来了吗？"

"没来。"

周荣似乎是将赵茜那套有男朋友的说辞当作回绝的借口，打趣道："哪有你这样的道理，请人当伴娘，结果连伴娘的男朋友都不请？"

"我说认真的，你瞧瞧她长了张单身的脸吗？"

周荣往许知喃脸上看了眼，的确，这张脸有男朋友再正常不过，可他又总觉得有种拒人于千里之外的感觉，清清冷冷的，不像是有男朋友。

他望着她那一头长发，想不出来她若真有男朋友，到底什么样的男人才能和她相配。

他看得久了点，赵茜直接踮着脚把手挡他眼前，完全一副护犊子的样子。

"让你看你还真就一直盯着看啊！不许看！"

许知喃和姜月都被赵茜逗笑了。

许知喃主动道："我真的有男朋友了。"

周荣一愣："真的？"

她认真地点头："嗯。"

"唉，可惜。"

赵茜立马反驳："可惜个啥！"

婚礼到后半程，长辈和亲戚都走了，剩下些平日里关系好的朋友进行下一轮，这一轮就没那么束缚了，以大尺度的聊天和喝酒为主要活动。

酒瓶转到谁就谁喝酒。

许知喃运气不好，连着被转到两次，到第三次赵茜就直接喊停："不行不行，她不能喝了。"

"哎，不许耍赖啊，都说了转到谁就谁喝酒的，而且这才第三杯，你也拦得太早了。"

赵茜说："人家小姑娘意思意思就行了，酒量本来就不好，她这杯我替她喝行吧。"

大家也不为难："行啊，爽快！"

赵西酒量好，一饮而尽，抹了把嘴，凑到许知喃耳边说："你要不要给林清野发个信息让他过来接你啊？"

许知喃拿出手机，发现十分钟前他就已经给她发了条信息过来了。

【清野哥：什么时候结束？】

【许知喃：还要一会儿，大家在喝酒。】

【清野哥：少喝点，你酒量不好。】

【许知喃：我知道的，没再喝了，你已经在家了吗？】

【清野哥：嗯，快结束了跟我说，我去接你。】

【许知喃：好。】

收起手机，她才后知后觉地开始犯晕了。

刚才那连着两杯喝得太快了，脸上也开始发烫。

也不知道是因为这些年没喝过酒酒量又变差了，还是那酒的度数高，可明明入口酒精味都不太重啊。

许知喃晕乎乎地想。

大家又喝了会儿才结束，许知喃没提前给林清野发信息，不舍得他在外面等，见大家纷纷起身才不紧不慢地给他发了条信息。

他立马回复了。

【清野哥：我到了。】

许知喃一愣，唰地站起来，又晕得晃了一下，被赵西扶住："他到了吗？"

"嗯。"

一群人一块儿走到酒店门口，姜月和一个女生家住得很近，两人一块儿打车回去。

许知喃站在酒店门口，左右看了一圈，没找到林清野。

她从包里摸手机，可晕乎乎的，包又从肩上滑下来，砸在脚边。周荣就站在她旁边，帮她捡起包："你喝醉了吗？"

许知喃接过道谢，回答："有点儿。"

"酒量可真差啊。"周荣调侃。

许知喃没听见，她一抬头，便看到马路对面的林清野。

他站在暗处，只一个影影绰绰的身形，可许知喃只需一眼就能认出他来。

"茜茜，我走了。"

"他来了吗？"

"嗯。"

赵茜寻着她的视线看过去。

同样看不清脸，这是她时隔多年再次看到林清野，变化很大，至少能看出来现在的他是板寸，可就是能感觉到一股气场，林清野的气场。

很独特。

人行横道转了绿灯。

这个点路上几乎没有车。

许知喃往马路对面走，没忍住，刚迈了两步就忍不住跑起来，步子都有些雀跃，一气儿跑到林清野面前站定。

因为喝了酒，她动作笨拙呆萌，歪着脑袋仰头看他。

林清野就这么原地站着，靠在树干上，懒洋洋地垂眸瞧着她。

两人之间隔着一米距离。

片刻后，他屈指弹了弹烟，淡声道："刚刚那人是谁啊？"

这话有点熟悉。

话说出口，林清野也反应过来了，从前他还是大四的时候看到许知喃和一个男生走得近了些，便在学校超市货架边压着她手腕这么问。

许知喃也不知有没有回忆起来。

或者说，她压根儿就没听林清野说话。

她喝多了。

酒精像是在身体里反应，脑袋越发晕了。

行为也不受控，全由着心意。

许知喃忽然上前一步，人挤进他怀里，手臂圈住他的腰，软绵绵又脆生生一句："抱。"

她这投怀送抱来得猝不及防，林清野愣了下，只来得及将指间的烟拿远了些，没烫到她。

反应过来了，林清野淡笑，扒拉了下她肩膀："小醉鬼，什么时候还会撒娇哄人高兴了。"

他没扒开她，她依旧圈着他腰，紧紧窝在他怀里。

"撒娇也没用。"

林清野很绝情，视线轻飘飘落到马路对面那男人身上，又移开，神色染上些桀骜，轻慢又懒散。

他一手拿烟，一手兜过来，在她臀上拍了两下："回家再收拾你。"

马路对面的赵茜直接看愣了，虽然光线暗影影绰绰并不清晰，但林清野那双手在干什么她还是看得很真切的！

这个浑蛋！

现在是在拍许知喃的屁股吗！

赵茜对他那点同情瞬间化为灰烬。

虽然赵茜和许知喃是同龄，但许知喃实在是又乖又软，他进去两年半，许知喃不哭不闹乖乖等了两年半，赵茜实在是心疼她，更多时候把她当作是自己的亲妹妹。

结果这狗男人居然在大马路上就对她的阿喃做出这般举动！

即便看不清脸，可赵茜已经能想象他这会儿的表情是什么样的。

肯定很欠揍！

赵茜开始捋袖子，骂了句脏话，气势汹汹地就要冲到马路对面去，被她老公拽住："你干什么去？"

她食指一指："这个浑蛋！"

她老公循着她手指的方向看过去，小姑娘紧紧抱着男人的腰，男人也搂着她，一个拥抱姿态，恩爱满分，没毛病。

"怎么就浑蛋了？"

"他居然……"

他居然敢拍她家阿喃的屁股！赵茜没说下去，半句话卡在喉咙里，气愤地一跺脚："就是个浑蛋！"

赵茜向来疯疯癫癫，她老公也习惯了，不知道这回她又是找什么碴儿。

"人家这不是挺恩爱的嘛，你那个室友看起来好像很喜欢他。"

赵茜哼一声，恨铁不成钢地评价一句："天真无知！六年前被这男人骗了一回，现在才见面几天啊，又彻彻底底栽他手里了，没一点骨气！"

她老公笑道："感情的事嘛，这哪说得好啊。"

林清野任由许知喃抱着，能看到马路对面赵茜指着他们，听不清声音，但看那架势似乎是挺生气的。

林清野也懒得理，摸了摸许知喃的头发，说："回去了？"

她这回倒是把他的话听进去了，松开手臂，直起背仰头看他。

小醉鬼脸颊红扑扑的。

林清野叹口气："你这是喝了多少啊？"

"不多，就两杯。"她说着，还竖起两根手指，放在脸边，像是比了个"耶"。

林清野被她逗笑："还能走吗？"

她点头，因为喝醉了，点头幅度很大，人也跟着摇摇晃晃的。

林清野伸出手，让她牵着，往回走。

两人走得很慢，没几步路，许知喃偏头问："你没有开车过来吗？"

"没有，离得不远，我写歌写累了正好想散散步，顺便也让你散点酒气。"林清野说，"累吗？累就背你。"

"不累。"

话虽这么说，但她穿着伴娘裙，裙子后摆偏长，还穿了双高跟鞋，没几步路就踩到两次，差点摔倒。

林清野啧了声，拉着她停了脚步。

穿裙子不好背，只能抱。

林清野弯腰，刚打算将她公主抱起来，她慌忙小碎步后退两步，不给他抱。

"怎么了？"

"我重。"

"就你那二两肉。"林清野语气不屑。

"我前几天重了两斤呢。"

"没事，抱得动。"

"你会累的。"

"不会。"

她又后退，林清野弯腰想抱她却怎么也抱不到，索性直接在她面前蹲下来，抬头看她，眯眼："我发现你很小看我啊。"

许知喃似乎没听懂他话里的意思，眨巴眨巴眼："我怕你累。"

小姑娘喝醉酒实在有些可爱，最近脸也长胖了些，虽然还没到大学时候有点婴儿肥的样子，但也没那么瘦了。说话和动作反应都要慢一拍，那一双清澈的眼眸也干净见底，不设任何防备。

林清野忽然起了坏心。

他勾勾手指。

许知喃朝他弯腰。

他又勾了勾手指。

许知喃继续向他靠近。

距离挨得极近，他在她耳边吹了口气，坏笑道："以前抱着你做都不累，现在怕我累什么。"

一秒，两秒，三秒。

许知喃茫然地看着他，似乎在消化他话中的信息量。

等消化了，她脸、脖子和耳朵瞬间红透了。林清野很坏地笑出声，到后来实在是觉得可爱有趣，仰着头哈哈大笑。

许知喃在他的笑声中整个人都要烧起来，委屈地瘪了下嘴，像是受到了莫大的羞辱，但还是忍着没说他，最后竟然只是轻轻叹了口气。

林清野甚至还在那声叹息声中听出一丝莫名的宠溺。

许知喃摸摸他的脸，忍辱负重道："你能一直这么开心地笑就好了，只要你笑，你说什么都可以。"

于是，林清野再次笑出声，很给面子。

只是笑完了，又忽然鼻子一酸，他偏过头，抹了把脸。

"你让我抱着我就开心。"林清野说。

许知喃犹豫半晌，这才勉强同意了："那好吧。"

林清野将她抱起，颠了下："你紧张什么，放松点，现在我跟抱了块板儿似的。"

许知喃不自觉地就浑身肌肉都紧张起来，轻轻打了个酒嗝，细声细语解释："我怕你嫌重。"

"你这样才重。"

听他这么说，她才慢慢逼自己放松下来，手圈着他脖子，脑袋歪着枕在他肩膀上。

因为他刚才那没皮没脸的黄腔，许知喃没敢继续问他累不累，内心默默承受了很大的不安感，乖乖一动不动窝在他怀里，连话都不说了，不给他增加多一分的负担。

一直走到小区门外，小区保安大爷站在门口。

林清野叫她："阿喃。"

"啊？你是不是累了，我下来自己走。"许知喃立马说。

林清野失笑："不是，帮我把口罩拿出来，前面有人，在裤袋里。"

许知喃费劲地伸手去够，又给他戴上，在鼻梁上按一下。

那保安大爷认识许知喃，许知喃每回都会跟他打招呼，但没见过林清野，两人一块儿进出本就不多，他值班时没遇上过，突然看到这架势还吓了一跳。

他们保安室里头有时也会议论，说这小姑娘是最乖的，也从没见到有什么异性送她回来过，结果这就来了一个。

还上来就是抱着来的。

保安大爷往林清野脸上看。

哟，小伙子长得还挺帅。

大爷眯了眯眼。

帅小伙可最会骗小姑娘了！

保安大爷伸手拦住："等一下，你俩认识吗？"

林清野抬眼看他。

都抱着了还能问出这种问题无非只有一个原因，就是怀疑他是个骗小姑娘的渣男。

林清野眼里那点嘲讽不屑刚要冒出来，许知喃就搂着他脖子，歪着脑袋冲大爷甜甜笑道："认识的认识的，他是我男朋友。"

林清野一怔。

就现在许知喃这反应都能知道，她是真喝多了。

保安大爷也看出来她喝多了，狐疑地又问了一句："真的？"

林清野脾气算不得好，不耐烦地"嗯"一声，大步走进去了。

到家开门，林清野直接把人放到床上，把许知喃那双高跟鞋脱下来，丢到地上。

她的脚长得漂亮，脚趾也是纤细白皙的，个个圆润小巧，脚背上青色经络微显，林清野多看了眼便重新直起身。

他进浴室放水，试过水温，又出去："阿喃，进来洗澡。"

"来了。"她应得很乖，坐起来，摇头晃脑地在地上找拖鞋。

"在你右手边。"

她穿好拖鞋进浴室，林清野已经将她换洗衣物都放在洗手台上了，地上也多放了块防滑垫，这才重新推门出去。

很快，里面响起水声，水声落在他心尖，便有些心猿意马起来。

林清野离开卧室，点了支烟，刚才还有些剩下的内容没写完，他一边抽烟，一边拿起笔又添了几笔。

《喃喃》那张专辑基本已经完工，封面照片也重新拍了。

不再是那个蓝发造型，而是现在的黑发寸头，近景特写，也不再有花哨的照片处理，很简单很干净的一张照片，甚至都没有修图。

是和从前完全不一样的风格。

林清野写完，刚放下笔。许知喃也洗完了，浴室门被打开。

他捻灭烟，进屋。

许知喃已经将自己卷进被子里了，林清野把她捞出来："头发都是湿的，吹干再睡。"

"就湿了一点儿。"

林清野不跟酒鬼废话，直接拿了吹风机出来，最强一档风，往她头发上一通吹，本就只洗澡时弄湿了点，很快就吹干。

他这才发话：“睡吧。”

许知喃滑进被子里，又问他：“你还不睡吗？”

“快了。”

她从被子里伸出手，钩着他脖子往下，林清野很顺从，改趴在她身上。

“你快睡觉吧，每天都忙这么晚，身子要吃不消的。”

她半阖着眼，话说出口都不知道那话里有歧义：“我想跟你睡觉了。”

林清野太阳穴一跳：“我还没洗澡，阿喃。”

她在他衣领边嗅了嗅：“香的呀，快点到被子里来。”

林清野没法，好在今天也没怎么出汗，只能由着这酒鬼，跟着上床，不洗就不洗了。

许知喃卷着被子滚到他怀里。

她其实已经很困了，但喝多酒就好像有一层意识飘在上面，像个闹闹哄哄的小人一直吵着她不让睡。

许知喃便又渐渐不安分起来，手在他身上捏来捏去。

“做什么？”林清野低声问。

“刚才你抱了我那么久，肯定累了，我给你按摩按摩。”

林清野不跟她一般见识，也的确困了，闭着眼任由她按，只不过这按着按着就不太规矩了，手滑到他小腹。

她摸了摸，说：“硬的。”

“嗯。”

“腹肌吗？”

林清野低笑一声：“你猜。”

她又摸了摸自己肚子：“我就没有，为什么你现在还有腹肌。”

“已经没以前明显了。”

毕竟在那里面待了两年半，不过林清野体脂低，很容易就能出来线条。

她好玩似的在那上面摸来摸去，指甲擦过肌肉线条，有些痒。

林清野好笑地问：“这么喜欢啊。”

她没回答他，大概是已经半睡了，只不过手还无意识地动。

林清野心想，那以后还得练练。

睡裤裤腰很松，忽然，她一根手指顺着裤腰进去，林清野很快一把捞住她的手腕，摁住，哑声开口：“阿喃，知道自己在干吗吗？”

很显然，许知喃不知道。

听到他声音，她才迷迷瞪瞪睁眼，一脸茫然地望着他。

林清野看着她的眼睛，下颌线条越收越紧，眼底也越发黑沉。

许知喃不明所以，手动了下，被他更用力地按住，紧紧圈着她手腕。他蹙起眉，声音也变得有些不耐烦：“别乱动。”

好凶。

许知喃眼底露怯，手往后收，委屈巴巴：“疼了。”

林清野立马松手，捞起她手腕一看，红了。

他把她的手放回她自己那儿：“好了，你乖乖睡觉。”

她这才终于闭上眼安分睡觉了。

林清野躺了会儿，依旧睡不着，许知喃就躺在旁边，气息也那么近，连带着他那团小火苗继续烧起来。

最后没办法，他捞了烟盒出卧室抽烟吹风去了。

凉爽的夜风轻拂，他靠着窗台，指尖一簇猩红的火光，室内旖旎被吹散，却吹不散林清野映在脑海中方才许知喃的那句“疼了”。

怯生生又委屈的，像撒娇，眼底有水光，好像他再捏重点，下一秒就要哭出来。

林清野回想起两人初次时，她也是这样的表情。

一想就容易出事。

林清野沉着脸，又抽了口烟。

当初是他浑蛋，直接把人带去了自己那儿，也没考虑过什么女孩子的以后，自己也紧接着喝醉酒，发生了关系。

他们那关系是他主导的，没有问一句许知喃愿不愿意就把她拉进了自己的生活。

可现在不能再那样。

他如今什么成绩都还没做出来，能给许知喃怎样的生活也不确定，不想就那样不负责任地到那一步。

第二天一早醒来，许知喃头痛欲裂，明明也只喝了两杯酒而已。

身旁没人，她去浴室漱了个口出去，在厨房看到了林清野。

他没穿上衣，腰间松松垮垮的一条睡裤，后背的刺青图案完全露出来，在晨光下似乎还发着光。

让许知喃产生一种从前的自己一直被成熟后的林清野背负着的感觉。

那个黑发的自己。

她看着那处文身出了神，林清野却像是后背长了眼睛，都没回头看：“怎么站门口一点儿动静都没有。”

许知喃回神：“没动静你怎么发现我在的？”

她走上前：“你在干什么？”

“煮个解酒汤。”

“你还会这个？”

“搜了一下，挺简单的，就试试。”他将解酒汤盛了一碗，还很烫，不能喝，偏头看她，“头痛吗？”

“嗯，有点晕。”

“下回再继续喝这么多好了。”他淡嘲一句。

许知喃抿抿唇，乖乖保证：“不喝了。”

解酒汤放凉了些，许知喃喝尽，入口是酸甜味，很爽口：“你几点起来的啊？”

“半小时前吧。”

“这么早，我都没听到声音。”

“喝多了当然就听不见。”

这人怎么一大早就闹脾气呀。

许知喃勾勾他手指：“我都说以后不喝了。”

一早，两人分开出门，许知喃先下楼，碰到底下保安大爷。

“小姑娘，昨天那个是你男朋友啊？”

“啊？”

许知喃脑海中忽然闪过昨晚的片段，她好像还搂着林清野的脖颈，炫耀似的说：“认识的认识的，他是我男朋友。”

许知喃不太好意思，捏了下耳朵：“嗯，对的。”

清醒状态后的许知喃同样承认，保安大爷也放心了，笑道：“小伙子高高帅帅的，真配。”

许知喃笑着道了声谢。

到刺青店。

今天许知喃来得最早，她打扫了下卫生，通风浇水。

没一会儿，预约的顾客就来了，还一边打着电话，骂骂咧咧地走进来，用手比画着跟许知喃沟通。

许知喃戴上口罩，让顾客躺到工作床上，准备开始文时她才终于挂了电话。一挂电话，顾客就说：“哎哟，我那个朋友的老公真是气死我了。”

许知喃顺着她话接："怎么了？"

"之前两人结婚的时候那个如胶似漆啊，整天甜蜜蜜，现在倒好，这结婚还不到一年呢，已经不和谐了。"顾客满腹牢骚吐给许知喃。

"怎么不和谐了？"

"还能怎么，床上不和谐，她老公对她没兴趣了呗。"

许知喃手一顿。

"我那闺密也是傻，还想让我说说是怎么回事，还能是因为什么，男的出轨了呗，外面偷吃了。"

许知喃忽然想到昨晚的另一个片段，似乎是自己在他小腹那儿摸来摸去，后来就被林清野捏住了手腕，语气不耐烦的一句"别乱动"，后来他似乎还直接下床了。

许知喃蹙了下眉，说："也不一定是出轨了吧。"

"不是出轨那就是真不行了？"顾客换了个思路，"她那老公好像才三十岁啊，不会这么中看不中用吧？"

顾客拿起手机，给她那闺密发语音："要不你今天去给他买点补身体的，什么海参秋葵枸杞之类的？"

放下手机，她啧啧几声："你说这叫什么事，三十岁就这样，这不祸害人嘛。"

许知喃没说什么。

顾客还在继续说："不过说不准还真是，她老公工作特别忙，互联网那行业的，太摧残人了，都不止'996'，那是'007'，可能还真是压力特别大导致的？"

许知喃艰难回道："有可能。"

林清野并不知道现在许知喃在想些什么，他已经到传启娱乐公司了。

他的确不擅长各种交流联系的工作，把这些全权交给专业的团队去打理会更好，于是逐渐步入正轨便决定重新跟王启签合同。

专辑一共七首歌，将《刺槐》也放进去了，另外六首都是后面重新做了修改的，林清野进录音室重新录音。

王启坐在外面听。

不得不承认，那两年半的时间让林清野更有故事感了。

从前他的声音是清澈有韧性的，也很独特，有一种在人周身缱绻缠绕的感觉，但他又是清冷疏离的，两者矛盾，产生吸引力。

而现在他唱歌更像是在叙述一段故事，有痛苦挣扎，也有向阳而生。

他只是站在录音棚内唱歌，神色放松，唱得也轻松，但王启在外面听得眼眶湿润。

他的确太不容易了。

录完歌，林清野跟王启一块儿到办公室。

“有个打歌节目邀请你了。”王启说。

“之前那个吗？”

林清野入狱前也正逢专辑要出来之际，原本也是有个打歌节目邀请他的。

“不是，那个就那年办了一期，后来黄了，那项目直接让电视台给撤了。”王启将这回这个节目信息表放到林清野面前，“这个去年刚办第一期，现在是第二期，虽然播放量还不是上游，但我还是很看好的，这节目是认真做音乐的打歌节目，所以我之前把 Demo 给他们发过去了，对方很满意，直接把合同都给我们发来了。”

“行，你看着签吧。”

王启道：“你还真是够看得起我的，连出场费都不看一眼？”

林清野笑了声：“我要的不是这点小钱。”

王启一怔。

“对了，还有件事，你那张专辑我请人做了专业评估，评估结果特别好，质量高传唱度可以，你本人的话题量也高，再加上沈琳琳已经给你热了回油锅了，效果应该不会差，但公司还是希望更上一层楼，直接推到顶峰。”

林清野挑了下眉，示意他继续说。

“后面打算弄个巡演会，也不算演唱会，演唱会需要准备的东西太多，精力耗费大，没那么快，就类似于乐队音乐节一类，起个宣传作用。”

王启话说到一半，林清野手机振动了下，他扫了眼。

【许知喃：清野哥，我现在在买菜呢，你有没有什么想吃的？】

他勾唇，回复了个“都可以”，又对王启说：“行。”

王启一愣：“你这是答应了？”

“对啊。”

“我还以为这事儿得劝上你好几回呢。”

林清野笑了声：“我以前有这么不懂事吗？”

“何止不懂事啊，你那就是自我，跟你名字一个样，太野。”

林清野晃了晃手机，无所谓道：“这不是得养家嘛，跟以前可不能比了。”

王启也跟着笑：“现在这样也挺好，你这性子是被人驯一驯才好。”

许知喃趁着刺青店中午休息去了趟菜市场。

她其实从前也很少自己下厨，刺青店工作忙，从早到晚，大多数时间都是和

"阿喃，爱你啊"
十싸醋鱼

大家一块儿点盒饭或便当吃，只偶尔休假才会下厨。

今早看林清野煮解酒汤，看了眼冰箱才发现几乎是空空如也。

而他最近动不动就需要熬夜到凌晨，总吃外卖便觉得实在是太不健康，这才抽空去了菜市场。

她的发色足够给人留下印象，虽去的次数不多，但卖菜阿姨都对她有印象。

“小姑娘看看，买点什么？”

“您给我称个娃娃菜吧。”

阿姨称了娃娃菜：“你再看看其他，要不来点这个秋葵？可新鲜了，这天儿正是秋老虎的时候，容易中暑，可以买点去降降火，而且还滋肾补阴呢，小姑娘有男朋友没，这个对身体可好了。”

大妈也没什么别的意思，只是看她不常来买菜便热心介绍一番罢了。

可她刚刚在店里听那个客人说了好一会儿，一听到“秋葵”“滋肾补阴”就很心虚。

“不用了不用了，这个就够了。”她接过娃娃菜。

她又买了些牛肉和排骨，逛了一圈，已经提了满满一袋子，有些沉。

许知喃站在一个菜摊前，拿出手机搜了下菜谱看看自己还能再添置些什么，却意外看到一个“消疲恢力”食谱。

她点进去，跳出来的第一个就是秋葵蒸蛋羹，看图片倒是不错，黄黄绿绿的，看着就很健康。

许知喃继续往下划，还有枸杞、韭菜一类。

居然还都跟那个顾客说的撞上了，估计是那两种功效有相通之处。

许知喃犹豫片刻便觉得也没什么，林清野每天都这么忙碌，是该吃些能够“消疲恢力”的，她都已经到了菜市场了，哪能因为人家还有第二种功能就不买了。

于是，许知喃回到刚才那个卖菜阿姨的摊位前：“阿姨，您再帮我称点秋葵吧。”

“我早跟你说了嘛，这秋葵很好的！最近这天气又热起来了，买的人可多了，这些还是刚刚才拿来的，老新鲜了。”阿姨一说就停不下来，“你一个人住还是跟家人一块儿啊？”

“两个人。”

“哦，那我稍微给你少称点儿，吃不完烂了就浪费了。”

“好，谢谢阿姨。”许知喃又看了一圈，发现她摊位上韭菜和枸杞也都有，便说，“阿姨，您再帮我称点那个。”

“韭菜啊？”

“嗯，还有枸杞。”

虽然许知喃买这些只是为了让林清野吃了后缓解疲劳，但这三者连着说出来让人不想歪都难。

那阿姨一脸慈爱的笑：“两个人住，是和你男朋友吧。”

许知喃傻愣愣地点点头，承认了。

阿姨投去一个了然的目光。

许知喃付了钱，拎着菜，在阿姨一脸暧昧的表情中逃似的离开了菜市场。

买了这么一堆东西，许知喃先回了趟出租屋，把东西洗洗涮涮塞满了冰箱，这才回到店里。

“师父，你最近很忙吗？”她一进店，李焰就问。

“怎么了，店里有事吗？”

“那倒是没有，我就问问，感觉你最近好像总有其他事情在忙。”李焰也只是随口闲聊，“没事就好了。”

晚上，许知喃画完别人找她画的几幅设计图便下班了。

【许知喃：清野哥，你今天回来吃饭吗？】

【清野哥：回，今天要烧菜？】

【许知喃：嗯。】

【清野哥：你放着吧，我今天结束早，回去我弄。】

【许知喃：没事，我已经到家了。】

许知喃回完消息，正好出电梯。

回到家，许知喃便开始煮饭烧菜，都是些家常菜，以前虽然做的次数少，但也会做，就是秋葵从来没做过。

她照着菜谱做秋葵蒸蛋羹，倒也不难，煮熟后秋葵淡淡的香味便散发出来，还挺香的。

做完菜，她将菜和碗筷端上桌，林清野还没回来。

许知喃看了眼时间，也没催，坐到沙发上拿 iPad 继续画图。

没画一会儿，林清野便回来了。

他摘了口罩帽子挂在玄关，许知喃这才想到一个问题：“之后再在这边住下去，会不会被人认出来啊？”

“这小区老人多，我回来得晚，基本碰不上什么人，应该没事，不急着换地方，后面再看看。”

这小区旧，的确多是些老人，也因此房租比较便宜。

许知喃想现在考虑换房子可能是太早了，林清野事业还没开始，之前他那个公寓都还在卖呢，以他的性格可能也不愿意让她出钱，于是便不提。

林清野换了拖鞋，走到她旁边："做了多久了？"

"不久，菜还是热的。"许知喃起身，"饭也好了，我去盛饭。"

她被他又按回去："我去，你把剩下的画完吧。"

林清野进厨房盛了两碗饭，两人面对面坐在餐桌上。

许知喃头一回这样正儿八经地做饭给他吃，还有点露怯："我也不知道好不好吃，就是些很普通的。"

林清野扫了眼桌上，视线在扫过秋葵蒸蛋时停顿了下。

"以前我做的菜你都能夸，怎么放自己身上就谦虚成这样了？"他打趣道。

"那你快吃吧，一会儿凉了就不好吃了。"

"嗯。"

两人边吃边聊，林清野把自己的那些进展都跟许知喃说了一遍。

"这么快专辑就能出来了？"许知喃吃惊道。

林清野笑了下："不然你以为我这些天都在忙什么？"

"那你之后是不是就能轻松点儿了？"

"还有段时间要忙，等专辑上线后马上就要去录制一个打歌舞台的节目，后面估计有几场宣传的音乐节，要跑几个城市。"

许知喃点点头。

专辑上线便意味着林清野正式复出，开始要接受全方位的网络抨击和批评了。

他那么忙，后面还要参加那么多活动，却还要去应付那些难堪的网络暴力，许知喃觉得不忍心，只要一想象就心疼。

林清野一看她那表情就知道她在想什么，筷子在碗上敲了敲。

许知喃抬眼。

他懒洋洋地靠在椅背上："信我吗？"

她点头："信。"

林清野下颌微抬，随意道："那就不用怕。"

一句话，像是定海神针，定住了许知喃的心。

林清野最近工作忙压力大，吃得也总是不多，今天倒是吃了很多，吃完那一碗又去盛了满满一碗。

许知喃记得他从前在吃方面还是挺挑的，其他方面都看不出半点富家少爷的毛病，唯独在吃这一点上要求颇高，所以许知喃对这桌饭还是有些担忧的，但看他也很快就都吃完了。

只剩下一碗，秋葵蒸蛋羹。

“你不吃吗？”许知喃问。

“待会儿吃。”

林清野吃完饭，便盛了两碗羹，一气喝尽了。

许知喃叹为观止，看着桌上这彻底贯行光盘行动的成果。

她起身准备收碗，被林清野拦下来了：“我来。”

“没事，我反正也是闲着。”

“哪有让烧饭的人还要洗碗的道理。”

林清野收了碗，进厨房洗碗。

许知喃也的确是闲着，便跟进去，站在厨房门口看着他洗碗。

男人站在水池前，因为个子太高，水池的高度不适合他，还需要多弯些腰下来，他头发也比从前长了些，额前碎发像是鸦羽。

他有一双很漂亮的手，修长骨感，动作间会有凸显的经络。

很快，林清野洗完碗，沥干放进橱柜里。

“吃点水果吗？”他问。

“嗯，在冰箱里，今天刚买的。”许知喃说，“你一会儿没事了吗？”

“没，专辑都忙完了，能休息两天。”

林清野拉开冰箱门，里面红红绿绿的新鲜水果，上面还挂着些水珠，看着就让人垂涎欲滴。

忽地，他视线一顿，看到了上层的一捆韭菜，不由得让人想到了方才饭桌上的另一份绿色蔬菜。

林清野挑了下眉，拿了些水果出来，切了份果盘，在厨台上随意扫了一通，又在一个玻璃罐子里头看到了也是今天新出现的枸杞。

秋葵、韭菜、枸杞。

很好。

林清野转过身，靠在厨台边缘，唤道：“阿喃。”

“嗯，怎么了？”

他温和地问：“你最近是不是对我有什么不满？”

他神色很柔和，可就是太柔和了，和他平时太不一样了，反倒让人心底发虚，像是什么暴风雨前的宁静。

许知喃也不知怎么，下意识后退了步：“没有啊。”

林清野将她每一个动作细节都看在眼里：“没有你后退什么。”

“……不是。”

他这会儿气场压人，许知喃不知道该怎么解释，因为她压根儿连他为什么突然问这个问题都还没捉摸明白。

“我真的没有对你有不满呀。”许知喃做最后挣扎。

他朝她走近，走一步说一个词：“秋葵、韭菜、枸杞。”

都是以前基本不会在家里出现的东西。

林清野走到她面前，距离很近，居高临下地看着她：“小姑娘不单纯啊。”

许知喃清白得很，可还是被他那语气弄得面红耳赤，什么话都还没说脸就已经红透了：“不是。”

她被他压制得说不出来话，感觉从前的林清野又回来了。

她后退一步，林清野紧接着又往前一步，距离依旧那么近，她这才受不了，伸手把他往后推了点：“你先站那儿。”

林清野看着她，好整以暇，点点头：“行。”

许知喃红着脸解释：“不是因为那个，是我担心你累，看到可以缓解疲劳才买的。”

“不是因为那个。”他挑眉，“哪个？”

许知喃心头咯噔一下，知道这是掉进他的陷进里了。

偏偏还有话说不出，难受极了，最后她终于不耐烦地“哎呀”一声，可声音又软又细，像是在撒娇；她抬眼微愠地看着林清野，可又眼角上翘，情绪将那份漂亮染得更加惊心动魄。

“反正我就是因为担心你累才买的，才不是因为别的什么！”

她害羞起来脸红得快，连带着眼角都有些泛红的迹象。

林清野觉得好玩，倒也没真觉得她是为了给他补肾，听完她的理由就信了，只不过还是没忍住多逗了几句。

但话到嘴边，他又忽然想起她喝醉那晚说的“你能一直这么开心地笑就好了，只要你笑，你说什么都可以”，委屈巴巴又忍辱负重似的。

林清野不舍得逗了，揉了把她头发。

哪知已经把她逗生气了，她“啪”一声拍掉他的手，“哼”了一声，转身就出去了。

林清野跟着许知喃走到外面，将果盘放到茶几上，把人搂进怀里。

起初许知喃还不愿意被他搂着，两人无言地一来二去推拒几下，她便又抿着唇乖乖窝进他怀里。

说到底，林清野不舍得逗她，她也不舍得真跟林清野生气。

许知喃都已经不记得自己有多久没有看电视了，也有可能她租这房子以来都还没有开过这电视机。

最初林清野刚刚入狱时，她很多时候都不敢让自己过得好，看电视、玩手机时想到他，吹空调时也想到他，就是偶尔跟室友去外面吃顿饭也会想到他，觉得他这些年都得在里面待着，这些很普通的东西也不能享受到，她也不知道该怎么让自己坦然地去接受这些。

久而久之，她也很少会有这些娱乐活动。

到后来其实也还好，不是刻意忍着，而是习惯了，就像现在，直到许知喃跟林清野一块儿坐在沙发上看电视，她才恍然想起，自己好像已经好久没有看电视了。

这个点没什么好看的电视。

“有没有你说的那个打歌节目。”

“我看看。”

林清野按了一圈，终于找到，正好是一期的开头，重播。

这节目如王启所说，和当初那个打歌综艺完全不是一个类型的，一个重点在“综艺”，这是正儿八经的“打歌”。

底下大半是粉丝，还有几个记者会提问，除了几个活络气氛的游戏外，话题几乎都是围绕着新歌的。

在如今娱乐至上的各种节目中的确是非常少见。

许知喃看完一期节目，也放心不少。

时间到晚上九点，她侧头问：“要不要睡觉去？”

“还这么早。”林清野扬眉，“困了？”

她摇头：“我怕你困，你最近都好晚睡，难得今天休息可以早点休息。”

他低低笑了声，一脸戏谑：“我说阿喃，你现在是不是有点儿过分担心我了？”

许知喃一愣。

“当初抱你走一段路就怕我累不让抱，吃饭给我弄一堆秋葵韭菜，现在又让我九点钟就睡觉了？”

听他这么一说，许知喃也觉得自己好像是有点儿太夸张了，咕哝道：“我也就是随口一提。”

林清野倾身，拿了块水果递她嘴边。

她吃进去，果汁饱满，溢出来，润湿了嘴角。林清野抬手给她擦了下。

他擦完了手也没放下去，停在她饱满的唇瓣上，什么都没抹便是偏红的唇色，不显唇纹，像Q弹的樱花果冻。

随着他动作，许知喃抬眼。

灯悬在头顶，两人之间不知什么时候早已超过了安全距离，就这么对视着。

许知喃清晰地看到林清野凸出的喉结上下滑动了下，她那颗心仿佛也跟着频率咯噔了下，一上一下。

他眸色渐沉，展现出从前的样子。

而后身子随着席卷而来的气场压下来，许知喃往后倒在沙发上，长发柔顺地铺散开，瞳孔不自觉放大，紧紧地看着他。

林清野压在她身上，手臂横过她后腰，搂着。

他眼底有难言的情绪和欲望，过了片刻，却又倏忽笑了："的确是长大了啊。"

许知喃没懂。

"现在这样子，连推都不推了，换以前肯定要把我推开了。"他在取笑她。

许知喃胸口被压着，气都有点喘不顺，更不用说说话了。

以前她总是在和林清野的关系中很忸怩，即便真的很喜欢他，但也不敢顺着自己心意，一来觉得禁忌，二来也许是想对自己的心意做一点无用的掩饰。

但现在不一样了，她现在对这段感情非常坦荡。

换句话说，即便性格使然还是会害羞，但林清野想对她做什么她都愿意。

她很坦荡地看着林清野。

对视片刻后，她的眼睛被林清野捂上了。

很熟悉的触感，眼前一黑，让她脑海中恍然闪过几道两人初次时的片段，似乎也是被他这样捂住了眼睛。

他低哑的声音就在耳边："阿喃。"他头往下低，埋在她颈间，深深嗅了下，"你这样我就忍不住了。"

许知喃轻声说："可是，我没有要你忍。"

盖在她眼睛上的手拿开了。

刚才那句话一说完，她的脸就又红了，却依旧固执地无比认真虔诚地注视着他，浓密卷翘的睫毛轻颤着。

"宝宝。"

他低声，声音里冷静、爱护、克制都有。

他很少这么叫她。

许知喃一下子无比平静，可下一秒，林清野将她那颗心脏再次送向了沸腾处——

他低头吻上了她嘴唇。

林清野回来将近一个月，这是两人之间第一个真正意义上的接吻。

他铺天盖地的侵略性都显露出来。

许知喃下巴被他钳着抬起来，本想主动回应，但他那气势实在是势如破竹，她只能被动承受，后背整个陷进了沙发里，喘不过气地去承受他的吻。

唇舌被封缄，几乎要窒息。

与此同时，他的手也开始跟着不老实了。

许知喃穿了件衬衣，领子很中规中矩地只开了一颗，林清野抬手捻开第二颗，继续往下，似乎烦了，手一拽，纽扣噼里啪啦砸在地上。

许知喃和林清野曾在一起三年，从前的林清野做什么都漫不经心，像一切尽在掌握，许知喃还是头一回见他在这件事上展现出粗暴一面，吓了一跳，从喉咙里发出一声呜咽。

许知喃忍不住蜷缩起来，像只小虾米。

说实话，现在的林清野很陌生。

她记忆中的林清野似乎永远是清冷自持的。

但现在的他，让她感觉好像有点失控了，不知道由着他继续下去今天晚上她会怎么样。

她后知后觉地害怕起来。

他忽然停住了，重重捏了把她的腰之后，突然卸了力，整个人倒在她身上，靠在她颈间。

他低骂一句。

他很少骂脏话，许知喃震惊，便听他紧接着又说："不想当个浑蛋真难。"

他在她身上趴了好一会儿，挨得紧密不留缝。

"算了。"他拍拍她脸，又哑声说了句，"快了。"

声音低得像是自言自语。

然后，他重新坐起来了。

许知喃忙捂着胸口也坐起来，侧过身背对他，纽扣全部崩掉了，想重新扣上都不能了。

许知喃的脸皮不足够支撑她在亮敞的客厅继续待下去，忙紧紧拢着衣服跑回了卧室。

她没再出去，直接洗了澡就躺回到床上。

过了许久林清野才进来，卷着一身烟味，许知喃蹙了下眉，人缩进被子里，双手捏着被子，只露出一双眼睛："你怎么又抽这么多烟。"

他侧头看了她一眼。

许知喃又说："你不是快要上节目了吗，还有音乐节，要少抽一点。"

“知道了。”他笑了声，进浴室洗漱。

他换了睡衣出来，从另一侧上床，床面往下陷。许知喃又忍不住紧张起来，人也不自觉往旁边缩。

林清野察觉到她的反应，侧头看她一眼。

他坐着，她躺着，目光如有实质，她的脸又渐渐红了，率先移开了视线。

他轻笑：“就你这胆子，刚才逞什么能。”

许知喃听不得他这些痞里痞气的话，缓缓滑进被子，蒙住了脑袋。

林清野笑得更欢。

因为这一出，第二天起床许知喃看着茶几上已经被一颗颗放好的衬衫纽扣再次脸上发烧。

原本还想再缝一下扣子，可那些扣子拿在手里就让她想起昨晚的事，心颤得缝不下去，最后只好作罢。

因为这一出，许知喃不敢再去招惹林清野。

买来的那些原本给他消除疲劳的食物也不敢再拿出来刺激他，这事便就这么搁置过去。

没多久，就到了林清野新专辑发布的时间。

传启娱乐公司已经提前三天做出预告，粉丝们“严阵以待”。

那天一早许知喃就睡不着了，又是激动又是害怕，林清野倒和平常一样，乍看倒像是许知喃出专辑，而不是他。

林清野搂着她又躺回去：“放轻松点儿。”

早上九点，《喃喃》准时线上线下同时发布。

林清野回归的事早已经宣传开，几乎是九点一过下载量、购买量同步上升，讨论度也极速攀升。

这是他第一张正式专辑，也是出了那档子轰动的事后回归的第一张专辑。

沈琳琳上回向他邀歌后被不少黑粉骂惨了，她反倒是被越骂越起劲，还真铆足了劲要跟他们对着干，二话不说专门发了条微博给林清野宣传。

她如今是乐坛风向标，她一发便有更多人转发了。

上线一个小时后，王启就给林清野打来电话。

他走到阳台上接电话，一接通就是王启的笑声：“怎么样，看到数据了吗？”

林清野淡笑：“看了。”

“我就说你复出绝对没问题，照这个趋势下去后面宣传辐射面会更广，口碑做起来后我们这第一仗算是成功一半了。”

林清野“嗯”了声，又跟他道了声谢。

“谢什么，你是我公司的，你成功我也赚钱。”王启笑了笑，又感慨一句，“我早就这么觉得了，你会是这圈里的常青树，需要悉心呵护维护的都成不了常青树，只有一出现就能吸引大家所有目光的才能做常青树。”

跟王启闲聊几句，交流了之后几天的工作，林清野回客厅，许知喃正捧着手机看各种渠道的评论。

林清野走上前，抽走她手机。

“哎——”她轻呼一声。

“都看多久了，眼睛不累吗？”

她小声嘟囔：“我就随便看看。”

“看到骂我的了？”

林清野这样大张旗鼓、声势浩大地复出，以沈琳琳邀歌做铺垫，然后直接用一张专辑强势复出，什么废话和记者会都没有，全凭实力说话，必然会遭很多本就不喜欢他的人的诋毁。

不过刚才许知喃看了很久发现倒也还好，这次复出对粉丝的轰动明显压过了黑粉。

林清野退出娱乐圈两年半，从来没有被外界拍到过一张照片，粉丝也只能看着他从前的照片想念。

专辑封面这张是两年半来的第一张照片。

和从前完全不同的林清野。

这无疑会使所有粉丝沸腾，实时评论中不少粉丝都在说一看到封面就直接泪奔了。

【呜呜呜呜呜呜呜呜呜，之前还没有觉得，现在一看封面就感觉哥哥受了好多委屈啊。】

【看着封面听歌我真的泪流不止，还好一切都过去了，以后我一定陪你一起走花路！】

【进了林清野的坑我真的再也没有爬墙过，连以前的墙头都一个也没有了。】

【我真的太心疼了，什么时候才能真实看到哥哥啊，眼下的那道疤我太心疼了，呜呜呜呜呜呜呜呜。】

【我真的一辈子都爱林清野！】

【啊啊啊啊啊，《喃喃》给我冲！销量第一！】

而那些恶评便挑着任何角度都能挑刺，看得许知喃都心气不顺。

她扁了扁嘴："骂的也不是很多。"

"随便他们骂吧。"林清野揉她的头发，"不用管。"

许知喃有时候会想，林清野到底是真的不在乎还是已经足够强大。

他这前半生坎坷，从小被母亲忽视，没有得到过什么母爱，时衡的死也给他的心上了一道枷锁，而后又是在那样大好的青春年纪入狱。

那些批评指摘在他眼里也许的确已经不值一提。

他很明确自己到底要干什么，也明确目标是什么，那些骂名只是路上的小石子，也许连障碍都算不上。

于是，许知喃点点头："知道了。"

专辑封面一出，粉丝对林清野的好奇直接攀至顶峰。

在此刻打歌节目《音乐时刻》官微发了条微博宣布林清野即将录制节目，让大家敬请期待。

没过几天，林清野便出发去录制《音乐时刻》。

总导演来化妆室找他，跟化妆师说："妆不要浓，和封面保持同风格的感觉就可以。"

"知道，导演。"

总导演又和林清野笑着说："你那些粉丝一听说你要来录制，现场票一放出去一秒不到就售罄，可真是不简单啊。"

王启坐在一旁，问："一会儿的记者都准备好了吗？"

《音乐时刻》台下座位分两部分，还有直接记者提问环节。

"准备好了，放心吧，我们这节目规定了问题都是围绕专辑本身，不问八卦和私生活。"

王启拍拍他的肩："辛苦了。"

到录制时间，林清野上台。

底下粉丝在看到他的瞬间都沸腾尖叫，甚至有人泪流满面。

时隔两年半，再次见到真正的林清野。

尖叫声几乎要将录影棚掀翻，灯牌亮成一片。

主持人给了粉丝很长时间平复心情，没有出声打断，林清野便站在台上静静待着。

直到底下稍微安静下来，他才微微俯身靠近麦架。

镭射聚光灯从顶部扫射下来，后台响起专辑主歌《喃喃》的前奏伴乐，乐点掐着胸腔共鸣震颤。

他逆着光，身形被光影笼罩，周身都被笼上光圈，棱角分明的脸被光影切割得利落又精致，一双眼黑沉。

他许久没有站在舞台上了，也许久没听到台下这般山呼海啸的声音。

林清野看着底下刻了自己名字的灯牌，下颌微抬，脖颈拉扯出一道流畅优美的线条，而后他开口：“大家好。”

依旧是不变的那一句——

“我是林清野。”

掷地有声。

台下再次响起尖叫和喊声。

他的声音夹在那尖叫中，依旧是那样清晰穿透耳膜，斩断周边所有黑暗。

他说：“我回来了。”

这一刻，二十六岁的林清野又回到了十八岁时，拿到金曲奖，年少成名，背负希冀和期待，潇洒恣意，张扬不可一世。

# 第三章

/

## 刺槐乐队，为你服务

随着专辑《喃喃》的走红，许知喃的刺青店也受到了前所未有的关注。

因为她那店名就叫“喃喃”。

不过没有人将两者联系起来，她这店名出来的比林清野的专辑早，她名字中就有“喃”，而“喃喃”本身也是个词，大家也只觉得是凑巧了。

这些天来她店里的年轻小姑娘都会提及她的店名和林清野的专辑，也有路过的女孩儿拿着手机对着她那灯牌拍照的，大概也是林清野的粉丝。

中午，店里最后一个客人走了，人家点了盒饭一块儿吃。

李焰跷着二郎腿坐在许知喃旁边，随口闲聊道：“师父，我发现你运气真是挺好的。”

“为什么？”

“就连两年前取的店名都能撞上现在的大热点，可不是运气太好了吗？我都怀疑咱们这店牌要变成林清野粉丝打卡点了。”

许知喃笑笑，继续吃饭，没多解释什么。

李焰又说：“不过啊，那个林清野还真是挺厉害的。”

许知喃抬眼。

李焰没看她，边滑手机边说：“我好多朋友现在朋友圈都在提他呢，都说他新专辑的每一首歌都特好听，全是分享的。就是他之前不是听说还因为致人重伤坐牢了吗，也不知道到底怎么回事。”

许知喃不知道该怎么在不暴露自己现在和林清野的关系的情况下解释这件事。

李焰也就随口一提，很快又问：“对了，师父，林清野好像也是平大的哎！”

"嗯，对。"

"那你俩不就是校友吗？"

李焰年纪小，也不是堰城本地人，并不知道两人从前还是平川大学的两个传奇的事。

"对啊。"许知喃说，"他比我高一届，算是我学长。"

李焰"哇"一声："真的吗，那你以前是不是就见过他啊？"

"对呀。"

"帅不帅，帅不帅？"

"帅的呀。"许知喃笑了下，停顿片刻，又说，"人也很好，致人重伤的事应该也有别的原因。"

李焰难得见她承认一个异性帅："师父，你不会也是林清野的粉丝吧？"

她承认得挺快："是啊。"

而此刻《音乐时刻》录制进程过半，林清野已经完成了打歌舞台，一共唱了两首歌，专辑主歌《喃喃》和《刺槐》。

台下尖叫声持续了一分钟。

而后便开始了记者提问环节。

起初的问题都是很正常的预计之中的，例如"这次复出做了怎样的准备""《喃喃》的创作历程""之后的目标"一类。

王启打点过记者，不希望在复出第一个舞台上问到那些最敏感的问题，到后面建立了基础再去慢慢逐步回答。

但没想到最后一个提问机会，主持人点了一个记者，他忽然问："大家都知道你之前退出娱乐圈的原因是因为致人重伤入狱，请问你现在直接带着新专辑出道，对这一事件没有任何回复，对粉丝也没有任何交代吗？"

这问题一出，台下骤然安静。

粉丝虽然生气记者在这种场合拿敏感问题提问，但不得不承认，她们也同样很好奇这事情背后的真相。

林清野耳麦中传来王启的声音："清野，一笔带过这个问题，后续剪辑处理掉就行。"

林清野没理，举起话筒，暂时没说话，似乎是在整理思绪。

王启在拍摄主机屏幕前看着，被他这反应弄得汗毛尽立，总感觉这人又要搞事了。

片刻后，林清野平缓开口："我的确在两年半前因为致人重伤入狱，在上个月出狱。"他开口四平八稳，回答得不卑不亢，"想过做出回复，但因为这件事涉及圈外的普通人，担心影响她的正常生活，所以决定不向公众说明其中的细节，以后也会吸取教训，不再冲动行事。”

那记者又问：“那请问你是在什么情况下攻击了那位受害者呢？对方主动攻击你了吗？”

王启对林清野的话不起作用，直接对台上主持人说结束采访，主持人很快就打断他，宣布这次的采访结束。

新一期《音乐时刻》录制结束。

林清野走回后台时，王启刚刚挂了电话，一脸火气。

“怎么了？”林清野问。

“刚才那记者果然是辰然娱乐派过来的。我就说，我都打点好了，怎么会有个记者冒出来突然搞出这事儿来。”

辰然娱乐是一个主推歌手和乐团组合的娱乐公司，当初林清野刚冒尖儿时就引起了他们的注意，早早就对他使过绊儿，最初将他高中打人那视频冠以“校园暴力”骂名的便是辰然娱乐在背后搞的鬼。

没想到这回居然又是他们。

第二天，《音乐时刻》的新一期节目还没播放，便有一家杂志社突然发出一则标题极具煽动性的新闻——《抵制艺人林清野复出回归！校暴、无故打人致重伤入狱两宗罪，粉丝效应拉低娱乐圈门槛》。其中描述了当时在《音乐时刻》中最后那个采访林清野的问题。

只不过将其中一些细节进行了微妙的删改处理，比如针对第一个问题去掉了林清野所说的“以后也会吸取教训，不再冲动行事”，只保留前部分拒绝向公众公布细节的原因；而第二个问题将主持人喊停、掐问结束改成了林清野无言以对，冠上“在对方未主动攻击的情况下暴力攻击了无辜受害者”的罪名。

再联系之前林清野高中校园时期殴打同学的视频，虽然这个视频早已经说明是在对方先侮辱烈士子女的情况下做出的，也已经为此行为道过歉了，但两者结合、视频做证，立马就把“暴力”头衔再次牢牢安在了林清野头上。

一时间，网络上声讨声一片。

黑粉也“奋勇反击”。

辰然娱乐显然是有备而来，连通那家报社以及多个营销号，瞬间热搜榜上就都是各种林清野相关的负面词条。

许知喃是在刺青店听到顾客提及，点进热搜才看到的。

她点进那一个个词条，底下评论都不堪入目。

《喃喃》刚发布时网上好评颇多，各种销量和下载量也都位居实时榜首，看上去林清野复出的第一步走得非常成功，可现在却好像一瞬间局势完全反转。

其实也不然，如今的大部分评论也同样被辰然娱乐背后控制着，带动影响路人观感，想要完全打击掉林清野的路人缘。

许知喃越看越急，不忍心看却又忍不住。

纵使林清野告诉她不用怕、不用在意，可她对这些批判声的接受程度本就没他好，更不用说这么多恶意完全丢到了林清野身上。

她走到刺青店外，从通讯录里翻出林清野的联系方式，还未拨通，她却又挂了电话，转而给王启打电话。

王启一接通便说："哎呀，许同学，真巧，我正犹豫要不要找你呢。"

许知喃问："您找我什么事？"

"应该跟你打我电话是一个事儿吧，除了清野那事儿还能是因为什么。"

"我看到网络上大家说的那些东西了，现在这是什么情况呀，清野哥为什么不把那件事的起因经过都说出来？"

她原以为节目上只要有记者问，他就会全部说出来。

"他这人有时候太固执，说难听点，偶尔会有大男子主义，只想着把所有事都自己扛，也不太愿意跟人沟通。"

许知喃有些听明白了，斟酌问："是因为我吗？"

"对，我之前跟他提过这事，他那件事冲动是肯定，做的也的确不经考虑，夸是不可能被夸的，但好歹也算是事出有因，后面再要如何评价就随意了，反正娱乐圈里你想做到人人喜欢是不可能的。"王启叹了口气，"但他担心这事会牵扯到你，可能也不想你再去回忆从前的事吧，我便想着暂时把这话题压下来也不错，脚跟站稳了再踢走路上的绊脚石就容易多了，哪知道居然被那天杀的辰然摆了一道。"

许知喃左右看了一圈，确定没人，低声问："那如果我出面去解释这个事呢？"

"这个当然是最好的。但是有个情况，本来粉丝就已经猜测到清野入狱和绑架犯有关了，但目前怀疑是绑架犯看到了之前校园暴力的澄清视频才和清野产生瓜葛的，没有人往你身上猜，如果由你出面，再联系之前的事，大家肯定会对你产生巨大的好奇。清野之前担心的没错，很可能会影响到你的现实生活。"

许知喃虽然的确是喜欢清净的生活，但这种时候哪里还顾得上这些，忙说："没关系，我出面解释吧。"

王启道："行，那我跟清野说一声。"

"先别说了王叔，他可能会反对吧，等弄完了再告诉他吧。"

“你当心他会生气啊。”

许知喃垂了垂眼，挺大义凛然地说：“那就让他生气吧。”

王启一愣，随即笑了：“也是，我倒还挺想看看他在你面前生气是什么样子的。”

王启效率高，下午就联系许知喃去公司。

许知喃提前推掉了下午的一个预约，跟李焰说了声便离开了店里，李焰如今都已经对许知喃的忙碌见怪不怪了，也没问她是去干吗的。

许知喃坐车到传启娱乐公司楼下，被人领着一路到王启办公室。

王启站起身：“来啦，走，去棚里，我请来的那个记者也已经到了。”

许知喃跟着他走。

王启一路跟她说了些一会儿的注意事项，最后的成品也依旧会作声音和人像处理，不会直接暴露她的真实信息。

那个记者和上回校园暴力许知喃澄清时是同一个。

她也突然意识到，林清野出道以来引起过轩然大波的两次似乎都和她有关。

他其实是个性格很淡的人，好像不会对任何人产生过激的反应，就像网络上那么多人都在骂他，他却只是很平静淡然地就接受了。

唯独跟她挂钩，他才会很容易失去理智，做出那些极具争议的事来。

高中时拿她父亲开玩笑的苏铮是，后来的魏靖是，苏遣也是。

记者提问方式很流畅，许知喃便顺着对方提问的顺序很自然地将那件事的前因后果都给说明清楚了。

包括她作为烈士子女被苏遣绑架，包括林清野少年气盛又冲动下酿成大错。

为了到时公布这段采访视频时的可信度，许知喃没有将林清野的过错撇清，而是完全将自己从这件事中摘出来，以旁观者的态度客观叙述。

采访结束，许知喃离开采访的摄制棚。

刚一出去，她就看到不远处倚墙靠着的林清野，他不知道是怎么知道这件事的，已经在等她了，只不过蹙着眉，气压很沉，看上去显得疏离冷漠。

王启走到她旁边，视线朝林清野横一眼，低声说：“他刚才正好来公司，知道了，还跟我发一通火儿，现在生气了，你去哄哄吧。”

许知喃一愣，再次看过去。

林清野正好抬眼看过来，眼底平静无波澜，却又显得有些吓人，而后他抬起手，无声地朝她招了招手。

许知喃跟王启道别，便朝他小跑过去。

王启看着两人的背影，啧啧摇头。

这两个人，也不知道到底是谁收服住了谁。

“结束了？”林清野很平静地问，视线低垂。

“嗯，就解释了下那件事情的前因后果而已。”

他点点头，沉默。

许知喃不明所以，其实也猜不到他到底为什么这样，应该是有点儿生气的，但还没对她发出火来。

他又往王启那儿看了眼，拍了下许知喃脑袋：“先回家。”说完转身就走，也没牵她的手。

他本就人高腿长，步履生风，许知喃一路费劲地跟在他身后，一直到地下停车库上了车，林清野也没跟她讲一句话。

许知喃坐在副驾上，扁了扁嘴，觉得有些委屈。

他没开车，就坐着，然后忽然侧头：“许知喃。”

连名带姓，他很少这么叫她。

一般这么叫她就是生气了。

许知喃低着头，长发披散着垂在胸前，挡住侧脸，闷着声：“嗯。”

“你做决定之前能不能先跟我说一声？”

她没应声，依旧低着头，一副小学生认错模样。

林清野的声音其实很平静，也没有提高半点音量，可大概总是被他温柔对待，那一声“许知喃”一出来她便有些不受控地越发委屈起来。

好像遇到跟林清野相关的事，她的泪点就会变得特别低，眼泪在眼眶里打转，没掉出来。

许知喃抿了抿嘴唇，轻轻吸了下鼻子。

林清野一顿，侧头看向她，蓝发挡着脸，看不清她现在到底如何，他不再说了，伸手将她头发挽到耳后，这才发现她眼眶都红了，就是硬忍着不掉眼泪。

林清野瞬间半点火都发不出来了。

“阿喃，我没有在怪你。”他重新放软了语气。

许知喃带着哭腔又“嗯”了一声，被他前面冷着声说了一句又换成现在这温柔语调，莫名其妙地，鼻子就更酸了，眼泪掉下来，她抹了把，偏头看车窗外，不看他。

林清野哪里还敢再说她，倾身过去抱她。

许知喃不想面对他哭，偏着头不让他抱，声音又透着浓浓哽咽：“你不要碰我，我要自己坐着。”

简直是要多可怜就有多可怜。

林清野不听她的，将人直接从副驾驶抱到自己腿上。

他手臂揽着她纤腰，亲昵地靠近，鼻子碰了碰她鼻尖，耳鬓厮磨地低语：“好了阿喃，是我不好，不该凶你，别哭了好不好。”

“我本来想采访完了就告诉你的，这个事情本来就和我有关系。”她抽抽噎噎地解释，“我不想让他们那样子骂你，都不许骂你。”

她慢慢理出条逻辑线，又控诉道：“你还说我做决定前不跟你说，可你决定把这件事全部揽到自己身上也没有跟我说。”

“嗯。”林清野啄吻着她嘴唇，“是我不好。”

他本意是安抚，到许知喃眼里反倒成敷衍了，都不要他亲了，人往后退，软着声又愤愤然：“你别亲我。”

结果退得太后，压到了车喇叭，偌大的停车场响起一声猝然的鸣笛声。

她回头看，正好有个人经过他们车前，朝他们看过来。

许知喃吓了一跳，顾不得别的了，将脸埋进林清野怀里。

虽然这是传启娱乐公司楼下的车库，但她这样坐在林清野腿上简直是跳进黄河都洗不清了。

林清野手掌按在她后脑勺，车窗摇下来。

许知喃浑身一僵，屏息凝神。

林清野微微探头，应该是在对车前那人说话：“没什么事，不小心按到了。”

脚步声渐渐远了。

林清野拍拍她脑袋：“好了。”

她红着脸直起背，睫毛沾着泪珠：“是谁啊？”

“李琮，公司另一个歌手。”

“他是不是看到我了啊？”

“不会，这里光线暗，挡风玻璃特殊处理过，应该看不清。”

被这事儿一闹，扯开了之前的话题。

林清野捧着她脸给她擦掉眼泪，又抬起下巴在她眼睛上落下一吻：“乖，不哭了。”

许知喃也平复下来，觉得刚才的自己的确是有点儿反应过激了，揉了揉眼睛，轻声说：“我想坐回去了。”

“再抱会儿。”他将她重新揽进怀里，手一下一下顺着她的长发。

他这才跟她温声解释：“你不了解这个圈子，你现在这样接受采访，大家会去猜测我和你的关系，对你产生好奇心，到处挖掘有关你的信息资料，要是真挖出来些什么肯定会影响你的生活，我现在骂名太多，也会连带上你。”

“这个王叔也跟我讲了，可是如果这样可以让你解释清楚那件事，以后少一点人说你，我不在乎的。”

“我在乎啊。”林清野吻她鼻尖，“我现在这个阶段，不适合向外界公开我们的关系。”

许知喃眨眨眼：“嗯？”

“还没站稳脚跟，也没法真正保护好你。这些年不少偶像歌手因为恋情曝光被抨击的，这里面被攻击最惨的是他们的女朋友。我虽然不属于偶像歌手的行列，但在没做出足够的成绩之前，被大众知道你，都有可能给你带来攻击。”

遇到些疯狂的，网络暴力都是小的，近年也时有寄恐怖快递，甚至跟踪这些影响人身安全的。

所以林清野才不敢将那件事的细节公布于众，只要有一点对许知喃造成风险的风险，他都不愿意去做。

许知喃听完，也终于理解了方才他生气的原因。

可她依旧觉得能澄清他的骂名才是现在最关键的事，毕竟复出这紧要关头，未雨绸缪那些潜在风险没用，还是要把眼前最大的困境给突破了。

“可是……”

她还欲再说，却忽然一顿，咬紧牙，不敢置信地睁大眼。

林清野低头在她胸口处的布料上咬了一口。

许知喃这回有反应了，人往后退，又忽然想到刚才自己压到了喇叭，猝然停下，反射性地再次向前，重新挤进了林清野的禁锢，胸口主动撞上他嘴唇。

倒像是什么拙劣的欲拒还迎。

“你干什么？”她不敢相信林清野居然在地下停车库做这样的事。

她性子乖，从小到大就规规矩矩的，稍一点超过就觉得难以接受。

可林清野完全相反，丝毫不觉得有什么不妥。

他目光直白地向下。

许知喃今天穿了件普通的黑色背心，外面则套了件薄格子衫用于防晒。

从一开始她坐到林清野腿上时就全心全意地放在想要解除误会、别让任何一方觉得委屈上面，压根儿没想到这姿势下更凸显她的身材，而林清野觊觎已久。

他开口语气认真，严肃地问：“你比大学那会儿瘦了几斤？”

许知喃一时琢磨不清他的用意：“好像快要十斤了，不过最近稍微胖了几斤。”

“难怪呢。”他低笑一声，语气轻佻。

她从他视线的方向忽然意识到他指的是什么，她瘦得厉害那阶段穿内衣的确是宽松了些，可也只有一点儿，怎么这人看一眼就跟拿尺子量过似的……

她也不知道刚才他们明明还跟要吵架似的，怎么现在就突然跳到了这一话题。

“不过没关系。”他安抚她一般，悠悠道，“以后我努努力，就回来了。”

许知喃一点都不想知道他口中的“努努力”是什么。

那天在地下停车库和林清野的谈话无果而终，最终以许知喃在他伸出罪恶双手之前逃似的爬回副驾驶座告终。

采访已经结束，虽然林清野依旧反对让许知喃来处理这件事，而许知喃听明白了他的顾虑之后也依旧决定继续公开采访。

王启和许知喃对林清野，二比一获胜。

他到后来也不敢态度强硬地反对了，怕许知喃又一言不合掉她那“金豆豆”。

于是隔天一早，许知喃的采访视频便发布到网上了。

视频用了变声器，顾及她是蓝发用了马赛克也依旧显眼，于是直接在她脑袋位置贴了个图彻底挡住。

困惑大家多年的林清野身上的秘密终于揭开了。

当时入狱之前还有一则林清野误推倒粉丝的视频被热议过，当时大家把目光都集中在他推倒粉丝上，这才联系起来，原来恶意伤人也是在那天，而他当时直接出现在街上茫然无措的样子便是在找那个被绑架的女孩儿。

大家怎么也没想到，这背后竟然还有这样的故事。

【呜呜呜呜呜呜，我真实怜爱林清野了。】

【虽然真的很冲动太莽撞了，但又说不上来的心疼。唉，怎么不早解释对方就是那个穷凶恶极多年前就犯过案的绑架犯啊。】

【怎么比之前粉丝猜的还惨。】

【看完视频又去买了两张专辑，呜呜呜哥哥加油啊。】

【林清野是什么有担当的神仙男人，憋屈成这样居然还因为不能影响普通小姐姐的现实生活不澄清这件事的细节。】

【虽然有错，但也算已经为自己的冲动付出代价了吧。】

……

粉丝本就在等林清野的回应，如今这采访视频一出，有了底气，粉丝们的力量便再次压过黑粉。

不过林清野之前担心的事也没错，很快，大家就把注意力集中到接受采访的那个女生身上。

【大家不觉得这个女生身份成谜吗，说起来，哥哥两次出事都是和她有关哎。】

【+1，我也早就在想这个问题了！但是怕这时候给哥哥招黑都没有提过！】

【当初被造谣校园暴力的时候也是因为这个小姐姐父亲被侮辱，然后这回又是因为小姐姐被绑架，而且我现在再回去看两年前哥哥在奶茶店前的那个视频他是真的担心到崩溃，我以前都想象不出来哥哥脸上会出现这样的表情，感觉关系不一般。】

【别是女朋友吧……】

【我刚开始恋爱就要失恋了？】

【可是感觉也不太像女朋友哎，哪个女朋友会两次都通过这种采访视频渠道澄清啊，直接说明不行吗？】

【而且小姐姐这个和上一个视频的态度都很客观，三年前的那个澄清校园暴力的视频我看到的时候也没有觉得两人会有其他关系，小姐姐那个态度感觉就是不想好人受到误会而已。】

【但是，那奶茶店前的视频就说不通了啊，你什么时候见哥哥有过那种表情，不可能完全没有关系的啊。】

【或许……我突然想到了一件事儿……】

【我好像也知道楼上要说什么了。】

【大家还记得之前哥哥采访时说的那个“刺槐少女”吗，他暗恋到自卑的那个女生。】

【我好像也发现了什么！】

【好像，瞬间就能说通了？】

【这个视频里的小姐姐不会就是《刺槐》歌词里的那个少女吧。】

【哥哥不会从十六岁暗恋到现在二十六岁了吧……其中两次为刺槐少女打架，一次被冠上校园暴力的名号，另一次直接入狱两年半……都是为了同一个女生？】

【这是什么绝世痴情帅哥，野哥看起来根本不像会这么痴情的啊！】

【要真是这样我就更怜爱了，这到底得多喜欢啊，而且看视频里小姐姐好像还不喜欢哥哥，就是认识的关系而已。】

【想见见这位女中豪杰了，到底是谁可以面对林清野那张脸还不流口水的！】

许知喃没想到最后粉丝们竟然会得出这样的结论。

当初第一个视频时她和林清野刚刚分开，在叙述表达时自然是疏离的，纯粹是为了不让他被冤枉而已，没有掺杂其他多余感情。

而第二个视频也是尽量客观地去叙述这件事，到粉丝眼里却成了林清野暗恋十年未果。

粉丝你一言我一语，像是已经确认了林清野和她的关系是一段漫长的暗恋悲剧。

大家对她的好奇心越来越重，纷纷想扒出她到底是怎样的，居然能让林清野喜欢这么多年。

林清野对此忧心忡忡担心会影响到许知喃，而她倒是看完手机就心满意足地放下，大家总算是没再像之前那样群起而攻之地骂林清野了。

“好啦，你别看了。”

这回倒是轮到许知喃劝他了。

“我去打个电话。”他说完，去了阳台。

不知道他打算去怎么处理这件事儿。

许知喃没跟出去，任由他，自己去厨房洗了点水果。

林清野给林冠承打了个电话，他从没有主动去找林冠承帮忙过，这是头一回，林冠承接到电话时还很吃惊。

林清野将这件事挑重点跟林冠承讲了一遍，希望之后他能想办法别让许知喃的相关信息传出去。

林冠承对儿子这个女朋友了解不多，也无处可了解，只听王启提起过，王启当时一顿夸，林冠承对那素未谋面的未来儿媳妇印象很好。

“行，我一会儿让我助理去处理。”

林冠承又问：“那你现在住在哪里，我上回想去找你，看你好像也不在之前那套公寓了。”

“嗯，最近没回那边住。”

林冠承愣了下，忽然福至心灵：“跟你女朋友住一块儿了？”

林清野笑了声，倒也坦率：“嗯。”

“你新买了套公寓啊。”

“没，她之前就租住的，我就是个蹭住的，平大附近，比较方便。”

林冠承忽然不知道该如何接受这个现实。

他迅速想了一下平大周围的小区，没有一个是高档小区，都是些老旧小区。

而他儿子居然去女朋友那儿蹭住，而且竟然还是租的。

“你要是缺钱的话就跟我说，别委屈自己，也别让人家女孩儿委屈。”林冠承忍不住说。

“不缺，这里也不会住多久了，租期再过几个月就到期了，到时就不续租了，我另外买房。”

挂了电话，林清野进屋，跟许知喃一块儿在沙发上坐下。

电视上正在放《音乐时刻》林清野那一期的预告，今晚就到了播出的时候。

看了会儿，许知喃手机振动了下，林清野倾身从茶几上给她拿过来，余光扫了一眼。

是顾从望的信息。

他淡讽勾唇，递给许知喃。

她已经有一段时间没跟顾从望联系了，一来，他们从小认识到大，关系不需要什么维系成本，因为已经足够熟了；二来，她现在也已经猜测到了顾从望对自己的心思，也不想联系太过紧密造成误会。

可现在林清野坐在她旁边，弄得她有些心虚。

许知喃捧着手机，抬眼小心翼翼地看了他一眼。

林清野似乎没注意，一手懒洋洋地揽着她的肩，继续看电视。

许知喃重新看回手机。

【顾从望：一会儿有空吗？】

【许知喃：今天店里放假，怎么了？】

【顾从望：我今天下午的飞机，要来送我一趟吗？】

许知喃一愣，问他要去哪儿？

【顾从望：去国外给我爸管分部，估计这趟去了又得待一阵子吧，不过我在国外也已经待习惯了，也无所谓。】

顾从望大学读的就是金融，可也没有好好读，这两年在顾父公司里历练不少，又看他实在没有谈恋爱的打算，越在眼前晃悠越烦，索性叫他去分部成长成长。

【许知喃：怎么这么突然，航班什么时候啊？】

【顾从望：今天下午三点。】

许知喃看了眼时间，现在已经是下午一点，算上过去的时间现在也该出发了。

她正想着，手机却忽然被林清野抽走。

许知喃抬眼，他依旧那副懒洋洋的样子，也没看手机一眼，只是晃了晃：“你不老实啊。”

许知喃愣了下：“是顾从望，以前跟你说过的，你忘了吗？”

林清野哼笑一声，表情不屑。

许知喃有点蒙，但时间快要来不及了，她还是决定去送一趟，这回他走后也不知下回回来是什么时候了。

“他马上就要去机场离开堰城了，我想去送他一趟。”

林清野眯眼。

许知喃没注意，收拾了下东西，又回卧室去把睡衣换下来。

已经入秋了，先前闷热的天气一过，最近温度却是迅速下降，气温变化迅速，眼看着眨眼就要进入深秋了。

许知喃拿了件薄毛衣和牛仔裤。

她穿修身牛仔长裤很好看，腿型修长匀称，又直又细，腰间收紧，底下又露出一截纤细白皙的脚踝。

她扣上牛仔裤扣子，刚将睡衣脱下来，门忽然开了。

她从前一个人住，没有锁门的习惯，只是关上了而已。

许知喃惊呼一声，手忙脚乱地扯过衣服挡住自己，后退时差点绊倒，最后一屁股坐在马桶盖上，头发都乱了。而林清野站在门口，好整以暇，挑了挑眉。

许知喃抱着胸问："你干什么？"

林清野重新关上门，非常绅士地靠在墙边，平静道："聊聊。"

许知喃欲哭无泪，她衣服都还没穿呢，怎么聊。

"等一下，你先出去，我出去跟你聊。"许知喃试图和他讲道理。

而林清野无理取闹道："我不。"非常干脆。

许知喃单手抓着那件脱下来的睡衣挡在胸前："可是我还没穿好衣服。"

"那正好，咱们坦诚地聊聊。"

许知喃要哭了，不知道他这是突然闹什么脾气，不自觉地含胸，耐着性子问："那你要聊什么？"

"你要去见顾从望？"

"嗯，他爸爸让他去国外的分部管理，好像要去挺久的，我去送个机。"她大概明白了林清野闹脾气的原因，"我跟他认识很久了，不去送不太好，就是朋友而已。"

林清野嗤笑："他只是把你当朋友？"

许知喃一愣，没头没脑一句："你怎么知道。"

他挑眉，看她片刻，上前一步，去扯她挡在胸前的睡衣。

无声地威胁。

"哎哎哎——清野哥！"

许知喃被他这举动吓死了，扯着衣服拼命往后缩，小虾米似的，也不知凭什么明明是他吃醋，她的境地却这样惨。

"我是后面才意识到的，可是这些年他一直知道我有男朋友的呀，没有其他关系的，估计早就已经对我不是那个意思了。"

林清野一顿，注意力放在前面那句话上——这些年他一直知道我有男朋友的呀。

他不在许知喃身边的这两年半，别人却知道他是她的男朋友。

喜欢许知喃的人必然不会少，林清野从前没想过，现如今却忽然能想象出来她是怎么一次次地拒绝别人的喜欢，跟他们说自己已经有男朋友了，即便当时他这个男朋友还在监狱中。

他松了手，重新靠回到墙上。

许知喃心有余悸，紧紧抱着衣服："我就去送个机而已，和他说清楚，送完我就回来了。"

林清野点点头，说了个"行"，转身出去了。

虽然觉得他突然转变态度有点奇怪，可现在许知喃顾不得这些了，他一出去，她便瞬间穿上衣服，终于松了口气。

她重新推门出去，林清野正靠在窗边。

许知喃拢着衣服："那我先出门了，马上就回来。"

她刚一转身，身后一道声音："回来。"

"啊？"她回过头，犹豫着走回到他旁边。

林清野靠窗，片刻后，俯身，吻住她。

许知喃微微往后仰了下，便被他搂着腰重新拽回来，她莫名地被吻得腿发软。

林清野这才松开她："走吧，我送你。"

两人往门口方向走，林清野手垂下来，往她臀上掐了把。

许知喃被他折腾怕了，"唔"一声，跟受惊的兔子似的一口气跑到了电梯口。

到了机场，林清野没下车，叮嘱几句注意安全，许知喃便下车了。

进去后，她很快就找到顾从望，一身笔挺西服，手侧一个行李箱，看到她扬了扬手臂："阿喃。"

她走上前："你怎么走得这么突然啊？"

"之前我爸就提过让我去了，最近才决定去的。"顾从望朝她笑了下，"林清野送你过来的？"

许知喃一顿，点头："你怎么知道？"

"猜的，我想他应该也不会让你一个人过来送我。如今你俩也算是慢慢步入正轨了，都挺好的。"

许知喃轻笑："是啊。"

她笑起来很漂亮，眉眼舒展开，整个人显得明媚。顾从望这才恍然发现从前林清野不在的日子里似乎已经很久没见她这样笑过了。

对于许知喃，不甘心和后悔肯定是有的，毕竟明明是他更早认识的许知喃，他们从小学就认识了，顾从望仗着看她总是呆呆的，也从来没有跟她表明过心意，等回过神来时早被林清野吃干抹净了。

他从前并不看好林清野，甚至在知道林清野和许知喃的关系之前他就看林清野很不爽，一种莫名的不爽，大概是因为觉得这人身上太“刺儿”了。

“阿喃。”顾从望忽然看着她唤了一声。

她仰起头：“嗯？”

“我认识你应该都快二十年了吧，从前也算是和你无话不说，但其实有件事我好像从来没有跟你说过。”

许知喃忽然意识到他要说的是什么，眨了眨眼，愣愣地看着他。

“我喜欢你。”顾从望很坦然地说，“我也不知道是从什么时候开始的，咱俩太熟了，熟到我都不知道哪里是个头，就好像是有一天忽然觉得，哦，你好像对我来说跟其他所有的女生都不太一样，我应该是挺喜欢你的。”

许知喃不知道该说什么，但也没有露出震惊或抗拒的表情，很安静地听他继续说。

人来人往的机场，顾从望的手按在行李箱扶手上，不自觉收紧。

最初意识到许知喃跟他不会再有可能其实是林清野刚刚入狱的时候。

他从国外赶回来，看到许知喃完全像是换了一个人，原来那个许知喃仿佛跟林清野一块儿消失不见了。

后来即便渐渐生活恢复如初，但顾从望依旧能感觉到她和原来的差距。

直到现在，许知喃才终于又慢慢回到了从前的模样。

一切都发生得悄无声息，林清野回来了，她也就恢复如初，好像从前那些痛苦和创伤都完全不存在。

她是这样，其实林清野也是这样。

他们早就紧密不可分，没有人能够拆散。

“不过现在我打算放弃了，时机最重要，我以为我最早认识你就已经掌握了最好的时机，后来才发现这玩意儿根本不讲先来后到，排队还能被插队呢。”

许知喃忍不住问：“你选择去分部跟这个有关系吗？”

“还好，不算太有关系。我早就知道我已经没资格再插足到你和林清野之间了，现在看到他回来了，你跟他也好好的我也能放心了，得干点儿自己该干的事了。”

广播里响起提醒登机的声音。

顾从望说：“那我走了。”

这些话他藏在心里许久，如今说出来倒也轻松多了。

而看许知喃这么平静地就接受，便也明白了她其实早就已经猜到了。

“嗯。”许知喃点点头，“等你回来再见。”

顾从望转身进了安检口，转弯时转头又跟她挥了下手。

许知喃也跟他挥了挥手，又说了句“再见”。

顾从望扭头进去，背影也消失在通道口。

他忽然想到从前也是在这堰城机场，他碰到过一回林清野，当时林清野便非常直白地问他是不是喜欢许知喃。

顾从望犹豫了下，没承认，而是说关你什么事。

林清野当时很平静地笑了声，带着他独有的嘲讽，很让人来火儿。他紧接着说，不喜欢就好，因为我现在正在追她。

大概从那个时候开始就已经战局落定。

许知喃这么好的人，顾从望知道自己一步落下便出局了。

许知喃在机场里多待了会儿。

虽说之前就猜到了顾从望的心思，但如今戳破最后那一层纸，回过神后还是有片刻恍惚。

可她站在原地发呆还没半分钟，林清野就打电话过来了：“还没好？”

“好了。”

她走出机场回到停车场，拉开车门坐进去。

林清野侧头，上上下下看了她一通。

许知喃被他看得有些别扭，又不知道该说什么，紧接着便听他说：“四十六分钟。”

“什么？”

“一共跟他待了四十六分钟。”

许知喃抬眼看他，似乎是要确定他说的这话是不是认真的。

但在他脸上搜寻片刻也没找到什么证据，许知喃手伸过去，钩着他小指头拽了拽，又忍不住笑了下：“清野哥，你不会是真的在生气吧？”

林清野看了她一会儿，然后直接伸手捏她的脸。

许知喃乖乖任由他捏。

他往外扯一下她的脸说一个字：“不、行？”挺使劲儿的，把她的脸都捏红了一块。

许知喃的脸被他扯着，没辙了，服软道：“行。”

小姑娘也不知怎么脾气就这么软，怎么弄都不会生气似的，最近长胖了些，脸上有肉手感也越发好，林清野跟揉面团似的又揉了一把。

“他跟你说什么了？”

许知喃实话实说。

林清野嗤笑一声：“就他这种告个白还要担心以后能不能做成朋友的，还追什么女孩儿。”

“那你呢？”

“我没想过跟你做朋友。”

许知喃回忆一番，发现自己和林清野好像还真没有那个朋友的阶段，毕竟初次就是那样荒唐的事。

她抿了抿唇，嘟囔：“你还好意思说。”

林清野轻笑。

当晚，《音乐时刻》正式播出。

前面被那轰动的丑闻一闹，又及时澄清，已经为这档节目提前预热，又是林清野复出以来的第一次公开露面。

播出当晚便直接破了收视记录，并且一举拿下同时段的收视第一。

最初《喃喃》的购买者主要还是粉丝占大头，但《音乐时刻》播出后不少路人也听到了这首歌，新专辑线上购买下载量再次达到了第二个高峰。

路人评价也急剧攀升。

【这位哥是真的天生属于舞台啊，我甚至觉得《音乐时刻》舞台上无修音的 Live 版比专辑录音的还要好听一百倍。】

【本来是路人的，最近看这么多人都在讨论《喃喃》我也懒得去听，结果现在震惊了，这也太好听了吧。】

【林清野的声音真的很绝，完全声控福利，唱歌时就很温柔，平时说话又清清冷冷的。】

【等一下，居然没人嗑林清野的颜吗，都在聊歌？你们是不是太暴殄天物了？】

【哈哈哈哈哈哈哈哈哈哈，我也想说，为什么要忽视帅哥的脸！果然是帅的人怎么样都帅，有疤也帅，平头也帅！】

【我说一句林清野娱乐圈平头第一帅没人反对吧？】

第二天，这些讨论更加热闹。

到后来甚至开始有人讨论为什么林清野可以一复出就这么火，简直堪称复出典范，想从方法论探究这一现象级的原因。

被点赞最多的一个回复指出了三个原因。

首先自然是颜，林清野有一张独具风格的脸，风格自成一派，娱乐圈内没有替代品，自然能够一复出就把从前的粉丝都拉回来。

其次对家搞事故意抹黑，但林清野反转得足够好，不仅把那支暗箭原样射回去了，而且还借此机会给自己造了一把势。

最后便是实力的确配得上，当初在那么多已出道歌手竞演的舞台上就能拿到冠军，打败沈琳琳的实力大家有目共睹。十八岁就能拿到金曲奖的天才选手到二十六岁才火，已经是很晚了，正确来讲，应该是“终于火了”。

而当初重新对“刺槐少女”兴起的探究狂潮在持续一段时间后便忽然悄无声息地消失了。

大概是林冠承在其中起了作用。

于是视野也全部再次回到了林清野身上。

王启也安排好了之前准备好的《喃喃》的五个城市巡回音乐节，第一站不在堰城，而是在 B 市。

许知喃提前处理好了店里的事儿，将店交给李焰打理，打算跟林清野一块儿去 B 市。

出发前一天晚上，两人收拾行李。

许知喃坐在床上，而林清野则直接席地而坐，将衣服一件件折好了放进去。

许知喃看着他整理，笑了笑：“我们现在这样像不像是去旅游的。”

林清野道：“等这段时间忙过了，我们就去旅游。”

“对了，你那些乐器要怎么办？”

“主要的那些都已经提前运过去了，场地也早就已经准备好了。”

许知喃现在回想起来还觉得这段时间真是跟梦一样，才过去了两个多月，便已经出了一张专辑，马上就要办第一场宣传音乐节了。

即便她一直都相信林清野，也没想到他能够这么快。

她坐在床沿蹬了蹬腿，垂眸看向林清野。

他已经和刚刚出狱时不一样了。

那会儿的他整个人的气压都很低，冷戾和淡漠浮在情绪表面，完全是拒人于千里之外，也许是太久身处于黑暗之中，身上的光彩都被暂时遮蔽。

而现在的林清野回归了从前的神采奕奕，除此之外，也更坚定更成熟。

想到这里，许知喃轻轻笑了声。

林清野捕捉到这笑声，问：“笑什么？”

她伸长了胳膊朝林清野靠近，林清野以为她是要搂他，靠过去后却被她双手捧住了脸。

她靠得很近，弯着眼甜甜地冲他笑：“觉得你好厉害呀。”

林清野扬眉，笑着：“怎么？”

她跷跷腿，漂亮小巧的脚尖点了点行李箱：“这么快就有音乐节了，而且还是只有你一个人的。”

林清野低低笑了声，凑过去亲她，忽然说：“我出狱来找你之前先去找了一趟王叔。”

“嗯？”

“我本来不敢来找你，总觉得自己都已经这样了，再去找你也是祸害你，从前已经祸害了一回，不想再有第二回。

“然后王叔跟我说，我已经祸害了你两年半了，如果再不去找你，便是把你剩下的后半辈子也给祸害完了，我回去后自己待了一下午，晚上就去找了你。”

说到这里，林清野沉默片刻，许知喃也没有出声，过了会儿，他才缓慢而轻声地说：“我当时就想，你在我身上赌了这么多年，说什么也不能让你赌输了。”

第二天一早，两人从传启娱乐公司地下停车库上了辆商务车，稳稳开往机场，准备前往 B 市。

许知喃不是个爱跑的性子，从前父亲还在时倒是会一家人出去旅游，但自从父亲去世后她就再没有出过远门了。

这还是头一回，难免显得有些兴奋。

而且跟林清野一块儿还是一路 VIP 通道，不再是从前那人来人往的机场。

两人和工作人员一块儿往里走，忽然身后齐刷刷一道声音：“队长！”

狭长空旷的 VIP 通道中，这嘹亮的声音都带回声似的传递进耳膜。

回头。

关池、十四、季烟站在不远处，肩上各自背着乐器包，脸上扬着笑。

林清野转过身，看着他们，慢慢也勾起嘴角。

关池站在三人中间，抬着下巴笑：“刺槐乐队鼓手、贝斯手、键盘，为你服务。”

# 第四章

/

第一次上门见家长

关池话音一落，十四就非常破坏气氛地啪啪啪一通鼓掌：“太牛了你！听得我差点就要单膝跪地作揖了！”

季烟抄起一巴掌打在十四后脑勺：“你能不能别破坏气氛啊！”

林清野一手搭在许知喃肩上，懒洋洋地看向他们，笑着开口：“你们怎么来了？”

关池说：“是你太不够意思了，早跟你说了，有任何需要都尽管跟我们说，咱们四个的默契是配合了这么多年才练出来的，是那一般伴奏乐队能比的吗？”

季烟道：“其实是王叔跟我们说的，音乐节这种活动，一个人干唱没意思，你还真是需要我们。”

因为刺槐乐队另外三人的到来，这一路上都非常闹腾。

明天才是正式音乐节活动，大家从 B 市机场出来后便坐商务车一块儿先去了酒店，一路说说聊聊。

林清野和许知喃一个套间，他们三人则是一个三室两厅的大套间。

大家各自放下行李。

林清野揽着许知喃肩膀揉了揉：“累不累？”

“不累，东西都是你拎的我怎么会累。”

林清野坐在床上，将小姑娘搂进怀里：“跟他们一起，会无聊吗？”

“什么？”

“关池他们。”

他们四个的确是从高中组乐队就认识了，说话间都太熟悉了，但许知喃跟他们三个都不熟，林清野担心她会有被忽略的感觉。

更何况从前大学时候他也没认真对待她，也导致现在她和他们三个关系有些尴尬。

“不会啊。”许知喃完全不觉得这是个问题，“他们能来陪你参加第一个单人音乐节很好啊。”

说曹操曹操就到——他们这间套房的门铃被按响。

林清野起身去开门，三人站在门口，关池一脸暧昧笑：“方便进来不？”

林清野轻嗤，侧身让他们进来了。

“你这回过来你老婆倒是肯了？”他问关池。

“最近我挺空的，而且孩子这不是也大了嘛，她带起来也总算是轻松些了，我偷个两三天的懒还是可以的。”

季烟笑道：“我们几个都是同龄，这么看来你那真是火箭速度，居然孩子都已经快两岁了，我和十四连个对象都没。”

关池嘿嘿笑：“我当时都没准备好，也没想到会这么快，不过也是船到桥头自然直，刚开始手忙脚乱，这不儿子也马上就要长大了。”

他们三个坐在沙发上聊天，林清野低头跟运送乐器的负责人重新明确了下地址。

刚发完信息，关池又调侃道：“说不定下一个就到队长了，就你们现在这架势，明年就能当爹也说不准。”

与此同时，许知喃洗了把脸，从卧室走出来。

听到关池那句话，她脚步一顿。

林清野注意到她，神色如常，淡淡批了句：“别在人小姑娘面前乱说。”

林清野朝许知喃招了招手：“来。”

许知喃走过去，在单人沙发边坐下，林清野则坐在单人沙发的宽扶手上，懒洋洋地倚在她身上。

他们也是头一回见林清野在许知喃面前是什么样的，被刚才那句“别在人小姑娘面前乱说”吓到了。

刚才关池说的也没什么吧？

他们平时真开起玩笑来尺度可要比这个翻好几番的！

而且许知喃也只比他们小一岁，现在也二十五了吧？怎么弄得跟十五岁似的，连这种话都听不得了？

十四忍不住了，真诚地问：“队长，你都不在你女朋友面前开这种玩笑的吗？”

不应该啊，从前他们就是那样的关系，不至于这么纯洁吧。

"我开。"林清野说，"但是你们不行。"

三人一怔。

第二天，四人一块儿合了一个上午加一个下午的歌，到晚上，音乐节粉丝们便陆续进场。

B 市经常举行各类音乐节，商业的、校园的都有。

一块大片的草坪，绿葱葱的，远远望去生机盎然。舞台后方是一幅巨幅海报，不仅有《喃喃》的封面照，还有龙飞凤舞的极好看的三个大字——林清野。

天色渐晚，晚风阵阵，拂过草地还带来极清新的青草味道。

许知喃的位置在前排。

很快，周围陆陆续续也都坐满了人。

大家都穿得很漂亮，显然是精心打扮过的，许知喃穿得普通，白 T 黑裤，但那一头蓝色长发也足够显眼。

她已经有一段时间没有去染头发了，顶上有短短一截黑发长出来。

坐在她旁边的女生的手肘撞了撞她："姐姐。"

"嗯？"

"你这个蓝头发好漂亮哦。"

许知喃笑了笑："谢谢。"

那女孩儿又看到了她的正脸，眨了眨眼："你长得也好好看啊！"语气激动，丝毫不吝啬自己的夸赞。

许知喃又笑着道了声谢。

"不过你这个蓝色和哥哥之前《我为歌来》决赛上染的头发发色好像啊，你是因为他才染的吗？"

许知喃稍稍停顿，点头："嗯。"

"啊，真羡慕，我也想染，可我要是真敢染一头蓝发我妈说就直接把我从家里赶出去切断生活费了。"

许知喃笑出声："喜欢他也不一定要跟他染一样的发色嘛。"

"主要是还有一点，你别看我今天化妆挺白的，但卸了妆皮肤有点儿黑，蓝头发太挑人了，我怕我驾驭不了，不过你和哥哥都驾驭得好好，超级好看！"女孩儿是个小话痨，"不过我更喜欢新专辑的造型，真的好帅，感觉比两年半前更帅了！"

很快，工作人员上台布置舞台场地，将架子鼓、键盘架以及麦架纷纷拿上台。

底下粉丝纷纷抻长了脖子，翘首以盼。

可舞台布置好了，林清野却还没上来。

底下也不知是谁先起了个头，大家纷纷高声大喊林清野的名字，像是要把他唤出来。

“林清野！”

“林清野！”

“林清野！”

起初只是一小片，但大家很快便都被带动，到后来全场都在呐喊。

许知喃置身其中，心中越发震动。

她也跟着大家喊林清野的名字。

这个少年，这个男人，即便毁誉参半，即便历经坎坷，但至少现在这片呐喊声是属于他的。

以后必然还会更多。

忽然，顶上的灯转动几下，大家更加沸腾，林清野仿佛是在那千呼万唤中走出来的，灯光也一并投射到他身上。

许知喃余光里是那摇晃着的荧光棒和灯泡，瞳孔里映着一个完完整整的林清野。

他走上台，身后还跟着并列的三人，一并走到舞台前，林清野视线扫过许知喃，轻笑了下，俯身靠近麦架。

“大家好，我是林清野。”

他转身介绍身后，嘴角噙着散不去的笑意。

“这是我的乐队。”他说。

底下粉丝很快反应过来，喊道：“刺槐乐队！”

尖叫声几乎要穿透耳膜，大家又非常默契地开始高声喊刺槐乐队的名字。

此刻，不只是台上四个人，就连许知喃都难以平复。

自从大学毕业，他们就再没有一起上过一个舞台。

从高中起他们四个就在一起，经历过逃课在烂尾楼楼顶玩音乐，也经历过突如其来的一夜成名，一起在酒吧驻唱四年后关池、季烟、十四三个人踏上寻常又无趣的生活，独留林清野一人在这条路上继续。

只是走到一半，黑暗笼罩。

如今终于是守得云开见月明了。

关池、季烟和十四也被这场景怔得眼角含泪、血液沸腾。

三人抹了把眼睛，各自回到自己的乐器边。

鼓手关池。

贝斯手季烟。

键盘手十四。

以及，主唱林清野。

他背了把吉他，坐在麦架后的高脚椅上，吉他抵在腿上，靠近麦克风：“一首《喃喃》——”

林清野抬起眼，视线扫过台下，最后停留在许知喃身上。

修长骨感的手指拨动吉他弦，响起一段流畅的旋律，落在大家的心尖上，而后他开口：“送给你。”

许知喃的心一颤。

话音一落，前奏响起。

刺槐乐队配合默契，一段架子鼓率先出来，鼓点密集落下，像是狂风骤雨，瞬间点燃全场。

一切都虚化，只剩下台上这四个人。

这是他们的主场。

台下众人起身，跟着旋律歌唱摇晃，荧光棒像是被吹拂着的成片麦田，齐齐晃动着。

他唱：

那个女孩儿呀

我从未如此迫切地想见到她

可她不说话

像缄默的神明

……

林清野站在舞台之上，看着台下众人，看着属于自己的灯牌和荧光海。

《喃喃》的歌词全部推翻重写，并不是最初那版，写的是他在狱中时的心情。

在那晦暗世界，他见不到许知喃，只能站在镜子前看他背后刻着的那个女孩儿。

不管他说什么想什么，女孩儿都笑盈盈地望着他，像是在两人之间洒下一道星辰河汉，支撑他度过了那一段时光。

一场音乐节结束，粉丝们在难以平复下去的激动心情中离开。

刺槐乐队配合太过默契，每一个乐点、鼓点、琴键都丝毫不差地相合，旋律交杂着入耳，瞬间让人起了一层鸡皮疙瘩。

仿佛每个听众都是那舞台上流汗的一分子，沉浸在其中，听到后来甚至都纷纷大汗淋漓。

听众都如此，更不用说他们四人。

音乐节结束，关于 # 林清野 B 市音乐节 # 的话题已经上升到热搜前排。

他出道时是单人，这也是他出道以来大家第一次见到刺槐乐队合体，一时间网络上都在热议、科普这个乐队。

除了今天这个舞台的各种照片视频，就连从前在酒吧时的照片视频也被纷纷转发。

【啊啊啊啊啊啊野崽还有什么是我不知道的惊喜吗！】

【我身为堰城人居然从来没去看过刺槐乐队以前的演出！】

【后面几场音乐会我必去！！！靠视频就看得热血沸腾，音乐节的氛围比演唱会都好！】

【啊，看林清野在舞台上唱歌光芒万丈，我就不知道为什么又想哭了，太难了太难了。】

【我疯狂心动！】

【林清野给我冲！走花路！顶流！ Top ！】

结束了演出，许知喃便和他们一块儿回去。

关池提前订了一堆夜宵，烤串、炸串、啤酒一类，满满两大袋子，一回酒店外卖就到了。

他开门拿了外卖，回头问："怎么着，今天反正也是睡不着的了，去队长那儿吃夜宵去？"

唱了这样一场，骨子里沉寂多时的悸动都被激活，的确是睡不着了。

十四回想起昨天下午林清野那样儿："现在过去，他不会揍咱们吧？"

关池思忖片刻，看了眼表："这才回来多久，不至于这么快进入正题吧？"

十四道："那就快点儿过去，再晚可能就真来不及了。"

于是，三个人齐刷刷地拎着夜宵出去，摁响了隔壁房间的门铃。

来开门的是林清野，依旧穿着刚才舞台上的那身衣服，十四暗暗松了口气。

还好，看来应该没有打断什么不可描述的事。

林清野杵在门口，无声地看着他们扬了下眉。

关池拎起手里的夜宵袋子：“喝点儿？”

林清野笑了声，侧身让他们进屋。

他们把袋子里的东西纷纷拿出来，关池今儿心情好，买了特别多，铺满了整个茶几。

“咱们今天可得不醉不归。”关池说，“太爽了，我都多久没碰架子鼓了，那一下敲下去真是直接爽到天灵盖了。”

十四笑道：“大哥，你买的这是啤酒，喝起来跟水似的，不醉不归怕是做不到了。”

季烟道：“平川之光呢？”

过了这么久，他们有时提及许知喃还是习惯性地叫“平川之光”。

话音一落，旁边卧室突然响起一道声音：“清野哥。”

众人齐刷刷地看过去。

许知喃站在卧室门口，已经洗完澡了，穿着睡衣，浅粉色的衬衫样式的上衣和宽松短裤，露出大片白皙大腿。

她刚洗完头发，还没吹干，有水顺下来，滑进眼睛里让她暂时睁不开眼。

她双手举着，闭着眼微蹙眉道：“我项链扣不上了，你帮我扣一下。”

客厅内一片安静。

林清野最先反应过来，顺手挡了站在他旁边的十四的眼睛，大步朝许知喃走过去。

他捏着许知喃的手臂重新拉进卧室，“砰”一声关上了卧室门。

留下客厅里三个人面面相觑。

十四蒙了：“所以说，我们还是来得不巧？”

关池无语道：“就你这呆瓜还盯着平川之光看。”

“我可太冤枉了，我就是没反应过来而已。”十四说，“而且她穿着其实还好吧，也没露什么。”

季烟拿抱枕丢他，不耐烦道：“你还敢说这个，一会儿出来就揍你！”

十四闭嘴了。

许知喃被林清野重新拉进卧室才反应过来，抬手抹了下眼睛，睁开来了，而后才后知后觉地听到了外面客厅的声音，以及空气中弥漫开的烧烤味。

她看着林清野眨了眨眼。

他倒是很平静，并不觉得有什么，还慢条斯理地帮她把项链重新扣好了。

依旧是她生日时他送给她的那条项链。

“下回给你换条新的。”林清野手指捻着那颗蓝宝石说。

“不用，这个很漂亮。”许知喃抿了抿唇，“外面，他们来了吗？”

“嗯，刚来，吃个夜宵。”

“那我刚才……”

“还好，我马上就把你拉进来了，一会儿换件衣服再出去吧。”

“我也要出去吗？”

“你不想？”

“也不是。”许知喃咬了下下嘴唇，“我就是觉得有点儿尴尬，你都不跟我讲他们来了。”

林清野摸了摸她脑袋，低头亲了下：“我以为你听到声音了呢。”

“隔音好，浴室里我水开得大，就没听见。”

“没事的，一会儿出来吃点东西，看你之前晚饭也没怎么吃，吃饱了觉得无聊你就先睡觉，他们估计还有得闹呢。”

许知喃点点头。

林清野重新回到客厅，没一会儿许知喃便也换好衣服出来了，换了一条牛仔裤，趿着白拖鞋绕到林清野旁边坐下。

小姑娘头发吹到半干，柔顺地披在背后，素颜，白净一张小脸。

简直是要多纯就有多纯。

染的那一头蓝发也一点儿不影响纯度。

她乖乖巧巧地挨着林清野坐下。

季烟再看一下他们这边三个人，忽然莫名觉得中间茶几像是一道分界线，隔开了天神天仙和他们这些乱舞群魔。

十四方才盯着看了好几秒，自觉对嫂子多有冒犯，便自觉请罪，拿起几根烤串主动递过去：“来来来，嫂子，你别客气，多吃点儿，太瘦了！”

许知喃是个慢热的性子，被他的称呼惊得抬眼看了他一下，忙起身去接：“谢谢你。”

不是“谢谢”，而是正儿八经的“谢谢你”。

实在是太有礼貌了点儿。

弄得十四都不知道该怎么接了。

刚才正聊到后面几场音乐节的事儿，林清野倒没特别关注许知喃，见她低着头在吃就随便她了。

关注她的是十四。

林清野和关池聊到一半，十四忽然又站起来：“嫂子，你吃这么久怎么连个喝的都没有！”说着，他便拎着啤酒瓶倾身过去，“来！我给你倒一杯！”

“不用了，不用了。”许知喃忙去捂杯口，手里还捏着一把烤肉，手忙脚乱的。

十四道：“怎么能不喝酒呢？”

许知喃捂着杯子，偏头朝林清野看了眼，摇摇头：“我不能喝酒的。”

其他三人也齐刷刷地朝林清野看过去。

许知喃看他的意思原本只是想到了之前赵茜婚礼上自己喝醉的事儿，不想今天又喝醉了折腾林清野。

只不过那眼神到了他们仨的眼里就不一样了。

怎么回事？

这怎么还成夫管严了？

喝个啤酒而已，怎么还得经过林清野的同意了？

太不人道了吧！

十四就更震惊了，从前林清野刚决定重新追求许知喃时他好不容易才接受了卑微队长的这个设定，现如今却发现又完全掉了个个儿。

林清野直了直身，开口了：“别给她喝酒了。”

十四麻木地拿着酒瓶坐回去：“哦。”

许知喃连着吃了好几串烧烤，那几串虽然没有加辣，但还是很咸，的确是渴了，偏头跟林清野说了声：“我去拿瓶水。”

“嗯。”

他们几个平时也都野惯了。

身边的朋友也都是差不多性格的，头回见许知喃这样的，居然拿瓶水还要乖乖跟林清野报备一声。

等到许知喃走出客厅，十四问：“队长，嫂子她不能喝酒啊？”

“她酒量差。”

“哦。”十四点点头，“你不让她喝就不喝了，一看就是好学生。”

林清野看他一眼，大概也知道了他们在想什么。

其实许知喃真想喝酒他也不会拦，少喝点儿别喝得头疼头晕就行了，但放这几个人眼里倒成了他不让喝了。

他也懒得解释，捞起烟盒抽出一支，在茶几上敲了敲，叼进嘴里，没点燃。

片刻后，他懒洋洋地，炫耀似的笑一声：“乖吧。”

其余三人鄙视地看了他一眼。

许知喃到底是怎么让从前那个卑微追求的林清野又变回这不要脸的样

子的。

简直是一手好牌打得稀巴烂。

不过也好在是把那个刚出狱时冷戾颓废的林清野变回了这臭屁模样，也挺好。

那天等吃完后天已经很晚了，他们那群人都是夜猫子，通宵也是家常便饭。

直到看许知喃在一旁捂着嘴打了个哈欠，泪眼婆娑地强撑精神坐在一旁听他们继续讲，这才反应过来时间，纷纷起身离开了。

“走吧，你先去睡觉。”林清野拍拍她脑袋，温声说。

许知喃揉了揉眼睛：“你呢？”

他拿起手机：“我找王叔说个事。”

“好。”

许知喃走进卧室，林清野拿着手机走到窗边，刚刚王启已经给他发了一条信息了。

【王启：专辑到这月底的所有收入都按分成比例给你汇过去了，还有之前节目的出场费明天财务那边也会给你汇。】

林清野回复完，点进自己的银行 App 看了眼存款。

很快，又有一条信息弹出来。

【林少爷，您之前托我卖掉的那套明栖公寓已经有买家有意向了，另外，您让我留意的庆丰路丽嘉大厦也即将开盘了。】

林清野手指在手机屏幕上停留片刻。

【林清野：好，明栖那套卖掉吧，丽嘉大厦那套你帮我拿下来。】

他将手机放回裤袋，抬眼看向落地窗外的夜景。

B 市也同样是个繁华大都市，这家酒店位于最繁华的市中心地段，从顶层望下去将灯光夜景尽收眼底。

川流不息的车流，交错交织连成一片光影线条的路灯。

他想要给许知喃最好的生活。

她也值得拥有最好的生活。

林清野独自看了会儿街景，垂眸，兀自勾了下嘴角，转身进了卧室。

许知喃已经睡着了。

这个点对她来说已经很晚了。

林清野将卧室灯关了，迅速洗了个澡便回到床上。

床面下陷，许知喃迷迷糊糊地半醒过来，眯着眼看了他一眼，自觉朝他靠过去："你也快睡吧。"

"嗯。"林清野搂着她，睡了。

第二天，一行人便回了堰城。

林清野一回去就有事，许知喃猜他大概是又要继续忙工作，没多问，自己回了刺青店。

前两天请假去了B市，有一个大活便预约在了今天，一个非常精细的满背文身，而客人承痛能力不强，没法一次性文完，只文了一半便结束。

送走客人，店里又来了个人。

稀客。

路西河。

"路大哥。"许知喃站起身，"你怎么来啦？"

"我正好路过，顺便来看看你，给你带了点儿吃的。"路西河说着，提着一袋草莓放到她桌上。

"现在的草莓特别贵吧？"

许知喃正想拒绝，一旁的李焰抬起头来："谢谢路大哥！我昨天就特别想吃草莓来着，但是一看那价格，哎哟下不了手。"

路西河把烟从嘴里拿下来，朝李焰的方向点了点："瞧瞧，这丫头性格就比你爽快多了。"

"不过丫头，"路西河对李焰说，"你师父工资应该给你开挺高的吧，怎么连草莓都买不起啦？"

李焰笑道："我这一个人来堰城，您又不是不知道这儿的房租有多贵，我还爱买鞋，哪有闲钱买草莓啊。"

"那你这不叫买不起草莓，纯粹是你买太多鞋了。"

李焰哀号一声。

路西河又看向许知喃："对了，我来还有一事儿。"

"什么？"

"他们几个刺青师想聚个餐，让我来跟你也说一声，问问你去不去，到时候把你店里这几个也都叫上。"

路西河说到一半，又嗤了声："他们那几个闲不住的，活动忒多，把咱们这行业也弄得跟什么同事聚餐似的。"

"什么时间啊？"许知喃问。

路西河道："还没确定呢，估计下个月吧。"

"下个月的事儿怎么这么早就约了。"

路西河嘿嘿一笑："他们撺掇着我先来把你给约好呢，那群男的准是抱了些看美女的念头的，这不咱们堰城最漂亮的几个刺青师都在你店里头了。"

说完，他朝李焰一喊："是吧！丫头！"

李焰笑道："我哪有师父好看。"

路西河道："你别说，上回你替你师父给我送东西来，不是来过一回我店里吗，还真有个小伙子看上你了，这回聚餐也去！"

"哪个啊？"

路西河报了个名："皮肤黑黑的一个，挺厉害，二十四五岁。"

见两人还真跟相亲似的要聊起来，许知喃笑着打断道："她还小呢。"

"这有什么的。"路西河摆摆手，"你刚谈恋爱那会儿几岁啊？"

"十八岁。"

"这不就得了。"

路西河这一问，李焰立马来了兴趣："师父！你十八岁谈过恋爱啊！那不是你刚上大学那会儿吗，谁啊谁啊？"

许知喃打断她："你好好文身，人家还等着呢，你还聊得起劲。"

李焰扁扁嘴，还是有师父的余威在的，低下头专心文身。

路西河手撑在桌上侧头看了会儿李焰，笑一声，压低声音问许知喃："哎，你没跟你徒弟说过啊？"

"没。"

"那现在你俩怎么样了？"路西河自然也知道林清野已经复出的事，"还在一起不？"

许知喃点头，轻笑了下："嗯。"

路西河笑起来："那是得小心点儿别被那丫头知道了，太虎了，不过这还真挺可惜的，你可是咱们刺青师圈里的女神啊。"

"刺青师里头女生本来就少。"

"可质量高啊，一般都挺漂亮，你是里头最漂亮的，那些人要是知道你有男朋友肯定个个都得失恋伤心几天。"

许知喃无奈道："路大哥，你也太夸张啦。"

两人聊了一会儿，路西河还有事，便先走了。

晚上，许知喃回公寓，刚下电梯就遇上了房东。

许知喃过去打招呼。

"你这个房子，下个月月底租期就到了哦，还要不要续租，续租的话我们就再续个合同。"

这段时间忙忙碌碌的，许知喃都差点儿忘了租期这茬。

她也在犹豫要不要换个地方住，毕竟林清野如今这样的情况，继续在这里住下去也实在是不太方便。

房东见她犹豫，又说：“哎哟，我看你还是续租吧，你上班不是就在旁边那条街吗，没有比这更方便的了，而且我这租金也便宜啊，你看看现在这个价格哪里还租得到这样宽敞的房子啦。”

这个说的倒是真的。

当初租房子时许知喃也去周围其他几个小区问过，的确是没有这里便宜。

如今林清野虽然旗开得胜，但也刚起步，还是得一步一个脚印来。

“阿姨，您给我点儿时间再考虑一下，等我男朋友回来了我问问他，明天给您答复行吗？”

“交男朋友了啊？”

“嗯。”

房东点点头：“行，那你明天给我答复吧，我还是很希望你能续租的，干干净净一个小姑娘，事儿也不多，住着我省心多了。”

房东念念叨叨地走了，许知喃开锁进门。

她放下包，坐到沙发上跟林清野发信息说了这件事。

他大概是在忙，没有马上回复。

许知喃也没在意，拿了 iPad 出来开始画稿。

最近工作不忙，许知喃已经把欠下的设计稿任务全部都画完定稿了，这会儿只是闲着无聊随便画一画。

画到一半，林清野打电话过来了。

“喂？”她接起来，“清野哥，你看到我给你发的信息了吗？”

“嗯，租期到什么时间？”

“下个月月底。”

“那差不多。”

许知喃没懂：“嗯？”

“别续租了，我们换个地方住。”

他直接做了决定，许知喃倒是少了烦恼：“好啊，那我明天早上就跟房东说我们不续了。”

“你现在在家？”

“嗯。”

“我快到楼下了。”

与此同时，许知喃听到电话那头传来的车喇叭声，应该是在开车，林清野继续说："五分钟后你下来一趟吧。"

许知喃一愣，眨了眨眼："要去哪里？"

他低低笑了声，保持神秘："带你去个地方。"

虽然不知道这个点能去哪儿，林清野如今的身份也不可能再在大马路上乱走，不过他都这么说了，许知喃也没多问，应了声挂断电话便简单收拾了下，关了灯重新出门下楼。

天气越发凉了。

许知喃拢紧衣服。

走到小区门口，林清野那辆车就停在不远处，跟这破旧小区格格不入。

的确是要换新住处了，许知喃心想。

她小跑着上车。

"我们去哪儿啊？"

"到了你就知道了。"他依旧卖关子。

少见林清野这个样子，许知喃侧头看了他一会儿，心情也莫名地变好，轻飘飘的，她转过头，也不再问，任由他把车开出去。

她原以为林清野是打算带她去什么僻静的地方，就像从前还在读书时带她去的那幢刺槐乐队曾经常去的烂尾楼。

但其实没开一会儿就到了，林清野打了转向灯，右转。

许知喃往周围看，高楼耸立，已经很靠近市区了。

林清野将车直接开进了那幢高楼的地下停车库。

停车库里很空旷，几乎看不到其他车，两人下车，关上车门的声音都格外响，在偌大的停车库激起回音。

好在灯光很亮堂，看这种设施都崭新又高级，不怎么吓人。

许知喃小跑到他身边："这是哪儿啊？"

他依旧不回答，只是牵着她手一路到电梯，从兜里了拿了张卡放到感应器刷了下，电梯"22"层的按键便亮了。

许知喃余光瞥见那卡上的大厦名字，心里忽然腾起一种猜测，但又觉得不可能。

一路上行至22层，电梯入户，入眼便是宽敞明亮的客厅，干净的地板反射着顶上的灯光。

他们之前住的那个出租屋跟这儿压根儿不能比，就光这客厅都要比出租屋全部面积超出一倍。

许知喃愣在原地，傻乎乎地问了句："这是什么？"

"你家。"

"啊?"

林清野看着她的表情，笑出声："我买的。"

许知喃依旧觉得不可思议。

即便林清野跟她说不再续租了，她脑子里想着的也是去租一个更宽敞、安保性更好的公寓，或者直接攒钱付个首付。

跟林清野不同，她从小和父母一块儿住在很普通的房子里头，根本没去想过要买一个这样子的豪华公寓。

结果，林清野二话不说就带她来了这儿，而且已经买下来了。

"你什么时候买的?"

"今天。"

今天……

她还以为他是去传启娱乐了呢。

"你怎么之前都没有跟我说过呀。"

"送给你的礼物，怎么能提前跟你说。"

林清野拉着她的手，带她一个一个房间参观。

房子是精装修，只需要自己稍微再添置点儿东西就能直接入住了。

丽嘉大厦有高安全系数的安保体系，只在内部开售，单层单户，空间私密性极好，整座大厦只有顶层几个娱乐场所才会见到同住这里的其他人。

顶楼健身房、桑拿浴室、影院、图书馆应有尽有。

而现如今已经安装好的家具设备也都是目前最先进的，除了出挑的安保体系外便是顶级的智能化卖点。

许知喃被林清野拉着，一间间看过来。

"这个要好贵吧。"

"是挺贵，我把我之前那套公寓卖了。"

"啊?"许知喃愣了下，"那个不是你之前准备复出时要花钱就已经卖掉了吗?"

他抬手揉一把她头发："我说什么你就信什么啊? 那时候也没到需要卖房的地步，只不过是为了让你收留我而已。"

许知喃仰头看他，小声道："你不这么说我也会让你住的呀。"

林清野轻笑。

两人站在 22 楼的落地窗前，城市景色尽收眼底。

他低声平缓地开口："阿喃，我想要在我能力范围之内给你最好的生活。"

男人站在她身后，手臂从后面圈过来，揽在她腰间，微微俯身，胸膛紧紧贴着她后背，他身上独有的味道也严丝合缝地包围过来，温柔缱绻，像是要将她浸透了。

他神色难得地严肃，眉眼深邃，说话间呼吸很紧，每一句话都是从心底说出来的。

"出来已经三个月了，好像也从来没有正儿八经地好好跟你告白过，你也从来没有向我要过任何保证，就一直这么傻傻跟在我身边。"

许知喃一顿，在他怀里转过身，跟他面对面。

他眼底藏了太多难言的情绪。

许知喃看着他这副样子，回想起那时候的事，莫名鼻酸，轻声说："我们不是在那之前就已经在一起了吗？"

"说你傻还真是傻，谁会这样无望地等一个出狱的人，还一等就是两年半？"

林清野垂眸，笑得无奈又心疼，继续道："最初我去见你都是鼓足了勇气，也没有底气问你还要不要跟我在一起，怕最后也给不了你什么，白叫你受苦。

"就让你这么不明不白地跟我过了三个月，还好，我现在已经能让你住好房子了，没向我爸要钱，我把我所有积蓄和那套公寓变现的钱都放这里了，剩下的房贷我尽快还清，应该也没什么问题。

"有能力给你一个像样的家了，有些话我也终于敢跟你说了。"

他看着她，目光平静又温柔。

"阿喃，你要不要再喜欢我一次？"

许知喃忽然想到从前那个喝醉后第一次在自己面前展现出脆弱的少年林清野，他红着眼眶说，阿喃，你不喜欢我了。

她喉间发酸发痒，眼里也慢慢蓄起泪。

她暂时说不出来话，林清野又说："这次，我会好好对你，不会再让你受委屈了，也不会再让你哭了。"

许知喃一眨眼，眼泪就掉下来。

她从前以为她和林清野的关系发展至今，已经再也不需要这些口头的保证，也不再需要正式的确定关系。

可直到这一刻，她忽然好像又看到了最初的那个林清野。

从前那个若即若离、和她不属于一个世界的林清野，那个她小心翼翼喜欢着又不敢让别人知道的林清野，那个她整个青春唯一爱过的林清野。

现在，少年就站在她面前，问她要不要再喜欢他一次。

没有中间所有的坎坷和痛苦。

就好像他们依旧只是那大学校园中的少年少女。

普通的相遇，逐渐相识到相爱。

平川大学有两个传奇，一个是许知喃，一个是林清野。

现在这两个传奇终于碰撞在一起了。

许知喃忍不住掉泪，感受到了深深的宿命感。

明明他们已经在一起了三个月，可到这一刻她忽然有些胆怯。

她向前一步，紧紧抱住他，将脸埋进了他怀里，闷着声带着哭腔道："要，要的。"

林清野弯下腰抱住她，像是要将她揉进身体里，低头深深埋在她颈侧。

两人都许久没说话，最后还是林清野先打破沉默，他摸着她头发说："别哭，阿喃，我不会再让你一个人了。"

他捧着她脸抬起来，揩去眼泪，一个轻柔的吻落在她眼睛上，然后慢慢下移，落在嘴唇上。

许知喃仰着头，回应他的吻，手指紧紧揪着他的衣摆。

到后面，这个吻越发深入。

许知喃渐渐察觉到不对劲，现在的这个吻和最近林清野吻她时不一样了，而是完全进攻的。

她脸烫起来，耳朵先红了，身子往后仰了下，却被他干脆地揽腰拉回来。

"清野哥。"她低声唤他名字。

"嗯。"他应声，声音又低又哑。

退开时，许知喃发现他眼底黑沉一片，攒着散不尽的欲色，黑压压地笼着她。

他的手还捧着她的脸。

他的手掌大，许知喃脸又小，几乎被整个包进去，他轻轻拨弄她的耳垂，便眼看着它更红了。

他空咽了下，喉结上下滑动，哑声问："行吗？"

许知喃红着脸没说话，忽然明白了之前在出租屋，他戛然而止的那一次，那句"快了"是什么意思，也知道了他一直在忍耐什么。

想要真的做出成绩，证明能给她不错的生活后再到那一步。

最初许知喃由于他太过随性自在而产生的所有不安全感，他这次都小心翼翼地守护着。

她咬着牙不说话。

林清野食指碰了碰她的脸："不说话我就当你答应了。"

她抿唇。

林清野等了她三秒，当她默认，然后展现出完全的进攻状态，将人直接推过去。

从一开始就是这样，她从小到大中规中矩的，除了大学遇到林清野之外，她都没有做过什么特别出格的事，可林清野向来无所顾忌、无所禁忌。

她因为手足无措掉眼泪，倒不是真的想哭，只是忍不住。

林清野看着她。

小姑娘眼角绯红，清清白白两行泪，眉间轻蹙，可怜巴巴地望着他，似乎是想激起他最后那点同情心。

简直要多委屈就有多委屈。

半晌，林清野抬手，抹掉她的眼泪。

许知喃以为他终于良心发现不在这里了，却又听他低低笑了声，痞里痞气道："留着点眼泪，一会儿再哭。"

许知喃在泪眼蒙眬中看了他一眼。

最后，她是被林清野抱下去的。

到这时简直是要感谢这大厦绝佳的安保体系，不会遇到别人，否则她现在这副样子要是被人撞上她肯定连头都抬不起来了。

一路开车回到出租屋。

身上出了层汗，糊着难受，一到家许知喃便急着去洗澡，只不过洗到一半林清野再次进来。

迷迷糊糊中，她还想起从前的林清野。

意识沉到底之前，她脑海中一闪而过冰箱里的韭菜秋葵。

自上次之后，许知喃再也没有烧过它们，怕浪费也一直没扔，就这么放着，估计都快烂了。

明天起床就要把它们丢掉。

许知喃心想。

第二天一早，许知喃是被一阵手机铃声吵醒的。

声音就在耳边，可她却睁不开眼，眼皮重得像是被铁块压着，人也累极了，腿和手臂都酸，身子沉得很。

而后，门被推开，响起很轻的脚步声。

铃声断了。

林清野的声音响起："喂？"

电话是李焰打来的，这会儿已经十点半，最近许知喃的确是没每天准时去店里，但也从没有早上十点半都还没到店里的情况，她才想打电话过来问一问。

忽然听到了个陌生男人的声音，李焰吓了一跳："请问这是许知喃的电话吗？"

"嗯，有事？"

"没、没什么事，我是她徒弟，想问问她今天还来店里吗？"

林清野在床边坐下来，看了眼许知喃，露在被子外的锁骨处还有印子，他给她拉上被子："应该不来了，店里有事吗？"

"哦……事儿倒是没有什么事。"

"那她今天就不来了。"

直到挂了电话，李焰都因为太过震惊连对方是谁都没问一句，大脑放空了两分钟，才忽然"啊"一声大喊。

店里其他刺青师被她吓了一跳："怎么了啊？"

李焰道："师父她家里藏了个男人！"

按理说，许知喃如今二十五岁了，家里头有个男人也不是什么值得太过震惊的事儿，只不过她们都知道许知喃平日是个怎样个性的人。

最初喜欢许知喃的什么样的人都有，都被她冷冰冰地给挡回去了，也没见许知喃对谁青眼有加过，就连这刺青店店主冷淡难追的名号都已经在外，却忽然在家里藏了个男人。

这事儿可就大了。

"谁啊谁啊谁啊？"

李焰张了张嘴："没问，不知道。"

众人控诉："要你有什么用！"

"我都吓傻了！根本没反应过来！"李焰想了想又说，"不过听声音应该是个挺年轻的男人。"

"为什么你打电话过去师父不接电话，是那男人接的啊？"

"可能……还没醒？"

"噫！都十点半了！"

仗着许知喃不在，几人越聊越八卦，李焰道："我可对我师公太好奇了！能拿下我师父的男人啊，我都想象不出来！"

林清野刚一挂电话许知喃便醒了，男人坐在床边，抬手摸了摸她的脸：

“醒了？”

声音温柔，跟昨晚根本不像同一个人。

“嗯。”许知喃应了声，声音闷在鼻子里，她嗓子干得很，还疼。

林清野拿起床头的玻璃杯，里面水还是温的，喂她喝了一口：“有哪儿觉得不舒服吗？”

许知喃觉得全身上下每一处都不舒服，四肢都不像是她自己的了。

她没说话，林清野又摸了下她额头：“好像有点发烧，一会儿再睡会儿，我已经煮了粥，要是下午还没退烧我们去医院。”

许知喃眨了眨眼，茫然地看着他：“啊？”

她喝完粥，林清野拿着碗去厨房洗了，自己又随便吃了点儿便重新回到卧室，她已经重新躺回去了，整个人都犯懒。

她用被子挡住半张脸，手扒在被角，看着他问：“你今天不用出去吗？”

“嗯。”他脱了衣服重新上床，“今天陪你。”

许知喃重新被他搂进怀里，后背贴着他胸膛，他手环过她腰，和她十指交扣。

“舒服点儿了吗？”

“嗯，应该没有发烧了。”

林清野道：“先睡一觉，睡醒了再量个体温。”

许知喃的确累得很，没一会儿便又睡着了，再醒来时天已经暗了，她看了眼时间，才下午三点。

暴雨前夕，天色灰蒙蒙的。

林清野还在睡。

他这段时间也的确是累，几乎是连轴转，许知喃看他都没有怎么停过。

一出来便是准备专辑，整天改词改曲，推翻又修改，经常熬夜到凌晨她都睡了他才轻手轻脚地回卧室来，而专辑出了后便又开始忙各种宣传活动，参加打歌节目，又是五站巡回的宣传音乐节。

过几天马上就又要去第二站了。

每天睡得比许知喃晚，醒得又比她早。

许知喃转过身，看着他的睡脸，忽然觉得好像已经很久没有看到他这副样子了。

天色是暴雨来临前的昏暗，风声大作，刮在窗玻璃上，而屋内却又安静温馨，干净柔软的被子，难得闲暇，他们刚刚午睡醒来。

许知喃想，应该没有比这更好的生活了。

她手指轻轻抚上他眉心，想要展平。

林清野手臂用力，同时脸埋下去，窝进她怀里，仍闭着眼，嗓音惺忪喑哑：“几点了。”

“三点，你再睡会儿。”

他“嗯”一声，人还没完全醒，眼睛也依旧是闭着的，只手摸索着再次探上她额头：“好像不烫了。”

“嗯，本来也就才 37.8℃，估计退了。”

他摸了摸她的背，再次沉沉睡过去。

等真正起床已经下午五点，中午就吃了点儿白粥，这会儿两人都饿了，一块儿进厨房，林清野掌厨，许知喃打下手。

已经有段时间没去买菜了，冰箱里食材不多。

许知喃打开冰箱，又瞥了一眼一旁的林清野。

他依旧懒洋洋的，那漫长的午觉好像拨动了他身上的一个按键，终于是慢下来了，人慵懒地半倚在厨台边，打了个哈欠，正往平底锅里倒油。

许知喃将剩下的秋葵韭菜拿出来，直接丢进了垃圾桶。

林清野侧头看过来，往垃圾桶里扫了眼，笑了：“干吗扔掉？”

“烂掉了。”许知喃说。

“这不还挺好的。”

许知喃打了他一下，恼羞成怒：“你不要说了。”

林清野又笑了声，终于没再说了。

吃完饭，许知喃还是去了趟店里。

等站到镜子前准备换衣服时，她才发觉身上都是昨晚的各种痕迹，露出来的锁骨脖颈处也都是。

最后，她只好又套了件外套，将拉链拉到顶，完全包住脖子。

一走进店里，大家便起哄“哦”的一声。

李焰带头：“师父，老实交代！你是不是金屋藏娇了！”

许知喃被他们那眼神盯得不好意思，于是摆出师父的架势：“每天不好好画图，就知道打听这些八卦。”

“我哪儿不好好画图了啊。”李焰据理力争，“我今天都画一下午啦！你还一整天都不来店里呢！”

许知喃没了底气，没说话。

大家便起哄得更加热闹，看来还真是金屋藏娇了。

“师父，你真交男朋友了啊？”李焰十分好奇，眼睛都是亮的。

许知喃点头：“嗯。”

“那昨晚你俩住一块儿了啊，我早上给你打电话还是他接的呢。”

许知喃心说他们都已经一块儿住了快三个月了。

“嗯。”

李焰“啧啧”几声。

许知喃抬眼看她。

她冲许知喃比了个大拇指：“师父！你可以的！身为美女怎么能浪费自己的脸呢，就得这样！”

这时店里进来一个客人，其他抬着头听八卦的人总算是把头低下去了。李焰绕到桌边，坐到许知喃这儿。

店里这些刺青师里头李焰算是跟许知喃关系最好的，她虽然年纪小，也没受过专业训练，但画出来的设计图很有灵气，性格又好，算是许知喃最看重的徒弟。

李焰托着腮，坐在她旁边，眨眨眼：“师父，说说呗，帅不帅？”

许知喃低头打开画册，当没听见。

她手机亮了，一条垃圾短信。

李焰瞥见她的屏保，又问：“有没有林清野帅？”

许知喃一怔。

“应该没有吧，要是比林清野还帅，只要在这条街出现过，我肯定得有印象。”

许知喃受不了了：“你怎么这么八卦。”

李焰抻长了脖子，从她竖起的外套领口里瞥见里面斑斑点点的红印，压着声感慨：“我师公可以啊！”

许知喃立马脸红，重新拉紧领口：“你才几岁，怎么就这么不正经！”

李焰嘿嘿笑，没皮没脸地调侃道：“到底是做事儿的人不正经还是说的人不正经啊？”

许知喃赶她：“画图去，再偷懒儿扣你工资。”

李焰这才走了，走到一半又回过头嬉皮笑脸地给许知喃比了个大拇指，大喊一声：“师父牛！”

林清野买房这事儿没几个人知道，只之前和关池他们见面时提起过一回，于是一周后，两人终于搬进了丽嘉大厦22层。

关池等三人提着礼物过来，还美其名曰“庆贺乔迁之喜”。

季烟送了许知喃一套画板。

关池则送了一把新吉他。

十四看着两人纷纷掏出礼物，蒙了：“不是，你们都送这么正经的？”

季烟瞪了他一眼，看着他怀里抱着的箱子："你这里面是什么？"

"队长连丽嘉大厦的房都买了，你们居然还送这么正经的乔迁礼物？"十四依旧持续震惊，"他什么买不起啊？"

林清野自证清白道："钱都搭里面了，还真是买不起。"

季烟烦了："你就说你准备的是什么吧。"

"不说。"

许知喃以为他是没有精心准备礼物不好意思现在拆，还颇为体贴地说："没事的，什么礼物都可以的呀，心意最重要。"

十四看她一眼。

他的这位嫂子一脸的纯洁无辜，还在为他找台阶下，弄得他都有点儿觉得自己丧心病狂了。

林清野漫不经心地抬了抬下巴："你什么时候还不好意思了，拆了吧。"

十四将盒子放到桌上，认命了。

许知喃去厨房里拿了把剪刀出来，划开胶带，打开，指尖一顿，没拿出来。

季烟好奇："什么啊？"

许知喃没回答，季烟抻长了脖子凑上来，然后"扑哧"一声笑出来。

一箱子的避孕套。

"你这可以啊，不比我们的差。"季烟笑道。

林清野也笑了声，评价一句："比他俩的实用。"

许知喃无语。

这四个人还真是……

他们过来时还买了好多的食材，再次填满了他们这个大了一倍的新冰箱。

关池做习惯了家庭煮夫，担起主厨重任，林清野也一块儿进了厨房，许知喃原本想要帮忙，被赶了出来，于是只好跟季烟和十四一块儿待在外面。

厨房里。

关池先研究了会儿设备："太高级了，我都不会用。"

林清野对于差使关池就非常心安理得了，也不帮忙，站在一旁看他忙。

关池回头看他一眼，忍不住道："队长，你这可就太没良心了，哪有人请人来吃乔迁宴还要让客人亲自下厨的啊。"

林清野笑了声："就你会烧，总得烧出来以后能吃吧。"

关池问道："那你和平川之光平常都她做饭？"

"我俩都忙，一般不做饭，做的话偶尔她做偶尔我做。"

关池翻了个白眼："那你这不是会做吗？"

“我做的就那样，我自己都不爱吃。”

“那是你嘴挑。”

林清野笑了声：“所以得找个不挑的。”

这人现在还真是找准时机就秀恩爱。

关池一时半会儿难以接受，不过如今的林清野的确是比从前更有人情味了，性子也不像从前那般冷硬。

“你俩以后打算怎么办？”关池问。

“什么怎么办？”

“这房都买好了，下一步呢？”

“走着看吧，也不急。”林清野看他开始热锅，从冰箱里拿出一卷包心菜放到水槽下冲水，“跟她在一起容易犯懒，也不知道时间到底是过得慢还是过得快，就这么继续下去就行。”

关池想象一番许知喃那温柔性格，大概也理解了他的话。

“我以前刚知道你俩那事儿的时候还觉得你们性格差太多，也不像是一路人，现在看来所有差异倒都成了互补了。”

林清野沥干水，散漫地笑：“单纯她补我。”

关池做饭的确是好吃，而且速度快，很快就烧了一桌子的菜出来。

明天马上就是第二场的专辑宣传音乐节，这一站不用坐飞机，就在堰城。

他们早已经对《喃喃》专辑中六首新歌和一首《刺槐》熟得不能再熟了，之前B市也已经合作过一次了。

不过吃完饭后闲着没事便又重新练了一遍。

这公寓面积很大，有专门一个区域是用来放乐器、玩音乐的。

从前明栖那儿的公寓也单独有一个房间，但没这里的大。

他们和了三四遍才结束。

到晚上，他们三人便又嚷嚷着要去丽嘉大厦顶层的娱乐场所逛逛，林清野将备用的通行卡给他们。

丽嘉大厦安保体系好，顶层是唯一会碰到别人的地方，林清野也不太能去，便跟许知喃两人继续待家里。

吃了晚饭，两人闲来无事，便一块儿看电影。

看到一半，许知喃收到一条短信，是从前的一个老顾客给她发来的。

【沈小姐：阿喃，你明天下午有预约吗？】

【许知喃：预约倒是没有，但是明天晚上我有点儿事。】

【沈小姐：啊啊啊啊啊，因为我后天的飞机，想在去旅游之前把文身给文了，

也能好看点儿，我之前还去问了刺客的老板，可他已经预约上了，在堰城除了他我可就只敢让你给我文了，明天晚上你几点有事啊？】

她发了这么长一串，许知喃都不好推拒了，捧着手机犹豫片刻。

林清野侧头问："怎么了？"

"有个客人，明天下午想文身，但是那图案挺大的，我担心一下午文不好，到时候晚上的音乐节也没法去了。"

林清野摸着她头发："你要是忙这次音乐节不去也没事。"

"可是我想陪着你。"

他低笑："你现在可不就陪着吗？你那儿推不掉的话就别推了，就算真来不及反正之后还有三场，我就在你身边呢，你要是想听歌什么时候都可以。"

许知喃犹豫着，盯着手机看了会儿。

这个顾客经常去她那儿，也介绍了不少朋友过去，许知喃的确是不好在人家急着的时候因为担心会耽误去音乐节而拒绝。

【许知喃：那您明天下午来吧。】

【沈小姐：好嘞！爱你！】

第二天一早，林清野便要提前去一趟音乐节的场地，他起床时许知喃还睡着。

她眼皮很沉，眯着眼看他在一旁穿衣服。

她陷入沉思，怎么林清野好像都不会觉得累，明明应该是他比较累才对，可早上一起来便又神清气爽的。

林清野扣上衬衫扣子，侧过身来时看到许知喃："醒了。"

她闷着声"嗯"了下。

"再睡会儿，下午再去店里吧。"

许知喃从被子里伸出手："你怎么这么早。"

林清野过来坐到床边："舞台设备那儿要去盯一眼，累不累？"

"还好。"

"有长进了。"林清野很客观地评价一句，还不忘予以鼓励，"以后再接再厉。"

那点儿大早上要分开的不舍得的心情瞬间被他的两句话吹得烟消云散，许知喃收回手，拉起被子，无情道："你快走吧，我要睡觉了。"

林清野轻笑，也没将她蒙过脸的被子拉下来，只是俯身在她露在外的额头上亲了下。

他直起身："我去做个早餐，你一会儿起来了吃。"

卧室内重新恢复安静。

许知喃又躺了会儿才拉下被子，看着这新家的卧室。

外面阳光明媚，蓝天白云，玻璃削弱了刺眼的光线，柔和地洒进屋内，暖洋洋地落在床铺上。

许知喃舒舒服服地晒了会儿太阳，没有多睡。

林清野不知道做好早餐了没，她也没听到卧室外有什么动静。

洗漱完，她推开卧室门出去，与此同时听到“叮”一声，电梯打开的声音。

因为是电梯入户设置，别的楼层的人不可能到这儿，她以为是林清野折返，余光里却看到厨房里的那个背影。

林清野还没走。

他也听到声音，跟着转过头。

随即，一身西装的男人从电梯里走出来，许知喃愣在原地。

而男人也同样看着她。

两人同时尴尬，最后还是林清野从厨房里出来：“爸。”

这丽嘉大厦里头也有林冠承的投资，虽不是最大股东，但也是股东之一，对于林清野买了这儿的公寓他自然是知道的。

林清野拿手机看了眼时间：“你先坐吧。”

他倒是很平静，似乎是知道林冠承会过来。

林冠承点点头，又冲许知喃颔首示意了下，许知喃怔怔唤了声“叔叔好”，看着他在沙发边坐下。

太尴尬了……

许知喃立马低头看了眼自己的装束。

好在已经洗漱穿戴完了，倒不算太狼狈。

林清野走到许知喃旁边：“不是让你多睡会儿吗？”

“本来想弄一下下午那幅文身图的。”许知喃踮着脚靠近他耳边，小声说，“叔叔怎么突然过来了？”

“刚才给我发的信息，我跟底下工作人员说了声。”

许知喃小小抱怨：“你怎么都没有跟我说一声，我差点儿就要穿着睡衣出来了。”

“没想到你这么早就起床了，也没想到他这么快就到了。”林清野揉了把她头发，“你要是觉得不适应就先进房间去，我们很快就结束，聊完我就去音乐节现场了。”

话虽这么说，但许知喃也做不到都已经碰上林冠承了还装作没见到的样子。

“叔叔找你有事？”

“应该没吧，就过来看看，我也挺久没回去了。”

许知喃点点头，往沙发上的林冠承看了眼：“我还是跟你一起吧。”

“行。”林清野笑了声，“厨房里有昨天他们买来的牛肉烧卖，已经蒸好了，你先去吃点儿。”

林冠承一个人孤零零坐在这偌大客厅里头的沙发上，余光里看到他那儿子和未来儿媳妇挤在一块儿腻腻歪歪地说着些什么。

他印象中似乎从来没有见过林清野这副样子。

过了一会儿，他这孤家寡人才终于引起关注。

许知喃朝他走过来，礼貌又拘谨地小声问：“叔叔，您吃过早点了吗，还是热的，刚刚蒸好。”

林冠承朝她看过去，其实之前也见到过，但那回没仔细看，时间也好久了，这回看仔细了点儿。

小姑娘长得的确是漂亮，就是这性子温暾柔和，和他想象中的不太一样。

林冠承不好拒绝：“还没呢。”

许知喃神色一喜：“那我们一块儿吃，我去拿出来。”

很快，她便端着一盘烧卖出来了，个头很大，中间是一颗足分量的牛肉粒。

虽然看着的确很好吃，冒着热气，香味浓郁，可这万分接地气的早点和这整个的装修风格实在格格不入。

林冠承没有想到他们吃的早点会是这样的。

“这是你蒸的？”他问。

许知喃一顿，有点不好意思。一旁的林清野懒洋洋地坐下来，指尖捏着杯水：“我蒸的。”

林冠承本意是想借此夸夸许知喃，没想到竟然是林清野弄的，顿时吃惊，吃惊过头还笑出了声，诧异地问：“你蒸的？”

林清野扬眉：“嗯，试试？”

“那是得试试。”

林冠承拿筷子夹了一个，底下用手兜着，一口咬下去立马有肉汁和油渗出来，糯米饭上也包裹着浓浓的牛肉和酱汁味，很好吃。

林冠承白手起家，从前也只是个农村里出来的穷小子。

只不过后来事业蒸蒸日上，掌握的金钱越发多，生活起居出行也都被用人和助理安排得妥妥帖帖，精致健康昂贵。

他都不记得自己已经有多久没有吃到这样子的味道了。

也再次明白了他对自己这个儿子到底有多不了解。

林清野的确和大多数的富家小孩儿完全不一样，生活的圈子也完全不同，林清野身边的朋友基本没有一个是他生意上好友的孩子。

林清野不饿，也没动筷子，靠在沙发上问：“怎么突然过来了？”

“今天早上正好经过，想着也好久没见你了，过来看看，是不是还挺打扰你们的？”

许知喃摆摆手：“没有没有。”

林清野侧头看她一眼，她嘴角沾了烧卖的肉汁，他扯了张餐巾纸在她嘴角抹了下：“我这儿挺好的，你也能放心了。”

林冠承看向许知喃，笑道：“现在是放心了。”

这次过来的确是临时起意，也不好继续打扰这两个孩子，吃完早点后又随便聊了会儿便起身离开。

目送林冠承离开后，许知喃肉眼可见地松了口气。

林清野倚在一旁看她，好笑地问：“有这么紧张吗？”

许知喃愤愤瞪他一眼：“我都快紧张死了。”

“谁会不喜欢你。”

许知喃被他说得不好意思，鼓了鼓嘴：“谁能让所有人都喜欢呀。”又问，“你要过去了吗？”

“嗯。”林清野走回到她身边，俯下身，和她交换了一个绵长的吻，鼻尖碰了碰，“走了。”

公寓里剩下许知喃一人，她不是个会觉得冷清无聊的人，忙了会儿自己的事便去了刺青店。

到了刺青店，等了没一会儿昨天找许知喃的那个客人便到了，于是直接开始文身。

顾客要做一个胸口和小腹位置的文身图案，这两个位置要将上衣脱掉。

许知喃做好准备工作，戴上帽子口罩，将屏风和围帘拉起来。

她将转印纸贴到对方皮肤上，过了会儿揭下：“你看一下这样子文上去你满不满意？”

顾客对着镜子照了照：“可以，挺好，文吧。”

许知喃坐在工作床边，低头认真工作。

“对了，你今天晚上什么事儿啊？”顾客忽然问。

“要去参加音乐节的。”

“林清野？”

“嗯。”

顾客一下子激动起来，人都要坐起来。许知喃吓了一跳，差点落错针，顾客激动道：“你是抢到前排座位票了还是后面的啊？”

音乐节前排的座位票都是需要抢票的，价格不贵，但特别难抢，全凭手速和运气。

之前在B市的那场音乐节拍摄视频播放量节节攀升，氛围极好，大家都纷纷后悔没有去，于是便把目光都聚焦在了第二站的堰城音乐节。

前排座位票一放出来就秒空，不过本就是宣传性质，露天音乐节，大家都可以去，只不过距离远点儿。

“我是座位票。”许知喃说。

“我的妈，你这手速也太神了吧，我身边也有追林清野的朋友，压根儿抢不到，连黄牛都没抢到。”

许知喃也不说自己那票其实是额外的，笑了笑，只应道：“对啊，运气好。”

“对了，你知不知道谢敬和林清野的事儿？”顾客忽然问。

谢敬是如今娱乐圈中新起的一个男团队长，最近因为一档综艺热度也同样很高。

许知喃倒不关注除了林清野以外的娱乐圈新闻，只不过也经常能听到来她店里的追星女孩儿谈及这个名字，这才有些印象。

她拿着文身笔的手一顿，抬眼：“怎么了吗？”

“你不知道？”

许知喃摇头。

“其实也没什么大事，就这两人最近都太火了，粉丝遇到点儿事就容易起摩擦，跟他们本人倒是什么关系都没有。”

“粉丝怎么了？”

“之前谢敬在机场的时候被一群人误认成是林清野了，因为戴了口罩帽子墨镜之类的嘛，他俩的身高体型又差不多，就被一群女孩儿追着喊林清野的名字，然后谢敬的粉丝就觉得不尊重人家，毕竟也是最近很火的嘛，反正现在两家粉丝就吵起来了。”

许知喃头一回听说这件事，之前也没听林清野说过。

“那有什么影响吗？”她问。

“影响倒是没什么，反正也跟林清野和谢敬本身无关嘛，而且现在粉丝群体里头这种情况挺常见的，经常就闹出些什么事儿来。”顾客又说，“你一个能抢到音乐节座位票的人居然连这事儿都不知道。”

许知喃低着头，继续沿着线条刺青：“我工作忙，很少看这种。”

“也是。那你今晚多拍点林清野的近照呗，我到时候给我朋友发去，肯定羡慕死你。”

许知喃笑了笑：“行啊。”

“我这个还要多少时间？不会让你来不及去吧？”

她看了眼时间：“时间应该正好，再三小时估计就好了。”

最后按时在音乐节开始前结束刺青，许知喃摘了口罩，叮嘱了些刺青后一周的注意事项。

送走顾客，她进卫生间洗了个手，将束起的马尾也放下来，披散开，已经及腰的长度，像海藻一般掐着窄腰。

刚准备出门，店里忽然又来了客人。

于是，许知喃又耽误了半个小时，音乐节晚上八点准点开始，这会儿已经开始了。

她连饭都来不及吃，急匆匆地赶过去，可又堵车严重，好不容易到露天体育馆，来听音乐节的人特别多，里里外外被围得水泄不通。

许知喃还是头一回见这阵仗，上回在 B 市时还没这么夸张，钻进人堆里后简直连东南西北都分不清了。

里头的音乐声澎湃，刺激着耳膜。

偏偏她还个子矮，周围一圈儿还都踩着高跟鞋，荧光棒和灯牌高举着，许知喃就是踮着脚都看不到林清野，只能听到声音。

她在人堆里转了一圈，终于找到检票口。

她将票从包里取出来，周围一圈人便纷纷投来惊羡目光。

检票叔叔看她一眼：“怎么有票还来这么晚啊？”

“路上临时有事儿耽搁了。”周围嘈杂，她得喊着才能让人听见自己的声音。

检票叔叔在票上盖了个戳，将她放进去。

许知喃抬眼看，其实过了这坎儿也没好到哪里去，虽然这是有座的票，但那样的气氛下压根儿没人坐得住椅子。

刺槐乐队从前在酒吧唱得了抒情歌，也玩得了摇滚，烘托气氛对他们而言简直易如反掌。

整个场地的气氛比演唱会还炸。

大家都晃动着手里的荧光棒，齐声合唱。

大家随着音乐晃动，早已经不管自己的座位在哪儿了。

许知喃估计自己肯定找不到票根上的座位了，便也就随便往人堆里一站。

前排挤不进去，她远远站着，远处舞台上的林清野其实也只有小小一个，却被荧光棒簇拥着，仿佛众星拱月。

刚才在检票叔叔那儿拿了根荧光棒，许知喃将开关打开，也高高挥舞着。

她性子好静，从前追星对她而言简直是天方夜谭一般，也没想过自己有一天会这样簇拥在粉丝群中挥舞着荧光棒。

可她看着台上耀眼的林清野，她便觉得她也只是这其中极其普通的一个粉丝。

眼里都是他。

也因为他心跳加速。

周围是山呼海啸的声音。

他稍做一个动作，她耳边便响起震耳欲聋的尖叫声。

所有人的目光都紧跟着他。

这就是林清野。

许知喃来得晚，到的时候音乐节已经进行到一半，一共只有七首歌，中间夹杂些互动，整场音乐节耗时不长。

大家意犹未尽，结束时还都纷纷自发合唱着专辑里的歌。

林清野转身，准备下台。

这时，前排忽然响起一阵骚动，像是刚刚点燃的火星，噼噼啪啪的声音逐渐扩大，爆炸开来，嘈杂声带到后排。

许知喃站得远，根本没看清到底发生了什么。

站在她旁边的几个粉丝已经开始骚动："有病吧！"

许知喃侧头问："怎么了吗？"

那女孩儿盯着手机，屏幕里应该是一个粉丝群页面，信息迅速跳动着往上滑动，她头也没抬地回答道："好像有人朝舞台上砸东西了！还不知道砸了什么呢，搞什么啊，不会是混进来的什么黑粉吧？有毛病，这么难抢的票进来搞破坏？"

女孩儿一边骂一边按着手机屏幕，噼里啪啦地打字。

许知喃吓了一跳，踮着脚去看舞台上。

林清野看着没什么事，距离远她也看不清他现在是什么表情，只是前排持续骚动着，很快保安都过来了。

音乐节最终在保安的疏散中结束。

林清野一下台，许知喃就给他打了电话。

"刚才怎么回事呀？"一接通她便问。

他却不急，还悠闲问了句："你晚上过来了？"

“嗯，后来过来的，我怎么听到有粉丝说有人往台上丢东西啊，你没受伤吧。”

“没有，放心，我在休息室，你现在过来吧。”

许知喃是跑过去的，一推门进去季烟三人也在，也愤愤不平地在骂这事儿。

许知喃直接绕到林清野旁边，什么话都没说，先围着他转了圈，检查他是不是真的没受伤。林清野张着手臂任由她“搜身”，被检查完了还淡笑着问了句：“怎么样，没骗你吧？”

许知喃这才放心了点，但一看林清野那样子，又觉得有点生气，都有人朝台上砸东西了，怎么他还能这样漫不经心的。

季烟划着手机：“这事儿已经上热搜了。”

十四问：“那女的谁啊？”

话题＃林清野新专辑音乐节被丢东西＃热度逐渐攀升，底下评论数也涨得迅速，其中一条飞快被点赞顶到前排。

季烟看了一遍那条评论的解释：“好像说那个人是谢敬的哪个大粉，也没买票，傍晚趁人多检票混乱的时候偷偷混进来的。”

许知喃想起下午刺青店那客人跟她提及的。

“为什么，就因为机场的那个事吗？”她觉得难以理解。

“看这评论的意思应该是吧，好像这大粉年纪还小，经常在微博上发些煽动言论，也有很多谢敬粉丝看不惯她的，就这么点破事。”季烟了啐一声。

许知喃这才想起来问了句：“她砸的是什么啊？”

“鸡蛋。”十四回答，语气不屑，“让她砸还砸不准呢，碎在台上了，没碰到队长。”

关池道：“幸好只是鸡蛋，不是什么锋利的能伤人的东西，不然这事儿性质可就严重了，不过这回也算是长个教训了，以后门口光检票可不够，还得注意一下大家都带什么东西进来了。”

他们几人还都在庆幸着幸好只是鸡蛋，许知喃已经替林清野委屈得不行了。

她原来还猜也许是喝完了的空矿泉水瓶，没想到竟然会是鸡蛋。

要是真砸在林清野身上，那该有多狼狈。

现在哪还有用鸡蛋砸人的啊！

许知喃只在古装电视剧里头看到过被押送的犯人被丢鸡蛋，现在林清野却被这样对待。

季烟三人没注意到许知喃的反应，还在慷慨激昂地说着。林清野注意到，走到许知喃旁边，拍了下她的脑袋：“怎么了？”

许知喃嘴唇往下坠，露出一个想要忍住却又实在太过委屈的表情，眼尾也往下掉，看着实在是可怜。

林清野被她这反应逗笑了，挑了挑眉毛：“我这不是没事吗，怎么还快掉眼泪了。”

“她怎么可以这样！”许知喃愤愤不平。

其余三人的注意力也被吸引过来，这还是头一回见许知喃生气。先前的气愤消退些，变成了对许知喃的好奇。

以前总看她温柔的样儿，还以为她压根儿就不会生气呢。

许知喃倒也没哭，但气得脸微微泛红，然后攥紧了拳头：“现在怎么还有丢鸡蛋的人，她是——”

她在自己的词库里搜索骂人词汇，而后一跺脚，愤然道：“她是野蛮人吗！”

空气中安静下来。

此刻只有许知喃还沉浸在愤怒的情绪中，其他人都被她的“野蛮人”瞬间冲淡了内心的愤怒。

季烟最先笑出来，“扑哧”一声，然后便捧腹笑得停不下来，十四和关池也跟着笑。

瞬间休息室内欢乐无穷。

林清野也笑出了声，手臂搭在许知喃肩头，还回答了她的问题：“可能是吧。”

季烟笑得更欢，眼泪都出来了，走到许知喃面前，边笑边唤了声：“哎，平川之光。”

“啊？”许知喃都不知道他们到底在笑什么。

“你会骂人吗？”

“野蛮人这种压根儿不算骂人，我教你应该怎么骂人啊。”季烟说着，便蹦出一个词，“比如说，贱人。”

许知喃茫然地看着她，不知道她什么用意。

季烟抬了抬下巴：“你说说看。”

许知喃抿着唇说不出口。

林清野低笑：“行了，哪有你这种还教好学生骂脏话的。”

许知喃这会儿终于知道他们刚才在笑什么了，一时无语。

王启打来电话问了下情况，结束后他们也没在这儿多待。

林清野让派来的商务车送关池三人回去，然后便带着许知喃自己开车回了丽嘉大厦。

两人坐电梯上楼。

林清野方才在舞台上出了不少汗，到家后便直接先去洗了个澡。

他看上去全然不在意刚才发生的那件事，可许知喃不行，在他进去洗澡的时候又拿出手机看网上的消息。

林清野如今粉丝团体壮大的速度很快，网上也已经有粉丝拍到的现场视频并发出来了。

没拍到丢东西女生的脸，但能看到林清野转身之际视频右下角一个飞过去的东西，砸在舞台地面上，看得出来是一个碎了的鸡蛋。

许知喃看了三遍那个视频，吸了吸鼻子。

她不知道为什么林清野对此反应可以那么平静。

但他其实一直都是这样，之前网络上铺天盖地的骂声也无所谓，可现在这个不一样了啊，它已经是真实出现在眼前的事了，为什么他可以一点都不生气。

明明他也不是个脾气特别好的人。

反倒是许知喃这个脾气特别好的人越看越气。

其实要是砸的是别的什么她还没那么气,比如矿泉水瓶一类,但鸡蛋就是不行。

大概是林清野曾经遭受过牢狱之灾，她再一联想到古装电视剧里头被关押送刑的犯人被丢鸡蛋就更加生气和心疼。

尽管她也知道这样的联想很可笑，可就是忍不住。

浴室里水声停了，林清野套了件白色浴袍走出来。

许知喃将手机按灭，侧头看过去：“清野哥，你饿不饿？”

“还好，你饿的话就吃点。”

许知喃这才想起来自己当时赶着去音乐节，连晚饭都没吃。

“那就吃点吧。”

“行。”林清野擦了擦头发，毛巾丢到一边，往厨房走。

许知喃跟过去：“我来吧。”

“不用，你一会儿先洗澡吧，想吃什么？”

“随便，简单点的，要不就面条吧。”

林清野从橱柜里拿面条。

许知喃也没先去洗澡，不舍得放他一人，就站在一旁紧跟着他，他走哪儿她就跟哪儿，反倒有些碍手碍脚了。

林清野便差使道：“阿喃，帮我去冰箱里拿点青菜。”

她应声,打开冰箱拿出青菜,又忽地视线一顿,看到了那让她深恶痛绝的鸡蛋。

紧接着。

“啪”的一声。

林清野侧头看过去——

许知喃垂着头，垃圾桶里躺着两颗鸡蛋。

她把鸡蛋给扔了。

林清野这回是真被逗笑了，好奇地问：“鸡蛋怎么惹你了？”

许知喃扁着嘴说：“我再也不想吃鸡蛋了。”

“好，不吃。”林清野笑着说，跟哄孩子似的，“敢惹我们阿喃生气，以后再也不买了。”

许知喃听出他又在逗她，不再继续这个话题，拿着青菜到锅前，放进去，又拿筷子搅了几下，反客为主，成了她在煮面条。

林清野也随她，走到她身后，手懒洋洋地横过她腰间，俯身下巴抵在她肩膀上，在她耳边低声问：“怎么，心疼我啊。”

“你自己都不生气？”

“生气有用吗，而且也不是什么大事，也没受伤。”

可是总归也是会有情绪的吧。

许知喃以前觉得林清野不在意是心态好，可他实在是太平静了，也让她觉得奇怪。

怎么会有人对他人对自己的恶意完全无动于衷呢？

翌日一早，阳光洒进卧室，暖烘烘地铺在被子上。

许知喃背对着他，林清野手臂隔着被子横在她腰间，两人都睡着，手机响了。

林清野的。

他皱着眉啧声，捞过手机，一个陌生号码，他接通，暂时没出声，那头问：“请问是林清野前辈吗？”

一个男声。

“嗯。”林清野坐起来，“你是哪位？”

许知喃眼睛还闭着，转过身面对他去牵他的手。林清野靠在床头，一手拿着手机，另一只手和许知喃十指相扣。

“我是谢敬。”

林清野回忆起来了，是昨天音乐节那女孩儿喜欢的偶像。

他从前从没跟谢敬有过联络，完全是因为双方粉丝才产生的联系。

谢敬又说：“抱歉啊，我是通过朋友要到了前辈您的电话，不知道有没有打扰到您。”

语气很是礼貌，他是男团队长，娱乐圈内对于爱豆的道德限制和礼貌上的要求很高。

而林清野其实也算不上前辈，虽然最初通过《我为歌来》进入娱乐圈的确是他更早出道，但论复出才出了第一张专辑，他进入娱乐圈的时间并不长。

但他性质太过特殊，出道便火，复出也立马又重回巅峰，没人能够预料到他以后会爬上怎样的高度，普通小明星便也不敢跟他闹出什么不睦来。

林清野猜到他特意打来电话的用意，他本就不太在意这事，也没必要因为粉丝个人行为上升到谢敬身上。

“没，你打电话过来是因为昨天的事？”他开门见山。

许知喃醒了，睁开眼，无声地问：“怎么了？”

林清野摸了摸她头发似作安抚。

谢敬道：“是的，实在是不好意思啊前辈，让您的音乐节出了这样的状况。”

“没事，不影响什么，你不用在意。”

几句聊完，挂了电话，林清野这才跟许知喃解释了一遍。

这事本就不是什么特别大的事，网上粉丝闹了几天，谢敬的其他粉丝也还算是理智，替那个粉丝道了歉，这事也就算过去了。

周六，许知喃给店里人都放了个假，自己也得空能在家休息一整天。

两人一觉睡到大中午，磨磨蹭蹭地吃了顿中饭，到下午，林清野打算去看一趟时衡。

时衡是 8 月的忌日，他忌日过了林清野才出狱，后面一段时间又都整日忙得挨枕头就能睡着，一直没时间去。

“我跟你一块儿去吧。”许知喃说。

“行。”

路上，许知喃去买了束花，便一路开到了时衡所在的墓园。

不是什么特殊日子，墓园里人很少，林清野戴了帽子和口罩，许知喃则只戴了顶帽子，做了登记便进去。

许知喃跟着他走，最后停在一个墓碑前。

她抬眼看墓碑上的照片。

时衡的确是林清野从前跟她形容过的那样，温柔和煦，一看就是听话成绩又好的男孩儿，其实鼻子和嘴和林清野还是有点儿像的，但眉眼不同。

林清野弯腰，将那束花放到墓碑前。

“哥。”他声音很淡，“三年没来看你了。”

林清野抬了抬和许知喃牵着的手：“这是我女朋友。”

许知喃握紧他的手，看着时衡的照片，也跟着叫了声“哥”。

林清野不是个爱表达自己内心的人，在墓碑前和去世的人絮絮叨叨说话这样的事他做不出来。

他只是蹲在墓碑前，轻轻拂去了上面的浮土。

小时候在家里，时衡其实是对他最好的，时衡将他看作不太听话的弟弟，想要得到他的喜欢和认可。

林清野对此不屑一顾。

后来又遇到了许知喃，他也差点儿将她弄丢了。

他好像做的一直都不好，可又还算幸运，幸好现在许知喃依旧在他身边。

林清野沉默着在墓碑前待了会儿，许知喃便也就在一旁陪他。

天色渐晚，林清野便跟许知喃起身离开。

两人都没说话，踩着台阶下来，林清野走在前面，忽然，他脚步一顿，在原地站定了，许知喃跟着抬起头来。

台阶下站着个女人——傅雪茗。

许知喃三年前见过傅雪茗一回，后来就没再见过了，但林清野的眉眼和她相似，长得很有标志性，不难让人记住。

但她又和三年前不一样了。

傅雪茗离婚后回了娘家，如今傅家早已不像从前那般强盛，和林冠承离了婚，也再没人看在林冠承的面子上帮扶一把，日子自然也不如从前那般滋润富裕，想要什么就有什么。

她今天黑衣黑裤，踩了双平底鞋，没从前那样盛气凌人了。

许知喃看到她的瞬间心脏便紧紧一缩。

先是想到了从前在公安局里，傅雪茗打在林清野脸上的那一巴掌。

然后又想到了林清野埋在她颈间那句痛苦执拗的“她对我一点都不好，凭什么我要跟她道歉”。

最后是那天在车上，林清野将自己的过去向她和盘托出，也将时衡的意外归咎到自己身上时的自我厌弃。

许知喃快步走下一格台阶，站到林清野旁边，紧紧抓住他的手。

林清野垂眸看了她一眼，他方才眸色有点儿沉，这回渐渐又恢复了平静，捏了捏她手心：“没事。”

他牵着许知喃的手往下走，原本没想跟傅雪茗打招呼，就这么当作陌生人路过就罢，却没想到被傅雪茗捞住了手臂。

林清野停下脚步，侧头看她。

傅雪茗说：“好久没见了，我们聊聊吧。”

林清野的脾气的确是比从前好多了，也比从前成熟多了，这是那漫长黑暗的两年半带给他的改变。

他把很多从前的事放下了，也没那么在意了。

他轻轻拍了两下许知喃的脑袋，低声说：“阿喃，你等我会儿。”说完，便跟傅雪茗走到另一边。

傅雪茗目光往许知喃身上多看了几眼，问：“这是你新交的女朋友？”

“嗯。”

“是你粉丝吗？”

其实傅雪茗是见过许知喃的，因为魏靖那事儿闹到公安局的时候。

但她也的确是不关心林清野的这些事，也压根儿不在乎林清野那一次是因为什么才打魏靖，她眼里只有林清野又干出了这样的事让她想起了死去的时衡，也因此不会注意到许知喃。

“没，大学同学。”林清野一顿，垂了垂眼，“找我有事？”

傅雪茗说：“最近经常能在电视和新闻上看到你，也听身边朋友提到你，你现在能有这样的成绩我也挺为你高兴的。”

林清野勾唇，没说什么，也没多余的反应。

傅雪茗又问：“你今天怎么来这里了？”

“之前没来，今天抽空过来看一趟。”

事情过了这么多年，傅雪茗对林清野的怨恨在他入狱后的日日夜夜里也终于是消磨冲淡了些。

她离了婚，没有再婚。

纵使傅雪茗长得漂亮，风韵犹存，但现实也同样残酷，傅家没了从前那般的雄厚实力，她一次丧夫一次离婚，前夫还是事业蒸蒸日上的林冠承，她年纪也大了，从前那个人人称羡的时候早已经过去。

午夜梦回时分，傅雪茗也会想，自己这一辈子怎么就过成了这个样子。

“算了，都过去了。”傅雪茗叹了口气，“那两年半的时间对你来说也许不是坏事，看着比从前沉稳了。”

林清野闻言，略一抬眼。

傅雪茗继续道：“时衡走了也十几年了，也许都已经转世投胎，今天看到你能主动来看他，我也算是放下了，他是个好孩子，想来也不会怪你，你就也放下吧。”

林清野侧头低笑，但笑意却又很快就消失，变成一个自嘲的表情。

他懒得跟傅雪茗掰扯其中细节，想着许知喃还等着他，只想快点结束话题离开，没想到许知喃却突然过来了。

“什么叫两年半的时间对他来说也许不是坏事。”

许知喃抓着林清野的手，目光直直地看着傅雪茗，语气难得地冲："您是他妈妈，怎么能说自己儿子在那种地方待了两年半还不是坏事。这当然是坏事，没有比这更坏的了，凭什么他要遭受这些，他不是坏人，跟那里面的人都不一样。"

小姑娘个子小，看向傅雪茗时甚至还要仰着下巴，却展现出了难得咄咄逼人的姿态，将林清野挡在了身后。

她见过林清野刚刚出狱时的样子，知道他有多辛苦，也知道他是怎么变成现在这样性格的，绝不是傅雪茗一句轻描淡写的"不是坏事"就可以抵消的。

"他会入狱是因为苏遣那个绑架犯，不是因为林时衡的意外，您不能将这件事看作是他对您大儿子的赎罪或是因果报应。"许知喃一字一顿道，"他不需要赎罪。"

傅雪茗被镇住了，好一会儿没说出话。

许知喃说到后面声音开始哽咽，眼圈泛红，却依旧固执地看着傅雪茗，不让眼泪掉下来。

林清野扯了扯她的手，低声："好了，阿喃。"

她却不听，仍站在原地。

"时衡的去世到底谁应该负最大的责任您不知道吗？这么多年过去您都没有去反思过自己吗？凭什么永远要将错归到他身上，就连放下都要这样高高在上。"

许知喃的背影被落日余晖映照得通红，额角的碎发毛茸茸的，背后蝴蝶骨从薄毛衣里支棱出来，像是一座青峰。

"就是因为您现在这样的偏见和差别对待才最终导致了时衡的悲剧，可是这么多年过去了，您还是老样子。我们今天过来只是因为时衡是他的哥哥而已，不是过来道歉的。"

许知喃说完，直接拉着林清野的手转身走了。

一直走到墓园外坐进了车里，许知喃还是气冲冲的。

其实她之前就应该猜到林清野为什么会对网上那些骂声和恶意这么不在乎了，就算音乐节时当面遭到攻击，他似乎也没有太大的反应。

许知喃也相信他不是装作不在乎，他是真的不在乎。

因为从小到大就已经习惯了那些不公平的对待和不由分说的偏见，所以林清野的性格总是冷硬又疏离，好像对什么都不在乎。

这都是傅雪茗造成的。

可对方竟然那样轻描淡写的一句"那两年半的时间对你来说也许不是坏事"。

许知喃心疼死了。

怎么会有这样的母亲。

这还是她所说“已经放下了”的态度，许知喃难以想象从前林清野是怎样和这样一个母亲相处的。

许知喃眼睛有些发酸，抬手揉了揉，放下时被林清野捞住了手，牵过去放到他腿上。

“我们阿喃，怎么看着这么委屈啊。”林清野凑近些，手指在她脸颊上刮了几下，含着笑意逗她。

她扁了扁嘴：“清野哥。”

“嗯？”

“我以后会对你很好的。”

他勾唇：“好啊，我监督着，你要对我不好我就要生气了。”

“嗯。”她郑重其事地点了点头，“你平时也能对我生气的，不要总是委屈自己，不开心了就要说，你得娇气点儿。”

林清野笑出声：“还有这种要求啊。”

他倒没有被刚才那事影响心情。

起初听到傅雪茗那番话他心也的确沉了几分，但后来许知喃那番话便让他觉得没什么好再计较的。

足够了。

林清野圈着腰重新抱住她，头埋下去，窝在她颈间。

许知喃一顿，回抱住他。

片刻后，林清野唤了她一声：“阿喃。”

“嗯？”

“你一个小姑娘，不用这么小心翼翼地对我，我也不会因为她的话觉得受伤或者怎样，我都二十六岁了，没那么脆弱。”

“那你也才二十六岁啊。”许知喃小声说，“也没有很大。”

“你还比我小一岁呢。”林清野摸了摸她头发，“你就别操心这些事了，我已经对现在的生活很满意了，够知足了。”

“那你以后不要再见她了。”

许知喃忍不住说，可说完又觉得自己这话立场太奇怪，怎么能让一个人以后不要再见妈妈了。

她刚想再补充几句，林清野便应声：“好。”没什么犹豫。

“你一直陪着我就够了。”他说。

两人难得维持着这过分靠近的姿势温声细语地说了会儿话，可林清野也正经不了多久，很快就又开始对她动手动脚的，完全破坏了之前的温馨气氛。

许知喃被他禁锢着，逃也逃不了，最后好不容易接起响了半天的手机。

“干吗呢，跑步了啊？”那头是许母的声音。

许知喃刚才接得急，连来电显示都没看一眼。

林清野也听到了，垂眸看了眼她手机屏幕，总算是不再捉弄她了。

许知喃平复呼吸：“刚才有点儿事，妈妈你怎么这个时候给我打电话了。”

“你这天天都这么忙，都多久没回家啦，我还不能给你打个电话了？怎么样，今天周末还很忙啊。”

“没有，今天不忙，本来打算明天回家去看你的。”

许母道：“不忙就回家来呗，我正好买了好多菜，回来吃个晚饭。”

许知喃抬眼看向林清野，他也看着她。

方才许母说的话也都准确无误地传到他耳边。

紧接着便又听许母说：“那孩子现在跟你在一块儿吗？他最近工作应该很忙吧，要是有空，一块儿回家吃顿饭？”

这是在说林清野。

许知喃没马上答应：“那我一会儿问问他吧。”

等挂了电话，她便又问了林清野一句：“你想跟我一起去吗？”

“现在？”

“嗯，去吃个晚饭。”

林清野看了她片刻，没马上回复。

许知喃觉得也挺能理解，他不是个热络的个性，身边朋友其实也算不得多，就那么几个，但关系都特别铁。

他不是个爱交朋友的个性，性格冷淡，何况这还是去见家长的事儿，多少都会觉得尴尬和别扭。

许知喃又补了一句：“要不我自己回去一趟吧，那你晚饭怎么办？点外卖吗？”

“我不是不想去。”林清野说，“我只是有点不知道该怎么跟你妈妈相处。”

“我妈妈很好相处的，她以前就是老师，我们那附近的小孩儿都跟她关系特别好。”

林清野笑了声：“我不是说这个。”他低下头，视线也跟着垂下去，缓声道，“我毕竟进去过，还是致人重伤这样的罪名，她不介意我跟她女儿在一起吗？”

许知喃一愣，忙说：“当然不会了，我妈妈又不是不知道那件事的具体原因，怎么会那样想你，你也不要这么想自己。”

但其实林清野心里清楚。

能够理解他当时犯下的错是一回事，但让这样子的一个人和自己女儿一起共度不知定数的未来就是另一回事了。

很少有家长能够接受女儿跟有这样一段背景的人在一起，甚至也会担心以后会不会有暴力倾向，会不会伤害到自己的女儿。

林清野看着她，面上依旧风平浪静的："那就一块儿去吧。"

从前林清野送许知喃回家时也去过几趟，还算认识路。

路上林清野买了点水果，许母那电话来得突然，他也没时间准备点儿像样的登门拜访的礼物。

一路开到家门口。

临下车前，林清野将自己衬衫最上边一颗纽扣也给扣上了。

衣领服帖地贴合脖颈，这一扣上倒显出几分一丝不苟、认真严肃的禁欲气质，外套的线条也挺括立体，勾勒出宽阔的肩线。

许知喃注意到："你很紧张吗？"

"是啊。"他很坦率地承认了，"这样看着像个正经人吗？"

许知喃忍不住笑道："你不问这句话倒是挺像的。"

林清野捏了把她的脸，刚才路上许母已经又打了个电话来催了，两人没再磨蹭，拿上方才买的水果便一块儿进去。

许知喃在前，林清野在后。

她推开门："妈妈。"

"哎。"许母应声从厨房里跑出来，刚刚得知林清野也会过来，她又忙着多去烧了几个菜。

男人就站在许知喃身后，个子高挑挺拔，利落短发，衣服也很是服帖整齐，他看着许母笑了笑，礼貌道："阿姨好。"倒是弱化了眼下那道疤带来的冷戾气息。

"哎，你好你好，我还以为你俩还要过会儿呢，菜还没烧完。"

林清野提出帮忙，被许母二话不说地拒绝了："哪有让头一回来咱们家的客人进厨房的道理，你俩都坐着吧，就最后一个菜了，马上就好。"

这房子已经有些年头了，先前许知喃刚靠着刺青店挣了点儿钱的时候也提过想要带妈妈换个地方住，但她都住习惯了，何况和许元汶的回忆也都在这儿，不愿意再搬了。

没一会儿，许母便将最后一道菜端出来。

三人一块儿上桌吃饭。

许知喃的性格和她妈妈很像，都是温柔和煦的，不会给人带来丝毫压迫感。

吃饭时，许母只问了林清野一些关于最近工作和生活的事，态度温和又有些小心，完全是初次见女儿男朋友一样，也没有提及从前的事。

吃完饭，许母将碗筷收了，依旧不让他们上手帮忙做家务。

许知喃也看出来林清野的拘束，一餐饭下来，她真切感受到了林清野的紧张。

她也没想到他会这么紧张，就是他初次上舞台，底下那么多人，他也游刃有余，看不出丝毫的紧张。

她拍了拍他的手，凑过去小声道："你放轻松点儿。"

话音刚落，许母便出来了："阿喃，帮妈妈去倒一下垃圾。"

许知喃一顿，猜到些什么，又看了眼林清野，还是乖乖起身，拿上垃圾桶出门了。

林清野走进厨房，站在厨台边，又说了句："阿姨，我来吧。"

"真不用，我马上就忙完了。"许母笑说。

许知喃出门倒垃圾，他也不好继续在客厅坐着，便只好杵在厨房。

这厨房不大，他又人高腿长的，视觉上一下子拥挤起来。

许母也留意到他的尴尬，主动说："你帮阿姨洗点儿水果吧，一会儿阿喃回来了你们可以吃。"

林清野从冰箱里拿出一串葡萄，走到水槽边。

"你和阿喃在一起有一段时间了吧？"许母忽然说。

林清野的喉结上下滑动："嗯，我们大学就认识，应该算是那件事之前刚在一起，我出来后第二天去找的阿喃。"

他们到底在一起了多长时间很难界定，毕竟中途还有分开的两年半。

许母想要多了解些也是人之常情，林清野便把那过去的时间线告诉她，也主动提及了这一个晚上她有意避及的入狱话题。

之前没说大概是顾及许知喃在，但现在将许知喃支走，林清野便猜到她是有话要跟自己说。

许母一顿，叹了口气："你这孩子这些年不容易。"

林清野将葡萄一颗颗摘下来冲洗，低着头："还好，当时觉得难，现在回想也过得挺快的。"

"前不久听说苏遣已经去世了，虽然最后也没有接受到最终的惩罚，但不得善终，也算是付出了代价，说起来阿姨也应该跟你道声谢，要不是你保护了阿喃，不知道会是怎样的后果，要是阿喃也出了什么事……"许母垂眸，"我也不知道我该怎么继续活下去了。"

"没有，那件事我处理得不恰当，就算当时保护了阿喃，后来的结果也伤害到她了。"

许母也回想到当时许知喃完全变了一个人的样子，苦笑了下。

“我也看得出来阿喃很喜欢你，这孩子总喜欢把不开心的事闷在自己心里，不爱说出来，所以我想跟你说些话也得提前支开她，怕她多想。”

许母看向他：“阿姨知道我现在这么说对你不公平，只是我这些年一个人拉扯她长大，站在一个母亲的立场，不希望她以后辛苦或不安稳。”

“嗯，我理解。”林清野低声道，“您说。”

“男孩子年轻气盛阿姨也能够理解，但是今后做任何事之前都得考虑清楚后果，不能冲动行事，不然对自己、对阿喃都是伤害，你说是不是。”

“嗯。”

“我以前是希望阿喃能找个安安稳稳的人过日子的，可能跟我自己的经历也有关系，只希望她这辈子能开心健康安稳，细水长流。老实说，其实我从前都没有想过她会找一个你这样的男朋友，还是个大明星，平时关注你的人也会特别多，很多东西放到聚光灯、放大镜下就会发生变质，我也担心阿喃以后会受到舆论方面的影响和压力。”

林清野将洗净的葡萄装到盘子里。

许母这话其实说得很柔和，也没有什么反对的意思，只是跟他提出一点自己的顾虑，可林清野依旧觉得喉咙像是被捏住一般，担心她会觉得自己不够好，也担心她会介意他的过去，甚至于担心自己万一真的没法保护好许知喃。

“阿姨。”

林清野挺直了背，却又莫名觉得自己的肩膀是佝偻着的。

他不擅长跟人说心里话，但此刻也想努力将自己心中的打算都明晰地表达出来。

“我喜欢阿喃已经很长时间了，也很确定她就是我想要共度余生的那个人，会尽我所能地对她好，保护好她。

“我也能理解您的担心和顾虑，在我能够真正保护她之前不会让外界舆论知道她、攻击她，也想证明我有能力让她在余生过她想过的日子。开心健康安稳、细水长流，我也可以给她。”

林清野稍稍停顿，舔了下嘴唇，认真地说话：“所以，希望您能再给我一次机会。”

屋内很安静，白炽灯在头顶。

林清野看着许母，心跳渐渐加快，又沉又重。

像是接受审判。

# 第五章

/

这是什么痴情男主人设

林清野是个矛盾体。

有时候光芒万丈，是最瞩目的那颗星，举手投足间便能让台下众人尖叫呐喊，掌控着大家的心跳，耀眼又自信。

可有时候他又很自卑，就像是初次遇到许知喃的那个雪夜。

被冷硬疏离的性格包裹在最里面是自卑。

自卑又自傲。

他极少会展现出自卑的那一面，只有剥开自傲的那一层层表面才会触及最里层。

但现在却展露出来了。

因为那是许知喃。

是那个他在歌词中写下的女孩儿——

你是少女
我是匍匐的五脚怪物
暗夜交错中春光乍泄
你拿起枪，我成为你的祭献
……

许母刚要说话，许知喃便倒完垃圾回来了。

外面天已经冷了，她没系扣子，裹着寒气跑回来，将垃圾桶放到一边，洗了把手，又注意到旁边刚洗完的葡萄。

她偏头笑着问："你洗的吗？"

"嗯。"林清野没再继续刚才那个话题，伸手将她衣服拉链拉上，又将扣子一颗颗扣上，"刚才去外面怎么连衣服都没拉上。"

"出门时忘记了，拿着垃圾桶手脏就没拉。"许知喃嚼着葡萄，"你们刚才聊什么呢？"

许母道："没什么，随便聊聊，你们把葡萄拿去外面吃吧。"

许母又最后收拾了下厨房便也出去了，笑着问林清野："难得过来，要不要去阿喃房间看看？你都没看过她小时候的照片吧？"

许知喃带着林清野一块儿去了自己房间。

许知喃已经好久没住在这儿了，自从刺青店工作忙起来她便住在那出租屋，每次回家因为第二天要上班，也依旧会回去住。

许母把她房间整理得很整齐，是很小女生的卧室，一面书柜墙上都是书，整整齐齐地排列开，床头还有个小毛绒玩偶。

"你小时候的照片呢？"林清野问。

"你还真要看啊。"

"嗯，提前看看我以后的女儿长什么样。"

许知喃反应过来他话中的意思，抿了下唇，嘟囔："什么女儿。"

许知喃蹲下来，从底层的一个柜子里翻出几本相册。

相册能看出年代感，封皮上的印花也已经褪色，但没有任何磨损，足以见得被保存得很好。

相册里是不同年龄段的许知喃。

几乎可以想见那时候的许知喃是怎样被父母捧在手心中当作宝贝的。

她在父母家人的期盼欣喜中出生、逐渐长大。

林清野想起方才许母说的那些话，其实很好理解，站在一个母亲的角度总归会对疼爱的女儿有私心。

许知喃拿起其中一本，里面是她小学阶段的照片。

她的确是从小好看到大的。

小时候就是美人胚子，那时候婴儿肥更明显点儿，便显得越发可爱了。

林清野看着照片笑了声。

"笑什么？"

"在想是我赚到了。"

许知喃弯了弯唇：“你都看了我的照片，我都还没看过你小时候的照片呢。”

“我小时候照片很少，估计也没有这种相册，找一找说不定能找到上学时校牌上的证件照。”

许知喃一顿，随即明白了，只说：“那以后我们多拍点儿，要拍到变老以后。”

林清野笑了笑：“好啊。”

他将那些相册都翻了一遍，还抽出好几张私藏进了口袋，许知喃无奈地看着他：“你拿这个有什么用啊？”

林清野开玩笑：“回家裱起来。”

看完了相册，林清野在她卧室环顾一圈，走到她书桌前，这上面还放着好些教材课本，最侧边的书格里则码着高高低低的白色画册。

有好几本，高中学美术时的也有，大学以后的也有。

如果一一排列开便能发现她这些年美术功底明显的进步。

林清野随意抽出一本，翻开，是她高中时的画，笔触还稍显稚嫩。

他继续往后翻，翻的速度很快，视线里忽然扫过一处，他将纸张往回翻，看到了一个文身图案。

高中画册中唯一出现的文身图案。

他认出来，正是苏遣手臂上的那一处。

许知喃都已经忘了这本画册里还画了这些东西，之前她还经常会做噩梦，梦到火灾时的场景。

不知不觉间，似乎也许久没有做这样的噩梦了。

久到她都快忘了。

许知喃拿过画册，沉默着将那页画纸撕下来，丢进了垃圾桶。

都过去了。

林清野摸了摸她脑袋，将画册放回去，却意外带出了夹在那些册子间的几张纸，轻飘飘地落在书桌上。

有颜色透过画纸映透出来。

林清野指尖一顿，将几张画纸拿起来，是好几张他的画像——

第一次他在《我为歌来》音乐节上的蓝发造型。

晨光熹微下他拿着许多南瓜玩偶站在台阶之上的模样。

他拿到节目总冠军，举着奖杯不可一世的样子。

……

都被她很细致地按照刻在心中的形象画出来。

“什么时候画的？”林清野的声音有点轻。

“你不在的这两年。”许知喃的手指轻抚，“有时候特别想你，就会画这个。”

林清野一时之间说不上来自己此刻的感受。

甚至于仔细看那画纸，底下都有几点斑驳的微皱的触感，也有几处颜色晕开。

不难想象，当时许知喃是边哭边画的。

林清野将她抱进怀里：“阿喃。”他一下一下拍着她的背，似是安抚，“我以后不会再让你那么辛苦了。”

许知喃在他怀里，声音闷着，忍不住道：“明明是你比较辛苦。”

两人在卧室待了会儿便下楼，准备离开。

许母送两人到门口，叮嘱道：“路上小心。”

“妈妈，你快进去吧，天这么冷，你不要送我们了。”许知喃说。

林清野也道了别，又说：“阿姨，改天我跟阿喃再一块儿来拜访您。”

许母笑了笑：“行，你也要常来，不过现在工作肯定也很忙吧，可也不能影响了工作。”

林清野“嗯”一声。

许母拍了拍他肩膀：“如今阿喃她那店离得远，我也照顾不到她，还得辛苦你替阿姨照顾好她。”

林清野一顿，喉结上下滚动了下，而后极认真地开口：“嗯，我会的。”

许母又看向许知喃，笑道：“你也是，可不能仗着清野对你好就乱耍性子，他工作忙，小姑娘也得体谅些，反正你们能互相照顾着好好在一块儿我就放心了。”

许知喃“哎呀”一声，软着声，抱怨又撒娇：“妈妈，我哪里会乱耍性子。”话是这么说，可脸上却是笑着的。

妈妈的这番话显然是认可了林清野，她也觉得高兴。

再次道别后，两人一块儿上车回家。

路程半小时左右，晚上从郊区回市区的车流不多，林清野懒洋洋地单手把着方向盘，另一只手捞着许知喃的手放在腿上来回把玩。

看上去心情好了许多。

许知喃也注意到，等到车开进地下停车库，才偏头笑着问了句：“你现在就不紧张了吧。”

“嗯。”

“我都没想到你会紧张。”他心情不错，许知喃的心情便也跟着好了。

林清野也没急着下车，将车熄了火，坐在车上垂着头继续玩她的手指。

许知喃的手长得漂亮，修长纤细，就连指甲都是漂亮的淡粉色。

“你看。”许知喃轻声说，“我就说，大家都会很喜欢你的。”

他勾唇低笑，笑声低沉，从胸腔里透出来：“嗯。”

过了会儿，林清野又侧头问：“人家女朋友都会吃醋，你怎么还就盼着多点儿人喜欢我？”

许知喃张了张嘴：“啊。”

林清野侧过身，抬手捏着她下巴，往下按了按：“这么仔细一想，好像都是我吃醋，没见你吃醋过。”

这人真是……

倒打一耙。

“喜欢你的人这么多，我要是吃醋还吃得过来吗？”

“喜欢你的就少了？”林清野扬眉，“怎么吃个醋还偷懒儿，人多就不吃了。”

什么歪理。

林清野的手指在她下巴处摩挲：“你吃过醋没。”

许知喃回忆一番，实话实说：“现在好像没有，以前有过。”

“哪个以前？”

“就，大学的时候。”

林清野微微攒了下眉，也不记得大学有谁能让许知喃吃醋了：“因为谁？”

其实林清野从来没有和除了她之外的其他女生走得近过，对于当时跟他告白表达爱慕的女生也只是轻飘飘的拒绝便作罢，不会再生出其他事来。

可供许知喃吃醋的范围不广，只有季烟。

那时候她跟他乐队那三个人一点儿都不熟悉，她又没有什么安全感，于是便容易胡思乱想。

但现在提季烟的名字太尴尬了。

许知喃抿着唇不说话。

好在林清野也不在意，见她不愿说就不再多问了，揉了把她的头发：“走吧，回家。”

这一天的休息一过，林清野便再次忙碌起来，过了几天便飞去另一个城市去举行下一场的音乐节了。

这回许知喃没跟他一块儿去，她一个店主又是师父的，总是请假心里过意不去。

许知喃陪他到机场，外面人太多，她便也没有下车，就坐在车上叮嘱：“这回一定要让检票的工作人员检查大家带入场的包包，不要再出上次那样的情况了。”

林清野点头：“嗯，我知道。”

“关池他们什么时候过去？”

“他们晚点过去。”

“你不要和他们玩到太晚，明天就是音乐节，挺费体力的，要休息好。”

林清野扬眉，笑了：“怎么又担心我体力。”

许知喃朝他手臂上打了一下。

林清野笑了声，这才乖乖应声：“知道了。”

许知喃想了想，又叮嘱他：“记得吃饭，不要忘记了，三餐都要吃。”

“我后天一早就回来了，你怎么弄得跟我要走好几个月似的。”林清野好笑地问，“我还能不会照顾自己吗。”

许知喃鼓了鼓嘴，慢吞吞道：“我知道你会照顾，但是你一个人的时候就会懒，你以前读书时不就经常熬夜，然后睡到中午才起嘛。”

“那时候不是年轻嘛，也不会让我们阿喃担心我身体。”林清野悠悠道，“现在不行了，为了我们阿喃也得健康点儿，保存好体力。”

话题又被绕回去，还托腔带调的似乎是在暗示些什么。

许知喃不愿意再跟他讲了，催他：“你快走吧，航班都快要赶不及了。”

林清野笑了声：“脸皮没一点儿长进。”

送走了林清野，许知喃便直接回到店里。

其实她的活并不多，也因为她如今成了堰城叫得上名字的刺青师了，收费也高，一般只有些老顾客会坚持找她做，或者是图案比较复杂李焰她们做不好的。

客源一直都比较固定，真算起工作时间来，许知喃还没有李焰她们那些徒弟多。

今天也没预约，许知喃便自己坐在桌前画图。

画了两幅，她从书架里抽出一本画册集，将那两幅新画的标上号夹进去。

闲来无事，她一手托着腮，懒洋洋地往回翻。

翻到其中一页，她停住，再次见到了那幅还是大学课堂上画的自画像。

那天晚上在林清野背上文身的场景再次浮现出来。

他其实是很怕疼的，在她第一次在他背上刻下自己名字时她就知道了，但她当时还是狠着心在他背上文下了这么大幅的图案。

她当时太害怕了，怕他以后不回来找她。

而在刺青的过程中，他没哭，她却是边掉眼泪边文的。

这样一大幅图案一般不用麻醉很难一次性文完，都会分个两三次。

但他们不行。

他们当时甚至不知道，还会不会有下一次。

许知喃一直文到天破晓，哭得眼睛都红了，文完，将文身笔往旁边一扔，手开始轻轻发抖。

林清野转过身来，他的眼眶也是红的，但没哭，一直忍着，眼眶是被憋红的。

什么话都还来不及说，方侯宇便穿着一身警服过来了，苏遣救治结束，现在还没醒来，他要将林清野带回去调查了。

外面晨光熹微，日出时分。

这座喧闹的城市还没有醒来。

林清野穿上上衣起身，一言不发地跟着方侯宇往外走。

到警车边，他回过头，看向站在门口的许知喃，懒洋洋地笑起来："别哭，阿喃。"

许知喃伸手，轻轻抚上去。

紧接着，她手机便响了，林清野发了条信息过来。

【清野哥：在干吗？】

【许知喃：在店里，你下飞机了吗？】

【清野哥：嗯，刚到。】

许知喃对着画册上那张图拍了张照给他发过去。

也许是骤然再次看到这张三年前的画，许知喃回忆起从前的事，心情也有些低落。

很快，林清野又给她回了条信息过来，这回是一张图片。

许知喃点开，指尖一顿。

林清野给她发了张自己的照片过来。

自拍照。

背景还是在商务车里，车窗遮阳，车内光线很暗。

但他皮肤很白，在昏暗光线下便更显出冷白的肤色，眼尾狭长，噙着点微妙的笑意。

他脱了外套，只穿了一件单衣，领口偏低，露出一截瘦削的锁骨，再往上便是修长的脖颈，喉结凸起，莫名地撩人。

而背景却是模糊的，其实人脸也不是很清晰，可他模样出众，五官抓人眼球，便不怎么显得糊了。

许知喃的嘴角再次翘起来。

几乎可以想象他这张照片是怎么拍的。

拿起手机打开前置摄像头，对着脸就是随便一拍，拍完便立马又放回去了，弄得背景都没有对焦。

【林清野：挺配。】

许知喃起初没反应过来，但又一看自己刚才发的那张自画像照片，这才明白了他的意思。

画里的自己，和前置摄像头里的林清野。

她笑了笑，又看了一眼那幅画，轻轻舒出一口气，收起来了。

晚上，路西河给她打电话过来问她明天有没有空。

“还记得上回我跟你提的他们那群刺青师要聚餐那事儿吗？”路西河问。

“嗯，时间定了吗？”

“定了，就明天晚上，有空没，跟你店里那些人一块儿来，地址我直接发你微信里。”

正好明天晚上是林清野音乐节的时间，许知喃本就没事儿干，便答应了，又通知了店里大家这事儿，众人纷纷欢呼。

第二天晚上。

聚餐时间定得晚，地点便定在距离许知喃刺青店不远的酒吧——野。

林清野从前驻唱的那个酒吧。

随着林清野的爆火，酒吧的知名度也越发打响，反倒比从前他还在驻唱时生意更好了，不但有粉丝慕名而来，还有外地的来堰城旅游的，晚上也会特地去一趟，倒更像是什么打卡胜地。

李焰头一回参加这种活动，从早上一来店里就开始兴奋。

“哎哎哎，师父，你等我会儿啊，我要换个行头。”李焰说着，便推门到一旁的储物间。

许知喃都不知道她什么时候还在那儿放了一整套专门为去酒吧准备的衣服，没一会儿，李焰出来，踩了双高跟鞋，包臀窄裙。

店里其他人纷纷吹着口哨打趣：“可以啊李焰！”

许知喃上下看她一通，皱眉：“现在可是冬天了，你穿这么少当心着凉。”

“就得这么穿，去酒吧不这么穿那是对酒吧的不尊重。”

“本来你这个年纪都不应该让你去酒吧的，去了后你不能喝酒，只能喝饮料。”

李焰不高兴地喊了一声：“师父！”

“喊师父也没用，我得对你负责。”

李焰扁了扁嘴，不再说了。

今天提前关店，酒吧距离近，一群人直接走着过去。

到“野”的门口，许知喃便看见路西河已经在外面等了，远远就开始招手。

李焰跑着过去，直接抬手跟他击了个掌：“路大哥！”

“哎哟，我刚才都没认出你来，这打扮够可以的啊，我本来还以为是哪儿来酒吧玩儿的漂亮小妞呢。”路西河笑道，“没想到是个漂亮小妹。”

他又对许知喃说：“进去吧，就等你了。”

他们人多，订的是二楼视野绝佳的包间。

许知喃进去时撞到个人，那人连忙道歉，一抬头看到许知喃的脸时忽然愣了下。

许知喃也认出来，是这家酒吧的老板，她从前和林清野一块儿去酒吧的时候碰到过一回。

“哎，你不是……”

酒吧老板话茬一顿，又往许知喃旁边的路西河身上看了眼，很知趣地闭了嘴，改口：“稀客啊，好久没见你来了。”

许知喃也没想到酒吧老板还记得她。

路西河是知道许知喃和林清野的关系的，也听说这酒吧从前林清野驻唱过，大概明白过来。

而李焰不知道：“师父，你以前还经常来酒吧啊？看不出来啊！”

“没有经常，大学时候偶尔会和朋友一块儿过来而已。”

许知喃又跟老板说了声，跟他们一块儿上了二楼。

刺青师中男人偏多，许知喃这店里的几个一来像是带了一班娘子军，还个个都漂亮。

入座，许知喃坐在最里面，旁边是李焰，李焰已经迅速跟一伙人聊上了。

许知喃也没喝酒，只一杯白开水，边听大家闲聊吐槽各自遇到的奇葩客人，边拿出手机。

这个点正是音乐节，许知喃点开微博，想看看有没有相关的信息，却忽然见到热搜第一——

#林清野 季夏#

季夏这个名字许知喃没有听过。

但听着是个女生的名字，她指尖一顿，点进去。

这则新闻的评论浏览量已经很高。

季夏是最近一部校园网播剧的女主角，但那校园网播剧不温不火，季夏一个新人知道她的人并不多，这回和林清野挂上钩才被连带热议一把。

新闻附了两张照片，一张是季夏走进酒店的照片，另一张则是她站在酒店走廊，对面的门打开，门后露出林清野一半的侧脸。

他长得很有标志性，即便是偷拍也不难辨认出是谁。

许知喃又看了眼那条独家爆料微博的时间，傍晚时发的。

正是音乐节即将开始的时候，也不知道他有没有看到。

许知喃又扫了一遍底下的评论。

【别搞我了，我追个星容易吗！】

【营销号凭空造什么谣啊？站门口说几句话就瞎暗示，你倒是拍个她进屋的照片啊！】

【这两人一点都不配好吧，季夏也就是清纯干净点的长相，跟林清野配整个一路人好吧？】

【我劝粉丝们都消停点吧，众所周知，这种新闻都是得一条条慢慢爆的……】

……

许知喃退出去，又点开林清野的微信，想发点什么，可犹豫了会儿，又将已经打好的字给删除了。

包间里大家把话题引到了她身上，她将手机锁了屏，又跟大家聊天去了。

许知喃没注意到，几分钟之后有一条视频飞快登上了热搜榜，挤掉了原本的 # 林清野 季夏 #，登上第一位。

视频是今晚的音乐节，林清野蹲在舞台边。

拍摄的粉丝就站在最前排，距离挨得近，甚至能看到他脸上滚落的汗珠，五官立体，被汗水浸得越发显出些不羁。

他蹲在舞台边缘，手里拿着个手机，垂着视线扫视下来。

那手机还是粉色带钻的手机壳，应该是粉丝的。

林清野看完，笑了下，轻描淡写：“假的。”

在线辟谣，视频里都是周围人的尖叫声。

而后，他捻开一颗衬衫扣子，手腕搭在膝盖上，自然下垂，手背上可见青色脉络，显出流畅的力量感。

然后，他抬起下巴，汗顺着下颚流畅的线条往下，看着镜头笑了一下，气质简直性感到爆炸。

他懒洋洋地拿起话筒，放在嘴边：“别乱说啊，我有喜欢的女生，这种新闻太让人误会了。”

那条新闻发出来时，林清野刚刚准备上台，也没带手机，自然不清楚这件事。

直到音乐节到收尾的时候，有几个互动的环节，话筒交到台下某个粉丝手里，她便问了跟季夏的这件事儿。

林清野暂时没反应过来，身后关池三人也对视一眼，没明白这是什么情况。

而台下粉丝们已经随着这提问纷纷沸腾了，都想知道个解释。

林清野拿起话筒：“哪个照片？”

粉丝便高举着手机找出新闻来让他看，林清野走到舞台边，蹲下身去拿粉丝手里的手机。

突然缩短的距离又引起了粉丝的尖叫。

当然，再怎么也比不过他的后一句话——“别乱说啊，我有喜欢的女生，这种新闻太让人误会了。”语气漫不经心的，狭长的眼尾拉扯出风流意味。

瞬间，台下安静一秒钟，随即爆发出新一轮的尖叫。

记录了这一段的视频一经放出就被迅速转发点赞，傍晚时刚出了和季夏在酒店的绯闻，大家都正等着看他回应什么。

于是，这则视频很快便力压之前的绯闻照片。

准确地说，已经完全没有人在乎酒店的那两张照片了，注意力完全被他口中“有喜欢的女生”所吸引。

【啊！是刺槐少女吗？】

【真的还喜欢！！！这到底是什么痴情帅哥人设！原来还在追求那个从十六岁就喜欢的女生吗？】

【我心动了，我想魂穿那个女生。】

【我女友粉的粉籍忽然就不香了？】

【这位哥是真的不走寻常路啊，人家火了以后拼命固粉也不敢谈恋爱，他怎么直接把追求进度都给公开了？】

【身为女友粉的我一边“呜呜呜我失恋了”，一边“啊啊啊啊哥哥好痴情”……】

之前对林清野暗恋的那个“刺槐少女”大家就有诸多猜测，而林清野从十六岁喜欢到二十六岁求爱未果也深入人心。

没有人觉得他那句话是在公开恋情，一致认为只是追求。

当然也有不少年纪小的不理智粉对此不能接受，希望林清野不要谈恋爱。

不过林清野自十八岁拿到金曲奖进入到众人的视线，二十三岁参加节目吸引几百万粉丝，到现如今二十六岁，早一批的粉丝年纪也都已经大了，颇为理智。

尽管其中也有不少“女友粉”“老婆粉”，但也清楚地知道，其实林清野从来没有营造过自己这方面的形象。

甚至他那个自拿到金曲奖就被颁奖节目方创设的认证微博也从来没有好好经营过，除了《我为歌来》节目开播，以及《喃喃》专辑发布外就没有其他原创微博。仅存的那几条估计也是公司帮忙发的，自己压根儿都没发过一个字。

可即便是这样，他的粉丝量到如今也已经累积到了四千万。

王启之前的预计没错，林清野是难得一见的常青树。

对粉丝而言，最初被他吸引是因为娱乐圈中从来没有这种类型的，觉得好奇，也被他的潇洒恣意所吸引。

而现在却要求他像娱乐圈内的那些靠粉丝经济提升自己商业价值的爱豆一样被束缚着不能谈恋爱，实在是说不过去，也太自私。

从《刺槐》获得金曲奖开始，到《我为歌来》拿到总冠军，再到《喃喃》各项下载量、评论数、购买量、播放量数据均创新高。

林清野的定位从来不是偶像，而是歌手。

而他虽然向来毁誉参半，但不喜他的人也是因为他行事作风太过张扬，对于他的作品口碑基本都很不错。

音乐节结束了。

季烟也没想到林清野会直接在音乐节上说那番话，一直以来在许知喃的事上，他都挺小心谨慎的，不想她被外界各方舆论攻击。

季烟将贝斯放进包中，问：“队长，你是准备要公开恋情了吗？”

“嗯，先准备着，一步一步来。”林清野说。

现在这样一直东躲西藏的也不是个解决的办法。

他如今的热度越来越高，想要在公共场合跟许知喃一块儿出现根本没可能，更不用说一些节日想要跟许知喃一块儿去外面吃个饭、旅个游了。

恋爱都谈得跟见不得人的地下情似的。

本来林清野是想等时机再成熟些再去考虑公开的事，但最近赵茜正筹划着跟她丈夫一块儿请个年假补回之前的蜜月旅行，林清野在许知喃打电话时得知此事。

小姑娘颇为兴奋地跟朋友讨论着哪里好玩，看到哪儿的景色特别漂亮。

林清野便觉得有些对不起她。

人家小姑娘谈个恋爱还都要秀个恩爱，结果他家的小姑娘就得天天在家里待着，出门也得小心翼翼地全副武装。

只不过这事依旧得循序渐进，先让大家明确并接受他会恋爱这件事，现在这音乐节倒是给了他一个机会。

他也提前跟林冠承说过这个想法，让林冠承跟媒体打过招呼，不会去挖关于许知喃的消息。

四人一边收拾乐器包，一边聊天。

林清野的手机振动了下，是从前那个酒吧老板给他发的信息。

他指间一顿，蹙起眉。

【我刚看了网上你那个视频，也不知道你在追的那个姑娘是不是之前我见过的那个，但觉得还是跟你说一声比较好，她现在就在我酒吧呢，应该是跟一群朋友在一起。】

酒吧老板也从刺槐乐队闲聊时听到过一些更深层的八卦。

比如许知喃从前泼在林清野脸上的那瓶水。

一听就知道，这铁定是林清野没好好对人姑娘被甩了，而现如今可不就是又巴巴地重新追求人家了。

【要不要我帮你盯着，她周围可好几个男的呢。】

老板又发来一条，非常善解人意。

十四在一旁问："待会儿咱们要不要去吃个夜宵？"

"你们去吧。"

林清野低着头，回给老板一个"好"字。

"我先回去了。"

"去哪儿啊？"十四问。

"堰城。"

十四一愣："啊？现在？"

"嗯，有点事。"

"不是，这都几点了，你现在飞回去得多晚啊，什么事这么急啊？"

"逮人。"林清野冷笑一声，"我不在就不消停。"

其他三人面面相觑。

这群人一玩起来就没个尽头，李焰又和他们特别合拍，越玩越精神，没几分钟就和那些人玩熟了。

许知喃便在一旁盯着她不许喝酒，简直跟监护人似的。

这家酒吧现在有了新的乐队，摇滚乐队。

虽不如从前的刺槐乐队那般吸睛，但那酒吧老板挑乐队的眼光的确不错，依旧是一支颇有自身风格的乐队。

许知喃看了会儿，想拿手机看眼时间时才发现林清野刚才给她打过一个电话。

许知喃给他回过去却又显示关机了。

是没电了吗？

许知喃微蹙了下眉，看了眼时间，音乐节肯定已经结束了，说不定是和关池他们去外面吃夜宵去了。

她又想起刚才那条新闻。

虽然不会觉得林清野和那个季夏真有什么关系，但看到自己男朋友这样的绯闻总归是心里不太舒服，也不想再点进去看那些评论。

许知喃重新摁灭屏幕，托着腮看他们玩。

时间已经很晚了，她店里头的另两个女刺青师先结伴离开了，许知喃其实也想回去了，可李焰玩心正盛，她又不能将这徒弟一个人丢在这儿。

她便在一旁撑着脑袋看他们玩游戏，偶尔吃些水果。

又过了会儿，许知喃起身："我去趟卫生间。"

李焰头也不抬："行。"

"你别瞎玩啊，不许喝酒。"

"知道啦，知道啦。"

一旁路西河也笑道："你就放心吧，这点数我还是有的，这儿有我盯着呢，出不了事。"

有了路西河的保证，许知喃也就放心了，拿着包下到一楼去卫生间。

许知喃今天扎了个高马尾，发根处是黑色，而束起的发丝部分则是非常惹眼的蓝色，皮肤又白，在灯光下几乎发着光。

一路过去，无数道目光都跟着她。

许知喃上了厕所，出来洗手。

在这种环境下待久了容易头疼，刚才在包间里还有几个人抽着烟吞云吐雾，许知喃暂时不想马上回去。

她在卫生间待了会儿，转身从旁边的侧门出去了。

初冬的夜风带着凉意卷过，倒也叫她觉得舒服许多，把身上残留的烟味都给吹淡了。

她今天还穿了一双有些高度的鞋子，小腿肚也有点酸。

她在侧门的台阶边坐下来，在小腿上按了按。

酒吧的侧门很少有人会通过，外面是一条很窄的小巷，从这条小巷往里走便是林清野从前的工作室，也因此许知喃走过几次这扇鲜少有人知道的侧门。

不过现如今公司里各种设备齐全，他已经不常去工作室了。

她坐在台阶上吹风，手机响起来，是林清野打来的。

“喂？”许知喃接起来。

“还在酒吧？”

“嗯。”她应了声，才反应过来自己都没跟他提及去了哪儿，“你怎么知道。”

林清野轻嗤：“趁我不在偷跑出来玩？”

怎么经他一说就成这样了。

“不是偷跑出来，我之前跟你说过的。”许知喃软声软气地解释，“是路大哥上个月就跟我说过的那个刺青师的聚会。”

“聚会去那种地方。”他的语气透着不爽。

“我也是到晚上才知道地点的，本来是想跟你说的。”许知喃顿了顿，“但是看到网上那条新闻了，就忘记说了。”

“哪条？”

“就……”她黑睫眨了眨，忍不住嘟囔，“你那个绯闻。”

“季夏？”

他还叫那个女生的名字。

许知喃鼓了鼓腮帮，不太高兴：“嗯。”

“我跟她没关系，她好像也是传启娱乐的，明天问问王叔他搞出来的这是什么破事儿。”

林清野又问：“还在酒吧吧？”

“嗯。”

“我快到了，你那边结束了吗？”

许知喃一愣：“啊？”

他没再重复。

“你不是在音乐节吗？”

林清野低笑：“这不是再不回来老婆都要跑了嘛。”

他笑声低震，透过手机传过来，许知喃听着耳朵都有些痒。

又捕捉到他话里的其中两个字，她耳朵发烫：“什么啊。”嘴角倒是很快翘起来了。

挂了电话，许知喃回到包间。

“李焰，你回去吗？”她问。

“师父我还想再玩会儿呢，这些个男的都不让着我，我都输几圈啦，必须得赢回来，不然回去也睡不着。”李焰说着，抬头看她，发现许知喃站在外面，也没入座，“师父，你是不是有事啊？”

“嗯，把你一个人留在这儿我不放心。”见李焰玩心起了，她哄小孩似的哄着李焰，“下次聚会你再来玩，这么晚了你也该回去了。”

倒是一旁路西河开口：“算了，难得玩一次，让她玩个尽兴吧，反正也没喝酒，出不了什么事，等结束了我送她回去就成，反正顺路。”

李焰的确是还想玩，而且她是夜猫子作息，也一点都不困，期待地眼巴巴看着许知喃。

许知喃认识路西河这么多年，对他肯定是信得过的。

犹豫半晌，她最后也同意了：“那麻烦你了路大哥。”

路西河摆摆手：“不麻烦不麻烦，你有事儿就赶紧先回去吧。”

许知喃又叮嘱李焰回家后给她发条语音，这才转身下楼。

想了想，她拿出手机给林清野发了条信息。

【许知喃：我在侧门那儿等你，外面人多，你当心点儿。】

他回复得很快。

【清野哥：好。】

许知喃原是打算看李焰坐上回家的车后再跟林清野回去的，如今送李焰回家的任务交给了路西河，她便空出些时间。

林清野还没到，她提前等在无人的侧门，在台阶上坐下。

闲着没事，又听他解释了季夏的事，许知喃这才再次点进了微博，赫然发现热搜第一早已经换了。

旁边还一个“爆”的红色标志。

#林清野回应#

她指尖一顿，飞快点进去，便也看到了那个视频。

他否认之前狗仔拍到的那段绯闻极快，简直是还没发酵几个小时就已经亲自辟谣了。

再到后面，林清野带着笑意的那句“别乱说啊，我有喜欢的女生”。

许知喃心跳有点儿快。

正想再看一遍视频，身后响起一个男人的声音：“你好。”

许知喃扭头，因为坐着还需要仰头看人，也不知这男人是从哪儿冒出来的，她眨了眨眼：“我们认识吗？”

“我刚才在里面就注意到你了，看你到这儿来了就过来看看。”男人很温和地笑了下，“可以认识一下吗？”

许知喃明白了这人的来意，冲他抱歉地笑了下：“我在等我男朋友来接我。”

这话一出，那男人便明白了，倒也没再继续纠缠，说了声“抱歉”便转身离开。

侧门这儿重新只剩下许知喃一人。

她拢了拢头发，又看一圈，担心一会儿再有人过来到时候会发现林清野。

她往里面张望了半天，确定安全，一回头，却忽然看到面前出现一双长腿，修长笔直的。

许知喃一顿，坐在台阶上缓缓将视线往上移。

映着狭窄小巷里那盏昏黄的路灯，林清野站在她眼前。

许知喃没反应过来，就这么仰头看着他眨了眨眼。

恍然间想起自己第一次见到林清野，当时她不小心喝醉，坐在卫生间的台阶上，然后林清野便出现了。

许知喃空咽了下口水。

也不知道他刚才有没有看见，虽然她只是拒绝了人家而已，但也莫名地觉得心虚。

两人对视片刻，林清野低笑了声：“果然是抢手啊。”

他悠悠道：“还得我亲自逮回家。”

林清野伸出手，到她面前。

许知喃被他拉着站起来，忍不住说：“哪有你抢手。”

“那你怎么不来逮我，倒是趁我不在家玩到凌晨了都不回家。”

许知喃知道自己说不过他。

林清野笑了笑，问：“喝酒了吗？”

“没有。”

“真的？”

“嗯。”

“我检查看看。”他说着，一手牵着她的手，同时俯下身，吻上她的嘴唇。

身后还能听到酒吧里嘈杂的人声和音乐声，小巷这边却又静谧昏暗，车堵着巷子口，挡住了视线。

可到底是在外面，许知喃担心被人发现，身子往后缩了下，又被他重新扯过去。

林清野的气息严丝合缝地包裹过来。

也不知过了多久才松开。

许知喃气息不稳，嘴唇也湿津津的，唇红齿白，在这灯光下显得格外艳丽，林清野没忍住，又俯身亲了下。

“挺乖，果然没喝。”

许知喃掐他一把：“你也不怕被人发现。”

他懒洋洋地笑：“再给我点时间，以后就不怕被人发现了，你想去哪儿玩我都能陪着你。”

许知喃想起刚才看到的那个视频，心间一动：“你是想……”

“嗯，这么漂亮的女朋友，总是藏着掖着，实在是可惜。”他痞里痞气地挑了挑她下巴，“得炫耀一下。”

两人没在酒吧侧门这儿多待，很快就上了车。

车一路开到丽嘉大厦。

电梯上，许知喃问：“你怎么知道我在那里的？”

林清野玩笑道：“我有眼线。”

她随即反应过来，她进去时碰到了个人：“酒吧老板？”

“嗯。”

“你们现在还有联络啊？”

“跟我不太联络，关池他们倒是和酒吧老板还经常见面，估计是看了那个视频，以为我还在追你呢，来跟我通报一声。”

“叮”一声，电梯打开。

林清野忽然拉着她的手，直接将人抵到了墙上。

他碰了碰她的耳朵，又碰碰她的鼻子，手掌往下，托在了她的脖颈处，纤细脆弱，他一只手就能包裹住。

其实说来满打满算分开的时间还不到两天。

可大概是平时每天一块儿住得久了，每天都能见到，偶尔见不到便觉得不习惯。

往常林清野这样抵着人动手动脚的，许知喃便要开始推他了，可今天没有，模样乖顺，脸颊还贴着他掌心蹭了蹭。

林清野沉声笑，离她近，呼吸交错：“想我了？”

许知喃乖乖应道：“嗯。”还点了点头。

他心下一软，又忍不住逗她：“那想亲我吗？”

问得没皮没脸。

许知喃在昏暗的房间内抬起眼看他，男人鼻梁高挺，不笑时眉目凛冽，一笑便又显得多情。

她视线下移，到他嘴唇，动作都很没骨气地跟着他的话，忍不住仰着下巴去亲。

林清野眼眸黑压压地注视着她，而后垂下头，捧着她脸颊，轻轻蹭了下。

他这模样让许知喃莫名想到了黏人撒娇的大型犬，讨好又黏糊。

她仰了仰头，没主动也没拒绝。

林清野贴着她唇瓣哑声道：“宝贝儿。”

“嗯？”她呼吸有些乱了。

“我想你想得要疯了。”

屋外突然下起一场暴雨，噼里啪啦地斜斜打在玻璃上。

入冬的雨卷着寒意袭来，仿佛是一夜间从初冬进入了深冬，天气骤然间冷下来。

因为这一场雨，第二天醒来时天也依旧是暗的，看着像还是半夜。

许知喃觉得现在的林清野实在是太难缠了。

又转念一想，大概是大学时她没怎么和他同宿过的关系。

她浑身都犯懒，窝在被窝里不想动，刚一转身林清野便醒了，他扣住她的手，惺忪着问道：“醒了？”

“嗯。”

“饿吗？”他手移到了她肚子的位置。

“还好。”

“那待会儿再做早饭。”

又睡了片刻，林清野便先起床了。

他身上只穿了条裤子，裤腰掐着窄腰，也没好好系抽绳，松松垮垮的，露出隐约的胯骨。

他背对着许知喃站起来，便将他背后的那副文身完全显露出来，右上角的肩胛骨上两个字——阿喃。

总感觉这已经是很久远的事了。

“还早，你再睡会儿。”林清野揉了揉她头发，走进卫生间洗漱。

许知喃伸了个懒觉，睡意渐渐消退了，也跟着坐起来，这时林清野放在床头的手机响了。

许知喃看了眼来电显示，王叔打来的。

林清野接起电话。

这一大早来找他是为了那条关于季夏的绯闻。

季夏也是传启娱乐公司旗下的艺人，小演员。

有些经纪公司会捆绑CP圈一波CP粉，但一般都是针对不温不火的那些小明星，而对于顶流的那些最怕的大概就是CP捆绑，就算是营销也只是在播剧时炒作，结束后只会想方设法地解锁CP，不影响各自未来的脚步。

季夏就是需要这种热度，公司也不可能让她和林清野挂钩。

更不用说林清野和王启相熟，跟公司里头的普通明星也不一样。

季夏是前天晚上他下飞机的第一晚来找他的，当时林清野便觉得奇怪，他跟季夏之前从来没见过。

要不是她自报家门，林清野甚至连她名字都不知道。

当时季夏敲开他酒店房门，并非真有要紧事找他，话说来说去也就那几句，反倒像是自我介绍。

只不过当时季夏大衣里头穿了件低领紧身的线衫，领口两颗扣子开着，露出里面白生生的一条线。

意思再明显不过，虽她口中没明说，但林清野不可能猜不到。

只要当时他准许她进屋，后面一切便是水到渠成。

这么一想，便知道那偷拍必定是她自己安排的。

有林冠承在发话和压阵，一般正规报社不会探究林清野这方面的八卦绯闻，也不知道季夏是从哪儿弄来的狗仔。

王启把事情调查经过跟他说了一通，和林清野猜测的一样。

王启又道：“酒店走廊外的那个视频我也拿到了，发你邮箱了，你看着处理吧。”

林清野靠在窗边，看许知喃磨磨蹭蹭地爬起来，漂亮的脚趾微微蜷缩着没沾地，左右张望着找拖鞋。

“拖鞋在我那一侧。”林清野出声提醒。

许知喃看他一眼，见他依旧在打电话，一言不发地趿上拖鞋，进了浴室洗漱。

王启听到，问：“还在家？”

“嗯。”林清野应声，捏了捏鼻梁，“王叔，你确定这事儿交给我处理？”

他声音有点懒，又透着些戏谑。

王启一听便知他要搞事：“你看着办，就算你不叫我这声叔，我也知道你跟那季夏谁的价值高，你的清白可重要得很。”

林清野散漫地笑了声。

“对了，还有一个事儿。”王启说，“下一届金曲奖快要开始了，公司已经把你的专辑报上去了，再过段时间会有颁奖典礼，你自己留意着点儿。”

林清野一顿。

新一届金曲奖。

他眉目微敛，垂下头：“行。”

挂了电话，他出去做早餐。

到中午，一条视频再次炸出一波平地惊雷。

就是上午王启给林清野发的那条视频，在酒店走廊，季夏和林清野面对面站在房门前，因为监控就在侧上方，距离近，也因此收声效果不错。

林清野本是懒得插手这种事的，要是季夏只是单纯为了热度便算了，可既然跟狗仔都串通上了，林清野便也不想忍了。

弄出这些破事儿来让许知喃心烦。

那视频里季夏的确是没说什么露骨的话，但就那大半夜敲开别人的房门说些有的没的，意图也已经足够明显了。

【我吐了，所以已经很明显了吧，之前那个绯闻照片就是季夏找人拍的，还专挑音乐节开始的时候放出来！】

【其实我之前就猜到了，但没敢说，怕给哥哥招黑。】

【哈哈哈哈哈哈哈哈哈哈哈，虽然很气，但这个视频也太好笑了吧，林清野可真是钢铁直男，全程冷脸，一点面子都不给。】

【可拉倒吧，以前他“皮卡林”的称号忘了吗，那可是最会放电的，只是对她季夏不屑有表情而已，你去看看他音乐节上说自已有喜欢的女孩儿的视频，就问你心不心动！】

【我真的好想魂穿林清野喜欢的那个女生啊，这是什么素人 × 大明星的爱情故事。】

【楼上的说错了，还没到素人 × 大明星呢，完全是大明星追素人，而且还不知道能不能追到。】

许知喃是吃完中饭才看到的这条视频，仔细看了遍：“这个视频是哪儿来的啊？”

“王叔调查拿到的。”

“公司放出去的啊？”

林清野依旧面不改色：“应该吧。”

到晚上，季夏便专门发了条微博道歉，底下全是骂声。林清野那微博常年长草，自然不会搭理。

除此之外，圈内大家都能大概猜到这视频是谁放出来的，不是林清野本人就是传启娱乐公司，倒也是给了大家一个信号，想要走捷径吃单方绯闻红利，最后后果大概就是季夏这样。

这事闹了几天，其间有个采访找林清野。

他从前很少接受这种采访，这次却接受了。

采访的记者是个挺年轻的姑娘，看着也就二十来岁。

“大家对上次音乐节你的回应都非常好奇，想问问你那时说有喜欢的女孩儿了是真的吗？”

林清野笑道：“嗯，是真的。”

“那她是圈内人吗？”

“不是。”

“大家都在猜这个女孩儿还是你《刺槐》歌中的那一位吗？”

林清野似是想到些什么，垂眸笑了一下：“嗯，还是她。”

这视频一出便再次轰炸网络。

后面采访的内容大家都没注意，完全把重心放在这一段，尤其是林清野说“还是她”时的那个表情。

【这个表情要和季夏那一段配合食用，这反差还能更大一点吗！！！】

【啊啊啊啊啊啊啊太宠溺了吧！】

【这个笑，真的心脏狙击，我直接笑得嘴巴咧到太阳穴。】

【我突然变成林清野的妈粉了，这是什么暗恋漂亮小姑娘的可爱甜心！】

【我一边失恋，一边姨母笑……】

而更过分的是，网上还流行起了“你的宠溺笑和林清野的宠溺笑”活动。

大家纷纷发出学他垂眸轻笑的视频，最后还要补一句“嗯，还是她”，最终得出这是个高难度的动作，一不小心就容易油腻。

在那一场冷雨之后，又接连下了两场雨，气温转眼便迅速降至零度左右，树叶飘零，马路上都是光秃秃的树杈。

林清野剩下两站的音乐会也全部结束，《喃喃》的宣传活动正式结束。

粉丝们意犹未尽，开始喊着要正式演唱会。

娱乐圈内只出一张专辑就开演唱会的少之又少，几乎是一只手就能掰过来的。

但公司从利益方面考虑，林清野绝对够格开演唱会。

王启也找林清野提过这事。

于是，演唱会也进入各项审批流程。

而许知喃这边，冬天刺青的人会比夏天多一些，因为夏天恢复起来比较麻烦，会担心发炎或感染一系列的问题，很多人都会避免在夏天文大幅的文身。

接近元旦，生意便更加好了。

许知喃从早忙到晚，才终于有空吃了口晚饭，边吃饭边拿出手机来挑衣服。

她这段时间忙也没空逛街，而林清野如今逛街是不可能逛了，他也没怎么在网上买衣服，这都要到元旦了，两人都还没买过过冬的新衣服。

许知喃一件件瞧过来，她的推荐里都是女装，还是她平时的穿衣风格。

她又思索着打了几个男装关键词进去，不知道是她想的关键词不对还是怎么，跳出来的都是些颇为土气的衣服。

翻了许久，许知喃眼前一亮，看到一个专门卖情侣装的店铺。

倒是一下就解决了她要买两人衣服的需求。

这家情侣装店铺的店主本身就是服装设计师，设计风格偏国潮，样式都简洁年轻，而店里的模特照则都是店主和男友两人一块儿拍的，俊男靓女，高高瘦瘦，每张照片都很好看。

许知喃挑了一圈，最后看上一套颇为学院风的衣服。

里面是学院风的针织毛衣，只不过是藕粉色，外面便是夹克样式的宽大棉服，黑色，还挺帅的。

那件外套倒是跟林清野平时穿的风格差不多，但里面这个……藕粉色。

他衣柜里都是最普通的黑白灰，毛衣也很少。

许知喃点开评论看了眼，色差不大，穿着整个人都会显得很柔和，她喜欢这样子的衣服，但不知道林清野会不会喜欢。

毕竟是要穿着过冬的衣服，还是要林清野自己喜欢才好。

许知喃边看边吃，终于将那份迟到的晚饭给吃完了。她简单收拾了下桌子，便将那件衣服的截图发给林清野。

【许知喃：这个衣服你觉得怎么样？】

【清野哥：哪一件？】

【许知喃：两件，这是情侣装。】

他发了条语音过来。

许知喃调低音量放到耳边——

“想跟我穿情侣装啊？”

含着笑意，戏谑又玩味的声音。

她忍不住也笑了下。

【许知喃：嗯。】

【清野哥：行啊，挺好看的。】

【许知喃：可是这个是藕粉色哎，我怕你不喜欢这个颜色。】

【清野哥：现在是有妇之夫了，是得换个居家点的风格。】

许知喃眉眼弯弯，轻轻笑出声。

【许知喃：那我买了啊？】

【清野哥：嗯。】

【许知喃：看了下 24 小时就会发货，应该这两天就会到，不过我要等元旦了再给你，算是我送给你的元旦礼物吧。】

【清野哥：元旦礼物现在就让我知道了啊，不是惊喜吗？】

【许知喃：我怕我自己买了你到时候不喜欢，浪费钱。】

林清野正在公司，要准备做一首届时演唱会上首唱的新歌，去跟制作人谈了谈细节，这会儿刚刚结束。

他靠在椅背上，笑了声，继续打字。

【林清野：快结束了吗，我过来接你。】

【阿喃：还有十来分钟。】

林清野收了手机，跟制作人和王启道别，下楼离开。

到刺青店门口，店里已经关门熄灯，许知喃站在外面等，穿得严严实实，裹了条厚重的围巾，把下巴也整个包进去，像只小熊。

看到他的车，许知喃小跑过去。

林清野侧头看她："这么冷的天怎么不在店里面等。"

"店里暖气吹久了，有点儿闷，就想到外面透透气。"

林清野捞住她的手："手都冷了。"

"我的手本来就容易凉。"许知喃被他牵着，寻着看过去，却注意到他就穿了条牛仔裤，一看就很薄，布料还在膝盖处拉开了两道开口，虽不大，但风也能灌进去。

她皱起眉："这么冷的天，你怎么穿这个裤子？"

"中午有个活动，这是化妆师让穿的。"

"那你出来了也该换条厚点儿的裤子嘛。"许知喃摸了摸他露出来的膝盖处，

“这么凉，你也不怕得关节病。”

“少给我扣那些老年病啊。”他懒洋洋地警告道。

许知喃颇为严肃地说：“这才不是老年病，现在有好多像你这样的年轻人都会有这种毛病，我叫你穿秋裤你也不听，今天还穿这么少！这样下去等以后老了可难受了！”

她絮絮叨叨说了一堆，像个老中医。

林清野听着有趣，其实也没真听进耳朵里，跟读书时听课一只耳朵进一只耳朵出差不多。

等她说完了，他才优哉游哉地道：“难受就难受吧，不影响我和你的幸福生活就行了。”

许知喃原本还要说，却被他这没皮没脸的一句话突然封住了喉咙，两相夹击，剧烈咳嗽起来，脸也整个通红，不知道是害羞还是呛到的。

林清野笑得更欢，肩膀都抖动着，拍了拍她的背给她顺气：“不就说你一句，反应怎么这么大。”

许知喃咳得眼睛都红了，水汪汪的，愤愤瞪他一眼：“我好好跟你说你怎么这么不正经！”

“怎么就不正经了，我实话实说。”林清野扬了扬眉，完全是牡丹花下死做鬼也风流的姿态，轻慢道，“这腿还有什么其他用处，不就为了……”

许知喃在他说出那两个字前喊了声：“林清野！”

他继续笑，恶作剧达成般：“哟，生起气来还敢叫我全名了。”

许知喃嘟囔：“我有什么不敢的。”

“你不敢的事儿多了，脸皮这么薄可怎么办。”林清野捏了把她的脸，“行了，不逗你了，回家了？”

“嗯。”

对于让林清野穿秋裤这件事许知喃没有办法，跟他说了他也不愿意穿，于是便也没再坚持了，没想到最后这事儿还是许母做到的。

元旦前夕，12 月 30 日，两人一块儿回许母那儿跨年。

街上都热热闹闹地营造起跨年氛围。

许知喃提前一天将已经到了几天的衣服给林清野，算是元旦礼物。

林清野头一回穿这种颜色的衣服，却不难看，他肤色白，其实什么颜色都能驾驭。

而这种藕粉色到他身上便让他整个人都柔和不少，不像平时那么冷硬了，反倒显出些少年气和风流感。

驱车回家。

许母一见两人便注意到成套的衣服，笑着看了会儿，夸道："真好看。"

上回过来时来得匆忙，也没买些像样的礼物，只买了些水果，这回林清野提前准备，提着大包小包地进来。

"不是都跟你说了别买东西吗，我这什么都不缺。"许母笑着跟林清野说，"怎么还买这么多。"

林清野笑了笑："这不是元旦礼物吗？"

他们到的时间正好可以吃中饭，许母已经做好饭了，从厨房里端出来，三人入座。

上回见面时还拘谨着，这回倒是好了许多，饭桌上许母还不停地往林清野碗里夹菜。

他平时吃东西比较挑，也有些不爱吃的东西，许知喃如今跟他相处久了都知道，看妈妈给他夹的菜刚想说便见他面不改色地吃下去了。

许母问："这跨年你们来我这儿，你爸爸会不会一个人太冷清啊？"

林清野道："他这些天不在堰城，工作忙。"

"哦，出差啊？"

"嗯，我过几天回去，等他回来后。"

"那正好，本来还想你们晚饭带阿喃去你家里吃，陪陪你爸爸，那现在晚饭就还在这儿吃吧，我买了太多菜了都吃不完。"许母说，"晚上要不就睡在这儿吧，别回去了，正好我昨天刚晒过被子。"

许母盛情邀请，林清野看了许知喃一眼，答应了。

吃过饭，许母今天起得早，睡午觉去了。

剩下的碗筷交给林清野和许知喃处理，两人一块儿进了厨房。

厨房里，林清野洗碗，许知喃站在一旁沥干水。

"本来还能带你去我家附近逛逛，这边虽然不像市中心那么热闹，但是风景很好，有时候还有节日活动，挺好玩儿的。"

林清野勾唇："快了，以后就能跟你一块儿出门了。"

洗完碗，没法出门，两人便一块儿在楼下客厅看了会儿电视。

林冠承中途打了个电话过来，得知许知喃就在他旁边还跟许知喃也通了会儿话。

林冠承的确是喜欢许知喃，尤其看到林清野跟她在一起后的改变便更加喜欢她了，也算是为他弥补了一些从前的遗憾。

许知喃这一下午手机也很忙，几个平日里还在联系的朋友和顾客纷纷发信息过来送节日祝福，许知喃一一回复过去，又发现还没有和赵茜聊过，于是点开和她的微信聊天框。

赵茜很快就回复。

【茜茜：元旦快乐不了了，我现在在医院呢。】

【许知喃：怎么去医院了？】

【茜茜：不知道，早上突然晕倒了。】

【许知喃：啊，这么严重，医生怎么说啊？】

【茜茜：还在排队呢，怎么今天人还这么多，应该没什么大事，就晕了五分钟，后面就醒过来了。】

后面赵茜没回她，又过了半小时，许知喃手机再次剧烈振动起来。

【茜茜：啊啊啊啊啊啊啊啊啊！！】

【茜茜：我怀孕了！！！】

【茜茜：我就往这方面想了一下，但是人家怀孕不都是吐吗，我这是晕倒，后来也没这么想，居然真的是！！】

【茜茜：阿喃说好了啊，你是我肚子里这个的干妈。】

【茜茜：这样林清野就是他干爹了。】

【茜茜：不愧是我，这算盘打的，还没生出来就已经给他找好了大明星干爹。】

林清野注意到，侧头问："怎么了？"

"茜茜……"许知喃也觉得吃惊，张了张嘴，"怀孕了哎。"

林清野扬眉："好消息啊。"

许知喃低着头继续回信息，肚子上突然贴过来一双手。

林清野捏面团似的掐了掐她肚子。

她扯开林清野的手，不知道这人脑子里又在琢磨什么，"明哲保身"地先远离他。

他低笑，倒也没多说什么。

晚上吃过饭，许母跟他们聊了会儿天，便也不打扰他们。

"清野，我帮你把床铺好了，就在阿喃房间旁边。"

许母也不知这两人到哪一步了，也不好多问，何况头一回来家里住，她一个做妈妈的总不能直接将两人安排到同一间房，便分开两间。

许知喃闻言，偏头看了林清野一眼。

他倒是面不改色，还真像个十足的绅士，颔首道："好，麻烦了阿姨。"

"对了，差点忘了这个。"许母说着，转身到一旁的抽屉边，打开，拿出两个红包给他们，“本来应该正式农历过年的时候给的，不过清野工作忙，到时候也不知道有没有空，就先给了吧，反正也是跨年。”

“妈，我们都工作了，应该给你红包，你怎么还给我们。”许知喃忙说。

林清野也附和道：“阿姨，这个我们不能要。”

“也没多少钱，就给你们一个好兆头，新年嘛，希望你们俩都能红红火火的，快拿着。”

许知喃这才收下，林清野便也只好收了：“谢谢阿姨。”

“还有个东西。”许母从角落里拎出两个袋子，“新年礼物，我想着你们现在应该不缺什么，缺了自己也有能力买，想你们小年轻冬天也总穿得少，就买了套保暖的贴身衣服。”

许知喃一愣，随即笑了：“太好了，他现在就缺这个呢！”

林清野一愣。

许母回了自己房间，时间还早，元旦前夕总归是要熬夜的，林清野也没那么快去隔壁客房睡觉，一块儿进了许知喃房间。

她床小，两人挤在一块儿，几乎把那床都给占满了。

许知喃打开妈妈给的礼物袋子，还是配套的两身，算是里里外外的情侣装了。

她抬腿往林清野腰间轻轻踢了踢：“你穿不穿秋裤。”

“不穿。”他依旧拒绝干脆，非常有尊严。

“为什么？”

“我不冷。”

“可这是我妈妈送你的新年礼物。”

“新年礼物就应该好好收着。”林清野随口胡诌，“哪舍得穿。”

许知喃瞥他一眼，凑近了瞧他：“真的不穿？”

“嗯。”

小姑娘双手撑在床上，上身朝他倾过来，清澈的眸子里忽然闪过一丝狡黠，然后她抻长脖子忽然朝外面喊：“妈！”

刚发出第一个音就被林清野捂着嘴一把按回去。

身子被摁进床里，弹了一下，长发也披散开。

林清野跨在她身上，居高临下地看着她，去挠她痒痒：“还想告状啊。”

许知喃怕痒，又被他坐在腿上，挣扎不开，边笑边躲，眼泪都笑出来了，坚持了没三秒就求饶道：“不告了不告了，清野哥。”

林清野朝她臀上拍了一巴掌：“来不及了。”

两人笑闹好一会儿，到后来林清野也俯身下去，搂着她。

许知喃闹得头发都乱糟糟，在被褥上来回蹭，起了静电，像个小疯子，笑得喘不过来气，脸都红了。

林清野终于不捉弄她了，外面开始有人放鞭炮，他压在许知喃身上渐渐安静下来，偏头在她脸上亲了一下。

“谢谢你。”他忽然说。

“嗯？谢什么？”

“所有。”他这个吻一点点深入，贴着她的唇笑了下，“这是我第一回收到红包，感觉不错。”

# 第六章

/

## 他的第二个金曲奖

一听到林清野这话，许知喃便心疼了，搂着他摸了摸他头发。

如今他头发又养长了些，跟大学时差不多的长度。

“以后每年过年我都会给你红包的。”许知喃说。

林清野笑起来：“行啊。”

两人又搂着腻歪了会儿，时间已经越来越靠近零点，马上就要跨入新的一年了。

许知喃的床靠窗，一侧贴着墙，往外便能看到不断腾空升起烟花，在空中绽放，给黑夜瞬间的光亮。

她托着腮靠在窗边，今天这夜就连晚风也和煦，不太冷。

周围几幢房子灯火通明，大概都在看各大卫视的跨年联欢会，声音开得很响，和鞭炮声混在一起，甚至还能隐约听到对面那家电视里传来的倒计时声音。

“十。”

“九。”

“八。”

……

两人靠在窗边，都没说话，静静等待着最后的“三，二，一”，以及最后那一声钟声敲响时刻的“新年快乐”。

“新年快乐。”林清野说，声音温柔。

许知喃笑起来：“你也新年快乐。”

“怎么都没问我要送你什么？”

许知喃侧头看他，两人坐在床上，已经脱去了厚重的外套，实在不知道他还能把礼物藏在哪里。

许知喃眨了眨眼，问：“什么？”

林清野从兜里摸出一个钱包，抽出一张银行卡递过去。

许知喃愣了下，没伸手接，只看着。

他说：“工资卡。”

林清野的工资卡可不是一般的工资卡。

他赚的哪是能用“工资”来形容的。

许知喃空咽了下，说：“我刚才还说以后每年都要给你包红包呢，你就把工资卡给我了？”

她小声道：“那还叫什么我给你的红包呀。”

“红包从你店里的账单里出呗。”林清野将那张银行卡塞进她手里，“刚把房贷还清，也没多少钱。”

“那你以后要花钱的话怎么办呀？”

那张卡其实是公司转各种收入分成的账户，占了他收入的大头，但林清野自然也不止这一张卡，平日里用的还是有的。

不过他没解释这些，只是挑了挑眉，说：“要不开个亲情号，以后你养我？”

许知喃想了想，还真答应了。

两人捣鼓了会儿手机，绑定亲情号，外面的鞭炮声也终于没那么嘈杂了，只零星还有几声。

许知喃忽然想到什么，下床到书桌边，翻翻找找半天，从抽屉里摸出个盒子，打开盒子，里面躺着个白色的拍立得相机。

这还是她读高中那会儿班上特别流行的，好多女生都会带到学校来玩，后来高二上学期她的生日许元汶便买了这个作为礼物送给她。

“上回说了，以后我们也要经常拍照。”

她检查过里面的胶片，重新回到床边。

两人背对着窗，许知喃举着相机，倒计时“三二一”，按下快门。

闪光灯亮起的瞬间一束烟火腾空，正好在窗外中央映出一团亮光。

很快，胶片便出来，等了会儿，两人的模样渐渐在相纸上浮现出来。

拍立得拍的照片都自带滤镜，周围环境偏暗，肤色却显得更白。

两人都看着镜头，许知喃拿相机，在前，林清野在后，后背倚在窗沿，一只手搭在许知喃肩上。

两人都是笑着的，许知喃一笑便露出两个小梨窝，而林清野下颌微抬，眉眼向下看向镜头，显得邪气，又噙着点散漫的笑意，宠溺又慵懒的模样。

许知喃拿着照片看了会儿，很喜欢。

她又翻出一支笔，在下面空白处写下两人的名字和现在的时间，将那张相纸放进了一本新的相册里。

“以后我们要把这本相册也放满。”

林清野垂了垂眼：“好。”

已经快凌晨一点，许知喃赶他去隔壁房间睡觉。

林清野搂着她，脖颈一低，埋在她颈间：“不想去了。”

“我这太小了，你都睡不下。”许知喃掐他，“而且这样不好，我妈妈还在呢，都跟你说了给你整好隔壁的房间了。”

林清野在她这儿没皮没脸惯了，不过还是不敢在许母面前造次的。

靠在她脖颈处深吸了口气，像是做了很艰难的决定，他终于直起身：“走了。”

许母大概早早睡了，林清野轻手轻脚地出去，走进隔壁客卧。

许知喃屋内重新安静下来，她又吹了会儿风才将窗户重新关上，躺到床上，却不知怎么睡不着觉。

脑海中忽然浮现出方才林清野趴在她身上说的那句“我第一回收到红包”。

她再次觉得心疼，在床上翻了个身，拿出手机又给林清野发了条信息。

【许知喃：睡了吗？】

他回得很快。

【清野哥：还没，怎么了？】

【许知喃：没什么，就是想起来刚才没跟你说晚安。】

林清野回了个语音，一句带着笑意的“晚安”。

这两个字在深夜飘进许知喃的耳朵里，她缩在被窝里忍不住轻轻笑了声，同样回了一个“晚安”过去。

翌日一早，两人洗漱完下楼，又待了会儿，到晚上才走。

刚坐上车，十四便打来电话：“队长，你们现在有空过来吗？”

十四最近搞了个副业，因为他们这群人总是约着去吃夜宵，于是索性便自己开了家烧烤店。

赶在元旦开业，这会儿正是开业第一天。

林清野问过许知喃，便往十四开的那家烧烤店过去。

他将车直接开进了后门通道，十四已经等在那儿了，三人一块儿从后厨往包间方向走，隔着墙能听到外面客人的鼎沸声音。

“你这烧烤店怎么还有包间？”林清野问。

十四道：“独此一家，这不是你在嘛，你又不能在外面跟大家一块儿坐着，那不得吵翻天了。”

林清野笑了笑，和许知喃一块儿跟着他走进包间。

季烟和关池已经在里面了。

刚才外面灯光暗，十四还没怎么注意，被包间内灯火通明的一照便瞬间发现了林清野身上这件衣服。

藕粉色的。

虽然看得出来和许知喃的是情侣装。

但是，是藕粉色的！

季烟忍不住骂了句脏话：“队长，你这风格转换得也太吓人了吧，我看你可以直接上台就来一曲全国中小学生广播体操《雏鹰起飞》了。”

林清野被“羞辱”一番，也丝毫不生气。

其实那衣服穿到他身上也并不会显得很幼稚，不至于像季烟说的那样，只不过和他从前反差太大便一时没法让熟悉的朋友接受，但要是让粉丝们看到就铁定会立马再次化身“尖叫鸡”。

关池冲他比了个大拇指：“你现在看着是个清纯男大学生了。”

林清野很不屑地嗤笑一声，拉着许知喃到一旁坐下。

十四如今晋升为老板了，又去外面转了一圈才回来。

季烟问：“你跟我们一块儿在这儿躲懒能行吗，不会待会儿出去了店都没了吧？”

“呸，狗嘴里吐不出象牙。”十四横她一眼，给自己倒了杯啤酒，腿一跨坐下来，“开业活动大，生意也好，外面我爸妈都在呢。”

关池看这两人拌嘴都看习惯了，拎起酒杯，在桌子上磕了磕：“碰一个吧？”

“行啊。”季烟也举起杯子，“碰一个总得想个由头吧？”

十四道：“这还不简单，元旦快乐！”

季烟笑了声，讽他：“俗气。”

话虽这么说，但大家也都纷纷举起酒杯，许知喃今天也难得倒了半杯啤酒。

大家一块儿举起酒杯，在空中碰了下，发出玻璃碰撞的清脆声音。

酒倒得太满，在碰撞中从杯口溢出来，濡湿了指尖。

“元旦快乐！”

“新年快乐！”

很不默契地响起两道声音。

季烟便又和十四争吵起来元旦节能不能称作是“新年”的问题，一个认为可以，一个认为正月初一才叫“新年”。

外面人声鼎沸。

热闹的元旦节，新的一年的第一天，似乎一切在向好的方向前进，红红火火。

“行了，哎，你俩，这开业呢，还吵。”关池笑着打圆场。

很快，他们这一包间的烤串便送进来了，一大盘。

关池道：“可以啊，你这得大出血啊。”

十四摆摆手：“今天随便吃，开业活动本来就是拿来亏本的，我已经亏到无感了。”

“对了，队长。”季烟问，“你那个演唱会打算什么时候开啊？”

“时间还没定，场地倒是基本定下来了。”

“堰城？”

“不是，T市。”

关池一拍桌：“不会是那个八万人的奥体中心体育馆吧？”

“嗯。”林清野笑了笑，“你们到时候有空来吗？”

他们三人都愣住了，手里还拿着烤串，好一会儿没说话。

他们这些人从高中这么早的时候就组建乐队，说实话不可能不热爱音乐，即便是先前那几场售票不到一千张的音乐节也都被点燃到热血沸腾，更不用说现在这个是八万人的大型演唱会。

而在这之外，便是觉得有些退缩。

八万人。

实在是太多了。

到时候整个场馆都是来听演出的人。

压力在无形中被放大。

季烟惊讶道：“八万人啊……我们万一不行……”

林清野抬了下眉，笑了：“不是你们说以后我有什么事儿需要你们的都尽管说吗？”

“唉，话是这么说。”十四难得正经，皱着眉说，“但是说实话啊，队长，咱们之前那刺槐乐队能火的原因你占了99%，音乐节这种我们酒吧演出惯了的去撑撑场面没问题，但这种演唱会还真怕给你搞砸了。”

“砸不了。”林清野的语气淡淡的，众人却莫名地因为这句话忽然有了底气。

关池、季烟、十四三人还在犹豫。

想当然是想，那样大的舞台，他们做梦也想。

林清野喝了口酒，靠在椅背上，下颌微抬：“当初解散也从来没有好好跟舞台告别过，不如就借这次好好告别。”

许知喃一愣，侧头去看他。

男人穿上那件藕粉色的衣服后的确是柔和下来，但他骨子里的张扬和傲气并没有因此削减，反倒是愈加迸发而出了。

周身都仿佛是包裹了一圈光晕。

当时刺槐乐队决定解散从来没在舞台上说过，照往常一样在酒吧演唱完最后一首歌，平静地下台。

在那之后，刺槐乐队便再没有在“野”演出过了。

许知喃当时还是因为赵茜听来了小道消息才跟她一块儿去看了刺槐乐队最后一场。

到现如今她也依旧能清晰地记得当时的林清野。

他穿了件白衬衫，灯光穿透而过，勾勒出藏在里面的宽肩窄腰，站在最前，捏住麦架，靠近——

他说：“刺槐乐队，林清野。”

等尖叫声停下后，他才又不紧不慢地补完最后三个字：“晚上好。”

清冷又痞坏。

一首歌结束，酒吧内大家齐声喊着林清野的名字。

不管在哪儿，他都闪闪发光，轻而易举抓住所有人的眼球。

那个年少拿到金曲奖桂冠曾引起乐坛轰动的林清野，也是那个拒绝所有橄榄枝在酒吧随性恣意的林清野，又是乐队解散后进入娱乐圈至今光芒万丈的林清野。

许知喃胸腔震动。

不只是她，关池、季烟、十四也同样。

人在当下时不可能永远做出那个最正确的决定，他们也都后悔过为什么当初决定解散时没有好好跟大家说一声，没有好好道个别。

总觉得遗憾。

“我现在在做的新歌，打算到时演唱会上压轴首唱。”林清野看着他们，缓声道，“是乐队摇滚风格。”

关池、季烟、十四一愣。

刺槐乐队的初心是摇滚。

十四一把热泪，举起酒杯，吼了声：“摇滚不死！”

酒杯高举，再次在空中碰撞。

他们一饮而尽，又是一杯，再次碰杯，用力太大，酒洒了大半，又一声：“刺槐乐队不死！”

关池拍桌：“不就八万人嘛，咱们当初在烂尾楼顶玩音乐的时候可是唱给全世界的人听的！”

慷慨激昂的结果便是纷纷喝过了量，除了许知喃和林清野。

许知喃是本就酒量不好，刻意收着量，没让自己喝醉，而林清野则是酒量好，啤酒灌不倒他。

关池、季烟、十四三人虽然还没到喝醉的程度，但都已经红脸红脖子，眼神看着也已经不够清明。

“行了，别喝了。”林清野率先说，“再喝你们就该吐了。”

“队长，你这可就很扫兴了啊。”季烟明显是喝多了，一抬手，“不吐不归！”

林清野懒得理这些酒鬼，直接起身，一句：“走了。”

他们仨虽然还没喝尽兴，但有队长的威力在，也只好纷纷紧跟着起身。

推门出去，正好碰上十四的妈妈，原本是想叫十四过去帮忙，结果一看醉成了这样又少不了一顿骂。

可惜十四也喝多了，嘿嘿笑着听完那一通骂，毫无波澜。

十四妈妈打了他一拳，又转头看向林清野。

她自然是认识林清野的，也很感谢他从前那些年对十四的帮助：“你们这就准备回去啦？”

“嗯，我送他们几个回去吧，都喝多了。”

“行。”十四妈妈又跟林清野道了声谢，“麻烦你了啊，这孩子可真是不省心。”

林清野也喝了酒，开车回去是不可能了，只回车上拿了顶鸭舌帽和口罩戴上，又将外套帽子也一并拉过头顶。

结果一回头，季烟和十四已经吵上了。

也不知道聊及什么，喝了酒脾气本就燥，一点儿火星子就能爆炸。

许知喃站在旁边，想劝架，但又不知从何下手。

“阿喃。”林清野喊一声。

许知喃回头，到他身边：“你不去劝劝吗？”

“这有什么好劝的。”林清野揽着她肩靠在车上，抽了支烟叼进嘴里，没点燃，含混道，“看着不挺有趣。”

他们喝多了吵起架来也大着舌头，听不清楚，只视觉上张牙舞爪。

许知喃从头看下来，只听清中间十四喊的一句话：“你不就仗着我喜欢你吗！”

许知喃一愣。

季烟二话不说喊回去：“我求你喜欢我了吗？”

告白弄得像吵架。

许知喃很蒙，看着两人，但看林清野好像不算吃惊，只是觉得颇为有趣地挑了挑眉。

“你知道他们……啊？”许知喃问。

“差不多，看出来过，估计十四也没明提过。”林清野很没良心地笑，“明天醒来想起来就该疯了。

“不过说不准是个好的契机。”

他说完，走上前，将吵架的两人扯开，到路边给他们拦了三辆出租车，又跟司机说了他们各自的地址。

他包裹得严实，声音刻意压低，没引起什么怀疑。

送走三个酒鬼，林清野侧头问：“我们怎么回去？”

“走路吧，坐出租车万一被认出来，正好也消消食。”

“好。”

这里离住处还有些距离。

只不过元旦的夜晚，天空中坠着璀璨的星子，就连散步都变得很是浪漫。

风吹到身上依旧是冷的，林清野将她的外套帽子也拉过头顶。

两人牵着手在马路上走。

许知喃有种说不出来的雀跃，也说不清到底是为什么。

但和刺槐乐队有关。

只要一想到在演唱会上他们终于可以一块儿认认真真地合体表演一首歌就觉得开心。

毕竟刺槐乐队也是林清野的初心。

她拉着林清野的手，都不自觉地晃起来。

“有这么高兴吗？”林清野垂眸问。

“就这么高兴。”许知喃继续晃他的手，“好久都没跟你一块儿散步了。”

他笑了声，忽然又想到什么，说：“下个月就到新一届的金曲奖颁奖仪式了，应该能拿到提名。”

林清野在事情有着落前不太爱跟人说，许知喃也是头一回听说金曲奖的事。

她对这个了解不多，唯一的印象便是多年前林清野拿到的那一个。

“那你这次要去参加颁奖礼吗？”

“嗯，举办地就在堰城。”

“那很好啊，上次你拿奖的时候是不是都没有去参加啊。”

“那次因为入围提名倒是也收到了邀请卡，但我也没想过真能拿奖，从一开始就没决定要过去。”林清野捏了捏她手心，轻描淡写，“希望这次还能给你赢个奖杯回来。”

许知喃心尖儿震动。

她抿起嘴角，低头笑：“好啊。”

许知喃在这一刻越发高兴。

不仅仅是为刺槐乐队感动，也不仅仅是因为林清野再次入围了金曲奖提名，而是这一刻她很清晰地看到了他们的前路。

她实在是太喜欢林清野了，一点都不喜欢他的目标落空。

但他也正如他自己所说的——我是林清野啊。

所以他什么都能做到。

他有足够的天赋，可以称作音乐上的天才和全才，是有能力站到那金字塔顶尖的人。

许知喃想起那个他不在的这两年半时常做梦梦到的一个画面。

从游戏厅出来，日出，蓝发，少年。

张扬恣意，柔情万丈。

他真真切切地回来了。

在金曲奖颁奖仪式之前，许知喃又去染了个头发。

自从林清野回来后，她便再没有去染过头发了，原本也想随它养着回到黑发的状态，但后来又觉得舍不得。

染了这么久的蓝发，总感觉其中寄托了一些别的东西，一想到到时要将这蓝发剪去便觉得心里不是滋味。

她从前经常来这家理发店，理发师也都认识她，一见她便问：“这回你倒是好久都没来了啊？”

许知喃冲他笑了笑，“嗯”一声。

理发师看她的头发：“这回怎么黑发长出来这么多才过来啊，工作很忙吗，是打算换个发色了？”

“没，还是染蓝色。”

理发师笑了：“你这是对蓝发有执念啊。”

许知喃笑着没说话。

其实到如今也谈不上执念，林清野回来了，也重新变回了从前的那个林清野，前路也已经很清晰地展现在眼前，只是还是想抓住些什么从前的东西。

何况她也早就已经习惯了看到蓝头发的自己。

染发耗了一下午的时间，到晚上许知喃才回去。

林清野已经在家了，站在落地窗边打电话，闻声看过来："怎么没叫我去接你？"

"那儿人太多了，出租车很多，打车很方便，我就没有跟你说。"

走近了，林清野才发现她重新染了头发，轻皱了下眉头，问："怎么又染了，之前不是过敏过吗？"

"那都好早之前了，现在没有过。"许知喃抓抓头发，"我觉得挺好看的就又染了，不然有一截黑色不太好看。"

两人说了一阵，电话里的十四受不了地喊一声："队长！"

林清野将手机拿远了点，蹙眉："怎么？"

"你说我是不是完了。"十四绝望道。

"谁让你昨天喝这么多。"林清野还很没良心地笑了声。

"你说她醒来以后会不会直接断片儿了？"

林清野看了眼时间："现在晚上七点，她怎么可能还没醒。"

林清野又道："而且以前喝多，你干了哪些糗事儿季烟全能记得，第二天再去笑你。"

十四念叨着："我完了，我完了，我完了。"

"你这都二十七岁了，跟季烟认识这么久还一直拖着不说有意思吗？"林清野淡声道，"再拖下去都三十岁了。"

十四搔了搔头发，原地蹲下来，嘟囔道："我年轻着呢。"

林清野没什么兴致去做什么情感调解员，随便聊了几句便挂了电话。

许知喃站在旁边大概也听明白了："十四？"

"嗯，昨晚喝多不是告白了嘛，现在后悔了。"林清野言简意赅地解释完，便靠近了些去看她新染的头发，又嗅了嗅，"香的。"

"刚洗完当然是香的了。"许知喃又想起昨晚十四和季烟边吵架边告白的画面，疑惑道，"看昨晚季烟的反应，她好像本来就知道十四喜欢她啊。"

"认识这么多年了，多少都知道。"

"那你什么时候看出来这些的啊？"许知喃想起昨晚，她对十四那一句不走寻常路的告白震惊不已，林清野倒好像还是神色如常。

而且她以前一直以为，季烟是喜欢林清野的，不过自林清野出狱后她再次遇到季烟，便没有再这么觉得了。

美色在前，林清野作为一个队长，对自己队员的感情生活完全不感兴趣。

他上前一步，抵着许知喃的肩膀将人按到单人沙发的扶手上坐下，俯身亲了她一下，漫不经心地含混道："不久，就前两个月。"

可他回来也不过几个月，大概是他不在的那两年半间发生的转变。

许知喃还在思索季烟和十四之间的关系，又问了句："那季烟是装作不知道十四喜欢她吗？"

似乎是嫌她问题太多烦了，林清野"啧"了声，直接在她嘴唇上咬了一口。

许知喃吃痛，嘶一声，人也跟着往后退。

林清野顺势，便直接将人压在单人沙发上。

"你干吗咬这么重。"许知喃忍不住嘟囔。

"疼了？"

他维持着原本的姿势，在她唇瓣上舔了舔，勾着唇线，温柔轻慢，让人莫名起鸡皮疙瘩，电流顺着脊椎骨往上。

过了好一会儿，他哑声笑："现在还疼吗？"

林清野倒也没在这个点就对许知喃做什么。

而那姿势其实不太舒服，单人沙发又窄，两人一上一下地挤在一起，但林清野就是没再动了。

就着这个姿势，他抽出手机："今天点个外卖吧，懒得做饭了。"

"嗯。"许知喃手从后面搂上去，按了按他的肩膀，"你今天很忙吗？"

"还好，就是不想动了。"

许知喃原本想说吃外卖不健康，他嫌累那今天就自己下厨好了，但垂眸一看林清野的手机界面便又闭嘴了。

他那点的哪是普通的"外卖"。

简直是直接把顶级餐厅搬到家里来了。

"有什么想吃的没？"林清野问。

她不挑食："我都可以。"看了会儿，又忍不住道，"我们店里要是中午都天天点你这样的外卖估计得入不敷出。"

"哪有那么夸张，你现在'身价'不是也很高嘛。"林清野笑了笑，"再说了，你老公赚的钱还不至于让你连吃什么都要犹豫。"

这人真是……

说起话来越来越瞎扯。

"哪来的老公。"

“这儿来的。”林清野将订单提交付了钱，手机随意丢到一旁，又低着身去搂她，“你还敢不承认了。”

“本来就还不是。”

他轻嗤一声：“迟早的事儿。”

“对了。”许知喃不跟他继续这个话题，忽然说，“等哪天你有空，我们一起去还愿吧？”

“还什么愿？”

许知喃顿了顿，支吾道：“之前你还没回来的时候，我有去祈过福，现在我们俩不都挺好的吗，新的一年了，也应该去还个愿的。”

林清野出来后就没见许知喃再抱着本佛经看了，也没在她从前那个出租屋里见到过佛经，还以为她现在已经不像从前那样了。

“行。”林清野答应。

林清野后面又忙了几天，总算是将那首为演唱会准备的新歌做好了，还请来了关池、季烟和十四三个去录音棚重新和了一遍，做成Demo。

季烟和十四恢复了从前的关系，大概是其中一个人在装傻，林清野也没多问，随他们去。

录完歌，他和许知喃便在周一正午去还愿。

那座寺庙位置很偏，在5号地铁线的终点站，还是一处经常会有人来登山的景点，寺庙便坐落在两座山之间。

好在前去的路不算难走，都有台阶。

周一，这儿人并不多，零星可以见到几个，年纪都偏大。

林清野依旧戴着口罩帽子，手里提了一袋方才在山下买的瓜果。

走进寺庙里，许知喃将瓜果供奉上，拉着林清野一块儿在蒲团上跪下来，面前是神像。

她双手合十，虔诚地闭上眼，心里默默想着向神明道谢的话。

她其实也不是从一开始就这般虔诚，最起初是因为许元汶，离世多年却连凶手都没有任何下落和线索，人在无处寄托时便需要找些东西来让自己寄托才不会失去希望。

林清野不像她那般虔诚，睁开眼时许知喃还闭着。

他侧头看向她，渐渐出了神。

小姑娘一头新染的蓝发，连发根也是漂亮的蓝色，其实是一种颇为张扬大胆的颜色，和这寺庙格格不入，方才进来时还有好多人朝她看过来。

但她五官和气质又极为乖巧，两者矛盾碰撞。

许知喃对着神像还愿，林清野却觉得如今眼前的才是他心中的神。

从寺庙出来，两人便也没多待，准备直接回去。

上山下山的路不是同一条，下山路的两侧种了好几棵刺槐树。

原本这个季节刺槐树都已经光秃秃的了，可大概是因为这寺庙在两山之间，温度也偏高，还郁郁葱葱的。

许知喃猝不及防地闻到味道，皱了下眉，很快便犯了恶心，捂着嘴偏头干呕了下。

林清野忙扶住她，顺了顺她背，皱眉问：“怎么了？”

“没事。”她从包里拿出水杯喝了口水，恶心感被压下去，“我闻到这个的味道会不舒服。”她指了指一旁的刺槐树。

“以前怎么没听你说过？”

林清野又随即一想，平川大学她宿舍附近就有几株刺槐树，以前也没见她这样过。

“以前没有过，是你出事以后才有的，应该是因为那天……”她稍停顿，吐出一口气，缓声道，“在废弃工厂，苏遣躺在血泊里，我当时闻到了刺槐花的味道，所以才会有的应激反应。”

听她说完，林清野眉头越锁越紧。

许知喃看了他一眼，又说：“不过现在已经好很多了，刚才应该是突然闻到有点想吐，现在就没什么感觉了。”

“以前很严重？”

许知喃那时候一闻到这个味道就会又吐又流泪，还是生理性流泪，控制不住。

她忽然想起家里还有一瓶被闲置的尾调有槐花香的香水，还是得知林清野已经出狱那天买的。

当时她得知这个消息，林清野却没来找她，一低头便闻到浸透出来的尾调，便立马起了应激反应，还很严重。

但她怕林清野担心自责，只说：“嗯，就是会呕得稍微严重点儿。”

“怎么从来没跟我说过？”他声音放缓了些。

许知喃笑道：“因为刺槐叶子都已经掉光啦，我就忘了自己还有这个毛病。”

“阿喃。”他满眼心疼。

“哎呀，真的没事，我觉得可能来年刺槐花再开的时候我应该就没事了，现在真的已经好很多了。”许知喃顿了顿，“而且，刺槐这两个字对你也有不一样的意义，我不想对它有抵触。”

这也是当初她明知自己有应激反应还坚持买下那瓶香水的原因。

刺槐乐队。

和获得金曲奖的《刺槐》。

当初刺槐乐队这个乐队名是关池取的，取名很随意，也没有什么特殊意义，只因他们组建乐队正是槐花盛开时，看到了便随口一提，那就叫刺槐乐队吧。

其他人觉得也不错，便这么定下来了。

而林清野那首《刺槐》很多人都以为是乐队主打歌，所以才会和乐队同名，但其实并不是，和乐队的刺槐无关。

“阿喃。”他捧着她的脸，低声道，“我第一次见你的时候，你身后是一棵刺槐树。”

当时，许知喃站在昏黄的路灯下，而林清野则坐在暗处。

她远远看到有个人，但又看不清人，只扭头去打量，那双黑眸在灯光下呈琥珀色。

但她没有多待，很快就和同伴一起快步离开，林清野看着那棵刺槐树许久。

后来，林清野在梦中再次见到她，最后视线便定格在那棵刺槐树上。

于是，他才写下了那首让他一夜成名的《刺槐》。

许知喃愣了下，隐约反应过来：“你是说……”

“嗯。”林清野说，“《刺槐》之所以叫《刺槐》，不是因为乐队名，而是跟你有关。

“所以阿喃，不要因为那件事就对它产生阴影。”

不只是因为刺槐和我有关，所以你不愿对它有抵触。

更是因为刺槐和你也有关。

和我们有关。

到二月初，金曲奖颁奖典礼如约而至，在网络上公布了这次拿到提名的歌手名单，林清野在列，很快便引起了粉丝们的关注。

颁奖典礼有现场直播，在周五晚上八点举行，但在此之前有一系列的采访和休闲活动，类似于派对。

这种正式场合需要穿正装，林清野的服装师给他拿了一套黑色西装。

许知喃跟他一块儿在后台化妆间，看他换完衣服出来，愣住了。

她觉得自己就像是忽然被林清野的美色诱惑到了。

他很少穿正装，至少许知喃从来没有见过他穿正装。

那件西服剪裁得非常贴合，大概是量身定制，勾勒出他优越的宽阔肩线，衬衫领口扣到最上一颗，还系了领带，显出一丝不苟的禁欲感，西裤下则是一双笔直的长腿。

一下子成熟许多，和从前不一样了。

但又不仅仅是成熟。

许知喃愣怔着看了他许久，脑海中终于冒出一个能够形容他现在的合适的词——斯文败类。

林清野看着她笑了声："看呆了？"

"啊。"许知喃回神，老实巴交地回答，"你穿这个好好看。"

他扬眉："我穿别的不好看？"

"也好看，但是穿这个特别好看。"

她说的太过认真，圆圆的眼睛也一寸不避地黏在他身上，反倒显出点另类的色眯眯的感觉。

林清野被她逗笑，俯下身，到她耳边，低声道："那晚上我穿着这件衣服回家。"

他说得暧昧、不怀好意，虽然没把后半句说完，但回家以后穿着这衣服做什么已经很明显。

服装师虽然站得远，应该也听不到他的悄悄话，可都身处同一间房间，许知喃耳朵立马就红了，伸手推他一把。

林清野重新站直了，捏了把她脸："一会儿我入场后你就在这儿等着？"

"嗯。"

"估计要挺久的，你要是觉得无聊就出去逛逛，旁边就有商场，不过现在外面各家粉丝多，最好让我工作人员陪你一块儿去。"

"没事。"许知喃也不想给别人增加工作负担，"我就在这儿待着好了。"

很快，林清野便要走了。

他俯身在许知喃唇上亲了一下，跟着工作人员出去。

那举行颁奖典礼的馆厅要穿过一条斑马线，对面已经围满了各家粉丝。

林清野一出现，粉丝们便沸腾了。

穿西服的林清野不仅让许知喃看呆了，也让粉丝疯狂了。

他很少真人出现在大众视野，不仅是自己粉丝，就是别家粉丝也纷纷好奇地仰着脖子去看。

他被周围几个保镖围着，穿过粉丝，踩着尖叫呐喊声入场。

到内场，隔绝了外面的声音，也意味着进入了直播范围内。

林清野在入口登记册上写了名字，刚走进去便遇到了沈琳琳，两人聊了会儿天，沈琳琳出道这么多年，相熟的好友多，很快又跟别人去聊了。

王启作为传启娱乐老板自然也来了，走过来：“你爸也来了。”

林清野扬了下眉，顺着王启指的方向看过去，周围围着好些人：“他怎么来金曲奖的颁奖仪式了？”

“这场馆就是你爸提供的，自然按例会收到邀请函，只不过一般他不会参加这种和自己生意无关的活动而已。”

林清野笑了笑：“我都不知道他会来参加。”

王启也跟着笑了：“你这不是也没告诉你爸你拿到提名了吗，还是我告诉他的，不然你以为他怎么会来。”

他在林清野肩上重重拍了两下，意味不明。

他们父子俩从前没有好好沟通过，关系很一般，到现如今即便是想要和解也需要时间。

林冠承看到不远处的林清野，和旁边那人说了声，便直直朝他走来：“一会儿颁奖可就开始了啊，紧张吗？”

林清野低笑：“还行。”

“也是，你打小就不是个紧张的性子。”

两人在一旁座位上坐下来，偶尔有几人过来跟林冠承攀谈，看到他身边坐着的林清野，林冠承便介绍道：“这是我儿子，林清野。”

大家自然听过林清野的名字，颇为热烈道：“果然是虎父无犬子啊！”

直播画面是通过几个固定机位抓取的，范围比较广，因此也听不到具体的声音。

粉丝们都在找林清野，很快便发现他和旁边那个男人一块儿坐了许久，倒也没一直在聊天，只偶尔说几句话。

镜头扫过正面时，大家才发现，那男人和林清野长相竟有几分相似，尽管看得出来已经上了年岁，但眉眼间依旧俊朗。

一直以来网络上关于林清野的消息少之又少，大家发现一点儿都跟挖宝似的，很快便开始挖其中的究竟。

很快，林清野超话中就有人率先探究出秘密来。

【哥哥旁边的那个男人是林冠承啊！岷升集团董事长！！！】

【姓林？不会是林清野的爸爸吧？】

【很早之前我看平川大学的学校论坛就看到有人讨论过，但是也都是猜测，从来没有人看到那时候野哥旁边出现过林冠承，当然也没有其他似乎是他爸的人

物出现。】

【这不会是个追梦娱乐圈的富家公子哥吧？】

【林清野是什么神仙！这个颜！这个实力！结果还是岷升集团未来继承人？】

【好了，我宣布林冠承就是我公公！！！公公好！！！】

林清野并不知道这会儿超话里引起的轰动，和林冠承聊了片刻，主持人拿着话筒上台，宣布颁奖典礼即将开始。

提名歌手和林冠承、王启一类安排的位置不同，林冠承跟他说了一声后便起身去另一侧。

待大家都入座，直播画面也切到舞台上，主持人便宣布颁奖典礼正式开始。

此时，许知喃坐在休息室，也打开手机看直播。

林清野人气高，摄像机也经常扫过他。

男人身着西装，懒洋洋地冲镜头笑了一下。

弹幕飞快滚动，全是一片的“啊啊啊啊啊啊”。

整个金曲奖颁奖典礼时间很长，需要颁发的奖项也很多，还有最佳编曲人、作词人、作曲人、最佳专辑包装等等一类幕后的奖项。

最初公布的奖项便是这些，进程过了大半，终于到了直播间观众所期待的。

最佳女歌手——

沈琳琳就坐在林清野旁边，她去年也拿到了提名，但没有拿到最终的奖项，心里有过遗憾，这次也难得紧张。

主持人在台上拖着调子公布，最后喊出沈琳琳的名字时，沈琳琳直接尖叫了声，林清野差点被她吓一跳。

她连忙起身上台领奖，发表获奖感言，回来后状态就完全不同了，终于放松下来，也有闲心跟旁边的林清野聊天了。

“下一个可就是最佳男歌手了啊，紧不紧张？”

林清野侧头扫她一眼，很不屑地轻嗤一声：“你以为谁都像你？”

“林清野！”沈琳琳压着声愤怒道，“我警告你！我可是你前辈！”

她话音一落，台上主持人这回很反常的没有卖任何关子就说出了“最佳男歌手林清野”八个字。

众人被主持人这反套路给套路了，一时半会儿都没反应过来，直到沈琳琳再次尖叫一声，才响起如雷掌声。

最佳女歌手沈琳琳。

最佳男歌手林清野。

直播画面中的弹幕再次疯狂了。

【啊啊啊啊啊啊啊啊啊啊啊啊梦回《我为歌来》！！！从前的冠亚军现在的双最佳！啊啊啊啊啊！！！】

【谁不说一句林清野牛！！！】

【最佳男歌手！！！】

【这两位真的是友谊长存啊！！！】

【呜呜呜呜呜呜呜呜呜，林清野实至名归！就是老子心里的最佳！！！】

林清野上台，拿了那个奖杯，他的致谢词也很简单，三言两语便结束。

回到台下，沈琳琳给他比了个大拇指："我服了，就你这气魄，不愧是第二次拿奖项的，我才应该叫一声哥。"

林清野低笑了声："我还是比你年轻一点儿的。"

沈琳琳翻了个大大的白眼："滚，闭嘴吧臭男人。"

林清野拿出手机，开了静音，许知喃给他发来一条信息：恭喜啊。

林清野勾唇，给她拍了张奖杯的照片过去。

摄像头随时会扫过来，林清野也没有一直拿着手机，回复完后便重新放回兜里。

时间一分一秒地过去，颁奖典礼到了最后一个终极奖项——年度最佳歌曲。

最具含金量的奖项，也是狭义上真正的金曲奖。

当年《刺槐》获得的便是年度最佳歌曲。

当年，这样一份含金量极高的奖项，突然搬给了一个从未听过名字的歌手，还只有十八岁，就连那首歌在座许多人都是当时第一次听到，可以想见引起了怎样的关注和轰动。

"接下来，便是我们的终极大奖——年度最佳歌曲，到底花落谁家，让我们拭目以待！"主持人说着，打开最后一张主持卡，轻轻扬了下眉。

"这位获奖者如今很受欢迎，而且他也不是第一次获得金曲奖了哦，我算了算，这应该是他第三次拿到金曲奖的奖项。"

底下哗然，并不知有谁竟从前就拿到过两回金曲奖。

主持人笑着又说："其中一次获奖，是半小时之前。"

林清野一顿，抬眼。

有摄像机朝他扫过来。

与此同时，整个馆厅响起——

那个女孩儿呀
我从未如此迫切地想见到她
可她不说话
像缄默的神明
……

主持人高声喊道：“恭喜！《喃喃》，林清野！”

【啊啊啊我真的在《喃喃》的旋律出来的瞬间泪流满面！】

【我也是！说不出来为什么哭，但就是突然掉眼泪了，林清野这一路走来看起来顺风顺水，十八岁和二十六岁两个金曲奖，可只有他自己和粉丝知道他到底有多辛苦啊！！！】

【我真的爱林清野一辈子！！这辈子都是不可能脱粉的！】

【呜呜呜呜粉野哥可真好啊，永远不会让粉丝操心，绯闻自己澄清，用实力直接打黑子的脸。】

【林清野值得！十八岁是歌王，二十六岁是歌王，以后也永远是歌王！！！】

许知喃看着屏幕，和粉丝们一块儿热泪盈眶。

其中一条弹幕说只有他自己和粉丝知道他到底有多辛苦。

许知喃也知道的，或许她也能被归入到他粉丝那一栏。

她一路都看到了林清野所遭受的一切。

从最初他对她的示弱，他挣扎在自己离世的哥哥和母亲之间，他的执拗、他的脆弱、他的自责内疚都尽数展现在许知喃面前。

再往后，大好青春时光入狱，引起轩然大波，各种恶意的猜测和诋毁。

两年半后，他回来，从认认真真地做一张专辑开始，认真地参加打歌节目，认真地表演了五场音乐节。

直到现在，金曲奖，《喃喃》，林清野。

许知喃鼻酸流泪，在泪眼蒙眬中看着林清野一步步走上台，摄像机一刻都没从他身上移开。

他成了这世间的焦点。

他走上台，拿过今晚的第二个奖杯。

真正的，含金量最高的，金曲奖奖杯。

他的第二个金曲奖奖杯。

《刺槐》和《喃喃》。

林清野穿着笔挺的西服，领带和衬衫也一丝不苟地贴合，站在台上，追光灯从头顶上方打下来，在地上印出一个光圈。

主持人问："这是你第二次拿到年度最佳歌曲了，感觉怎么样？"

林清野勾唇，回应道："感觉不错。"

"那在此之前你有想过自己会再次拿到年度最佳歌曲吗？"

"想过。"林清野很坦诚，"我想所有收到提名邀请的大家都会这样想过。"

"大家都知道，你十八岁获奖时是历届金曲奖以来最年轻的获奖者，而现在你二十六岁，同样也是最年轻的双料歌手。"主持人说，"请问你对自己这两次获奖有什么感言呢？"

"很感谢大家的喜欢，从十八岁到二十六岁，我恃才傲物浪费过很多时间，也做过许多错事，接受过惩罚付出过代价，感谢所有愿意再次给我机会的歌迷朋友。我从监狱出来后给自己定了个目标——"

他第一次在公开场合主动提到监狱。

"说实话，那是一个很消耗人自信心和自尊心的地方，刚出来时我也怀疑过自己以后还能不能写歌，写出来的歌还能不能被大家接受和喜欢，所以当时我的目标只是将《喃喃》这张专辑顺利做出来，不管销量如何评价如何，最后得到大众的评价也会觉得如释重负，重拾自信，所以我在今天来这里之前的目标一直是拿到年度最佳歌曲。"

林清野冲着镜头笑了笑，低眸，举起手里的奖杯，灯光在他眼睛里映出更深刻的光。

"我做到了。"他说。

一切的磨砺和挫折都在此刻为他加冕。

金曲奖颁奖典礼结束，直播关闭时关于林清野拿到年度最佳歌曲和最佳男歌手的热搜已经分别登上热搜榜第一第二。

离场时，林清野跟沈琳琳一起往外走。

"我就说吧，那时候就不该帮你。"沈琳琳玩笑道，"果然是来抢我饭碗的，我简直悔不当初。"

林清野笑了声，同样玩笑道："明年金曲奖我让让你。"

沈琳琳被他气笑："我发现你这人还真是给点儿颜色就开染房啊。"

她话说完，抬眼便看到许知喃。

他们散场离开的通道和入口不同，不会碰到粉丝，只有工作人员可以进出，各家团队和经纪人便在外等，停着好几辆商务车。

许知喃站在林清野的工作人员旁边，看来是一并进来的。

"哎。"沈琳琳抬了抬下巴，示意远处的许知喃，"打算什么时候公开啊？"

"快了。"

"那你算是圈内公布恋情的男明星里头很年轻的了吧，不容易。"沈琳琳笑了声。

"也不早了，过了生日就二十七岁。"

"大部分可都得等三十多岁。"

许知喃也终于看到了林清野，用力朝他挥了挥手，沈琳琳看着这两人，啧啧几声，跟林清野说了声便先离开了。

林清野快步走到许知喃面前站定，中间隔一步距离，然后他张开双臂，手里还是各一个的奖杯。

许知喃一顿，看了他一眼，然后便扑进他怀里，脑袋在他胸膛上蹭了蹭。

林清野察觉到她这会儿跟平时不太一样，轻轻笑了声："怎么了？"声音很温柔。

"没怎么，就是感觉你好厉害。"许知喃轻声说。

"才知道我厉害啊。"他调侃。

许知喃没再说，就抱着他，手臂环过他腰间，又从背后扣住，劲瘦的，隔着西服都能感觉到底下的肌肉线条。

她便这么抱着，好一会儿才深吸了一口气，松开了。

然后，她一抬眼，看到站在林清野身后的林冠承，林冠承倒是还含着点儿笑意，看样子已经等了一会儿了。

似乎是在等她松开林清野……

许知喃愣了下，耳朵发烫，很礼貌地小声唤了声："叔叔。"

林清野侧头："爸。"

"哎。"林冠承冲她笑笑，又对林清野说，"厉害啊，一下就拿两个奖。"

林清野笑了笑。

"你们现在准备回去了？"林冠承问。

林清野点头："嗯，你呢？"

"我也打算直接回去了。"林冠承说，"下次等你有空跟你女朋友一块儿回家来，都还没来过家里呢。"

林清野勾唇：“嗯，知道了。”

林冠承又看他一眼，拍拍他的肩膀，走了。

周围也有些出来的其他明星，频频朝他们看过来，许知喃这才注意到，下意识地低头挡了下脸。

林清野将她的手拿下来，牵着上了车。

许知喃上车后问：“刚才会不会有人看到了说什么啊？”

“说什么？”

“就……我抱你啊。”

“这有什么好说的，连男朋友都不能抱吗？”

“不是，万一里面有不喜欢你的人呢，之前不就有别的公司故意想拉你下来吗，他们会不会又乱说什么。”

“不会。”林清野轻描淡写，凑过去亲了她一下，将两个奖杯递过去，“再送你两个。”

林清野其实从来没有在圈内隐瞒过自己有女朋友的事，当初还在追求许知喃时，就带她参加过《我为歌来》节目的聚会。

要真有有心人想知道并不难。

更何况这一遭下来，大家都已经知道了他父亲是林冠承，娱乐圈里的各种明星对于资本必然还是会忌惮的。

第二次拿到金曲奖后，林清野有一系列的采访，忙了一阵子，等再次闲下去便开始专心准备演唱会。

这是他第一次的个人演唱会。

娱乐圈中只出一张专辑就开个人演唱会的屈指可数，而第一次就能去八万人的奥体中心开演唱会的则只有他一个人。

三月初，传启娱乐公司才正式宣布了林清野将会开第一场个人演唱会的消息，立马引起粉丝们的关注，评论转发点赞数量噌噌往上涨。

【啊啊啊啊啊啊啊啊我要开始练手速了！！！】

【虽然有八万张票，但我还是好怕会被抢完，啊啊啊，我想去最前排啊！！！】

【最前排的别想了，肯定秒没。】

而林清野这段时间每天都在训练和彩排。

虽然《喃喃》专辑中只有六首新歌和《刺槐》，撑不起一场演唱会的时长，但好在林清野从前酒吧驻唱时也会自己写歌，作为独立单曲发到音乐 App 上，也有不少歌。

最后一首压轴的未发表新歌则将由刺槐乐队一块儿演唱。逐渐接近演唱会的时间，关池、季烟、十四也经常需要过去一块儿彩排。

许知喃也去看过一回，率先听到了那一首摇滚。

很好听，并不是非常电子或激烈的摇滚，有澎湃的鼓点密集落下的片段，也有静静唱歌的片段。

就像是夏日里的雷阵雨，忽而雷雨声大作，噼里啪啦地砸下来，忽然又雨过天晴，带来一缕凉爽的夏风。

到三月十五日的早上十点，林清野个人演唱会门票正式开售。

没有预售，直接正式开票。

粉丝们早早就提前蹲点准备开抢。

十点一过，蜂拥而上。

甚至就连那卖票 App 都因为过多的流量不稳定，好多粉丝便开始骂网卡，连购买页面都点不进去。

没一会儿，八万张票便全部售罄。

一时有人欢喜有人忧，买到的粉丝欢呼雀跃，没买到的粉丝哭丧了脸。

整个售票时间打破了 T 市奥体中心举办过的所有演唱会纪录。

四月底。

初春，晴天。

林清野第一场个人演唱会即将到来。

演唱会需要用到的各种乐器和设备特别多，就连随行的工作人员也同样多。

公司甚至直接包机送他们去 T 市，将设备和乐器一并运上飞机，许知喃也一块儿去了。

和从前的音乐节一样，许知喃依旧有内部票，不用抢，第一排视野绝佳的位置。

飞机落在 T 市机场，许知喃先由工作人员陪同着拿着行李箱去酒店休息，而林清野和乐队三人则直接去奥体中心最后一次彩排。

八万人的演唱会场地巨大，乐队不可能只有他们三人，还有其他的一个专业乐队老师团，乐器、和声都有。

只有到最后那个压轴节目才会让关池三人到舞台上来。

一直彩排到晚上八点钟，林清野出了一身的汗，回酒店洗澡。

洗完后，他又拿着手机最后一遍跟各项负责的工作人员确认，全部结束后才搂着许知喃躺下来。

“你紧张吗？”许知喃问。

“还好，说不清楚。”林清野搂着她，忽地又笑了声，“感觉有点儿激动。”

许知喃也笑了：“那你晚上还睡得着吗？”

“可能还真睡不着。”

林清野看着窗外，目光不知落在外面哪一颗星星上。

“到这会儿就觉得挺不真实的，也才半年。”

林清野这半年来逼迫自己快速做出成绩来，经历了许多，收获了不少荣誉，也有起落。

他一路只管埋头向前冲，到这一刻停下来会产生恍惚和不真实感太正常不过了。

半年前，出狱。

随后，发表《喃喃》，参加打歌节目遭到恶意提问被大众抨击，而后接连五场不同城市的音乐节，再到金曲奖颁奖典礼上一下拿到最佳男歌手和年度最佳歌曲。

再到现在，即将拥有第一场个人演唱会。

许知喃一顿，更紧地抱住他：“以后你还会有很多很多的演唱会，到那时就不会觉得不真实了。”

“阿喃。”他低声，脸埋在她颈侧。

“嗯？”

“等演唱会后我们就公开吧。”

许知喃一愣：“公开？”

“嗯，不想总是要跟你东躲西藏的不能见人。”他的语气竟还有点儿委屈，倒像是他自己才是被迫藏起来的那一个。

“拿到了奖，开了演唱会，也算是足够证明自己的实力了，我粉丝也还算是能够接受我有女朋友的事儿，我有信心这次能够保护好你。”

许知喃静静看着他。

男人眸光微深，难得地认真。

她稍一顿：“好。”

四月三十号，林清野首站个人演唱会在T市终于拉开序幕。

晚上的演唱会，早上时就已经有很多粉丝蹲守在奥体中心外应援，到处都可见大幅的海报、手幅和易拉宝。

林清野的应援色是蓝色，大家还可以去一个超话大粉那儿凭票领一个可以挂在手腕上的蓝色荧光棒和蓝色球花。

许知喃也去领了一个。

她也早早就到了，领完荧光棒和球花，她便围着奥体中心转了一圈，还有不少小商贩寻着商机过来卖林清野相关的周边。

什么抱枕、相册集、手机壳一类。

许知喃从来没追过星，对于林清野也只限于经常关注他的新闻罢了，头一回知道这些东西，顿时跟刘姥姥逛大观园似的，看什么都新奇，看什么都想要。

她一个一个摊位看过来，不知不觉已经买了好多东西。

就连那抱枕也是因为特别喜欢上面那张林清野的照片还买了三个。

等购物结束，她才恍然想到个问题——她待会儿可是要去听演唱会的，这大包小包的她该怎么拿进去。

犹豫片刻，许知喃只好给已经在体育馆里面的林清野发信息。

很快就有工作人员寻着实时定位共享出来找她，从她手里拿过那三大袋的周边又回去了。

十分钟后，林清野又给她发消息：这些都是你买的？

许知喃蹲在马路牙子边，今天太阳还有点晒，她将那份场馆座位分布地图盖在头顶，慢吞吞地打字。

【许知喃：嗯。】

【清野哥：买抱枕做什么，直接抱我不好吗？】

啊，说的也是。

许知喃眨了眨眼，感觉自己刚才是冲动购物了，她居然还买了三个抱枕。

【许知喃：我看到的时候觉得好看就买了，没想那么多，可是现在应该不能退了。】

她还真像是乱花钱被抓包一般仔细解释。

林清野给她发了个语音过来，带着笑意的："没让你退，想买什么就买什么。"

正式开始检票入场。

许知喃跟着人群一块儿进场，那三大袋的东西被工作人员拿去后台后，她手上东西算很少的，不少粉丝还扛着大个儿的灯牌。

她位置在靠近舞台的前排。

很快，大家便纷纷入座，粉丝们聊起天来总有说不尽的话题，而话题自然也都围绕着林清野。

许知喃跟大家一块儿聊天，时间倒也过得挺快。

半小时后，整个奥体中心的灯熄灭。

周围都浸入黑暗之中。

而后，大家纷纷打开手中的荧光棒和灯牌。

霎时，就像是星空中的繁星一颗颗被点亮，瞬间从漆黑一片又亮堂起来。

许知喃真切地感受到八万人的体育馆到底有多大，像是一片巨大的大海，波澜壮阔，壮观至极。

忽然，一束追光灯直直从舞台上方打出来。

大家聚精会神。

有一个人影从光影中出来，起初只是轮廓，到后来渐渐显现出来，两侧的大屏幕上也出现了林清野的近景。

全场都是尖叫声。

山呼海啸。

席卷而来。

林清野站在舞台中央，看向台下。

舞台下没有追光灯，只有灯牌和荧光灯亮起的蓝色，一簇簇地连缀在一起，看不清底下的人脸，这儿所有的光都是为了照亮他。

林清野闭了闭眼，深呼吸。

大屏幕上投射出林清野此时的表情，瞬间底下的尖叫声越发嘹亮。

他将话筒缓缓拿到嘴边，沉声道："大家好，我是林清野。"

第一首歌便是《刺槐》，林清野从最初的紧张状态中出来，恢复自如，到高潮部分还对着台下举起话筒。

许知喃坐在粉丝群中，跟大家一块儿挥舞着荧光棒，跟大家一块儿尖叫，也和大家一块儿歌唱。

她在这一刻仿佛成为这万千粉丝之一，成为这八万分之一的一抹蓝，满心满眼都是仰望着的台上的林清野。

低谷归来，他永远光芒万丈。

演唱会进程推进到后半部分，林清野已经出了许多汗。

大屏幕中可以看到他脸上的汗顺着脸部线条滚落，濡湿了胸前的衣服。

这是他第一场演唱会，更是他复出以来的第一场演唱会。

大家都被情绪带动，扯着嗓子跟他一块儿唱，也不管到底唱得好不好听了，更多的是在发泄自己的情感，更像是嘶吼。

最后以八万人的大合唱结束一首《喃喃》。

全程林清野都并未煽情，可不知怎么，结束了这一首歌很多粉丝都哭了，许知喃也同样热泪盈眶，而坐在她旁边的那个姑娘更甚，早已泣不成声。

大家哭泣着、嘶吼着、尖叫着喊林清野的名字。

一首歌结束的空隙，大家嘹亮地喊着“林清野”，声音几乎要掀翻奥体中心的屋顶。

许知喃也跟着大家喊他的名字。

八万人的喊声每一下都打在大家各自的心尖上，又沉又闷，一边昂首挺胸，却又一边酸涩不已。

台上虽然往下看并不真切，但林清野也能从大家的喊声中感受到情绪，也能看到前排粉丝的眼泪。

他反倒是笑了：“哭什么。”

一句话，许多还憋着的粉丝瞬间破功，万般心疼地哭出声。

“行了，别哭了，还有最后一首歌没唱呢。”

大家愣住，低头翻出演唱单子看，《喃喃》的确是最后一首，何况，他的原创歌都已经唱完了啊。

林清野拿着话筒：“最后一首压轴歌曲，新写的原创，今天是首唱。”

粉丝们顶着含着浓浓哭腔的嗓子再次尖叫，许知喃旁边那个姑娘哭得惨烈，这一尖叫便直接破音。

等尖叫声退去，林清野继续说：“接下来有请这次演唱会的特邀嘉宾。”

关池、季烟、十四出现。

屏幕上依次给三人特写。

“重新自我介绍一下。”

林清野将话筒重新插进麦架，俯身靠近，微微抬眼，沉声：“大家好，我是刺槐乐队，林清野。”

瞬间，方才高喊着林清野名字的大家又非常默契地同时开口，都喊起了“刺槐乐队”。

八万人的呐喊必定震撼人心。

乐队其他三人站在他身后，同样被这场景怔得说不出话，只微仰着下颌，看着上方的大屏幕，但个个眼神坚定。

刺槐乐队，回来了。

林清野也同样享受大家呐喊的“刺槐乐队”，过了好一会儿他才笑着轻描淡写一句：“刺槐乐队不死。”

关池重重一个鼓点落下，震耳欲聋。

林清野噙着点散漫的笑意：“新歌，一首《奔赴山海》送给大家，也送给刺槐乐队。”

话落，林清野扒出麦架上的麦克风，走到另一处架子鼓后，重新插入话筒。

他这一串动作做得一气呵成，丝毫不突兀。

毫无预兆地，他和关池两人同时落下鼓槌，一串极其密集的鼓点响起，可两人手起手落速度、高度、频率完全相同。

每一下都像是敲在心上。

澎湃、激昂。

完全不加修饰的野蛮的摇滚乐队风格。

彻底点燃整个奥体中心的气氛。

那一串鼓点到中段，季烟的贝斯以及十四的键盘也加入，配合得极其默契。

在三种乐器融合为一的瞬间，众人纷纷起身，高举灯牌。

没人再尖叫呐喊了，即便那只是一串由乐器构成的旋律，但所有人都在认真聆听。

最后一个极重的鼓点落下，林清野直接敲断了那一根鼓棒，他大汗淋漓，头发完全湿透，被随意捋到脑后，露出光洁额头。

他抽出麦克风，像雨点一般，乐器声从浓墨重彩到悄然退下，林清野的歌声插进来。

那其中有少年人的一腔孤勇和挣扎——《奔赴山海》。

如果说前一首《喃喃》让大家为林清野的遭遇而心疼心酸到流泪，那么这一首《奔赴山海》则完全相反。

它似乎是在告诉大家他不需要任何的心疼或心酸。

他林清野即便是被打压到谷底也有足够的魄力和勇气重新挣出一条血路来。

前一首是心疼，这一首便只剩振奋。

林清野右手拿着话筒，左手高举，台下大家也都站着高举起自己的左手，光怪陆离的灯光破开上层的黑暗扫射下来。

所有人都疯狂了，心跳剧烈跳动，扑通扑通，和着乐点，每一下都被台上的林清野牵动。

少年鲜衣怒马执剑走天下。

到最后一段，林清野唱完最后一句，弯腰捡起那一根方才敲断的二分之一鼓棒，并未在架子鼓前坐下，就这么背对粉丝。

断掉的鼓槌重重落下，敲下最后一个重音音符。

音乐戛然而止。

林清野侧头，下颌线条流畅利落，以这个背对的 Ending Pose 宣告结束。

许知喃被这首歌整场的气氛弄得到现在胸腔都剧烈起伏着。

也是在这时，她看到了背对着的林清野，白衣被汗水完全打湿，几乎到透明状态，紧紧贴着后背，映出他背上的大片文身。

像是一团火烧。

# 第七章

/

傻白甜大明星和高冷刺青师

随着《奔赴山海》最后一个旋律的落下，舞台静止，只剩台下粉丝们的欢呼尖叫，大家举着手里的灯牌晃动，如蓝色海水波涛汹涌。

时间静止。

林清野放下话筒，手垂到身侧，手上青筋尽显，胸腔还在起伏，汗水顺着脸往下，脖颈上汗津津的，在灯光下折射出光。

然后，关池、季烟、十四起身，林清野转身，面对台下。

刺槐乐队四人齐刷刷地弯下腰，九十度鞠躬。

鞠躬持续五秒钟，林清野直起身，拿起话筒：“大家好，我们是——”

四人齐刷刷道：“刺槐乐队！”

台下响起如雷掌声，随后便再次自发地喊起刺槐乐队。

忽然，十四蹲下身，在舞台上低下头去，将脑袋埋进了膝盖，旁边键盘前架着的话筒放大他压抑着的哭声。

林清野一顿，回头看去，而后走到他旁边，无声地拍了拍他肩膀。

林清野拿起话筒对台下道：“我在十六岁和十四、季烟、关池一块儿组了刺槐乐队，一直到二十三岁解散，但大家其实也不知道我们解散的消息，我们从来没有以刺槐乐队的名义好好地跟舞台道过别。

“刚才这首《奔赴山海》是我们这将近四年来第一次以乐队的名义演出。”

之前那几次音乐节他们三个更像是为了支持林清野去给他伴奏的，虽然台下都在喊刺槐乐队，但其实他们从来没有介绍过自己是刺槐乐队。

“也是给我们这十年来的经历一个交代，算是有始有终吧。”

台下众人尖叫着喊着“不要”，喊着“复团”。

声音越来越响，从最初的杂乱不一到整齐划一、响彻云霄的“复团”。

林清野笑了笑，说:“以后刺槐乐队依旧会在每年都抽时间举办一场音乐节，刺槐乐队不会休团。”

如今他们三人也都有了自己的生活和家庭，若重新回到从前刺槐乐队的状态，每一场演出都一起并不现实。

现在这样也不失为最好的结果。

林清野永远存在，刺槐乐队也永远存在，并且每年都会举办一场音乐节，虽不多，但也是他们存在的证明。

十四一直蹲在地上哭得根本抬不起头来。

而关池和季烟也同样，努力让眼泪不要出来，可脸上早已经是一副快要哭的表情。

在山呼海啸中，林清野将十四拉起来，四人站在舞台中央，手拉着手，再次鞠躬，起身时将手臂高高举过了头顶。

四人表情各异，哭的有，笑的也有，哭笑不得的也有，只有林清野，始终下颌微抬，视线平静又坚定，看着无边无际的台下蓝海。

其实乐队四人中他年纪最小，但他却一直是乐队的主心骨。

只要他还站着，这个乐队就散不了。

永远年轻，永远热泪盈眶。

演唱会在一场热泪中结束。

大家离场时都抹着泪热血沸腾，这场演唱会大概都将成为他们最难忘的一场，就像是电流顺着脊柱上升到神经，过电一般。

许知喃也同样。

她再次认识到一点，林清野是属于舞台的。

当他站上舞台，周围一切便黯然失色，目光压根儿不能从他身上移开。

她跟着人群离场，低着头，缓缓抬起手抵着胸口按住，心跳又重又快。

扑通、扑通。

到外面，凉风一吹，她才终于缓下心神。

也终于从里面林清野营造的那一个热血场景中脱身出来了，可指尖却依旧发麻。

她用力攥了下拳头，走到旁边空地，林清野的工作人员已经在外面等她了，带她一块儿到了后台。

刚才在舞台上大家都出了不少汗，她到的时候大家正在淋浴房洗澡。

许知喃找位置坐下来，听到里面的水声，密密麻麻地落在她心尖上。

看到了方才他在舞台上的样子，再回归现实平淡生活便越发觉得不可思议。

那可是林清野啊。

她的男朋友居然是林清野。

其实从前大学时她也会这样想，但当时她没有安全感，在这种想法的背后是卑微，而到现如今即便有台下那八万人都为他疯狂，可她也再不会觉得没有安全感了。

很快，林清野率先洗完澡出来。

他换回了平日里的衣服，宽松的白色短袖，头发还是湿的，他也不在乎。

一出来便看到坐在一旁的许知喃，他笑了笑，快步过去，摁着她额头将她脸抬起来。

他站着，她坐着。

林清野居高临下看了她一会儿，勾唇笑："怎么你眼睛也是红的。"

在舞台上被各种光线照着，其实是看不清台下的，尤其是前排，当时演唱会上他的确不能看清许知喃。

周围有很多工作人员，许知喃别扭地往后躲了下，揉了揉眼睛，慢吞吞道："就，感动的。"

林清野笑了笑，很快关池他们三个也洗好澡出来了，都换回了平时的衣服，褪去了方才舞台上玩着手里乐器时的张扬。

又过了一会儿，订的夜宵也来了，火锅外卖，两份，忙碌了多日的工作人员们也是一份。

许知喃在林清野身侧落座，吃了会儿，忽然又想起个事儿——方才演唱会上林清野汗湿的背露出来的文身。

先前被刺槐乐队的热血激得头脑发昏，竟然差点儿忘了这事了。

许知喃扯了下他袖子。

关池和十四正大着嗓子划拳，非常聒噪，林清野将耳朵靠过去："嗯？"

"刚才唱完最后一首歌……"

许知喃话还没说完，旁边季烟忽然骂了句脏话，把手机推过来："队长，你看！"

粉丝们跟许知喃一样，在被乐队情和恣意青春感动之后，终于是回想起那一处文身了。

网上已经有人发了视频，也有最后那个 Ending Pose 的高清近图，各种角度的都有。

其中一张非常清晰地能看清湿透的衣服后背上那片文身。

看得出来是一个很漂亮的少女。

【嗯嗯嗯？？？这是什么高级的遇水出现图片的衣服？】

【你以为是杯子吗，这明显是文身啊！！！】

【文身？】

【我怎么从来不知道哥哥还有文身啊，还这么大片，而且更重要的是？他文在背上的这个女孩儿是谁啊？】

【你哥哥只有一个能挂钩的女孩子啊。】

【啊啊啊啊啊啊啊不会还是那个刺槐少女吧，居然把暗恋的女生就这样文到背上了吗！】

【呜呜呜呜呜呜呜呜呜虽然但是，难怪野哥会喜欢这么多年，就是这高糊的文身也依旧能看出来刺槐少女的神仙颜值！！！】

【我也觉得！这也太漂亮了吧！！！而且感觉好乖！！】

【虽然我是女友粉，但我一边失恋一边又觉得野哥真的好深情呜呜呜，希望真的能在一起吧！】

林清野看到热门微博上的照片，皱了下眉。

他的确打算演唱会之后就公开恋情，但打算的是通过采访来告知，却没想到竟这般阴错阳差地以这种方式公布了许知喃的长相。

那张照片上的文身映透得挺清晰的，这文身也是许知喃亲手给他文的，技术好美术功底也好。

只要是认识她的人看到这张图应该都能认出来是许知喃。

许知喃也凑过去看：“我刚才要跟你说的就是这个。”

“也没事，反正本来就打算要公开，也算是提前打了针预防针了。”林清野很快就放松了心态。

许知喃本来还有些担心，但看了眼评论发现大家都没有因此脱粉回踩一类的操作，便也就放心了。

大家继续吃夜宵。

工作人员今天操劳一天了，也没有像他们这样因为乐队重新演出而振奋激动的心情，吃好后跟林清野说了声便想要先回去休息。

林清野道：“嗯，你们走吧，这边剩下的我会收拾。”

他其实并没有喝很多，跟关池他们三个一副不醉不归的架势不同。

等终于结束，关池他们又不负众望地再次喝多了。

林清野和许知喃简单收拾了残渣，一块儿出去，司机还在外面等，抽着烟，见他们出来便把烟熄了。

将三个酒鬼安置上车，林清野摸出钱包，将里面的现金都拿出来，不是很多，十来张，都递给了司机。

“您辛苦。”林清野说。

司机吓了一跳：“哎哟，这我不能要不能要，这不是我工资里头的啊。”

“没事，麻烦您在外面等了我们这么久，跟着熬夜，这些是应该的。”

两人推拒片刻，司机不好意思地终于收了钱，又跟林清野道了声谢。

回酒店，五人一块儿上楼。

出了电梯，这一层一共就两个套间，只有他们五人住。

林清野也没去扶喝醉的那三人，任由他们坚强地互相搀扶着撑着墙壁往自己套间走，而他则牵着自家女朋友的手优哉游哉地跟在后头。

到他们那套间门口，林清野从关池兜里抽出门卡，帮他们刷了卡开门，让三人进去。

关池媳妇儿这时候打电话过来，可他这会儿踢踢踏踏地走到沙发边，脸朝下一头栽下去，两秒后便响起鼾声。

许知喃一愣。

人在外地又大晚上不接电话总归让人担心，林清野在那电话第二次响起时替他接起来，开了免提。

一个女声出来：“阿池……”

林清野打断：“是我，林清野。”

“啊，哦，关池他现在不在吗？”

“刚才他们吃夜宵喝多了点儿，他刚刚睡下了。放心吧，现在已经在酒店了，我们明天就回堰城了。”

“嗯，好。”

过了片刻，林清野正打算挂电话，关池媳妇儿又忽然叫住他。

林清野将手机重新放回到耳边：“怎么了？”

“也没什么重要的，就是想替阿池跟你说声谢谢。”

她也刚刚从网上看到了粉丝们录的视频，看到了登上八万人舞台的关池，也看到大屏幕上近景中红着眼眶的关池。

当初她和关池算是奉子成婚，她父母觉得关池在酒吧的工作不稳定也上不得台面，怎么也不同意，关池后来便没再去酒吧工作了，可总归是留有遗憾的。

林清野笑了笑，依旧是轻描淡写的语气：“没什么好谢的。”

挂了电话，林清野将栽在沙发上的关池拽起来，拖进了他那间卧室。

许知喃跟在林清野身后，从关池那间房出来，她愣了下，看着客厅里变换了姿势的季烟和十四。

十四个子高，这回双臂压在季烟肩上，全身的力都卸在她身上，而季烟则环住了他的腰，两人挤在墙角，后背贴着墙。

林清野看了他们一眼，没多说，只一句“早点休息”便和许知喃一块儿出去了。

许知喃跟着他到隔壁套间门口，想想不太对劲，问：“季烟刚才好像没有喝特别多啊？”至少比上回元旦喝醉那次要少多了。

林清野低笑，看她一眼：“看出来了啊。”

“嗯？”

“她装的。”

许知喃一愣，没明白：“为什么？”

“有些关系清醒的时候没法更进一步，得喝醉了才好说。”

“她也喜欢十四啊？”

刷卡进屋，林清野淡声道：“估计吧。”

这一夜对于林清野粉丝来说是个不眠夜，不仅仅是因为这场令人难忘动容的演唱会，更是因为网上关于他背后文身接连出现的不同的猜测。

文身中的女孩儿也许一般粉丝认不出来，但从前跟许知喃一块儿在平川大学读过书的平大学子不可能认不出来。

当时林清野比许知喃大一届，两人都是平川大学的传奇，在学校几乎是人人认识的。

两人还在校的那几年，就连平川大学的校园论坛里也随处可见议论这两人的帖子。

演唱会最后一首歌的视频在网上曝出来不久，平川大学就有一个如今大四的同学发了一则帖子——

《林清野演唱会上那个文身的照片怎么跟许知喃那么像啊？好像就是许知喃吧？》

底下还配了一张照片，正是许知喃从前读书时黑发的照片。

如今许知喃也已经毕业了将近三年，平川大学学生换了一批又一批。

许知喃大三、林清野大四时，发帖的这个同学也才是大一刚刚入校而已。

现如今逛平大校园论坛的这些同学大部分都对从前的事不太了解。

【嗯？这个照片，不是学校对面那个刺青店超级漂亮的蓝发小姐姐吗？？？】

【楼上是大一新来的？许知喃当时读书时就开了那家刺青店，那时候还是平大校花，大家都叫她“平川之光”的。】

【真的好像啊！】

【跟许知喃黑头发的时候是真的像，但是许知喃现在是蓝发，文身是黑发，感觉又不太对。】

【你也不知道这文身是什么时候文的啊，说不定许知喃黑头发的时候就已经有了。】

【许知喃这个蓝发好几年了吧，要真这么早就文了两人应该很早就认识啊，但是不是都说平大两个传奇不怎么认识吗？】

【我也记得，当时这两人还在学校时甚至还有一批校园 CP 粉，希望两个平大门面能够在一起供大家嗑颜的。】

很快，几年前的关于林清野和许知喃的帖子也被纷纷“挖坟”升至第一页。

重点有两条。

其中一条是四年前，当时林清野刚刚参加完大四的毕业晚会，当晚一条帖子便悄然登场——

《刚才跟朋友去商业街吃夜宵，正好碰上刺槐乐队另外那几人，结果在旁边偷听到他们说林清野被人泼了一脸水？？？》

这帖子到后来得出的结论便是林清野求爱被拒，还被泼了一脸的水。

而另一条则是第一条的一个月后——《震惊！平大两位神仙再同框！林清野一大早就在宿舍楼下等许知喃！！！》

这是当时两人分开后林清野去学校找她的那次的帖子。

其中还有楼主的转播实况：

【其实这两位神仙到底在说什么我也没听清（林清野气场太足，不太敢靠近……），反正就是平川之光把一件衣服丢到了林清野身上，然后转身要走的时候被林大佬抓住了手腕，然后林大佬用力拽了一下，平川之光就差点摔进他怀里。啊啊啊啊啊啊啊我真的少女心爆炸！！！大家脑补一下！！！那样子的脸，真实偶像剧在我面前出现！！！】

【反正全程就是平川之光冷着一张脸，超级冷酷！然后……我觉得林清野笑得有点宠溺……】

【后来林清野不知道说了什么，平川之光就跟他一块儿走了，听我一个朋友说好像看到他俩去了许知喃的那家刺青店。】

楼主转播完后，底下还有一条评论：

【听楼上这么一说，我突然想起来之前毕业晚会讨论过的那事儿，不会许知喃就是林清野的前女友，然后那个水就是她泼的吧？】

【有一说一，舍得往林清野脸上泼水的只有平川之光了吧，看看这些照片！居然都不带笑的！像我这种一看见帅哥就露二十颗牙的是没希望了。】

平川大学的校园论坛的确是有一段时间怀疑过这两位传奇的关系，但后来林清野进入娱乐圈不久，在《我为歌来》的一次采访中谈到过刺槐少女，于是关于许知喃的传闻便不攻自破了。

毕竟按照林清野的说法，他十六岁就喜欢那个女生了，而他十六岁应该还不认识许知喃。

结果现如今再次被翻出来，大家一时半会儿也摸不准到底是怎么一回事了。

而如今正在挖掘这八卦的不只是林清野粉丝和平大学子，还有另一个群体——堰城刺青圈也沸腾了。

这圈子虽小，但没人不认识许知喃的，自然也觉得那文身中的女孩儿长得和许知喃很像。

而他们更关注的是，这文身是谁文的。

纵使隔着一件衣服，但也能清楚这文身摆明是写实风格，堰城最擅长写实文身的就是许知喃。

可这难不成还是许知喃给他文了个自己的图案吗？

很快，平川大学论坛和刺青圈的猜测纷纷被粉丝们搬运到微博和超话中。

如果他们的猜测是真的话，那林清野简直是不能再惨了，先是求爱被拒，再是在女生宿舍楼下待了一晚上，还把人家女生照片文在了背上，而且有可能是那女生亲自文的，简直可以称得上是痴汉。

可即便是这样，他居然还没追到人家。

【刺槐少女心也太狠了吧？居然这样都还能拒绝！我哥哥难道不香吗！！！】

【我也太怜爱林清野了。】

【虽然拒绝野哥这么多年真的不可思议，但是这个小姐姐真的好好看啊！

大家可以去论坛看她的其他照片，有好多，真的超级好看！！！】

【这俩要是真能在一起也太养眼了吧！！小姐姐什么时候进娱乐圈！我集资请小姐姐出道！！！】

【没人发现这小姐姐的名字是许知喃吗！喃啊！！！】

【这是石锤了吧！《刺槐》是她，《喃喃》也是她！！！】

【我刚从平大学校论坛里出来，这位姐姐在堰城开的那家刺青店名字就叫喃喃！而且已经开挺久了！！你细品！！！】

【大家先别乱猜测吧，还不知道这到底是什么情况呢！】

当然这句“还不知道什么情况”不久后，其他的证据也就来了。

第一条是大家翻出了从前林清野在平川大学运动会时的照片，其中一张他站在操场上，旁边是一个教授，背景则是大家在玩八人八足的游戏。

其实当时热门评论里就有人评论了一条说 P3 照片上的女生长得好看，还有个平大学生回复说女生是平大的校花。

当时大家并没有太过在乎这条，注意力都放在林清野身上。

现在回过去看才发现原来早就可见端倪。

有粉丝做了分析图，那张照片中林清野的视线的确是看向不远处的许知喃的，而许知喃却在跟旁边的同学聊天。

压根儿都没有看林清野一眼！

到凌晨两三点，又一条证据出来。

这回是真正的证据——

有许知喃的高中同学说话了，许知喃的父亲的确是警察，而最初让林清野差点陷入校园暴力风波的苏铮，当时的确是欺负过许知喃，还为侮辱烈士的事被校长点名批评过。

至此，许知喃就是那个刺槐少女基本已经可以确定。

“破案”结束，大家的注意力便又放到了新的内容上。

许知喃的很多信息都被挖出来了。

包括她刺青店在网络上的点评，以及从前她参加刺青设计大赛时的成绩和照片，还有读书时候的成绩，等等。

不过所有信息都是正面的，没有挖出丝毫所谓的“黑料”。

高中、大学时成绩优异，就读于名校平川大学，放弃保研资格以优秀毕业生身份顺利毕业，刺青设计大赛总冠军。

就连店铺评价都是齐刷刷的好评，只有一条差评，两年前的，是说这店的

店主太高冷，连交个朋友都不愿意。

但也很显然，人家只是认真工作不愿意搭理搭讪的人罢了。

人家连林清野十年追求都拒绝，对其他男人高冷点儿再正常不过了！

这些资料汇总起来，简直合并成了一个大写的“正直”。

【呜呜呜呜，看完小姐姐的所有信息，我居然也好喜欢她！】

【我也是！真的好优秀啊，方方面面都是优秀的，也很低调，从来没有借哥哥炒作过自己的店或者别的。】

【我看网上人家发出来的她的朋友圈内容，真的是很温柔地在认真工作。果然，不骂脏话的小仙女才有帅哥喜欢……】

【我之前真的完全不能接受哥哥跟别的女生在一起，但是要是这个小姐姐的话真的感觉很好。】

【说明我哥的眼光还是很不错的！】

【真的好漂亮啊……我本来以为文身上有美化，没想到真人更好看，这也太好看了吧！！！】

【而且是又乖又惊艳的长相哎，不像我印象中的那些刺青师，可爱！】

许知喃并不知道如今网上引起的轩然大波，大家知道了她的信息资料，甚至还有不少粉丝开始期待林清野能追上她了。

而在这个她被无数人误以为是连林清野都得不到的女人的夜晚，却真实地被林清野折腾到天将破晓。

早上，林清野醒来时是餍足的神清气爽，他坐在床头，垂眸看许知喃。

而回应他的是许知喃毫不留恋地将被子拉过头顶，再也不理会他了。

林清野也没逼她，洗漱完出去客厅，打算煮点早餐，刚将面条放进锅里就听到外面门铃按响。

这个点，估计是关池他们。

林清野洗了把手，也没穿上衣，就这么赤着上身，只裤子掐着劲瘦的腰，懒懒应了声“来了”，出去开门。

结果门一打开，出现的是沈琳琳。

林清野一顿，又看到了她身后的摄像，视线下移，看着沈琳琳的脸，平静地抬了下眉。

他的确是平静，没有一点被突击检查时常见的慌张。

但此时弹幕里大家已经不能平静了，全为林清野的肉体“啊啊啊啊啊”。

沈琳琳也上下瞧了他一通，“嚯”一声，靠近，低声道：“我是特地来帮你澄清你的魅力问题的。”

林清野开口声音喑哑：“什么？”

沈琳琳一言难尽地看着他：“你不会还不知道现在网上是什么情况吧。”

“我刚起，还没看。”

林清野大概也明白过来眼前是什么情况了，他跟沈琳琳加了好友，昨天也看到她说自己来了T市录个综艺节目，那综艺节目里便有突击采访圈内好友的环节。

而沈琳琳会选择过来他这边，大概是跟网上议论的风向有关。

但林清野的确不知道现在网上已经是个什么情况了。

他没让摄制组进屋，淡淡说了句“等会儿”，转身进屋，从客厅沙发上捞起一件短袖。

而他这一转身便再次露出了他背上的文身，这次更清晰了。

不仅是那张少女图，肩胛骨处竟还有两个字——阿喃。

又是这个“喃”字。

直播弹幕里大家更疯狂了，这简直就是铁证中的铁证。

林清野将衣服翻了个面，双臂伸进袖管里刚要穿上，门口侧对着的卧室门忽然从里面被打开。

昨晚他们从客厅到卧室，许知喃的衣服也都不知道被丢在哪儿，这会儿身上只穿了件林清野的衬衫，很长，到大腿中段，露出下面匀直白皙的小腿。

她睡眼惺忪，被阳光刺得睁不开眼，有点儿恼意：“林清野，你又把我衣服扔哪儿去了？”

直播画面中，女人的脸和林清野背后的文身正好吻合。

世界都安静了。

林清野三下五除二地随便套上衣服，快步走到她面前，往腰上一揽，什么都没多解释就将人重新抱进了卧室。

随即，“砰”一声巨响，卧室门被关上了。

客厅重新平静，沈琳琳和身后的摄像一怔。

而直播间中的弹幕飞快跳动。

【啊啊啊啊啊啊啊！！！怎么回事！！！】

【怎么是从卧室出来的？？？】

【啊啊啊啊啊啊啊啊啊啊啊啊啊已经追到刺槐少女了？】

直播间彻底炸了。

许知喃猝不及防地被重新拉进卧室，睡眼惺忪的，什么都没看清，也不知道林清野是为什么。

她愣了下，眨了眨眼，呆呆地问：“怎么了吗？”

“外面有个节目组，带摄像机了，好像还有直播。”

许知喃彻底愣住：“啊？那我刚才……”

“应该没事，这衣服也挺长的。”

许知喃被他这一提才发现自己居然穿的还是他的衬衫。

大早上的穿着林清野的衣服光着腿从卧室里出来意味着什么简直是不用再多说了。

许知喃瞬间无地自容，只想把头埋起来再也不要见人了。

外面还有摄制组在，林清野跟她一块儿在卧室待久了也不好，许知喃催道：“那你先出去吧。”

“你呢？”

“我就不出去了，我也不会说话，在这儿待着就好了。”许知喃轻声道。

“行。”林清野摸了摸她脑袋，“那我待会儿帮你把衣服拿进来。”

“不用了。不是说在直播吗，你拿衣服可能又会说什么的。”

她脸皮薄，又刚刚以这种方式正式公开了，林清野都顺着她来：“那好，你一会儿再休息一下，外面他们走了我们就吃早点。”

他说着，俯身在她唇上亲了下。

许知喃脸热：“你快去外面吧，别让人等急了。”

“行。”

林清野将空调温度调高了些便拉开卧室门出去，简单收拾了下客厅，这才让沈琳琳他们进来。

厨房刚刚下了面条，被这一搅和面都坨了。

林清野将那面夹出来丢进垃圾桶，侧头看客厅的沈琳琳：“你吃了没？”

“吃了。”沈琳琳问，“怎么，我要是还没吃，您林清野金曲奖双料歌王要给我亲自下碗面吗？”

她阴阳怪气的，像是刻意取笑。

林清野轻笑一声，也同样否认得干脆：“没，可以叫客房服务。”

沈琳琳掀了一眼：“那你刚才怎么还煮面。”

林清野朝卧室方向抬了抬下巴：“给她做的。”

沈琳琳无语："你女朋友不出来？"

"嗯，她还不习惯面对镜头，随她吧，一会儿结束了我再煮个面。"林清野轻描淡写，洗了把手，回到客厅，在摄像头前坐下。

沈琳琳指着直播镜头："打个招呼吧。"

林清野冲着镜头挥了挥手，声音平静，丝毫没有刚才被撞破的尴尬："大家好，我是林清野。"

而此刻正在卧室的许知喃已经拿手机飞快地看完了一圈微博上的各种热搜词条，现在的直播也已经升至前排，她点进去，一墙之隔下躲在卧室里看直播。

弹幕飞快跳动。

【啊啊啊啊啊啊啊啊啊啊啊！！！我疯了！！！】

【有没有人看到哥哥脖子上红红的啊！不会是草莓印吧！！！】

【到底是什么时候在一起的啊？突然间怎么就变成少儿不宜的画面了？】

【而且刚才你们有没有听到那个小姐姐说的那句话啊。】

【哈哈哈哈哈哈哈哈哈，我听到了！而且感觉声音也有点冷冷的，呜呜呜感觉小姐姐好有个性啊，还是个刺青师哎！跟长相不太一样】

【真的！感觉是个软妹长相的御姐！】

许知喃视线扫下来。

方才她的确因为昨晚的事有些恼林清野，喊他时也直接喊了全名，而不是平时的"清野哥"，没想到竟然被解读成这样了。

而且……

"草莓印"？

许知喃塞着耳机看直播，凑近了瞧林清野，滤镜偏重，但依旧能看出来脖子上的确有一个红点。

许知喃脑海中浮现出昨晚的画面，拿手拍了拍脸，甩了下头。

她暂时退出直播，给林清野发了条消息。

【阿喃：你把领子整一下，好像有个红点，直播间里好多人在说呢。】

发完，她再次进入直播间。

能看到外面一墙之隔的客厅，林清野倾身从茶几上捞起手机，看了眼，而后顺着她的话整理衣服。

许知喃刚松了口气，又看到弹幕的新消息。

【哈哈哈哈哈哈哈哈弹幕说了半天的"草莓印"了，哥哥为什么看完短信就整理了，是卧室里的小姐姐发信息了吗？】

【所以，刺槐少女现在也在跟我一起看直播吗！】

【啊啊啊啊啊啊啊，是嫂子！！！】

【小姐姐出来啊！刚才都没看清样子！！！】

许知喃一愣。

她还是低估了粉丝们的观察能力。

李焰在这时给许知喃打来电话。

许知喃从床上爬起来，担心在这里打电话外面会听到声音，她缓了一下，慢吞吞地踱进浴室里。

一接起电话就是李焰的咆哮，李焰大概已经看到了演唱会的那个文身，但还不知道许知喃出现在了直播画面中，已经坐实恋情了，李焰还在问她那文身是不是她自己。

“师父，而且我怎么感觉跟我之前在刺青设计册子里看到的那张你的自画像一模一样啊？不会真是你给林清野文的吧？现在网上都在说他喜欢的女生是你哎！什么情况啊！有个这么强劲的情敌，我师公都得气死了吧？”李焰自顾自地说了一通。

许知喃都不知道该从何开始解释。犹豫半晌，她索性直接说：“你师公就是林清野。”

电话那头安静了许久，李焰尖叫一声：“林清野？”

“嗯。”

“你怎么从来没说过啊！”

“那时候还没想公开呢，而且他身份本来就特殊嘛，就想等以后再跟你们说。”

李焰简直眼前一黑，想起之前有一回给许知喃打电话便是她那个男朋友接的，现在才知道当时自己竟然是在和林清野打电话。

再转念一想，想到了上回还看到许知喃衣领里头的吻痕，这下知道始作俑者是谁了。

论顶流大明星的女朋友是自家老板是种怎样的体验，李焰算是知道了。

客厅。

这次节目组跟着沈琳琳一块儿来林清野这儿突击检查，这个节骨眼，问的问题自然绕不开刚刚公布的女朋友。

林清野一一回答，他向来坦荡，这回就更不用隐瞒了。

问及粉丝们最关心的问题——真的是追求了十年才终于追求到的吗？

林清野笑了笑：“我们在一起有一段时间了，是在我入狱前我跟她最后一次见面时就在一起的。”

主持人愣住，就连沈琳琳也是第一次知道他们在一起的确切时间，同样愣住。

这个时间点实在是有点儿太微妙了。

不是出狱后，而是入狱前，甚至是入狱前最后一次见面。

林清野继续解释道：“要是把那些时间算起来的确是在一起挺长时间了，但是当时我刚刚重新起步，前期遇到不少骂声，成绩也还没做出来，没法证明自己，不愿意公开她让她跟我一块儿被骂。”

【啊啊啊啊啊，这是什么神仙爱情！】

【居然是入狱之前在一起的吗？我又想哭了，粉丝们等的那些年都那么痛苦，小姐姐不知道是怎么度过的。】

【陪你走过低谷又陪你迎来巅峰！！！压股成功！！！这声嫂子我先叫为敬！！！】

关于恋情的细节林清野没有细说，他不是喜欢跟陌生人讲这些的性格。

又因为突击检查是他所住的酒店，而非住处，可供检查的东西不多，只对着他的乐器间拍了会儿，又提了几个问题便结束了。

送走这一行人，关上门，林清野便回了卧室。

“你也看完直播了？”他笑问。

许知喃点点头，坐在床沿朝他张开双臂。

到中午，隔壁套间的那三人也终于醒了，也从网上得知了昨晚和今早发生的所有事情，林清野和许知喃被这一套乌龙下来倒是阴错阳差地终于公开了恋情。

下午，大家收拾好行李回堰城。

路上季烟和十四关系似乎不太对劲了，许知喃也不知昨晚她和林清野走后两人说了些什么。

反正去机场这一路上都没怎么说话，倒是十四一直帮季烟拿着行李，季烟也没拒绝。

林清野完全是个甩手掌柜，对队友的感情生活丝毫不在意，也没问什么。

原本他们订的机票是中午，但大家都来不及，于是便改签至下午。

林清野从来不公开自己的行程，也从没让粉丝接过机，只不过去 T 市机场时被人看到了，大概是被传到网上，从堰城下飞机刚一出去就听到不远处粉丝们喊林清野的声音。

许知喃寻声看去，愣了下。

那些粉丝显然也已经看到她了，尖叫声乱成一片。

她还不习惯这种场面，下意识往林清野身后躲了下。

林清野手里推着个行李箱，另一只手牵着许知喃，拿肩膀挡了她一下。

关池他们仨很识趣，跟他说了声便先走了。

“我过去一下。”林清野俯身对许知喃说。

他声音其实很低，粉丝们也挺有秩序的，拉着横幅整齐站在不远处，不过这会儿正处于什么互动都激动的状态，纷纷又尖叫起来。

许知喃一顿，没出声，只乖乖点了点头。

林清野走到粉丝面前，跟大家打了声招呼，聊了几句后便嘱咐大家以后不用来接机。

跟粉丝告别，林清野便牵着许知喃离开。

这是他们第一次真正这样光明正大地在公开场合手牵着手走路，甚至在大学时他们也从来没有这般光明正大过。

许知喃一时有些恍惚，在林清野牵住她手的同时还不自觉往外抽了一下，又被他重新捞住了，握得更紧。

他头低下来：“怎么了？”

“没有。”许知喃也握紧他，轻声说，“就是还有点不太习惯。”

他笑：“那你可得抓紧时间快点儿习惯。”

很快，两人一块出机场的视频也被粉丝发到了网上。

每一处细节都被仔仔细细地盯着来回揣摩。

比如林清野跟许知喃说话时，她只是点了点头，并未开口回话；又比如牵手的最初许知喃有一个往外抽手的动作。

除此之外便是两个人的状态完全不同。

林清野明显整个人都非常放松，笑容也比从前多得多，说话都是笑着的。而许知喃就相反了，笑意不太明显，倒显得有些清清冷冷的。

其实只是因为许知喃还不习惯面对镜头所以才刻意收着自己表情罢了，但到粉丝眼里就完全是另一回事了——

【呜呜呜这是什么傻白甜大明星和高冷刺青师的绝美爱情！！！】

【啊啊啊啊啊啊啊啊啊啊这真的是林清野吗，怎么跟我以前电视上看到的完全不一样？？？】

【这位哥什么时候笑得这么傻白甜过了？？？】

【哈哈哈哈哈哈哈哈哈林清野这真的是追到暗恋多年的女神后的白痴行为，也太可爱了吧！！！笑容都收不住！！！】

【啊！好甜啊！！！】

【我以前一直想不出来到底怎样的女生站在林清野面前才能不显得逊色，现在见到了！！小姐姐真的绝美啊啊啊！！！】

【没人发现小姐姐的蓝头发和野哥从前的那个造型是同个发色吗！而且平大论坛里说已经染了好几年了，好像是野哥出那事儿后就染的，呜呜呜！！！】

【各种恋爱综艺的导演组看过来看过来！！！未来的收视保障看到了吗！！！】

只不过许知喃的高冷人设并没有维持多久，很快就迎来了频频的“人设崩塌”。

因为现在许知喃的正脸照也已经完全被大家知道了，大概是林清野很少有除作品外的新物料，培养得粉丝们挖掘能力非常强大。

很快，有人发现了一张之前音乐节上的照片，当时照片中就拍到了许知喃。

蓝头发，很好找。

最后，是粉丝后援会发的关于“4 月 30 号林清野复出首次演唱会”的一个相关视频，一共 12 分钟，从早上起大家应援展示，到晚上大家的热血和感动都有，非常燃的一段视频。

只不过视频第五分半的一处再次引起大家的关注。

在拍摄大家拎着横幅齐刷刷地喊口号时，背景里出现了那一头熟悉的蓝色长发，小姑娘蹲在小摊前，正在挑各种林清野的周边。

那摊主大概也看出了这是个有钱又不理智的粉丝，是个大户，非常殷切地跟她推销各种周边。

【哈哈哈哈哈哈哈哈哈哈哈哈哈哈，怎么回事，这难道不是个酷妹吗？怎么感觉有点蠢萌？】

【哈哈哈哈哈哈哈哈，我一下子平衡了，原来嫂子跟我们一样也要买周边！这也太平易近人了吧！】

【人家粉丝在大声喊口号应援，嫂子跟个小土拨鼠一样星星眼地挑自己男朋友的周边。】

【高冷人设崩塌！】

【啊啊啊，好可爱啊，嫂子什么时候跟野哥一起开个直播，我都想跟野哥

抢嫂子了！】

回到堰城后，许知喃休息了一天，当晚，李焰就给她打电话说店里撑不住了，今天有好多林清野的粉丝过来打卡。

这店名就是“喃喃”，和林清野的专辑名一样，有不同的意义。

不过好在得知今天许知喃没去店里大家也很快就离开了，拥堵一个多小时后终于恢复了常态。

真正引起轰动是在第二天，许知喃去了店里。

一大早就有不少粉丝等在刺青店门口，许知喃前两天因为演唱会去T市请了假，过意不去，还是最早一个来的。

她低着头走路，不远处便传来一阵尖叫。

粉丝们已经等在店门口了。

许知喃一抬起头，粉丝们便窸窸窣窣地激动着议论开。

“真的好好看啊！”

“应该叫什么啊？”

“嫂子吧？”

那一群女生便齐刷刷地喊：“嫂子好！”

许知喃低低“啊”一声，也跟她们打了个招呼：“你们好啊。”她把门打开，“先进来吧。”

女生跟她一块儿进店：“小姐姐，我们都是林清野的粉丝。”

许知喃笑了笑：“我知道呀。”

那几个女生又凑一块说起悄悄话：“啊啊啊，说话也好温柔啊！”

“不过林清野没跟我一块儿来店里，他不太来这儿的。”许知喃说，以为她们是来蹲守林清野的。

“没有没有，我们就是好奇想来看看你。”

“这样啊，不过我今天一会儿还有几个客人要过来呢。”

那群女生便摆手道：“姐姐你放心，我们不会影响你工作的。”

为了证明自己不影响她工作，她们还问了她几个关于刺青的问题，又问：“姐姐，野哥他后背的那个文身是你文的吗？”

“嗯，对，几年前的事了。”

女生们一脸幸福的表情：“呜呜呜！神仙爱情！”

没一会儿，许知喃之前就预约好刺青的那个顾客便到了，她显然也是看到了网上的新闻，一推门进来就一脸激动地像要和许知喃说什么，结果一扭头就看到了几个女生，瞬间猜到了大概是林清野的粉丝。

她了然一笑，没再多问："阿喃，现在给我刺青有时间吗？"

"有，你先坐着吧，我准备一下。"

许知喃戴上手套，过去跟粉丝们说了一声，粉丝们倒也善解人意，很快就离开了。

只不过这批刚走，下一批就来了。

大家实在是对这个林清野暗恋多年的女朋友太好奇了。

许知喃今天有三个预约，两个小活一个大活，从早忙到晚，周围围观的粉丝换了一批又一批。

林清野的超话里头已经有不少粉丝发了今天许知喃的照片。

【呜呜呜小姐姐性格超级好！一点儿也不高冷！！！】

【而且近看真的太漂亮了，气质超级好！】

【我在她店里看了一会儿就走了，小姐姐设计的图都超级好看！】

【我也是！突然超级想文身！】

林清野今天去了一趟公司，弄了些演唱会后续的工作，到晚上才结束。

王启问："你看到网上阿喃的那些新闻了吗？"

"她店里的那些？"

"嗯。"

"我中午看到的，给她发了个信息问情况，没什么事，就是多少会影响工作吧，而且她也不是个喜欢炒作的个性。"

虽然这事儿一出，许知喃的生意必定会很好。

王启道："那你打算怎么办？"

"后面跟粉丝说一声吧。"

"行，你们昨天闹出那一出也难免，我看粉丝反应都挺好的，也得亏阿喃她的确是挖不出什么黑料来，你看那些顶流明星要是公布恋情有多少是不能被深扒的。"

林清野一边琢磨这事，一边给许知喃发了条信息问她结束了没。

从传启娱乐公司出来，林清野便直接驱车去刺青店。

到店门口，许知喃还没回复他刚才那条短信。

林清野抬眼往店里看去，许知喃还在忙，也没注意到手机，旁边还围着三四个女生，估计就是他的粉丝。

逐渐进入夏天，白昼渐长，这会儿外面天也已经黑了。

林清野靠在椅背上看了会儿，缓缓降下车窗，然后拿出手机，打开摄像头，对着店里的许知喃拍了张照。

她这刺青店装修得很有风格，黑、白、灰三色，墙上画着许多龙飞凤舞的图腾，很符合刺青店的风格。

照片中小姑娘低着头工作，戴着口罩，看起来漂亮又柔和。

气质跟这刺青店相撞，倒像是误入什么黑暗森林的清纯小鹿。

林清野看了会儿照片，挺满意。

他点开微博，输入他那个从未自己发过内容的微博账号，就连密码都试了好几回才成功登上。

指尖在屏幕上停顿片刻，他独自坐在车里低笑了声，慢吞吞地打下几个字——

【林清野：接女朋友下班。】

附上刚才那张照片。

这条微博一经发出，评论便噌噌噌往上涨。

【我看到了什么？】

【林清野发微博了？？？】

【震惊！原来这个微博账号真的是林清野的！时隔八年！】

【哈哈哈哈哈哈哈哈这位哥自从公布恋情了画风怎么突然就不一样了。】

【哥啊！这个是微博不是朋友圈啊！！！】

林清野那条微博发出去不久，许知喃店里的几个小姑娘便立马发现了——因为设置了特别关心。

虽然这特别关心也没什么用，林清野八百年都不发一回微博，没想到这回居然通知更新微博了。

“噗——”其中一个女生最先忍不住笑出来。

她们抬头看窗外，便看到一辆车停在外面，副驾驶的车窗摇下来，隐隐约约能看到车里的人，正是林清野。

“啊啊啊啊啊啊啊！是他吧是他吧是他吧？”

“好帅啊！肯定是！”

“要不要出去看看？”

几人窸窸窣窣地议论好一会儿，最终却没敢出去。

也不知怎么，就算现在林清野被大家叫成了“傻白甜”，但身上气场还在，跟粉丝其实是挺有距离感的，她们敢来找许知喃，却不敢就这样过去跟林清野打招呼。

许知喃听到身后她们的议论声，抬眼一看，愣住了。

那顾客也侧身看过去，笑了：“你男朋友啊？”

这次公开恋情因为闹出的各种阴错阳差的乌龙，热度也颇高，今天来她店里的客人就没一个不知道这事儿的。

“嗯。”许知喃应声。

“那你要不先过去一趟吧，我这里待会儿再继续好了。”

“不用了，马上就结束了。”许知喃觉得这样把顾客丢到一边太没职业精神了，拉上口罩继续收尾工作。

“可以啊阿喃，你这现在可是敢放林清野鸽子的女人了。”

身后几个粉丝也笑作一团。

许知喃道：“什么放鸽子，就是稍微等我一下，我也马上就结束了。”

偶像在前，身后那几个粉丝到底还是按捺不住了，跟许知喃说了声再见后便你推我攘地小跑着出去了，到林清野车前。

许知喃专心继续收尾工作，十分钟后结束，一抬头，那辆车还停在那儿，方才出去的那几个粉丝却不见了。

许知喃丢掉用过的口罩和手套，洗了个手，出来和李焰交代了些事便准备先走。

李焰一脸暧昧：“快走快走！”

许知喃上车：“刚才那几个出来跟你打招呼的粉丝呢。”

“走了。”林清野摸了摸她脸，“累吗，今天挺多人过来的吧，有没有影响你？”

“还好，其实大家都挺好的，也没有一直待在我店里，就是一批一批的比较多，所以我店里一直都有几个粉丝在，不过好在不影响我工作，挺安静的，有些也就是在门口看一看。”

“嗯，我刚才跟那几个粉丝说了这事，不要过来打扰你。”

许知喃一愣：“你怎么跟人家说的？”

林清野挑眉：“直说。”

“你没凶人家吧？”

林清野轻笑：“我很凶吗？”

其实那几个粉丝倒也很好说话，林清野说了声，她们还跟他道了个歉，然后很快就走了。

而且微博超话里今天不少人发了打卡“喃喃”刺青店的，但也因为太多已经引起其他粉丝的反对，呼吁不要影响人家素人女朋友的正常生活。

林清野从十八岁拿到金曲奖有了第一批粉丝，如今不少粉丝年纪也都挺大了，因此大部分粉丝其实都是挺理智的。

“你今天怎么突然过来了？”许知喃换了个话题。

“给你提前发信息了，你在忙没看到。”

许知喃拿出手机，这才发现林清野给她发的信息，与此同时也看到了微博特别关心的发博通知。

【林清野：接女朋友下班。】

许知喃点进微博看评论，底下都是“哈哈哈哈哈哈”或“啊啊啊啊啊啊”，要不就是些取笑林清野自从公开恋情后就智商下降的评论。

而关于#林清野发博#的词条也已经迅速升至热搜第一。

许知喃抿了抿唇，看着评论，有点不由自主地翘起嘴角，她又抿了抿唇，重新把嘴角放下。

“你怎么还发这种微博。”

林清野侧头看了眼她手机屏幕：“想发就发了，女朋友这么好看还不能炫耀不就白好看了嘛。”

许知喃无语地看了他一会儿，最后也没忍住，侧过头看着窗外，无声地笑起来，露出两个浅浅的梨窝。

这一出公开恋情闹得很是轰动。

娱乐圈中像林清野这样刚刚登上顶峰就公开恋情的简直少之又少，而顶流公开恋情另一半没有被骂被黑的也同样少之又少。

粉丝们对许知喃好奇极了，但也纷纷呼吁不要去人家店里打扰她。

到第二天来的人就少了很多，持续三天后就基本没有粉丝再来打扰了，只有些会在店门外徘徊拍照，也有些会因为许知喃的身份特意过来让她文身。

日子也基本恢复到了从前的模样。

只不过她的长相足够让人过目不忘，现在许知喃出门在路上经常会被人认出来。

不过这事儿一出，她跟林清野也终于不用总东躲西藏怕被人看到或拍到了。

周五，许知喃和林清野两人一块儿回了趟许母那儿。

今天是许元汶的忌日。

两人一下车，周围几户邻居便站在自家门口打量着他们，都很好奇：“阿喃啊，带男朋友回家啊？”

“嗯。”许知喃一个个向他们打过招呼，林清野也颔首示意了下。

许母听到动静迎出来，赶快让两人进了屋。

“最近大家可都来问我你俩的事儿。”许母笑道，“还很奇怪我们阿喃平日乖乖巧巧的，上哪儿去认识到的大明星。”

林清野笑道：“我找上的她。”

三人一块儿吃了个中饭，休息片刻便去许元汶的墓地。

这是林清野第一回来，墓碑上的许元汶一身警服，眉目深邃，一脸正气正直。

但这不是他第一次看到许元汶了，从前只他单方面注意到许知喃时就见到过许知喃和许元汶在一块儿。

小姑娘那时候穿着高中校服，背着个水蓝色的书包，跟父亲关系特别好，一蹦一跳跟在旁边，说说笑笑的。

当初许元汶的突然离世的确给她造成了阴影，她偶尔会梦到那场火灾的场景。

林清野后来才想起来大四时有一回许知喃不小心在他公寓睡着，那晚是两人唯一一次一起过夜。

第二天醒来时，许知喃是被一个噩梦吓醒的，当时他问她时许知喃便说梦到了她爸爸，可林清野没再继续问下去。

他那时候的确是不够关心，也是个颇为冷漠的性子。

如今再回想起来自己当时是怎么对许知喃的也会觉得心疼后悔。

许母站在墓碑前跟许元汶说话，两人没打扰，到山脚下等。

当年那案子告破让许知喃和许母都松了口气，也总算是可以放下了，许母如今再看到许元汶的照片也不像从前那般总是掉眼泪。

两个孩子在山脚等，许母就蹲在墓碑前。

“元汶啊。”她伸出手，轻轻抚上墓碑上的照片，“我们阿喃如今长大了，工作也很不错，也交到了很好的男朋友，所有事情都尘埃落定，你在天上也终于可以放心了。”

说到这里，许母眼眶有些湿润，神色柔和：“我们也有十多年没有见面了吧，我还真是挺想你的，不过总有一天我们会再见面的。”

六月，天儿越来越热，气温上升得很快。

月初，林清野和许知喃各自收到一张请柬——平川大学 80 周年校庆的邀请函。

一般这种校庆会给校友特地发邀请函的都是些有知名度的人，林清野作为音乐系如今最出名的学生，自然是会收到邀请函的。

许知喃没想到自己也会收到邀请函，虽然她那刺青店的确在刺青圈子里挺有名气，但刺青和她当初的设计专业也不怎么对口，也许是沾了林清野的光。

林清野晃了晃手里的请柬，懒洋洋地问："去吗？"

"你想去吗？"

"去吧。"

许知喃一顿，侧头看他，林清野不是那种爱凑热闹的性格。

80 周年的校庆不知道会有多少人呢，而且学校估计还会请来好多直播和摄像。

林清野知道她在想什么，冲她暧昧一笑："我们去秀个恩爱。"

校庆是半个月后，六月中旬。

平川大学很看重这次的 80 周年校庆，早早就开始准备，校园里随处可见 80 周年校庆的小旗子。

许知喃的刺青店就在平川大学对面，最近每天都能看到学校为校庆准备的各种布置，到晚上灯光一开特别漂亮。

在林清野的要求下，两人还穿了件情侣装的短袖。

林清野穿了条黑裤，而许知喃则是一条很夏天的半身短裙。

两人本就模样出众，这样一穿便更加显眼。

林清野开车到平川大学，两人一下车就被周围许多人行了注目礼。

平川大学 80 周年校庆的消息一出，大家都在猜林清野和许知喃会不会来，没想到两人竟然这么高调地就一块儿来了。

许知喃还有些不自在，林清野却是捞起她的手就一块儿往校门口走去。

不只是来参加校庆活动的，还有许多在读的学生也都注意着他们。

"这么紧张干什么。"林清野往她肩上抚了把，无声地将她微含的背给重新展开了。

离校庆开始还有一会儿，两人打算先在校园里逛逛。

自从毕业后两人几乎都没有再回来过，平川大学这些年翻修了不少地方，跟从前很不一样了。

两人牵着手散步，到无人的偏僻处，周围树木郁郁葱葱。

许知喃心情很好，走路都带着小颠，忽地，手被林清野拽了下，她抬眸看去，又顺着他的视线看到了自己从前的宿舍园区门口——以及宿舍楼侧边羊肠小道边种着的一排刺槐树。

六月份，刺槐花正开得郁郁葱葱。

林清野皱了下眉，低头看她：“有难受吗？”

他还记得冬春之际两人去还愿，下山路上许知喃对刺槐气味的应激性反应。

许知喃眨了眨眼，还深吸了一口气，然后诚实地回道：“没有。”

林清野还是不太放心：“换条路走吧。”

“没事，我感觉应该好了，以前只要有一点儿味道我就很不舒服了。”她说着，还拉着林清野朝那片刺槐走过去。

刺槐花是一簇簇的，挂在枝头，白绿交织，很漂亮，花瓣很小，风一吹便掉落不少，零散地铺在地上，散发出浓郁的槐花香。

许知喃捻起一株，细嗅了下，清甜香味中带着槐花特有的些许苦味。

倒是一点儿都没再觉得难受了。

“你看，好像真的好了哎！好好闻啊！”

小姑娘眼睛亮亮的，很是欣喜，白色的一串花躺在手心，像是什么浮夸的伞形耳坠。

许知喃看了会儿，手一伸，将花放到林清野耳边，恶作剧道：“给你戴个耳环。”

她手伸得笔直，身子往后撤，仔仔细细地看了林清野一会儿，然后笑了：“还挺好看的。”

林清野轻嗤一声，捏着她手腕往回一别，将那朵花拿下来，插进了她束起的马尾里。

许知喃想拿下来，又被他别住另一只手，动弹不得了。

“你放开。”她挣了挣手臂。

林清野轻松捏住她两个手腕，痞里痞气地笑：“刚才不是还要给我戴耳环吗？”

两个人闹了一会儿，不远处忽然传来笑声，林清野抬头看去。

他们站在宿舍园区旁边的羊肠小道，有靠近这儿的那幢宿舍楼的同学从楼道窗户探着脑袋看他们，也不知道是从什么时候看起的。

没一会儿，两个人玩闹的视频便被发到了网上。

如今林清野和许知喃都有一个CP超话了，清喃CP，粉丝数还特别多，热度是同时期CP榜单的第一名。

众所周知，娱乐圈中的CP大多是粉丝的一厢情愿，BE（悲剧结尾）的也数不胜数。

于是，清喃CP粉就格外嘚瑟，毕竟是可以理直气壮喊“清喃SZD(是真的)”。

这视频最先便是发在清喃超话里，很快便引起了大家的关注，还一个个的非常戏精。

【嗯？怎么回事？我的小姐姐被这个臭男人欺负了？】

【举报举报！林清野在镜头前营造苦追喃喃多年的痴情形象，结果背地里居然家暴！】

【林清野你再抓着我们喃喃我就要拿刀了啊！！！】

【哈哈哈哈哈哈哈哈不过有人发现那个花是刺槐花吗？】

【原来这就是刺槐花！我第一次看到！！好漂亮啊！！】

【这两个人怎么什么细节都能嗑，我以为嗑个打情骂俏就好了，没想到原来道具也能嗑糖！】

到傍晚，80 周年校庆正式开始。

校园里来来往往的各种校友的车越来越多，两人顺着路上随处可见的路标到校庆地点。

除了受正式邀请的校友外，其他平大毕业的学生都可以来参加，还有许多在读学生，整个馆厅熙熙攘攘。

两人往里走了一段路，遇到个老教授。

"清野！"老教授喊了一声。

两人走到教授面前，林清野颔首："徐教授。"

许知喃认出来，是平大音乐系一个德高望重的老教授，她也跟着打招呼："徐教授，我叫许知喃，是平大美术系的。"

徐教授笑得慈眉善目："我知道我知道，前几天我和你们系的陈教授聊天的时候还提到你了呢，说你那时候成绩特别好，没想到你们两个居然在一块儿了，也算是肥水不流外人田了。"

年轻时候的林清野多少有些恃才傲物，很多老师都不喜欢他的性格，只有这个徐教授是例外，一直都格外欣赏他。

林清野跟他聊了一会儿，两人才入座。

没一会儿，姜月和赵茜也结伴来了，有几分局促地跟林清野打了个招呼便坐到了许知喃旁边。

"你们怎么来得这么晚啊？"许知喃问。

赵茜道："月月今天陪我一块儿去做了个产检，最近好像怀孕的人特别多还是怎么，排了好长的队。"

"产检结果怎么样啊？"

"都挺好的，这货还挺让人省心的，每次产检都没问题。"

如今赵茜肚子已经很大，许知喃小心翼翼地摸上去，居然还正好碰上胎动，手心像是被轻轻按了下。

许知喃眼睛瞬间亮了。

赵茜被她这反应逗笑："你这么喜欢自己也要一个啊。"

赵茜倾了倾身，看向许知喃另一边的林清野："我觉得咱们平大校草应该不会拒绝你的这个要求。"

林清野也是个不要脸的："乐意之至。"

许知喃一窘。

校庆由校长发言开始，发言很老套，许知喃左手被林清野牵着，跟姜月和赵茜小声聊着天。

她们三个也已经有段时间没见了。

舞台背景上放出平川大学前身历史，一条横轴，向未来延伸开去。

校长讲了许久，后面又有些知名校友讲话。

平川大学以商学院见长，上台讲话的也多是些西装革履的青年才俊。

等到台下大家都快被说困了才终于结束这一环节，赵茜撑着后腰："怎么这么无聊，我都有点后悔顶着个肚子来参加了。"

主持人上台，公布下一个环节，地点不在这封闭的馆厅内，而是外面的操场。

众人跟着队伍到操场，这才发现不知什么时候已经架起了好多小棚子，有点儿像是社团招新时的百团大战。

平川大学艺术系很出名，舞蹈、音乐、美术、戏剧影视、编导等等都很能拿得出手。

每个节目一个棚子，跨专业合作，大家一块儿表演，大学生活和谐又开放。

有表演小品相声的，也有表演独舞和群舞的，当然也有独唱和合唱，还有编导专业的在操场中央投影屏上放出自己拍摄的作品。

大家边走边聊天边看表演。

每开始一个节目，棚上挂着的灯串儿就亮起，一个个节目下来，一盏盏灯亮起又熄灭。

到一个独唱节目，主唱人却没出现，徐教授很快过去问情况。

周围拍摄还在继续，是在学校官方微博上实时直播的。

校长皱起眉，对徐教授说："怎么回事？"

"好像是那个负责的学生吃坏东西了，我学生说好像挺严重的，可能吃不消正常的一整套表演了。"

校长急了："这么多人在，可不能开天窗，老徐，你这得负责起来。"

"行行，我知道。"

徐教授往周围看了一圈，忽然拿着话筒上台，直接冲台下一喊：“林清野！”

许知喃一愣。

林清野站在人群中，懒洋洋地抬了下手臂，淡声应：“这儿。”

徐教授看过去，直接说：“来，接下来大家掌声有请，林清野！给我们演唱一首歌！”

林清野一愣。

台下也一时没反应过来，什么动静都没有。

徐教授催道：“快点！你不也是平大音乐系毕业的吗！现在母校需要你来救场了！”

比大家反应更快的是灯光师，一束追光灯从舞台下扫过来，落在了林清野身上。

大家纷纷鼓起掌，还连带着几声怂恿的口哨声。

林清野站在原地瞧了一会儿，这才慢吞吞地站直了，侧头对许知喃说：“我过去一趟。”

“嗯。”许知喃点头，还有些蒙，远不如被突然要求救场的林清野镇定。

他穿过人群走上舞台，追光灯紧紧跟在他身后。

恍惚间，许知喃觉得他好像一点都没有变，和从前一模一样。

模样俊朗，棱角分明，嘴角噙着些很淡的笑意，看上去清冷又痞坏。

林清野走到台上，跟徐教授交涉几句，很快，舞台上就有人忙忙碌碌地开始往上搬乐器。

几分钟的时间，林清野向徐教授借了几个学生伴奏。

他原本不打算唱自己的歌，但问了那些学生有没有什么都会的谱子却找不到一首合适的，最后一问会不会《刺槐》，倒是都会。

“那就《刺槐》。”林清野做了决定。

许知喃抬起头，看着不远处那个简易搭成的舞台上的林清野。

操场上有风，风吹来都是青草的清香，也吹乱了他的头发，额前的碎发有些凌乱。

林清野从台下一人手里接过一把吉他，随手拨弄两下，一串好听的旋律便飘出来。

而后，他背上吉他，坐在高脚椅上，单腿屈膝，一双长腿优越，面前摆着一个麦架。

“平川大学音乐系。”他靠近麦架，声音磁沉，“林清野，《刺槐》。”

许知喃旁边的赵茜直接干号一声："阿喃！你得管管啊！可不能让他再这么乱放电了。"

在场有不少平大在读的同学，非常给面子，跟从前的音乐节相差无几，鼓掌尖叫呐喊一个不缺。

温暖干净的夜晚，零星几颗星子悬在头顶。

林清野在台上，开口唱，声音温柔。

在我和世界之间
你是鸿沟，是池沼
是正在下陷的深渊
你是栅栏，是墙垣
是盾牌上永久的图案

你是少女
我是匍匐的五脚怪物
暗夜交错中春光乍泄
你拿起枪我成为你的祭献
……

这是年少时林清野写下的歌词。

那时候，他们第一次遇见，林清野倨傲顽劣，却又因家庭带来的创伤像个泥沼黑暗中的野兽，从洞穴深处窥视她，又一见光就缩回去。

这种欲望将他吞噬，无数次想把她叼入洞穴中，想要把明媚美好的她拉入地狱。

可最终却也像歌词写到的一样。

你拿起枪，我成为你的祭献。

在歌声中，大家纷纷扬起手，跟着旋律挥舞。

许知喃却在这样的氛围中慢慢鼻酸，眼眶发烫。

波澜起伏这一生，有低谷也有巅峰，可这一刻的林清野又回到了校园时候，回到他们最初什么都没发生的时候。

许知喃有时候也会觉得，要是他们能够像世间大部分情侣那般相识相知相恋该有多好，没有那么挣扎和苦楚，也没有那痛苦难挨的两年半。

他们两个平川传奇，简简单单地谈个恋爱该有多好，林清野也再不用遭受那一切。

可有时候又想，也许这样的一段感情也不错。

至死方休。

一首歌唱完，林清野站在台上，捋了把头发，露出光洁的汗湿的额头。

演唱结束，他朝台下鞠了个躬，掌声雷动。

下台时，他脚步一顿，看着台下，忽然说：“阿喃。”

许知喃一颗心被抓住。

他神色温柔，像是带着毫无底线的宠溺，下颌微抬，在众目下站在舞台上，直直看着她笑。

“爱你啊。”他说。

风呼呼吹来，在大家更加澎湃的起哄声中，许知喃仿佛回到了三年前。

当时许元汶的案子还没有进展，林清野为了哄她开心带她去了一幢烂尾楼的天台，是从前刺槐乐队常来的地方。

那天，风轻、夜静、树森森。

她和林清野仰面躺在旧木板上，硌着骨头。

她看着星星，林清野却侧身抱住她，呼气间热气都打在她脖颈。

“阿喃。”他低声唤。

“怎么了？”

他没说话，过几秒，低低笑了：“没什么。”

“到底什么呀。”

依旧没回应。

许知喃侧头看去，发现他已经阖上眼，于是她又继续看星星。

夜风吹着舒服，到后来甚至昏昏欲睡，半梦半醒间，她听到林清野温柔的声音：“爱你啊。”

从前的林清野和现在的林清野，同样的“爱你啊”，汇聚在一起。

许知喃心尖儿震动。

当时的许知喃为许元汶的事整宿睡不着觉，当时的林清野也为母亲和哥哥的事深陷内疚和自我厌弃中。

而现如今，盛夏天，明朗夜，光芒万丈的林清野站在台上坦荡地对她说“爱你啊”。

许知喃一笑，眼泪滚了下来。

林清野走下台，张开双臂，在欢呼声中虔诚地将她拥进怀里。

从前许知喃总觉得两个人不是一个世界的人，她中规中矩，人生中一步一个脚印，但林清野却肆无忌惮、百无禁忌。

从前她捧着本佛经看，林清野便淡笑着说她一句。

可现如今，林清野是许知喃的信徒。

我想拉你入地狱，却又奉你如神明。

# 第八章

/

## 你要不要嫁给我试试

最近“刺青”成了一个热词，不仅如此，还有节目组闻风而动，想要做一个前所未有的关于刺青的节目，不上星，而是网综。

他们那些有名的刺青师都被邀请了。

傍晚，许知喃回店里时路西河正在跟李焰聊天。

“嘿，阿喃妹子，你总算是来了。”路西河看到她便问，“《刺青说》来找你了吗？”

那个正在筹备的刺青网综名字便是叫《刺青说》，以介绍科普刺青以及述说刺青师和刺青者之间的故事为主题。

许知喃放下包：“找了。”

路西河问：“那你去吗？”

“我还在考虑哎，也不确定。路大哥你呢？”

“我还挺想去的，凑个热闹，而且总归肯定是能带动生意的。”路西河参加的理由很简单。

李焰在一旁问：“师父，你干吗不去啊？”

“这个不是到时候要播出来吗，虽然不上星，题材小众，看的人应该不会很多，但我有点儿担心万一表现不好，会给清野哥招黑。”

李焰夸张道：“师父，你不会不知道现在他的粉丝都超级喜欢你的吧！我看你都快成她们墙头了，说不定还能给他招粉呢。”

路西河道：“而且会有《刺青说》这节目也多亏你，不然就刺青这么小的圈子，哪个节目组愿意赔钱做这个主题啊。”

“放心吧，你肯定是节目组的重点攻略对象，说什么都会劝你去的。”

路西河说的不错，节目组的重点就是说服许知喃来参加。

当晚，节目组甚至还找到了住处带着礼品亲自前来邀请。

毕竟这节目以小众为话题，最后收视怎么样就全看许知喃这个热门话题参不参加了。

《刺青说》的导演还是从前《我为歌来》的导演助理，跟林清野也认识，想让林清野帮忙说服许知喃参加。

林清野却是优哉游哉地靠在沙发上，抱着双臂，懒洋洋的，并不打算插手：“她自己决定就好。”

导演只好继续自己努力：“有什么关于节目的要求您都可以提的，我们是真的很诚挚地邀请您来参加。”

许知喃向来心软。

别人都这般亲自上门，又态度诚挚地邀请，拒绝的话便很难说出口了。

何况她也已经看过了《刺青说》的节目流程单，其实是一个颇为走心的节目。

“我就是有一个顾虑，担心万一节目上我表现得不好会被大家说，毕竟我们公开恋情也不久嘛，就担心会影响到他。”

旁边一直一副“甩手掌柜”样子的林清野这会儿才终于有了点反应：“担心这个做什么，我还怕这些吗。”

许知喃嘟囔：“万一呢。”

林清野笑了声：“就我这性格指不定哪天干点什么就又被人骂了，还需要你去给我挽回点形象呢。”

见他终于愿意帮忙说话了，导演乘胜追击，又是一番诚挚演讲和保证。

许知喃最终没熬住，同意了。

《刺青说》的节目录制地在堰城，节目组做得很认真，堰城一共两个受邀刺青师，许知喃和路西河，其他地方也邀请了些在刺青圈颇为出名的刺青师。

一共邀请了七个刺青师。

路西河在这个圈子里久了，顶层的那些刺青师他都认识，许知喃不善交际，只认识路西河一人，不过另外五个人的名号她也都听说过，算是借这个机会认识了。

这节目算是小成本制作，带科普性质，人员确定不久，《刺青说》官微就发了官宣微博。

一张海报图，许知喃站中间，倒金字塔状。

她资历不是最老的，甚至还是其中最年轻的，但被安排在中间并不会显得突兀。

因为许知喃是这七个刺青师中唯一一个女生，安排在其他位置反而会奇怪。

这海报一出来，粉丝们便沸腾了。

【哈哈哈哈哈哈哈哈哈哈哈@林清野@林清野@林清野@林清野！！！】

【大家不要告诉@林清野他老婆被抢了，还是6抢1。】

【为什么我看到这个阵容这么开心！@林清野，哥哥你知道了吗？】

【这六个男刺青师肌肉都好壮啊，感觉像经常健身的精致型男，跟我以前以为的刺青师形象不太一样啊，@林清野，建议你可以开始健身练一练了。】

【@林清野不会还不知道吧！不会吧不会吧，@林清野哥哥看海报里的喃喃漂亮吗？】

【都说了不要@林清野，怎么大家还在@林清野，哈哈哈哈——】

林清野的确不知道这个阵容。

他压根儿没想过这个性别问题，还以为男女人数会差不多，而许知喃也不觉得这事儿值得一提，倒是跟他说过好几次这次一块儿的刺青师很厉害，却从没提过这些刺青师到底是男是女。

"你怎么没跟我说过？"林清野问。

许知喃眨了眨眼："刺青师本来就男人比女人多呀，而且我跟你说过几个人的名字，听起来就挺像是男生的。"

林清野哪里会注意听这种不相干的人的姓名。

他"啧"了声，没再说什么，捞起桌上的手机，也不知在干什么。

许知喃继续低头跟《刺青说》节目组的负责人沟通这个周末的第一次录制详情，等全部结束，林清野还是原样坐在那儿。

许知喃顿了顿，偏头打量了他一会儿。

不会是生气了吧？

可也没怎么样啊，不就是没告诉他另外六名刺青师都是男的。

算了，还是哄哄吧。

许知喃叹口气，放下手机走到林清野身边："清野哥。"

"嗯？"他头都没抬。

"你生气了吗？"

林清野一顿，抬眼，而后倏地一笑："是啊。"承认了，虽然那表情看着一点儿都不像是生气的样子。

林清野将手机倒扣着放到桌上，朝她张开双臂："来。"

许知喃哄人心切，也没多想什么，便乖乖挤进了他怀里，又被林清野一拽，变成了跨坐在他大腿上。

"要是哪个小子敢对你有别的想法，你要跟我说。"

许知喃无奈地提醒他："他们都知道我和你的关系，而且他们六个的年纪应该都比你大，不是'小子'。"

回应她的是林清野在她腰上重重捏了把。

她本就怕痒，人抖了一下，愠怒地瞪他一眼，忍辱负重道："知道了。"

林清野轻笑，淡嘲道："就你这二两肉。"

许知喃一时心软就着了他的道，被禁锢在他怀里，想走又挣扎不开，被他按在怀里欺负一通，时间都晚了。

等他终于气定神闲地收手，许知喃脸都已经红透，眼睛湿漉漉的。

林清野一松开，她就逃似的愤愤然地走了。

许知喃回到沙发另一边，拿起自己手机，一点开才发现居然有一条微博特别关心发博的提醒，十分钟前。

而她的特别关心只有一个人。

许知喃偏头看了眼林清野。

他倒是很淡定，一点儿不像是刚才发了微博的样子。

这人又发什么了……

以前这微博创了八年了都没见他发，最近也太频繁了点儿……

许知喃点开，顿时眼前一黑。

这人转发了《刺青说》的那条官宣微博。

许知喃下午也看过那条微博下的评论，大家都注意到许知喃是唯一一个女生，都在评论里各种 @ 林清野。

这人怎么还真就转发了。

果不其然，评论里一片"哈哈哈哈哈哈哈哈哈"，一长串。

许知喃有点无奈。

第一期节目正式录制是在本周的周六，节目组特地为他们准备了一个很具刺青店风格的棚。

第一期节目很简单，最开始便是七个刺青师互相认识。

六个男刺青师都是很爽朗的性格，还个个都很有梗，随便说几句便是一个笑点。

他们还担心许知喃会觉得放不开，不停地找她互动，相处得算是非常融洽。

《刺青说》一共有七期，节目组提前向大众征集了自己的刺青故事以及想要文的刺青内容，选出了其中七个故事。

而每一个刺青者都会向刺青师们诉说自己的故事和要求，最后刺青师各自设计，一共七幅设计图，由刺青者选择自己最为心仪的图案进行文身。

第一期前来的刺青者是一个看上去三十来岁的男人，很斯文的长相，自我介绍说是一个世界 500 强公司的工程师。

而他这回想文的地方却是耳朵上方的头皮位置，到时候甚至还愿意为了文身剃光头。

路西河问了他为什么想在这个地方文文身。

他解释说自己的女儿有先天性的耳疾，不得不戴上人工耳蜗，这位父亲不希望女儿因此自卑，觉得自己和其他人都不一样，于是便萌生出文身的想法。

文一个像是女儿的人工耳蜗的文身。

听这位父亲讲完，大家都深受感动，交流片刻后便各自准备开始设计。

大家都是很专业的刺青师，对待工作认真，都纷纷埋头画图。

片刻后，录制棚外忽然喧闹起来，没一会儿，一个跟拍摄影师便进来了，倒退的摄像机对着林清野。

林清野的确是长了一张足够让所有人喜欢的脸，尤其他们这儿六个刺青师还都是素人，气质完全不能比。

林清野神色自然，拎着手里的七杯奶茶放到桌上：“大家休息会儿？”

许知喃一怔。

这人什么时候这么有人情味儿了？

而那六个刺青师并不了解林清野原本的性格，表现得都还非常自在淡定，纷纷拿过奶茶道了声谢，后来还挺八卦地问了几个关于他们恋爱的问题。

林清野也脾气很好地回答了。

他们并不觉得奇怪，除了许知喃，也除了粉丝们。

半个月后，《刺青说》第一期播出。

弹幕里大家原本还在为这个刺青故事而感动，到林清野一出来弹幕就完全换了一个画风。

【哈哈哈哈哈哈哈哈哈！我头皮发麻！这一定不是真的林清野！！！】

【平易近人林清野！团结友爱林清野！和蔼可亲林清野！】

【哈哈哈哈哈哈果然上一次转发微博这位哥就已经做好了准备！】

【啊啊啊啊啊啊啊妈妈我的 CP 又发糖了！！】

【哥哥慢点发糖慢点发糖，我快齁死啦！】

【林清野清醒点！这不是恋爱综艺！】

因为林清野的突然出现，《刺青说》一播出就直接上了热搜，播放量极速攀升，大大超过了节目组原本的预期。

而这些也都是后话了，等节目播出时其实他们都已经录制完三期节目了。

时间回到第一期录制时。

林清野简直是直接化身不懂事的黏人男友。

“阿喃，帮我拿杯奶茶。”

许知喃看了他一眼，又看了眼明明就放在他手边可以够到的奶茶，有些困惑地帮他拿出来，放到他面前。

林清野提醒道：“吸管。”

许知喃好脾气地默默给他插上了吸管。

她重新拿起笔，继续画图，其实这个图不太需要设计感，写实就好，重点在细节处的真实感。

因为是许知喃的擅长领域，她画得快，全程也比较安静认真，是最早一个画完的。

见她放下笔，坐她旁边的那个男刺青师便说：“你画得也太快了吧。”

“没事，你们慢慢画，反正也没有时间限制。”

很快，另一个刺青师也画好了：“阿喃，给我看看你的设计图。”

他们这群人都有些自来熟，很快就跟着路西河叫起了“阿喃”。

许知喃也没觉得奇怪，便把自己的设计稿递过去。

林清野略略抬了下眼，懒散地靠在一旁的椅背上，眉眼泛出些轻佻的笑意。

“阿喃。”林清野也跟着唤了声。

许知喃侧头：“嗯？”

“想喝你那杯奶茶。”

“你买的这几杯奶茶味道不一样吗？”许知喃将自己那杯放到他面前，看了眼上面的标签纸。

是同一种奶茶，只有一个区别，她的是常温，其他几杯都是去冰。

她算了算时间，自己快要来例假了。

她来例假之前不能喝太冰的东西，否则到时就会不舒服，很容易肚子疼。

林清野记着这点。

“你什么时候喜欢喝常温的了？”许知喃诧异地问。

林清野敷衍回答：“今天想喝。”

“那挺好的，总是喝冰的不太好。”

两人说话一直都挺轻的，没有吵到旁边还在画图的其他刺青师。

可他们却忘了身上都戴了收音麦克，等到播出时两人说的悄悄话便都很清晰地播出来了，甚至还配上了甜蜜 BGM 和特效，和旁边六个刺青师形成了鲜明对比。

【哈哈哈哈哈哈，林清野 OS：这是我老婆！只能我叫阿喃！】

【这是什么绝世大醋精！】

【我算是知道为什么当初还没公开，野哥就总是提自己有喜欢的女生了，我以为他是为了防止其他绯闻，怕烦，实际上只是因为忍不住而已！自从公开每天都想秀恩爱！！！】

设计图完成后，以路西河为首，问及林清野一些恋爱问题，最后他还笑着提及了第一次遇到林清野时的场景。

“那会儿他背上文着的那个‘阿喃’还发炎呢，挺严重的，后来跟我一个朋友一块儿来的我店里，我还给了他一支消炎膏。”路西河笑说，“我后来在那个刺青设计大赛上还跟阿喃提起过，本来以为是同名呢，没想到居然就是她给文的，小妮子心可狠，文在那么疼的地方，连肉都没有。”

大家对于林清野背后刺青的故事本就好奇。

听路西河的意思，那一幅少女图和“阿喃”两个字竟然还不是同一次文上去的，而且“阿喃”还是她当时故意往最疼的地儿文的。

顿时，大家便更加好奇到底是怎样的契机才让许知喃在林清野背上文下了这两处文身。

自从节目播出，这便成了观众们最好奇的一个问题，却一直没有得到解答，成了一个秘密。

一共七位刺青者带着故事跟大家见了面，也带给了大家许多感动和收获，重新了解了刺青也能有其独具的意义。

到最后收官，许知喃却突然跟节目组提出了自己也想借着节目文个身，算是记录，也颇有意义。

节目组自然是同意的。

问及她想文的图案是什么，许知喃轻笑了下，说：“我想在肩上文一簇刺槐花。”

她想文在后肩的位置，自己没法文，最后是自己亲自设计了想要的刺槐花图案，由路西河帮她文。

文身过程中，周围有几个摄像机在拍。

许知喃双手搭在椅背上，头发拨到一侧，她穿了件吊带裙，正好露出后肩白皙的皮肤。

她身上干干净净，这是她要文的第一个刺青图案。

路西河将转印后的图案贴在她的后肩。

她皮肤白，文上这样一簇奶白色的花格外好看。

“那我开始文了？”路西河问。

“嗯。”

他握了握手里的文身笔，竟然紧张得有些下不了手。

许知喃反倒很淡定：“文吧。”

“真不用麻醉？”路西河再次确认。

许知喃笑了笑：“你又不是不知道不用麻醉效果才能更好。”

“行吧，那我下手轻点儿。”

路西河打开文身机，发出转动的嗡嗡声。

其实文身机刚接触到皮肤时的痛觉是不明显的，到后面才会慢慢觉得痛。

许知喃的背很薄，肉不多，原以为会很疼，后来竟然也不觉得疼，始终能维持面不改色。

“可以啊。”路西河也有点儿诧异，“你这个承痛力以后要是想文什么大图案也不用愁。”

“不过我也没什么其他想文的图案了。”

路西河问：“那你那时候给你男朋友文的时候他怕疼吗？”

许知喃想起那时候的事。

虽然两次文身都不是什么让人开心的事儿，但站在现在的时间点上却也能够释然了。

“他啊。”许知喃笑了笑，“他挺怕的，那两个字都文得快哭了。”

“那你后来还给他文那么一大幅，心够狠的啊。”

许知喃笑了笑，并未多解释。

路西河文得的确很好，虽然她擅长的是图腾，但文的这一簇刺槐花也一点儿都不逊色，色彩晕染过渡都非常自然。

当晚回家，林清野便发现了她这一处文身。

许知喃之前从没告诉过他，算是一个惊喜。

他皱着眉，不由分说地将许知喃的肩膀掰过来：“什么时候文的？”

“就今天，节目上文的，之后导演组还会把我文身的那段给我发过来呢，可以留作纪念。”许知喃兴奋道，“这是我第一个刺青呢。”

“怎么突然决定文身了？”

“我都给你文两个了，自己一点儿都不文不太好呀。”

林清野搂着她腰抱进怀里：“疼吗？”

“不疼。”

他手指抚上那处文身，小心翼翼地触碰了下。许知喃笑了声：“真的不疼，我比你更不怕疼。”

《刺青说》这档节目播放量很不错，又因为七个刺青师都是素人，全程都没有互相之间太大的话题度，算是很平顺地结束了几期节目。

不过有一点让许知喃觉得很有意义，便是如今谈及刺青有很深偏见的人态度也有所缓和了。

过了九月便迎来了国庆假期。

今年的国庆假期因为调休一共有八天的小长假，正好包括进了许知喃10月8号的二十六岁生日。

之前在林清野的首场演唱会上，他便保证过以后刺槐乐队每年都会举办一场音乐节，这次便非常凑巧，正好把时间安排在10月8号。

另外的场地申请需要时间，于是便索性办一场室内音乐节，地点就定在从前他们驻唱的酒吧——野。

酒吧老板二话不说便同意了。

音乐节不收门票，只为了安全问题规定了酒吧客流量。

而许知喃则被安排在二楼最中央的一个包厢里，三面墙，另一边栏杆正对舞台，视野绝佳。

酒吧老板知道今天是她的生日还特地买了一个蛋糕给她送来。

当晚，刺槐乐队上台。

音乐节开始，气氛炸裂。

许知喃站在栏杆前，拿出手机录像。

整个酒吧除了她这儿是空的，其他地方都人头攒动，拥挤在一块儿。

大家高举着手臂或荧光棒挥舞，高呼“刺槐乐队”的名字。

震耳欲聋。

酒吧里独有的强光照下来，镭射灯光刺得人甚至都睁不开眼。

光线不断打在林清野脸上，被切割得轮廓分明。

这种音乐节很随意，也不一定要唱自己的歌，随便唱，甚至还能现场点歌。

大家写在小字条上，由服务生收起来，放在一个盒子里，林清野抓阄来选歌，一共选择三首歌来唱。

他们到底从前在酒吧驻唱过这么久，大多数的歌都会唱也都会演奏，唱完抓阄的三首，原本点歌环节便结束了，但林清野却又从裤袋里抽出一张小字条。

他坐在高脚椅上，一条腿屈起，一手拿麦，一手打开字条，手指修长骨感。

“最后一首点歌，《生日快乐歌》。”他靠近麦架，视线扫过字条，低声道，“送给许知喃。”

台下安静片刻，然后爆发出极为振奋的尖叫，纷纷仰起头想找许知喃在哪儿。

林清野的视线看向二楼，和许知喃对视上，又收回，轻笑了声，淡淡解释道：“点歌：林清野。”

许知喃不知道他们是重新特意练过这首所有人耳熟能详的生日歌还是怎么，被林清野改编后，变成了另一种风格，但依旧很好听。

“祝你生日快乐”经他独特的嗓音出来，弯弯绕绕地飘进她心间。

最后成了一首大合唱的生日歌。

大家寻着林清野的视线也终于找到了在二楼包厢处站着的许知喃，纷纷朝她晃动着手里的荧光棒。

从来没有这么多人陪她过过生日。

许知喃手指紧紧攥着栏杆，悄无声息地笑弯了眼。

大合唱结束，林清野倾身靠近话筒：“阿喃。”

他仰起头。

四目交触，隔着人山人海。

他笑着喊了声：“生日快乐！”

许知喃站在二楼，也跟着笑。

可生日歌的伴奏忽然一转，换了一种旋律。

许知喃小时候练过几年钢琴，听出来是《卡门》，现在这是一首由十四和季烟演奏的电吉他和电子琴版本的《卡门》。

林清野将话筒从麦架抽出来，站起身：“阿喃。”

他换了一种音色，娓娓道来般，像是要诉说什么。

许知喃的心跳莫名加快。

她明知这个位置林清野听不到她的声音，但还是“嗯”了声。

光线落在他脸上，斑驳绚烂，他散漫地勾起嘴角，噙着些微妙的笑意，狭长的眼角微微上翘，像是一种刻意的蛊惑。

他笑了笑，说：“今天是你二十六岁的生日，我也已经认识你十多年了。”

在他的话语中，台下也安静下来。

“从我第一眼看到你，我就只喜欢你，十多年来，我也只喜欢你一个人，不管以后会发生什么，我都可以确定。”他下颌微抬，“我林清野只喜欢许知喃。”

“就像我背后的文身，我的骨血里都已经刻下了你的名字。

“我知道，《刺青说》播出后大家都很好奇我身上的两处文身是在什么情况下文的，其实两次都不是好的契机。

“我年轻时候挺浑蛋的，也许就是大家口中的‘渣男’，自从我十六岁喜欢你之后就费了点心计把你骗到手了，却没有好好对你，背上‘阿喃’这两个名字是我当时一厢情愿的赎罪。

“而那幅你的自画像是在我入狱前我们最后一次见面时文的，之前我说过这个，但从来没讲过其中原因，我那时候也很浑蛋，本来是打算出狱后不再去找你，你不愿意，所以才有这幅图案，当时你文完后就跟我说‘你得一辈子带着它，你不要想把我丢掉’。

“现在我来找你履行当年的诺言了，我一辈子带着它，你也要一辈子跟我在一起。”

许知喃的心怦怦跳得极快。

林清野将肩上背着的吉他带拿下来，搁到高脚椅边，灯光落在他肩头，勾勒出极为优越的身材和线条。

“阿喃。”他从兜里摸出个小盒子。

正方形的，黑色丝绒盒子，很精致，一看就知道里面装了什么。

台下瞬间一片尖叫。

等那些尖叫声过了，林清野仰头看着她，一只手把玩着戒指盒，重新拿起话筒：“我知道我浑蛋了挺多年的，你一直挺让着我的，但我以后会乖的。”

“我也可以乖的。”他又轻轻重复了遍，语气虔诚。

片刻后，林清野笑了笑，忽然单膝跪地，提了口气，又缓缓舒出来，声音放得平缓又坚定：“所以，你要不要嫁给我试试？”

到这一刻，不只是许知喃觉得像梦境一般，就连林清野也是这么觉得的。

他从未想过自己有一天可以这样跟许知喃求婚。

林清野是一个很矛盾的人。

从前，所有人都觉得他是天之骄子，岷升集团小太子，独具音乐天赋，年少成名获奖，模样又生得极好看，喜欢他的女生数都数不清，似乎是想要什么都能轻而易举地得到。

却没人知道，那段时间的林清野是怎样被一种难以言说的自卑感包裹。

他在那段时间里见到了许知喃，从未想过自己有一天可以真正拥有她。

再到后来，他像是一下深陷地狱，周遭暗无天日，看不到丝毫前路，很多人都戴有色眼镜看他。

他却反倒挣脱出从前自卑的束缚，打破那一层枷锁，重新成长。

当时的林清野没有给自己定过一个确切的目标，未来想要成为怎样的一个歌手，许知喃也从未给过他这方面的压力。

能得到如今这些完全是意料之外。

就像现如今，一个简单又恣意的音乐会，底下是歌迷粉丝，他站在酒吧舞台上，背后是刺槐乐队，仿佛一切都回到了最初的时候。

许知喃在他那一番话中泪眼蒙眬，都忘记了去抹眼泪，睫毛一颤，眼泪便簌簌往下落，鼻酸得厉害。

她和林清野有同样的感受。

不只是因为这一场求婚，还是因为两人之间那漫长的坎坷多年。

到这一刻，一切水到渠成。

“阿喃。”林清野看着许知喃笑，又问了一遍，“想吗？”

想嫁给我吗？

许知喃点头，又担心在那些灯光交错中他看不清，又说了声“想”，可带着浓浓的哭腔，声音也发不出来。

“想就下来吧。”林清野扬了扬手里的小黑盒子，“戒指还得给你呢。”

许知喃这才记起下楼。

她转身出来，一楼粉丝们都仰着头看她，二楼大家也纷纷给她让开一条道。

林清野将话筒插回麦架，从舞台上跳下来，往楼梯处走。

许知喃也走到楼梯处，看着他站停了脚步。

许知喃在二楼，林清野在一楼，她没再下楼，而是朝他伸直了手臂。

林清野是跑上楼梯的，三步并作两步。

奔赴他的山海。

所有人欢呼尖叫，掌声震耳欲聋，却也都非常自觉地没有涌上前，将那一处天地留给了他们。

林清野将许知喃紧紧抱进怀里，在拥抱的瞬间许知喃甚至还被力道推着往后退了两步。

他后颈和挺拔的脊背也跟着弯下去，埋在她颈间。

他的呼吸有点紧，心跳也很快。

他在实质地抱住许知喃后，方才求婚前的紧张感也一下子释放出来。

他手掌贴在她后脑，揉了揉头发，低低地重复："阿喃。"

"嗯。"

"嫁给我吧。"他始终维持着那个拥抱的姿势，声音磁沉地传进她耳朵里。

许知喃吸了吸鼻子，笑起来："好呀。"

林清野在众人的视线中，重新单膝跪地，光怪陆离的斑驳灯光将他的侧头映照得更加刀凿斧劈，线条流畅刚毅。

许知喃看着他打开戒指盒。

躺在里面的那枚戒指切割得漂亮精致，四爪中央嵌着一颗璀璨的钻石。

她都不知道林清野是什么时候买的。

林清野将那枚戒指缓缓套进了她的无名指，她手指细，这枚戒指还是定做的，正好牢牢圈住。

他单膝跪着，捏着她指尖看了会儿，又仰头朝她笑，看上去极高兴，还跟平常的开心不一样，这会儿笑得不加一点修饰，看着甚至还有点儿好笑。

许知喃也被他逗笑，露出两颗梨窝。

林清野笑着说："你是我的了。"

这句话许知喃也跟他说过。

在她在他背上文完那一幅画后，她也跟他说："你是我的了。"

如今也算是林清野给了一个当年的回应。

众人鼓着掌起哄，很快整个酒吧上下两层楼便都在喊着："亲一个！亲一个！"

关池还打着鼓给了大家一个节奏，大家的喊声便跟着他的鼓点时快时慢，都在起哄要亲一个。

林清野重新站起身，挑了下眉，问："亲一个？"

许知喃自然也听到了周围的声音，但实在不习惯在这么多人目光下亲热，而且这一段的视频肯定马上就会被传上网。

但她也不想在这种时候扫兴，看着林清野，郑重地点头："好。"

林清野又笑了声，向前一步，指尖捏着她下巴抬起，脖颈一低，吻上她。

很快，关于林清野求婚的整段视频便被录像的粉丝发上网，播放量和热度迅速攀升。

【啊啊啊啊啊啊所以这是浪子回头的神仙爱情吗！】

【林清野的速度也太快了吧！一年搞定复出重回巅峰、一张专辑六场音乐节一场八万人演唱会，再是公开恋情到求婚？】

【啊啊啊啊！！！我疯狂心动！！！】

……

音乐节在晚上十一点半结束。关池老婆今天也来了，两人一块儿回家，而十四和季烟也是一起走的。

许知喃跟着林清野一块儿上了车，准备回家。

她捧着手机看粉丝拍的那段视频，一共十来分钟。

许知喃看完，还将那段视频保存到了自己的手机里，然后便盯着自己无名指上的戒指出神。

林清野将车停在红灯前，侧头看了她一眼："好看吗？"

许知喃点头："这个是不是很贵？"

"还行。"他轻描淡写。

许知喃靠在车座上，举起手自下而上地欣赏："你怎么一点儿都没跟我说过，刚才你在台上喊我名字的时候我都吓了一跳。"

"求婚的事儿还能提前说？"

这倒也是。

林清野一手把着方向盘，另一只手抓着她手把玩："打算什么时候去领证？"

许知喃一愣。

这一夜发生的事都太快了，她都还没接受自己被求婚的事儿，现在林清野就又提出了领证。

她茫然地眨了眨眼："这么快？"

"求完婚不就是要领证了？"林清野说。

许知喃诚实地回道："我不知道哎，我第一次被求婚。"

林清野被她逗笑："巧了，我也是第一次跟人求婚。"

"真的第二天就要领证？"

"嗯，习俗。"林清野面不改色，"正好明天国庆假就结束了，民政局也上班了。"

许知喃总觉得哪里不太对劲，一时没说话。

林清野捏着她下巴靠近，方才求婚时的紧张卸去，他又懒散轻慢下来，垂眸看她时眼尾噙着点微妙的笑意，像是不怀好意，又像是刻意的蛊惑。

他故意将声音压得磁沉，弯弯绕绕进了人心："想跟我结婚吗？"

路灯、月光和前方车辆的灯光洒进车厢内，映照得林清野眉眼间更加好看。

许知喃成功被蛊惑，呆呆地点头："想。"

"行，那听你的，我们明天就去领证。"

到底哪里不太对劲，许知喃已经不想再去琢磨了。

回到家，许知喃的很多朋友也都看到了网上的求婚视频，纷纷给她发来了道贺信息，她一一回复。

第二天一早，两人便出发去民政局。

也许是前面隔了个国庆长假，今天民政局人特别多。

林清野和许知喃进去时虽然戴了口罩帽子，但几乎是一脚踏进民政局大门便被人认出来了。

其中一个女生就坐在许知喃旁边，笑道："你们速度也太快了吧，昨天晚上我还跟我老公一块儿看到酒吧里的那个求婚视频呢，怎么第二天就直接来领证了？"

林清野去问之后的流程了，座位这儿只有许知喃一人，她呆呆地问："不是求完婚就要领证的吗？"

"啊？"那女生愣了愣，"是要领证没错啦，不过我们好像都是要先订婚，订婚之后才会挑个好日子领证的。"

许知喃一愣。

女生又说："不过今天这日子超级好的，所以领证的人多，而且今天办婚礼的人也超级多。"

这倒是。

刚才过来民政局的路上，许知喃就看到两班婚礼车队。

两人又聊了会儿，林清野便回来了。

男人穿了件拍证件照很常见的白衬衫，下面则是西裤，他很少穿正装，一穿起来气质便都变了。

尤其还将身材比例拉得极好。

一路走过来，周围好多人都举着手机拍照，纷纷给他让开一条道。

林清野手里拿着一张流程小册子。

好在之前录完《刺青说》之后，许知喃对于这些镜头也不像从前那般排斥了。

“热吗？”林清野问。

“有点儿。”

林清野便拿流程册子给她扇风，一副旁若无人的样子。

其实许知喃不太会出汗，反倒是林清野额头都已经出了层汗了。

“你给自己扇风吧。”

“没事。”

许知喃拿出手机看了眼微博，已经可以看到很多人发了他们俩在民政局的照片，底下评论无一例外都说两人速度也太快了。

前一晚求婚，今天一早就来领证了。

许知喃扯了扯林清野的袖子，把人拉近了些，将手机里大家的评论给他看。

林清野扬眉，似乎没觉得哪儿不对劲：“嗯？”

许知喃道：“你骗人，人家都没有求婚第二天就去领证的。”

林清野轻笑一声，手指轻轻拨动着她无名指上的戒指：“怎么，都已经被我骗到这儿来了，还想走啊。”

等轮到两人，流程都很快，直到闪光灯按下，拍下了那一张合照。

刚拿着两个红本从民政局出来，许知喃的手机便响了。

她全程晕乎乎，只觉得从昨晚开始一切都太快了。

直到看到了手机屏幕上的两个字——妈妈。

醒了。

她竟然已经领好了证都还没跟妈妈说一声。

昨天网上求婚的视频很晚才出来，许母那会儿早就已经睡了。

许知喃不知道现在她打来电话是因为看到了求婚的视频还是因为领证的传言。

许知喃走到另一边接起电话：“妈妈。”

许母问：“阿喃，我怎么看到网上说你和清野现在在民政局啊？”

“啊……”许知喃一时半会儿不知道该怎么解释，“对，我们刚刚领完证了。”

许母那边好一会儿没说话。

“就挺突然的，我都忘记跟你讲了，刚刚才领完呢。”许知喃怕惹妈妈不高兴，又说，“我待会儿就和清野哥一块儿回家看您。”

“行啊。”许母这回倒是马上回应了。

挂了电话，许知喃回头看，没找到林清野。

再一回头，便看到他蹲在台阶上，嘴里咬着一支未点燃的烟，手上拿着那本小红本，垂眸看着上面的照片，笑得很温柔。

许知喃走过去：“清野哥。”

“嗯？”

她也看向他手里小红本上的照片：“我们是不是速度太快了点儿？”

他低笑：“快什么，花了十多年的时间才终于骗到了这张证。”

那张照片拍得很好看，两人都很上相，就连里面工作的阿姨刚才都一个劲儿地夸两人长得好看。

许知喃弯腰将林清野咬着的烟拿走：“你怎么又开始抽烟了。”

“这不都没点吗，就闻个味儿。”林清野笑了笑，眼睛还盯在那小红本上。

许知喃又从他兜里拿出烟盒，将那支烟重新塞回去：“你不是早就已经没瘾了吗，以后也不要再抽了。”

“是没瘾，这不终于娶到了喜欢十年的女神，来支烟压压惊。”

许知喃又被他几句话蛊惑得差点儿忘了正事：“对了，刚才我妈妈打电话过来了，我之前忘记跟她讲领证的事儿了，一会儿我们回去一趟吧。”

林清野的视线这才从那张照片上移开。

他蹲在台阶上，缓缓仰起头来看向她。

很显然，林清野一心只想着快点骗许知喃来领证，忘了这些人情的事。

两人对视片刻。

许知喃问：“你和你爸爸说了吗？”

他喉结上下滑动：“没。”

许知喃觉得他们两人这证领得实在是太莽撞了。

“那我们先去哪儿？”

“先去你妈妈那儿吧。”

对于领证这样的事，没有提前跟人家妈妈说一声的确是做得不恰当。

两人上了车。

周围有许多人正对着他们拍照，许知喃刚打算将车窗关起来，忽然在马路对面瞥见了一个算不得熟悉的身影——傅雪茗。

许知喃已经好久没有看到她了。

上一次见到还是两人一块儿去看时衡的时候。

她指尖一顿，偏头看了眼林清野，他明显也看到了傅雪茗，但又很快移开了视线。

许知喃重新关上车窗，问：“需要去打声招呼吗？”

“嗯？”

许知喃看着他没说话。

林清野勾唇，很无所谓：“之前不是你说的让我别再见她了吗？”

“不是，我那时候太生气了，这件事本来就要看你自己。”

傅雪茗旁边还站着个比她年长些的女人，是傅家的长辈，看到这边挤着好些人，手指指了指，傅雪茗跟着看过来。

车窗做了处理，外面是看不到里面的。

但许知喃不确定傅雪茗能不能认出来这是林清野的车，但看她从前是怎么对待林清野的，也许认不出也说不定。

林清野道：“算了，不见也挺好的，现在这样的生活我已经够知足了。”

人不能贪心太多。

也不用偏要得到从小就不喜欢他的人的爱。

林清野开车驶出那一段拥挤的道路，一路疾驰向许母家。

“来啦。”

他们到时许母已经等在门口了，正跟邻居聊天，邻居打趣道：“你可真是好福气，这么好的女儿女婿。”

许母笑着让两人进屋。

刚才顺路买了些水果，林清野递过去，又习惯性地唤了声“阿姨”。

许母笑着，佯装愠怒道：“你这一通下来都不知会我一声，骗走了我家阿喃，现在怎么还叫阿姨。”

林清野一愣，笑着又唤了声：“妈。”

他太久没有说过这个称呼了，似乎自从时衡去世后他就再没有当着傅雪茗的面叫过她一声妈，如今这骤然改口还觉得很不习惯。

就连许知喃听着都觉得不习惯，她偏头看了林清野一眼。

他脸上倒是看不出来丝毫。

“哎。”许母兴高采烈地应，“那我还不算亏，白捡了个儿子。”

到家正好是中饭时间，三人入座。

到底是他没跟许母说一声就哄着许知喃领了这张证，饭桌上他便还是认真跟许母交代了自己未来的打算，以及后续的婚礼准备。

许母向来不看重这些排场，也知道自己这女儿其实性格很倔，除了林清野也根本不会嫁给别人，两人领证是迟早的事儿，只要未来两人能幸福安康地过下去就好。

“婚礼你们自己看着办就好，毕竟你现在身份特殊，要是大办的话我也担心会不会落人口舌。”许母说。

林清野勾唇：“这个无所谓，就一次的婚礼，阿喃喜欢怎样的都可以。”

吃完饭后，林清野便跟着许母一块儿进厨房洗碗，两人还都不让许知喃进去，也不知在讨论些什么。

许知喃百无聊赖，坐在沙发上拿出手机玩。

好多朋友在昨晚刚刚发来求婚成功道贺后，这会儿又纷纷发来了新婚快乐。

许知喃回复完，点开微博，关于两人领证的消息已经在热搜第一了。

托林清野的福，如今她也时常会上热搜了。

热门微博里有路人拍的照片，也有粉丝们录的视频，甚至还包括了两人领完证出来，林清野蹲在台阶上看着小红本笑的那一段。

【哈哈哈哈哈哈哈哈哈婚后的林清野也太憨了吧！！！】

【屏幕前的我看着帅哥犯花痴，而帅哥却拿着结婚证犯花痴，许知喃是什么人生赢家！！！】

【这俩真的是神速啊。】

【林清野真的是绝世好男人吧！巅峰状态公布恋情，27 岁就结婚，娱乐圈流量第一人了吧！！】

【呜呜呜呜呜呜今天的林清野真的看起来好高兴啊！】

【我好想看结婚证上的那张照片啊！！！哥哥什么时候发！！！】

林清野一时半会儿还真没空发微博，冲动领证的后果便是在许母这儿吃完饭后又马不停蹄地赶去林冠承那儿。

林冠承也已经知道了这件事，还跟林清野打过一通电话。

这是许知喃第一次去林家，而林清野也已经许久没回去了。

车驶入一条林荫道，随即眼前便出现一幢别墅，铁门拉开，周围是被打理得干净整洁的花园。

许知喃空咽了下，去拉林清野的手：“不行，我有点儿紧张。”

“紧张什么。”

“我第一次来你家啊。”

“是我拐的你，你紧张什么，要紧张也该是我爸紧张能不能让你满意。”

林冠承的确是有些紧张，儿子结婚的消息竟然还是有人看到网上的消息向他祝贺时才知道的。

他没想到是林清野的的确确忘记了，只觉得从前父子关系闹得僵，过后再说也能够理解。

这次算是正式的见面，林冠承比许知喃还紧张，一早就让用人准备好晚餐。

林清野和许知喃到的时候，林冠承也才刚从公司回来不久，身上西服都还没脱。

全程林冠承简直可以称为和蔼可亲，一点都看不出来是岷升集团董事长这样的狠角色。

“你们之后的婚礼有什么需要都尽管跟我提。”林冠承说，“清野他太随自己的性子，也不懂什么嫁娶的习俗。”

听到“习俗”两个字，许知喃便想起昨天晚上这人诓自己求婚后就马上要去领证的习俗。

许知喃瞥了林清野一眼，后者懒洋洋地坐在椅子上，毫无悔改之色。

林冠承继续道：“之后该有的什么聘礼还是要有的，总不能亏待了人家女孩子，这个后续我都会准备好，也要和阿喃的妈妈见个面，该有的都应该要有的。”

林冠承跟着林清野叫的“阿喃”，一下子拉近了两人之间的距离。

但想想也知道，林冠承准备的聘礼肯定是个让人咋舌的数字。

“不用这么麻烦啦。”许知喃顿了顿，刚要脱口而出的“叔叔”哽在喉间，音量一下子降下去，“爸爸……反正我们也都已经领好证了。”

她从小就习惯了叫叠字的“爸爸”，而不是单字“爸”。

声音又软，这会儿还因为拘谨和害羞说得有些小心翼翼的。

还真有点儿贴心小棉袄的意思。

林清野很不给面子，单手支着脑袋轻笑一声。

两人互相之间都太熟悉了，许知喃一下便知他在笑什么，立马在他手臂上打了一下。

“啪”的一声脆响，打完了才反应过来人家爸爸就在旁边，又迅速想收回手，被林清野捉回去了。

林清野捏着她手，像是拿着证据指控：“爸，看见没？”

许知喃无语。

这人……居然还告状！

他都多大了！

林冠承也被林清野这话弄得一愣，这种孩子气的告状他从来没在林清野身上见过。

尽管像一般家里有两个孩子的家庭，互相告状肯定是很常见的，但林清野从来没有过，今天是第一次。

明明是很简单的一句话，四个字而已，林冠承却忽然眼皮一烫，差点就当着两个小辈的面垂泪。

他用力搓了把脸，玩笑道："小姑娘这才多大力气，你倒还敢告状了。"

两人在林家主宅待了片刻便离开了。

重新上车，一路开回到丽嘉大厦。

电梯门打开，这个她和林清野已经生活了大半年的地方便再次展现在她眼前，没有整理得非常干净，却很有生活的烟火气。

今天发生了太多事，从早上去民政局，到中午回许母那儿，再到晚上见了林父，到这一刻神经才重新放松下来。

许知喃松了口气："这样看的话，好像领完证后也跟从前没什么区别，就是多了那个小红本儿而已。"

"你想有什么区别？"

许知喃摇了摇头："现在这样就很好。"

林清野轻笑一声："阿喃，我以前没想过自己有一天会结婚，我其实也不知道结婚以后的生活应该是怎么样的，但只要是和你，就算是从前我们还一起住在出租屋时候的生活，我也觉得永远都过不厌。"

许知喃弯起眼："我也是。"

"那——"他拖着点音，"新婚之夜，想怎么过？"

他问得很不怀好意，许知喃却想了想，颇为认真道："那你给我一个人唱首歌吧。"

他挑眉："现在？"

"嗯。"

他答应得很快："行。"

家里就有一个专门的房间放乐器，还搭了一个简易圆弧形的台子。

林清野坐在架子鼓前，手腕一抬一落，热身敲出一串旋律："想听什么？"

"《喃喃》。"

这些歌的曲谱林清野早就已经烂熟心底，许知喃坐在圆台前，看着他一边敲架子鼓一边唱歌。

嗓音缱绻又缠绵。

这首歌她已经听过无数次了，但依旧每次听都感触万千。

林清野只要一唱歌便光芒万丈，哪怕今天台下只有许知喃一个观众。

落下最后一个音，许知喃使劲鼓掌。

林清野朝她招了招手："来。"

她走到架子鼓旁，林清野依旧坐着，她站着，俯视和仰视的姿态，林清野笑着说："新婚快乐，喃喃。"

她也跟着笑："新婚快乐，清野哥。"

"新婚之夜你想听我唱歌，我现在唱完了，是不是该轮到我了？"

"你想要什么？"

林清野后背靠在椅背上，视线从她脸上缓缓下移，即便是坐着也依旧一副睥睨众生的模样，下颌微抬，而后伸出手，指尖捏着鼓棒。

细长又冰凉的鼓棒缓缓挑起她裙摆，他轻笑："你说我想要什么？"

刚才还被他攥在手里敲打的鼓棒现在却挑起她裙摆，她的心重重跳了一下，压住自己裙摆。

林清野不理，修长的食指压着棒柄继续往上。

许知喃只好又去抓鼓棒，轻蹙眉："林清野。"

不是"清野哥"了。

林清野笑了笑，依旧好整以暇的慵懒模样，要是只看脸根本猜不出来他这会儿在干什么。

"行吗？"

许知喃没说行也没说不行。

林清野手上用力，将人直接拽进了自己怀里，动作倒没再像之前那样轻佻无度，而是仰着头碰了碰她鼻子，唇瓣厮磨。

"阿喃。"他的声音也跟着哑下去。

许知喃的声音也细颤："嗯？"

他手环过她腰间，起初还只是搂着，到后来便用了些力揉，又痛又痒的。

林清野深吸了口气："感觉还真是跟以前不一样了。"

"什么不一样？"

他笑道："现在终于是我的了。"

许知喃黑睫颤得一塌糊涂，轻声道："一直都是你的。"

心悦诚服。

林清野又笑了声，嘴唇的热度顺着脖颈下移，呼吸间灼热的气息也都打在许知喃身上。

许知喃刚要往后退就碰到架子鼓，铿铿锵锵一阵响。

林清野低哑的声音响起："现在是老婆了？"

许知喃一顿，不再动了。

林清野第一次这么正儿八经地说这个称呼，似乎也觉得有趣，回味一番，又寻着她嘴唇碰了碰，又亲了亲。

他笑着，语气莫名地有些乖：“有老婆了。”

莫名其妙的，许知喃被他这一句弄得心软得一塌糊涂，便顺着他意来。

顺着林清野的意的后果便是，进行了一场没羞没躁的乐器室别样演奏会。

许知喃觉得自己以后再也不想进这间房了。

在第一次林清野带许知喃来这套公寓，就让许知喃对客厅的落地窗产生阴影后，又使她在新婚之夜对乐器室有了阴影。

她精疲力竭，最后是被林清野抱着离开乐器室的。

简单洗漱完，林清野给她套上浴袍，松松垮垮地系上腰带，后肩却露了一片，还能看到上面那一簇洁白的刺槐花。

林清野垂了垂眼，指尖轻抚上去。

许知喃这会儿被触碰敏感得很，困得眼睛都睁不开还下意识地躲。

小姑娘眼角绯红，看上去可怜巴巴，林清野安抚似的摸了摸她头发，将她的浴袍重新扯好，抱回卧室床上。

许知喃迷迷糊糊中想，林清野似乎总是这样，吃定了她，知道怎样她才会被他蛊惑而纵容他。

骗她求婚后第二天就要去领证时是这样，刚才那一声“老婆”也是。

简直是吃准了她而胡作非为。

太坏了。

这些念头只在脑海中盘踞片刻，许知喃便睡着了。

林清野重新洗了个澡出来，只穿了条睡裤，上身赤着，露出背后的大片文身图案，头发也是湿的，顺着后颈淌到了背上。

他的头发长长了不少，许知喃已经睡了没法用吹风机，便拿毛巾擦到半干，又走到窗边吹风。

十月的晚风宜人，凉爽和煦。

林清野看向床上的许知喃，视线又落在不远处上放着的那两个小红本上，林清野重新拿起，打开，视线渐渐柔和下去。

这一生纵使再怎么坎坷，到这一刻他也觉得一切都是值得的。

当晚，接近零点，林清野又发了一条微博。

正是网上大家都已经千呼万唤一整天的结婚照。

【林清野：毕生所愿。】

底下便是结婚证上的那张照片。

【啊啊啊啊啊啊啊啊啊啊啊啊啊！！！】

【这是什么神颜CP！！！】

【我已经迫不及待想看这两人的孩子了，这基因生出来得多好看啊！！！】

【这真的是人间会有的颜值吗？？？】

【平川大学或成最大赢家，直接把这两人的照片往招生网站上一挂就有数不清的人报考。】

【呜呜呜呜呜呜呜哥哥要一辈子幸福啊！！！】

【真的是毕生所愿，憧憬了多少年的女孩子啊。】

两人的这张结婚照在网上流传甚广，甚至于林清野这“毕生所愿”的公布文案都火了一段时间，很长一段时间里许多人公布婚讯都会配上这四个字。

领完证，后续一些关于嫁娶的习俗都是由林父和许母准备的，两个亲家见了几面。

林冠承准备的聘礼更是一个让人咋舌的大数目，光是送给许知喃用作婚礼准备的首饰都是个个昂贵不菲。

后来也不知被哪个小道消息知道后报道出去，大家才第一次正视林清野还是个富家子的身份。

今年年初金曲奖颁奖典礼上大家便得知了林清野是林冠承的儿子，也就是岷升集团小太子的消息，但这名号在他身上就是个没用的标签，也从没其他机会展示，直到这一次。

【我本来只是酸许知喃可以嫁给林清野，然后又酸可以嫁入超级豪门，最后发现更应该酸的是林家父子俩都好喜欢许知喃！！！】

【啊啊啊啊啊啊我真的羡慕，这些首饰也太漂亮了吧！！！】

【呜呜呜，神仙爱情！】

后续婚礼的筹备以及婚纱拍摄都是两人一块儿准备的。

许知喃从小在父母的陪伴和爱中长大，小时候睡觉前许元汶还会给她讲各种童话故事，自然对婚礼有自己的憧憬和幻想。

但又考虑到林清野不是那种喜欢折腾来折腾去被众人围观的性格，许知喃只想着简简单单的也挺好的，过个流程，反正日子是两个人过的。

却没想到在这一过程中拥有少女心的是林清野。

他们没去一般影楼拍婚纱照，林清野拍杂志拍新歌封面也认识不少独立摄影师，便自己请了摄影师来拍。

许知喃原本想拍一套就好了，却被林清野拉着直接拍了三套。

结束后，那摄影师还站在电脑前边挑片边打趣道：“多亏你了，我以前给林清野拍照可没那么爽快过。”

许知喃把衣服换回来：“他怎么了？”

“冷着脸呗，虽然他的照片一般都这个风格，可他那是镜头外镜头里都冷，害我每次给他拍照都得加衣服。”

许知喃过去看照片，摄影师把刚才拍的一张张放出来，止不住说：“不过啊，你们俩这婚纱照出片率是真的高，比我之前给专业模特拍还省心，更重要的是都不用怎么修，林清野这钱赚得太省事儿了。”

摄影师又道：“你们打算挑几张婚纱照？”

“这些可以都洗出来吗？”许知喃问。

“全部？”

“嗯，感觉都挺好看的，然后一会儿我们再挑几张做相框的吧。”

“行。”摄影师答应得很干脆，“我那儿就有机子，一会儿就直接给你洗出来。”

他们一共拍了百来张婚纱照，摄影师全洗出来装袋子里给了许知喃，特别厚的一沓。

拍完婚纱照回家，许知喃从卧室抽屉里翻出一本相册。

之前，她就答应过林清野以后要跟他一块儿拍很多照片，塞满相册。

但自从之前元旦跨年时两人拿拍立得拍了一张后，后面也没记着总是拍，这回倒是一下可以加好多张。

许知喃将那百来张婚纱照一张张放进去，很快便放满了那一整本相册，她便兴高采烈地拿着相册去给林清野展示。

林清野翻看过来，噙着笑意淡声道：“这还是我的第一本相册。”

许知喃一顿·“以后还会有很多的。”

他勾唇：“嗯。”

“以后不止有这种，我们还会有一家三口的照片。”

林清野视线微怔，喉结上下利落滑动了下，在许知喃的话中他看到了未来的生活，一个他从来没去想象过的截然不同的生活。

他抓着许知喃的手指，攥在手里轻轻把玩，而后倾身靠近。

许知喃原以为这人又要青天白日的不做人，但林清野只是吻在她嘴唇上，动作轻柔又克制，含着她唇瓣厮磨，就连呼吸都放得异常小心，过了好一会儿才低低说了个“好”。

后续的婚礼筹备虽是两人一起准备的，但其实还是林清野花的心思比较多。

为了这个婚礼，林清野把自己那些工作安排都推后，除了几个之前就确定下来的节目没法拒绝外其余时间都在准备婚礼。

而自从恋情公开，许知喃店里的生意就好了不少，经常有大活预约，一忙就是大半天过去。

到年底，终于迎来林清野和许知喃的婚礼。

这场婚礼来宾大概是最混搭的一组，林清野这儿邀请的除了一些亲戚外便多是娱乐圈的朋友。

从他复出算起到现在，出道也已经有一年多了，在这期间认识了不少圈内人，如今娱乐圈中正盛的沈琳琳、陈喋一行人都来了。

而许知喃这儿却是请了不少刺青师好友，也有几个后来关系交好成了朋友的顾客，个个身上都有各式各样不同的文身。

一群人浩浩荡荡出现便很是吸睛。

许知喃已经好久没有这样子细致地化妆了，她皮肤底子好，本身不适合太过浓艳的妆，稍微化一化就很好看。

换上婚纱，大长摆。

赵茜和姜月等在外面，如今姜月还在读博士，但已经交了男朋友，而赵茜速度最快，前两个月已经生下了个小公主。

见许知喃出来，两人瞧得眼都直了。

“太好看了吧阿喃！林清野看过你穿婚纱没？一会儿肯定得看呆了！”

“之前拍婚纱照的时候就看到啦，不过那时候穿的不是这件，但也差不多，没那么夸张啦。”

婚纱后背做了镂空处理，还能隐隐约约看到许知喃后背上的那处刺青。

许知喃从架子上找到从前自己买的那瓶带槐花香的香水，一直都没喷过，今天还是第一次。

赵茜很快也闻出来气味：“你之前不是不能闻这个味儿的吗？”

“早就好啦。”许知喃笑了笑，“本来就是因为那件事产生的阴影，现在不觉得害怕了就不会难受了。”

赵茜也感慨了句“真好”。

三人正聊着，化妆室门被推开，顾从望走进来，如今他也算是许知喃的娘家人了。

自从他一年多前去国外分公司学习后，许知喃就没再见过他，当初离开时他向许知喃表明过心意，但后来倒也并不会觉得尴尬。

他去国外后也交了女朋友，许知喃从他朋友圈还看到过那女生的照片。

“你来了啊。”许知喃欣喜道。

顾从望笑着：“可不得赶过来，我可是赶着红眼航班过来的。”

“你女朋友有来吗？”

“没，她还有工作。”顾从望玩笑道，“再说了，怕她知道我以前那点儿心思，回去又得跟我闹。”

听他的意思，也是已经完全放下，可以当作玩笑话提起了。

到吉时，许知喃提着婚纱入场。

灯光柔和梦幻，整个婚礼会场布置得异常浪漫，比她从前通过童话故事幻想出来的都要漂亮得多。

台下众人面带微笑注视着。

而这红毯的尽头则是林清野。

许知喃戴着头纱，目光坚定地看向尽头那个一身西服的男人。

原本这条十几米的红毯应该是由她的父亲牵着她的手领她过去，但现如今只能由她独自走向他。

林清野在看到许知喃的瞬间有片刻愣神。

比那天拍婚纱照时看到穿婚纱的她更为震撼。

灯光笼罩下，她眼眸清澈，一身洁白，比月光还要干净。

有那么一瞬间，林清野仿佛回到了初次见到许知喃的那个雪夜，当时他便觉得两人之间像是落下一道分界线，他这边漆黑肮脏又混乱，而她那儿干净澄澈。

但此刻她是笑着的，温柔又惊艳。

林清野也跟着笑起来，看着她提着裙摆一步一步朝他缓缓走来。

那道分界线被彻底粉碎。

许知喃的光带到了他身上。

林清野的嘴角弧度加大，忍不住也抬脚朝她走去。

原本，这条路该是由许元汶牵着许知喃的手，将自己女儿的手交到林清野手里。

而现在，两人一起走向彼此。

许知喃被现场的气氛感染，眼眶湿润。

是林清野让她终于摆脱了那个许元汶去世时的火场噩梦，而现在他也依旧不会让她独自走过这一段路。

他们之间不会有一个人站在原地等待，永远是用尽自己的一切奔向对方。

许知喃是这样。

林清野也是这样。

只是两人走向彼此的这条路上荆棘丛生。

许知喃从前没有想过会和林清野有这一刻，林清野也从未想过。

但直到这刻，所有美梦和幻想终于成真。

# 第九章

/

带娃综艺

典礼过后，许知喃换回一件简单的礼服裙。

她酒量不好，也不喜那些婚礼上的劝酒文化，于是索性便去除了这一部分，林清野对婚礼的整个安排都是由着许知喃舒服来的。

虽然许知喃逃过了酒，林清野却逃不过，一过去就被人拉着喝酒，几杯下肚，人也就显得懒散起来。

晚宴到尾声，林清野喝得已经有些过量了。

沈琳琳招呼一群人过来拍照。

许知喃和林清野自然是坐在最中央。

女人穿着一件修身的白色蕾丝晚礼服，勾勒得身材玲珑有致，皮肤白皙又带着光泽，十分出众。

而身侧坐着的男人虽然还穿着一身挺括的西装，但早就被他捻开两颗衬衫扣子，一手揽着许知喃的肩，身子倾靠过去，懒洋洋地倚在她身上，垂眸耷眉间都是些清冷的痞坏风流。

一张照片拍得像是画。

而两人周围站着的也都是娱乐圈的朋友和刺槐乐队三人。

沈琳琳简单修了个图，将这张照片发上了自己微博，迅速引起粉丝们的尖叫。

【啊啊啊啊啊啊啊啊！！！这是什么神图！这样的美貌是真实存在的吗！！！】

【啊啊啊啊啊啊啊哥哥和阿喃要幸福一辈子啊！】

【单独看到这两人都会觉得到底什么样的人才能配得上，但看到两人坐在一

块儿又觉得“啊，绝配”。】

【阿喃坐在这一群明星里头真的毫不逊色，而且气质还超级独特！】

【哈哈哈哈哈看到了后面的喋妹，林清野也结婚了，我的闻喋是不是也快了。】

【哥哥这张照片是什么“斯文败类花心大少爷但又独钟情于你”的既视感！！】

晚宴结束，送走宾客后两人便回家了。

明天还有度蜜月的行程，婚礼前都太忙了，这会儿才想起来竟然连行李都还没整理好。

好在刚才那一通热热闹闹的婚宴结束，也不觉得困了。

许知喃将行李箱拖出来，打开。

接近年末，天儿也跟着冷下来，蜜月地的冬天还是湿冷的气候。

冬天的衣服厚重肥大，刚装几件便快要装满了。

林清野又给她拿了一个行李箱出来，将其他衣服帮忙整理进去。

许知喃坐在地上，抬眸看了他一眼：“你喝醉了吗？”

“还好。”

“看着嘴唇有点儿红。”

他笑了声：“喝醉了不都是脸红的吗？”

林清野倒还没喝到醉的程度，只是刚刚过量，人也泛起懒罢了。

脸也的确没红，他喝酒本就不容易上脸，但这会儿唇色泛红，湿润的，看着竟然有种莫名的勾人。

许知喃忍不住又瞧了他一眼：“你去洗个脸吧。”

林清野顺从地起身进了浴室，许知喃将两个行李箱扣上，竖起来放到一边。

屋里暖气打得很热，整完行李她都出了层薄汗，许知喃打开窗，托着腮在窗边坐下来。

浴室门被推开，许知喃寻声回头。

愣住。

林清野洗过脸，没怎么擦干，额角的碎发都湿了，水珠顺着脸颊滚落，经过挺翘的鼻梁和偏薄的嘴唇。

更重要的是，脸上还架了副金丝边眼镜。

他读书时候没有近视，是刚出狱那段时间频繁用眼熬夜写词才近视的。

不过近视度数很低，几乎可以忽略，只偶尔晚上累的时候需要写东西才会戴一下。

许知喃也已经好久没有看到他戴眼镜了。

更是第一次看他穿着西装戴眼镜。

许知喃慢吞吞地眨了眨眼，问："你怎么突然戴眼镜了？"

林清野站到她面前，她后背抵着窗台被他拢进怀里，带着寒意的晚风吹进屋，却吹不尽屋内的旖旎气氛。

他没说话，许知喃想起网上看到过的粉丝形容他的词，笑了声。

"笑什么？"

"你有没有看到你粉丝说你像斯文败类？"

林清野挑了挑眉，不置可否："是吗？"

许知喃抬手要去摘他眼镜，却被他半路截住了手，许知喃愣了下，这才想起林清野都还没回答她刚才那个为什么戴眼镜的问题。

"你眼睛没有不舒服吧？"她问。

"没。"

"那是为什……"

话没说完，林清野就捏着她手往下，放到齿间轻磨了下，牙齿带来细微的痛觉，又被唇舌拂去。

他这动作做得明目张胆又慢条斯理。

配上如今这西装和眼镜简直就是一个大写的"斯文败类"，而后他才慢悠悠道："为了色诱我们阿喃。"

许知喃被他这流氓行径吓了一跳，触电般迅速收回手，林清野也没抓着她不放，成功收回。

林清野看着她轻笑了声，俯身，灼热的、带着酒气的吻顺着脖颈一路往下。

一通撩拨之后，林清野才问："斯文败类是这个意思？"

他还刻意将声音压得很低，暧昧又温柔，却又显出些不怀好意的撩拨，声音绕进许知喃耳朵里，让她整个脑袋都像是被一通搅和成了糨糊。

林清野又亲了亲她指尖，在她耳边低声道："那再给你看点儿别人都看不到的。"

第二天一早，两人便出发去度蜜月。

说是蜜月但其实时间也不长，后续林清野还有活动，而许知喃也不能离开店里太久。

但这是两人第一次出去旅游。

按林清野的时间线，他已经认识许知喃十年，而按许知喃的时间线，她也已经认识林清野八年，但真正好好谈恋爱却只有最近这一年半，也从来没机会旅游。

两人下飞机到 M 市。

一出机场映入眼帘的便是茫茫大雪，在堰城时几乎都没有看到过这么大的雪。

“把围巾戴好。”许知喃从包里拿出一条灰白两色的围巾。

林清野垂眸看她。

小姑娘刚下飞机就已经将自己包裹得严严实实，围巾帽子一个不落，穿着件奶白色的面包服，加上脸上还有点儿肉，看上去竟显得肥嘟嘟的。

林清野没伸手接，而是朝她弯下腰，手臂撑在膝盖上。

许知喃给他围好，绕了两圈。

虽然林清野戴了口罩，但一路上也碰上不少人认出两人，不过婚礼的消息在网上很轰动，大家也都知道他们今天是来蜜月旅行的，并未太过打扰，只是打个招呼。

抵达后，两人先去酒店放行李。

第一天没怎么玩，先是在酒店睡了个回笼觉，醒来时已经是下午，两人一块儿准备了下旅行攻略。

为了防止被太多人围观，他们选定的 M 市不是个特别出名的旅游城市，虽雪景壮观，但人并不多。

景点也以各种雪景为主，不如堰城繁华，也没什么购物点。

许知喃趴在床上，难得懒懒散散没有规矩，在床上写旅游攻略，偏头问：“我看到推荐最多的就是雪山了，而且天气预报说今晚会下雨，明天如果起雾的话风景会更漂亮，我们明天去？”

“不怕累？”

“不啊。”她看着心情特别好，说话时尾音都是上翘的。

林清野笑了声：“那去。”

因为第二天要爬雪山的缘故，前一天晚上林清野总算是没再折腾许知喃，终于是睡了一个好觉，恢复了从前独居时的良好作息，天一亮许知喃便醒了。

对于能和林清野一块儿出来旅游这件事，她兴奋极了，醒了以后就再睡不着了。

在床上翻来覆去一会儿，林清野皱着眉手臂往她腰间一揽，嗓音喑哑：“做什么。”

许知喃不动了，也没说话。

林清野脖颈一低，埋在她后颈，在她肩膀处轻咬了口：“怎么这么早醒了？”

“昨晚睡得早。”

他不知想到些什么，低低笑了声：“这么早醒没用，以后还是得让你睡得晚点儿。”

“……”

被这么一闹，倒也不再觉得困了，两人洗漱完便直接出发去雪山，冬天天亮得晚，这会儿还雾蒙蒙的，山脚下人却已经挺多了。

也多亏这雾天，林清野帽檐压得低，一时半会儿还没人认出他来。

原本还担心许知喃爬山会累，到了后才发现可以直接坐缆车，真正需要自己爬山的部分不多。

林清野买了两张票，跟许知喃一块儿坐缆车到车顶。

到中途从缆车上望下去很漂亮，雪线暴露在视线中，雪线之上白雪皑皑寸草不生，雪线之下却还能见到绿色松柏。

许知喃拿出相机全程都在拍照，又和林清野一块儿拍了张合照。

刚下缆车两人便被一个女生给认出来了，女生的尖叫引来不少人，最后跟着大家拍了合照才终于被放行。

不过既然都被发现了，林清野也就不再戴口罩了，倒也自在不少。

他们跟着人群一边拍照一边往前走，最后停在一个铁链桥前。

许知喃想起之前看到的攻略，介绍道："这个就是雪山上一个挺有名的景点，好像叫情人桥，可以买锁写上名字扣在上面的铁链上。"

很俗气的一个寓意。

好多旅游景点都有个这种情人桥、情人锁之类。

不过这种玩意儿本就是虽然土，但心爱的人在旁边也会觉得乐在其中的，这会儿桥上就有许多人在扣锁。

林清野往周围看了一圈："那儿有卖锁的。"

两人买了把白色的锁，掌心大小，又买了支马克笔各自写下自己的名字。

林清野 & 许知喃

林清野过去将锁挂在那沉甸甸的铁链桥上，又拿出手机拍了张照。

走回到平地再回头看，他们的那个锁早已经湮灭在其中，找不到了。

林清野看着手机里的照片，轻笑一声。

"笑什么？"许知喃问。

他依旧看着那照片："以前总觉得那些会在这种地方挂锁的人傻，没想到现在自己也愿意挂了。"

许知喃笑了笑："不好吗？"

“挺好。”他牵住她的手，“以后我们都锁在一起了。”

再回到酒店已经是晚上。

两人随便在酒店楼下的小摊上吃了碗面，葱花香油，倒还有点儿岁月静好的意思。

刚到酒店，赵茜就给许知喃打来电话。

赵茜那儿似乎还有其他朋友在，闹哄哄的，调侃道：“怎么样，没打扰到你俩的蜜月之旅吧？”

“没，刚回来呢。”

“我是说没打扰到林清野干正事儿吧？”

许知喃蹬掉鞋子：“你怎么脑子里都是这些，他刚刚去洗澡了。”

赵茜故意逗她，拖着长音：“哦——洗、澡、啊。”

赵茜给她打电话也没什么其他事，只不过今天跟姜月一块儿在吃饭，闲着无聊便给她也通了个电话。

许知喃边聊边整行李，肩膀夹着手机，一不小心打翻了那瓶尾调是槐花香的香水。

很快，浓郁的香味在房间里蔓延开来。

许知喃手忙脚乱地收拾干净，又去开窗通风，香味吹散开后比方才好闻许多，她正想再好好闻闻，忽然从喉间涌上一阵恶心感。

许知喃蹙起细眉，干呕了下。

赵茜听到声音：“怎么了阿喃？”

许知喃暂时没工夫回答她。

赵茜好歹是已经怀胎十月，当初孕期反应严重还晕倒过，很快就反应过来许知喃刚才那干呕的声音和她那时候很像，一时没说话。

“没事，我把香水打翻了，突然有点儿恶心而已。”许知喃方才恶心得厉害，这会儿再开口说话气息都虚了，去客厅外倒了杯水。

赵茜犹豫片刻：“阿喃……”

“嗯？”

“你跟林清野最近有做避孕措施吗？”

两人十月领证，十二月结婚，期间两个月林清野简直跟成天都有用不完的精力似的，有时在自以为的安全期便没太管避孕这事儿。

听她不说话，赵茜也隐约猜到了：“我要当干妈了？”

挂了和赵茜的电话后，许知喃一个人在床沿坐了许久，仔细回忆了一番这些日子以来林清野做的各种臭不要脸的事儿。

最后得出结论，可能还真是被赵茜说准了。

许知喃坐在床边，抬手轻轻抚上自己的肚子，还是平坦的，根本想象不出这里面现在也许已经有了个小生命。

她一个人坐着想事，浴室里水声停了，没一会儿林清野便套着件睡袍出来。

“什么味道？”

“我刚才不小心把香水打翻了，估计一时半会儿散不了，你不习惯这个味道的话要不我们去客卧睡？”

“不用，通会儿风，也挺好闻的。”林清野闻出来这是最近许知喃偶尔会喷的那瓶带槐花香的香水。

“刚才在打电话？”他问。

“嗯，赵茜打来的。”

林清野听完也没怎么在意，拿毛巾随便擦了擦头发，便走到许知喃身前，弯下身亲了亲她，声音低下去：“去洗澡吗？”

“再等一下。”

许知喃正想着要怎么告诉林清野刚才的消息，毕竟她自己都不能确定到底是不是赵茜说的那样。

“那就一会儿一块儿洗。”他说着便抬膝跪在床面，倾身靠近。

许知喃被推倒在床，愣了两秒，反应过来他这是要干吗，忙抬手抵在他肩头，手忙脚乱道：“等、等会儿。”

他哑声：“嗯？”

“我刚才不太舒服。”

这话一出，林清野动作果然停了：“怎么了？”

“有点儿想吐。”

“吃坏东西了？”林清野皱了下眉，“今天我们吃的东西都差不多啊，怎么突然难受了。”

“也有可能是因为打翻香水的关系，现在已经没那么难受了。”

林清野从她身上起来，去给她倒了杯温水，摸了摸她的头发：“之前不是闻到那个味道不会觉得难受了吗？”

“也有可能不是因为这个。”许知喃慢吞吞道，“赵茜说，可能是……怀孕了。”

林清野原本靠在电视机柜边，闻言缓缓抬起眼看向许知喃，肉眼可见地愣了下，闪过一瞬的错愕，他从来没想过会是这方面原因。

许知喃又补充：“不过也不一定，可能就是单纯不太舒服而已。”

林清野表情难得严肃，顿了顿说：“去趟医院吧？”

“现在吗？”

“嗯。”

刚才听赵茜的意思似乎是说怀孕前几个月需要注意，他们今天还爬了山，许知喃虽不想这么晚出去但也有点儿放心不下，便点头：“好。”

林清野拿了手机出去，给林冠承打了个电话。

“怎么了，是你还是阿喃要去医院？”林冠承问。

“阿喃，她可能……”林清野喉结动了下，继续道，“她可能怀孕了，有点不舒服，要去医院看看。”

林冠承那头也愣了下，没想到这么快就能听到好消息，声音都扬起来：“不严重吧，那你们赶紧去医院，路上小心点。”

片刻后，他又补充：“去私立医院吧，人少，免得遇到认识你的人太拥挤了又生出什么事来，我一会儿把地址发给你，你去找我认识的一个李医生。”

“行。”

挂了电话，林清野回到卧室跟许知喃说了安排，两人便重新裹上衣服出发去医院。

这个点私立医院人并不多，而那个李医生似乎还是临时被林冠承叫来加班的，已经清楚情况了，什么都没磨蹭，直接便带着两人上去。

到检查室门口，林清野握了握许知喃的手：“我就在外面等你，别害怕。”

李医生笑道：“放心吧，就抽血疼一下，其他检查都不会疼的。”

许知喃也安慰他：“没事的，我比你不怕疼。”

这个点，医院这层楼的走廊安安静静一个人都没有，林清野坐在椅子上，缓缓弓下背，将脸埋进了掌心。

在这一刻，他恍然想起很多关于许知喃的事。

时间过去太久，甚至于很多细节他都已经记不清了，但那些往事带着朦胧的滤镜一个个整齐地排列在眼前。

从前的平川大学、酒吧、工作室。

再到后来的刺青店、出租屋。

再到现在，结婚生子，尘埃落定。

林清野坐在空旷的医院走廊，百感交集、错综复杂的情绪将他吞噬，就连心跳也跳动得像是在胸腔中发出沉闷的回音。

林清野是个自带冷感的人，不仅是外表，内里也一样。

他也没怎么接触过小婴儿，就连关池的儿子刚出生那会儿他都没赶上，等他出来那孩子都已经两岁多了。

他估计自己应该不是特别喜欢小孩儿的性格，觉得吵也觉得烦，但现在是完全不一样的感觉。

如果许知喃真的怀孕了。

如果他们真的要有一个孩子了。

一个会叫他爸爸的孩子，还不知道会是男孩儿还是女孩儿，会长成什么样，像谁更多一点儿。

这些问题一想就没完。

林清野脸埋在掌心，轻轻勾起唇笑起来。

大概是林冠承还给许母打电话说了这事，没一会儿，许母也给他打电话问了情况，聊了会儿才挂电话，许知喃跟着医生终于出来了。

"怎么样了？"林清野忙问。

李医生跟林冠承也认识有段时间了，她从前就是在堰城医院的，也因此听说过一些林清野的传闻，这回初见却发现跟传闻里简直完全不一样。

"恭喜。"李医生说，"已经怀孕四周了。"

四周。

将近一个月了。

许知喃和林清野对视一眼，不约而同地想算出到底是哪一次怀的孕。

只不过很快就失败了，林清野"老当益壮"，又正处新婚，得空就压着许知喃办事儿，青天白日的毫无"礼义廉耻"。

两人大概是想到了同处，许知喃不自觉脸红，抿着唇低下头。

林清野低笑了声，又听医生交代了后续要注意的各种要点，细细记在心间。

两人回酒店的一路上都没说话，都还在接受这个突如其来的好消息。

虽然是好消息，但家庭中突然要多一个成员也不是一件小事，很多事情都需要重新磨合，一时有些紧张。

许知喃一回去就准备洗澡，林清野却紧跟着也进去。

"你干吗？"许知喃看他一眼。

"我给你洗。"

许知喃无奈道："没事，这才一个月呢，我都没什么感觉。"

林清野已经不理她说的，直接跟着挤进了浴室。

好在方才医生还告诫了怀孕前期的各种注意事项，林清野难得没有对她动手动脚的，顺顺利利地在二十分钟内洗完了澡。

回到床上，许知喃被他那副紧张兮兮的模样给逗笑了。

“你别这么夸张。”许知喃笑着说，“医生不是说现在各项指标都很正常吗，不用这么担心的。”

林清野也跟着进了被子，将人搂进自己怀里，头发在她颈侧蹭了蹭，有些刺。

他手顺着滑到她肚子上：“我现在都不敢用力碰你，怕碰坏了。”

“你以前弄疼我的时候我跟你说你还不听呢，现在这么小心，难不成我这是母凭子贵了？”许知喃随口瞎扯。

他轻笑，动作磨人地舔了舔她耳朵，故意问：“弄疼你，比如什么时候？”

许知喃没说话，房间安静片刻。过了会儿，林清野枕在她肩头轻轻吐出一口气：“你说这是男孩儿还是女孩儿？”

“才一个月，哪里知道是男是女呀。”

他点点头，像是恍然：“也是，都好。”

又安静下来。

林清野的手放在她肚子上，指腹不停地轻轻摩挲。

他手不停，许知喃便也知道他还没睡，自己也就没睡，只闭着眼睛。

这一刻安静得仿佛窗外每一片雪落下来的声音她都能够听清，她那颗心也是那样安静。

等到许知喃快要睡着之际，林清野忽然出声，声音很轻：“阿喃。”

“嗯？”

“我对家庭没有什么概念，我们结婚后相处其实也一直是跟以前一样的，对我来说从来没有一个从恋爱到婚姻的转变，现在我们马上就要变成一家三口，我一时不知道该怎么处理，也不知道以后要怎样做一个父亲，怎样才是好父亲。”

许知喃抬手摸了摸他的头发：“顺其自然就好啦，我们之间的关系不用去模仿任何人，你觉得现在这样舒服的话就继续维持着就好了。”

“反正有你在，总归怎样都是好的。”林清野亲了亲她嘴唇，“我会好好对孩子，更会好好对你。”

因为突然得知怀孕，这次的旅行也提前结束了。

M 市多是些山间雪景，实在不适合孕妇，生怕万一跌一跤出什么意外，于是两人第二天休息了一天，隔天便回了堰城。

回到堰城第一件事就是预约了夫妻俩全套的各方面检查。

而林冠承更夸张，直接请了两个阿姨专门负责许知喃孕期的饮食。

林清野原本为了婚礼和旅行的事将工作延后了许多，没想到这接连又给了他一个新活儿，原本还想继续请假，后来发现就算他请假了许知喃却依旧要去店里上班。

于是在许知喃发话让他挣奶粉钱后，林清野又继续工作去了。

自许知喃怀孕，她简直是在各方面都受到了悉心照料。

店里其他刺青师都将她小心翼翼地供起来，什么活都不让她干，她一站起身就有人跑过来问她要做什么。

而赵茜和姜月也时不时给她送来点心加餐，林冠承请来的阿姨也会将营养餐打包给她送到店里。

许知喃孕期反应不大，胃口也的确比以前好，不知不觉就吃得多了，人都胖了不少。

周末，赵茜来她店里，摸着她的肚子："肚子大点儿了啊。"

"我都不知道这是怀孕大的肚子还是因为最近吃多了。"

赵茜笑起来："不过我怎么感觉你脸圆了点儿后看着越来越年轻了。"

许知喃扁了扁嘴："我现在要控制饮食了，最近天天都被人说胖了些。"

"怀孕长胖正常。"

"你就没胖啊。"

"我只是胖身子不胖脸而已，你不还是细胳膊细腿嘛，就脸肉了点儿，这样好看，还显小呢。"赵茜凑近了看她，伸手捏了把她的脸，"你皮肤好像也变得更好了。"

"是吗？"许知喃摸了摸自己脸。

"听说怀的是女孩儿的话妈妈皮肤会变好。"

许知喃吃惊："真的吗？"

"我也不知道，以前听说的，肯定是老一辈瞎说的也说不定。"赵茜说，"你们想要男孩儿还是女孩儿？"

"男孩儿女孩儿都可以，打算留个惊喜。"

赵茜凑近她，耳语道："不过啊，我看林清野好像对继承岷升集团没什么兴趣，说不定以后还得指着你肚子里的这个呢。"

许知喃笑："你也想太远了。"

两人聊了会儿，赵茜还有事便先走了。

如今许知喃把这店主的工作都干成了朝九晚五的白领工作，下午五点林清野准时接她回家吃晚饭。

吃过饭，煮饭阿姨收拾完厨房就离开了。

许知喃坐在沙发上，腿搁在林清野大腿上，任由他按摩。

小姑娘腿长得漂亮，白皙纤细，线条流畅匀称，触感细腻，林清野简直觉得自己立地成佛了，看得着摸得着就是吃不着。

许知喃不知道他这会儿在想什么，靠在沙发扶手上，拿着手机看各种婴儿的小东西。

“清野哥。”她把手机递过去，“你觉得这个好看吗？”

林清野抬眼，视线从她腿上移上去，但没落在手机上，而是落在许知喃脸上，他倏地笑了声：“怎么还是清野哥。”

许知喃眨了眨眼：“什么？”

“辈分都乱了啊。”林清野慢条斯理道，“你叫我哥，肚子里这个该叫我什么？”

“那我都叫习惯了。”

他笑道：“偶尔也能换个称呼。”

许知喃忽然知道了他的意思，但说不出口。

林清野其实也挺喜欢她叫清野哥的，但看她现在这副表情便忍不住发难了，慢悠悠道：“快点儿。”

两人对峙片刻，总算是磨出了她声如蚊蚋的一句“老公”。

转眼便到第二年夏天。

许知喃前期不怎么显怀，到后面几个月肚子便迅速大起来。

而她那刺青店早已随着和林清野恋情公开成了一个网红打卡地点，虽然大多不会进店打扰，不过时常会有粉丝在店外打卡拍照。

于是，在肚子显怀前她便把店里的工作交给了李焰，自己则待在家里休息，偶尔陪林清野一块儿去公司。

他如今已经在做新专辑了。

就连王启听了他的新歌都忍不住感慨，林清野跟从前刚来传启娱乐时真是完全不一样了，光是听他做的歌都能够听出来。

温柔许多。

这天，许知喃闲着没事干，便又跟林清野一块儿去公司，车开进公司地下停车场，一路坐电梯到录音室。

许知喃怀孕的事儿还没向大众公开，林冠承也提前跟媒体打过招呼，一直以来除了粉丝，媒体向来很少会报道跟许知喃相关的新闻。

不过她经常跟林清野一块儿出入公司，公司里许多人都知道。

林清野站在录音室里，王启将其中一个耳机给了许知喃。

听他录完后，王启玩笑道：“你现在还省了音乐胎教，直接听清野唱歌就好了。”

许知喃笑着弯起眼：“对啊。”

“说不定肚子里这个天天听还能激发音乐细胞呢。”

“那他们俩以后就能一块儿玩了，也挺好的。”许知喃笑道。

“不过你们俩的孩子啊，艺术细胞肯定不缺的，当初可是一个音乐系学霸，一个美术系学霸，又都长得好看，要是是个姑娘以后可不知道得便宜了谁，还是儿子好，去祸害其他小姑娘。”

林清野从录音室出来：“聊什么呢。”

王启将刚才两人聊的简单复述了遍。

林清野笑了声：“算了吧，他要敢祸害别的小姑娘，阿喃可是专业治这种的。”

王启一愣，随即大笑：“也是也是，你不就是成功的代表作嘛。”

许知喃这才反应过来他们在说什么，笑着朝林清野身上打了一拳：“你又瞎说。”

到九月，临近预产期，许知喃便住进了医院，而林清野的第二张专辑也进入到收尾阶段，他延缓了进度每天都陪许知喃待在医院。

私立医院的 VVIP 病房隐私工作做得很好，很多堰城当地的明星或商界政要不愿在生产的事儿上被过度关注都会选择在这家医院。

许知喃一直到预产期前一天都瞒得很好。

只不过如今林清野的热度越来越高，粉丝也越来越多，关注的视线也就多了。

他那个自十八岁拿到金曲奖就创立的微博安静了八年，终于在公开恋情后有了动静。

不过除了一些工作上的转发外，原创微博都无一例外地和许知喃有关。

而现如今却有一段时间没发过了，甚至今年的七夕节也没见林清野秀恩爱，于是某些营销号又伺机行动，传出了两人婚变的新闻。

而婚变消息没多久，又有粉丝拍到了林清野出入医院的照片，最后电梯停下的那层楼正是产科病房。

于是瞬间就打破了婚变传言，大家纷纷猜测许知喃是怀孕了。

【林清野牛！难道是要晋升当爸了？】

【这也太快了吧！！！我怎么感觉公布恋情都没有很久啊？】

【啊啊啊啊啊啊我已经开始期待了！！！这两人生出来的宝宝会多好看啊！！！】

【营销号还因为人家不公开秀恩爱怀疑婚变，结果人家悄摸着直接干了这么大一个事儿。】

【怪不得前不久我就听许知喃店里的其他刺青师说最近她们老板不经常来店里，原来是去安胎去了！】

林清野向来以澄清速度快出名，当初一个绯闻发酵了还没两小时他就亲自辟谣，完全没给谣言进一步发展的机会，而这一次却没有及时出来澄清或承认。

因为怀孕新闻出来之时，许知喃就开始阵痛了。

林清野寸步不离，守在她身边，许母也在病房内，而林冠承则在外面和医生沟通。

“疼吗？”林清野问。

许知喃还安慰他：“现在还好，就隔一会儿会痛一下，还没到很难忍受的程度。”

“先坐着，喝点水。”

许母在旁边看着倒觉得两人奇怪又有趣，明明开始阵痛就要生的是许知喃，看着紧张的表情都控制不住的却是林清野，许知喃倒是一脸轻松，只间隔的阵痛时才会微微皱下眉。

生产前来太多人嫌吵，赵茜和姜月没在这时候来医院，而是打来了个视频，赵茜还声情并茂地跟她传授一番生产时的小诀窍。

又过了会儿，终于通知可以进产房。

林清野也一块儿进去陪产。

许母和林冠承等在病房外，一个劲地宽慰许知喃不要害怕。

其实许知喃倒没有特别害怕，这会儿的阵痛也还能够忍受。

林清野穿着医用防护服，紧紧抓着她的手：“宝宝别怕，疼了要告诉我。”

但其实林清野此刻只是强装镇定，甚至还没许知喃镇定，整个生产过程他都因为过度紧张意识模糊。

同处在产房，周围各种细碎声音交织。

医生和护士说话的声音，许知喃加重的、带着痛苦的喘息声，以及各种医疗器械碰撞发出的细碎金属声，低分贝杂糅在一起，每一点都在加重林清野心头的紧张感。

他已经对时间流逝的速度都没法察觉。

直到一声响亮的来自婴孩的啼哭划破手术室。

“恭喜！五斤六两，是个男宝宝！”

林清野这才恍然发现自己浑身上下都出了层汗，他低下头，用力搓了把脸，黑睫止不住地颤着，好不容易才稳下气息舒出了一口气。

“清野哥。”许知喃轻声喊道，手推了推他，“你快去看看宝宝。”

护士很快就把宝宝抱过来给爸爸妈妈看，也跟着止不住地笑：“我还是头一回见宝宝刚生下来就这么白净的呢，以后肯定是个小帅哥，遗传了父母的好基因。”

小娃娃正号啕大哭，张着双手双脚蹬，护士又笑说：“可有劲儿了，特别健康。”

许知喃忍不住伸出手，轻轻戳了下宝宝的小脸蛋，粉白的，她都不敢用力。

一触及他脸上的温度，她就忍不住笑了，眉眼弯弯：“好软呀。”

这种感觉实在是奇妙。

从前一直都在肚子里，十个月了，不知道到底长什么样，现如今却突然变成一个可以抱在怀里的娃娃，一个未来要和他们一同生活的孩子。

林清野看着许知喃脸上的薄汗，刚生产完还很虚弱，却已经忍不住看着那皱巴巴的小屁孩笑。

他在这一刻真切感受到生命的奇妙，以及母爱的奇妙。

护士道：“那我先抱出去给长辈看看，后面还要做一系列基本检查。”

“好。”许知喃恋恋不舍地目送着护士出去，这才抬眼看向林清野。

男人眼眶泛红，也是湿润的，手术台旁的灯光扫过他的脸，照亮眼底的深情，惊心动魄。

许知喃笑着：“你看到宝宝了吗？”

“嗯。”

“好小呀。”她声音很轻，但依旧听得出是雀跃的。

林清野被她的情绪带动，也笑起来：“嗯。”

许知喃盯着他看，安静片刻，抬起手。

她身子弱，也没什么力气动，林清野低下头，让她抚上自己的脸。

许知喃看着他轻声说：“都生完啦，你别害怕了。”

林清野沉默许久，笑意散去，才红着眼眶别过了视线，抬手按了下眉心。

他这一抬手，许知喃才注意到他手臂上的几道带着血印的划痕，是刚才她疼得难受时无意识抓着他手臂划到的。

有一处划得格外深，甚至还有血珠冒出来，现在已经干了，落下一点朱砂红。

“你这里……”许知喃指了指，“是我刚才划的吗，疼吗？”

他摇头，没出声。

许知喃朝他张开双臂：“抱。”

林清野俯身将她用力抱进怀里，手顺着她头发一下一下轻抚，怀孕后许知喃便再没有染发，现在已经变回了黑发。

过了许久，许知喃才听到一句在她颈侧的、带着浓浓哽咽的声音：“谢谢你，阿喃。”

小崽儿在众人的欢心期待中出生，爷爷林冠承二话不说就送来了许多昂贵的婴儿用品。

过了几天，小崽儿便出落得越发可爱白净了，尤其一双眼睛结合了两人共同的优点。

林清野眼睛狭长，眼尾微微上扬，而许知喃眼睛则又大又水灵，一笑起来就很勾人。

小崽儿的那双眼睛也很大，眼尾像林清野，笑起来眼尾就上扬得更加明显，倒有点儿桃花眼的意思。

赵茜一看就忍不住感慨："我干儿子这以后可不知道会让多少女生伤心呢，这么小这眼睛就会勾人了，以后肯定很多桃花！"

每一个看到他的人都拼命夸长得漂亮。

而林清野也终于回应了那个关于婚变以及怀孕的传闻，发了一张和小崽儿拳头碰拳头的照片。

【云养儿开始！！！】

【啊啊啊啊啊啊啊啊啊啊小手好可爱啊！！！】

【人生赢家林清野！这速度也太快了！！！】

【啊啊啊啊好想看小宝宝是怎样的神颜啊！这以后要是进娱乐圈肯定是颜值天花板预定了吧！！！】

许知喃坐月子一周后，林清野终于想起来给小崽儿取名了。

两人取了好几个名字，但都有些像女孩名儿，最后选定叫作林槐然。

随着日子一天天过去，小槐然和林清野小时候越来越像了，当然这话还是林冠承说的，不过也的确已经能看出一些林清野的影子。

小槐然跟其他宝宝不一样，很少哭，性格也很好，倒也很让人省心。

林清野性子淡，也比较慢热，如今身边的朋友都是相处了好多年才慢慢熟络起来的，就连对小槐然也是这样。

父子认识日子不久，他身为父亲也还不熟悉这个儿子。

许知喃有时看父子俩一个躺着一个坐着，四目相对地看，就忍不住想笑。

"你快抱抱他。"许知喃催道。

林清野看她一眼，顺从地将婴儿床里的小槐然抱出来。

可也不知是抱的姿势不对还是怎么，很少会哭的小槐然竟然在林清野怀里突然号啕大哭起来。

许知喃忙过去抱回来，颠了颠，逗了几句，小槐然又瞬间变脸似的笑起来。

林清野冷眼旁观，“啧”了一声。

许知喃捕捉到那一个啧声，笑道：“就是因为你不经常抱他，他不习惯才哭的。”

林清野愈挫愈勇，重新张开双臂：“给我。”

可惜小槐然是个有原则的宝宝，一脱离许知喃的怀抱就迅速哭起来。

许知喃听不得孩子哭，想抱回来林清野却不给了。

父子俩赌气似的，林清野抱着他就想看看这小崽子到底能哭多久，而槐然也想看看这亲爹能被折磨多久。

最后事实证明还是林清野获胜，林槐然哭累了，终于不愿意跟爸爸斗了。

在还不会说话的阶段，父子俩一直水火不容的，不过等林槐然慢慢长大，说话也利落起来后，便逐渐体现出小小年纪的“撩妹”属性。

他嘴甜，上到家里请来的五十几岁的阿姨，下到同龄小女孩儿，都在他的“射程”范围之外。

许知喃起初还挺奇怪的，怎么她和林清野这样两种性格会带出小槐然这种性格。

虽然林清野小时候的确从不会主动撩拨人家，但他就在原地站着就已经足够招人喜欢了，这一点上父子俩倒是相同。

难不成从前林清野要是在一个幸福家庭里长大，性格别这么封闭，也会是小槐然这样的？

思及此，许知喃摇了摇头。

那还是现在这样的性格好。

林槐然小朋友四岁半那年有一次因为许知喃店里有事，而家里的阿姨也请假回老家，于是林清野便把他带去了传启娱乐公司。

林槐然是个自理能力很好的小朋友，交际能力也特别棒，基本不用人特别照顾和操心。

林清野将他带到公司，自己便去会议室跟人一块儿商量后续的一些演唱会安排问题。

会议开到一半，李琮突然气冲冲地冲进会议室：“林清野！”

李琮也是传启娱乐旗下的一个歌手，跟林清野关系不错，两人一起录过节目，也一起玩过音乐节。

林清野撑着脑袋抬眼，看向李琮，李琮臂弯还抱着自家女儿。

林清野沉默半晌，忽然心里咯噔一下，意识到些什么。

李琮紧接着说：“你儿子又勾搭我女儿！”

林清野挠了挠眉毛，相对女儿奴李琮而言便颇为气定神闲，笑了声：“那小崽子又干吗了？”

“他那辆车哪儿来的？”李琮问。

“什么车？”

“阿斯顿马丁。”

林清野想起来李琮指的是什么，王启也特别喜欢林槐然，甚至还在公司里给他放了一辆玩具车阿斯顿马丁。

“王叔送的。”林清野说。

李琮愤然道：“你儿子开豪车撩妹你还管不管了！载着我女儿到处溜达！”

林清野扬眉：“不就坐个车，我以为那小子干什么了呢。”

李琮拍桌：“坐车也不行！我女儿只能坐我的车！”

林清野很不给面子地嗤笑一声，一句话狠狠戳在女儿奴李琮的心间：“迟早得被别的男生骗去的，还能一辈子坐你的车？多大个人了还跟我儿子吃醋。”

“你现在说得倒是轻松。”李琮冷笑一声，“得亏你生的是个儿子，你要生个女儿指不定比我还夸张呢。”

林清野耸了耸肩，不置可否。

说话间，林槐然便开着他那辆阿斯顿马丁经过会议室门口。

王启也正好过来，摸了一把槐然小朋友的头发，而后将手里一沓资料递给林清野:“你看一下,这是《花样宝宝》第三季节目组发来的,希望你和阿喃能够参加。”

其实之前节目组就邀请过，但那时两人并未打算带林槐然出镜便拒绝了。

“《花样宝宝》？”林槐然听见了，“是檬檬妹妹上电视的那个节目吗？”

檬檬便是李琮女儿，当初参加了第二季，同时还有陈喋家的双胞胎，节目热度很高，如今这第三季大家也已经盼了许久。

林槐然迅速替他亲爹做了决定：“我要去！”

关于到底要不要参加《花样宝宝》第三季这个问题，许知喃和林清野这回决定得很快。

既然是林槐然自己想去，他们也就没有再拒绝节目组的理由，何况让他借此机会多认识些朋友也挺好的。

“小槐宝，去了以后要懂礼貌，知道吗？”许知喃叮嘱道。

林槐然仰着小脑瓜，眨巴眨巴眼睛：“外婆和爷爷一直夸槐宝有礼貌！”

小崽子的确是很有礼貌，嘴甜，道谢道歉都说得勤，更重要的是还经常会夸人，轻轻松松就哄得人开心。

但礼貌归礼貌，更重要的是得矜持啊。

许知喃怎么也想不到，自己有一天竟然会要教自己儿子矜持。

林清野坐在一边沙发，轻笑一声："妈妈的意思是让你不要总是去撩拨人家女孩子。"

小槐宝没听懂，歪了下头："什么老伯？"

"撩拨。"林清野复述一遍。

许知喃受不了了，瞪了林清野一眼，搂着槐宝："别听爸爸瞎说，是之后去了节目我们小槐宝要做个小绅士，跟其他小朋友玩的时候要懂礼貌懂分寸。"

林槐然似懂非懂地乖乖点头。

"想要拿其他小朋友的东西之前要经过人家的同意。"

"知道。"

"跟小朋友们玩的时候也是，不要让人家觉得不高兴不舒服，知道吗？"

小槐然又点点头。

许知喃叮嘱了好些东西，做好铺垫，这才说出了自己的真实目的："还有啊，你是个小男生，男生和女生是不一样的，如果要和女孩子牵手你也要提前经过人家的同意。"

"哦。"他也不知到底有没有听进去。

"像亲吻这样的就不可以了哦。"

林槐然问："为什么？"

"因为你们都还太小了，亲吻是很亲密的人才可以做的，以后我们小槐然有了女朋友的话，女生同意才可以亲。"

林槐然在随性这方面倒是跟林清野挺像的，于是在他四岁之后为了培养他的性别意识，林清野便美其名曰地开始禁止林槐然亲许知喃。

"可是爸爸不让槐宝亲妈妈，爸爸自己却老是偷偷亲妈妈。"

林清野笑了声："爸爸那是光明正大地亲。"

小槐然不高兴："凭什么！"

"因为妈妈和爸爸是夫妻，她是我老婆，又不是你老婆，你要亲就亲自己老婆去。"

林槐然对"老婆"一词的定义还不是很清楚："槐宝的老婆是谁？"

林清野冷漠道："你没有。"

"槐宝也要老婆！"

林清野实行放养政策："那你自己找去。"

许知喃无奈地看着他。

她才刚刚教完孩子不能亲别的女生，这人就直接破坏她的教学成果。

《花样宝宝》从第一季开始就有很大的呼声想让林清野一家参加，一直到第三季大家还以为林清野参加的希望不大了，却忽然在节目组官宣参加明星的行列中看到了林清野一家的名字，以及照片。

林槐然的照片从来没有向外界公布过，毕竟以后还可能要成为岷升集团的小继承人，林冠承很重视自己这个小孙子的安全隐私问题。

迄今为止外界对林槐然的了解还只是刚出生时林清野发的那张拳头照片，只入镜了一个小拳头。

节目录制之前，一家三口去拍了一组用于官宣的照片。

拍照时的衣服还是当时林槐然在摄影棚里自己挑的，他和林清野穿着一套黑色短袖黑色裤子，又给许知喃选了一条白裙。

照片中许知喃站在中间，林槐然和林清野站在她身后两侧。

【啊啊啊啊啊啊啊啊啊啊啊我发现了什么！！！】

【终于来了！！！】

【啊啊啊啊啊小槐然好可爱啊！！！】

【我以前还想到底还有谁的颜值才能比肩林清野和许知喃，然后我就看到了林槐然！！】

【人家小宝宝都是可可爱爱，为什么小槐然四岁半就已经可以称作帅了？这基因也太强大了吧！】

【呜呜呜太美好啦！】

【什么时候开播！什么时候开播！！！】

【太过分了！这么好看的儿子居然藏了这么多年才让大家看到！！！】

【没人注意到这个照片的细节吗，我们喃喃是站在最中间的啊！！呜呜呜妈妈是爸爸和儿子共同的宝贝啊！】

【呜呜呜清喃 CP 的售后太甜啦！】

在众人的期待下，《花样宝宝》第三季终于开始第一期的录制。

一共四个明星家庭，除了林清野这一家以外，另外三家中有两个是演员父母，另一个则是体育明星家庭。

两个小男孩，两个小女孩。

林槐然如今四岁半，是其中年纪第二大的。

不过林槐然自觉发挥自己的优势，没一会儿就跟另外三个小朋友认识了，比亲爹林清野认识另外几个父母速度还快。

林清野在娱乐圈的这些年，所有人对他的大名都如雷贯耳，也都清楚知晓他那些跌宕起伏过山车般的事迹。

虽不相熟，但大家也都在各种活动或颁奖典礼中见过，聊了几句便也都熟络起来了。

许知喃坐在一旁看正跟人闲聊的林清野，便觉得如今的林清野和她刚认识那会儿的确是很不一样了。

而自从林槐然出生后，他便更加温柔起来，不再像从前那般总是浑身是刺儿了。

第一期节目录制，大家到的时候就已经是下午三点，太阳正盛。

今天的任务也很简单，只要大家一块儿做顿晚饭就好。

"你们谁会做菜啊？"其中一个父亲问。

众人纷纷表示自己不会，大家平日里工作都忙，日常饮食都是盒饭或者厨师，还真没什么拿得出手的菜。

林清野扫了一圈众人，这才抬了下手："我来吧。"

"你会啊？"

"嗯。"

那人笑道："咱们这群人里看面相你可是最不像是会做饭的。"

"婚后练出来的。"林清野笑了笑，朝林槐然指了下，随意道，"这小崽儿嘴都被喂叼了。"

"你们家没有请阿姨吗？"

许知喃道："怀孕的时候就请了，后来槐宝长大点后就没再继续请阿姨了，我和清野看谁有空就谁在做。"

一群人了然地"哦"一声，拖着长音："还是你俩有情调，过二人世界是吧，不过说真的，你们生了孩子之后生活跟之前有区别吗？"

许知喃想了想："我们好像没什么区别。"

"真好，我那时候刚生完 Cici，工作上压力还特别大，都快得产后抑郁了。"

许知喃说："槐宝他听话，也挺独立的，所以一直以来都不怎么用我们操心。"

结果一扭头，她便看到林槐然又在角落跟 Cici 玩了，手里拿着他特地从家里带来的一个变形金刚模型。

一般小姑娘都不太喜欢这一类玩具，可这会儿看着两个小朋友倒是相处得特别好。

很快，林清野掌厨，其他人帮厨，没一会儿就做好了今天的晚餐。

居然色香味俱全。

林清野最初的厨艺的确是只能做一些最简单的菜，还是自己摸索着做的。

现在这些厨技都是许知喃生完孩子后才学会的，家里有阿姨在总是不方便，于是等到小槐然不用再吃辅食后便没再请阿姨了。

【啊，林清野到底是什么神仙男人！！！居然还会做菜！而且看起来好好吃！！！】

【啊啊啊，我也想吃哥哥做的菜！】

【求许知喃出一本驭夫指南吧！林清野这种浑身上下看着都野的人到底是怎么变成居家好男人的？！】

一群人吃过饭后便准备睡觉，明早起才是真正录制的环节。

按照节目组的套路，每天晚上住的地方都要根据一天任务完成的程度来分配，今晚则是统一的村庄内的小木屋。

许知喃调好浴室的水温，叫槐宝进来洗澡。

林槐然双手摆了摆："槐宝自己洗。"

"妈妈给你洗吧。"

"不要，槐宝要上电视，要自己洗。"

许知喃顿了顿，最后叮嘱他注意安全，不要摔倒便也随他去了。

她将槐宝换洗的衣服拿进去，便关上浴室门出来了，走到林清野旁边："你儿子还有偶像包袱呢，知道要上电视都自己洗澡了。"

林清野笑了声："都快五岁了，他想自己洗澡就让他自己洗，你别给他洗了。"

"哪有五岁不到就让他自己洗澡的，也太早了，都不知道他自己能不能洗干净，以后在家还是要我给他洗。"

林清野揽着许知喃的肩膀将她也带到床沿坐下："来之前你可刚跟他说男生和女生不一样的，你一个女孩子给人家男孩儿洗什么澡。"

许知喃被他这歪理绕晕了："什么女孩子，妈妈给儿子洗澡怎么啦。"

林清野勾唇笑："妈妈也是女孩子。"

许知喃还想再说什么，林清野便搂着她倾身靠过去。

还能听到浴室里的水声，小崽子在洗澡，他也没干什么特别过分的事，抵着许知喃亲了亲嘴唇。

明明只是亲吻却又显得格外情色。

她忽然想起来什么，拍着林清野肩膀费劲地将人推开："这里是不是有监控摄像头。"

林清野一顿，人还压在许知喃身上，扭头一看，摄像头正对着。

许知喃迅速将人推开，小声问："怎么办？"

林清野反倒是被她这反应逗笑了："我们又没真做什么少儿不宜的事儿，怕什么。”

“那这样也不太好吧，而且……”她越说声音越小。

“而且什么？”林清野问。

而且你亲个吻也能弄得跟少儿不宜似的。

许知喃在心里腹诽，摄像头在，便也没说出来。

“没事，我后面跟节目组说一声，这一段别放出来就好了。”林清野拍了拍她脸，很不正经地说，“荧幕初吻哪能这么随便就给出来。”

后来林清野的确是跟节目组去说了。

节目组也的确是没放出来他的荧幕初吻，只不过后来这不放出来的方式有点独特。

画面从林清野搂着许知喃压到床上停止，变成了黑屏，而后就只剩下收声器里两人的声音——

“这里是不是有监控摄像头。”

“怎么办？”

“我们又没真做什么少儿不宜的事儿，怕什么。”

“那这样也不太好吧……”

其实只是接了个吻罢了，被这么一剪辑反倒是真做了什么没法上电视过审的东西。

【放出来！！！】

【跪求一个付费观看！我付钱！我付钱还不行吗！】

【节目组你是看不起我这个至尊 VIP 吗？】

【哈哈哈哈哈哈哈哈哈心疼槐宝！槐宝 os：我不应该在车里而应该在车底。】

【阿喃口中的槐宝：他比较乖不用我们操心。槐宝：爹妈又忘记我了，我要自强（握拳！）】

【哈哈哈哈哈哈哈哈哈忘崽夫妇！】

《花样宝宝》第三季的第一期随着这个热点迅速引起众人关注，节目热度也随之迅速爬升，直接超过了同期所有综艺的播放量。

而大家在看到第一期播出时实际上他们已经在录制第三期的节目了。

这天一早，林清野先起床去完成交给所有父亲的游戏任务，轻松拿到了第一，回来时许知喃和小槐宝刚起床。

三人洗漱完出去不久就听到另一个父亲说：“我刚才听导演说今天还有一个

上一季的宝宝要过来，听说是陈喋和她宝宝。”

林清野和陈喋从前录过一个节目，后来也经常在各种活动上遇到，见了面都能聊上几句，都是随性的性子，关系也还算不错。

而陈喋作为演员与这季节目那几个演员也很熟悉。

林清野挑了下眉：“她不是有两个孩子？”

“嗯，不过好像现在是她女儿在她身边，我看她朋友圈好像说是这些天在这里拍戏呢，正好碰上休息，导演便叫她过来，知灵那时候录节目和导演组关系很好，也挺想过来的。”

知灵便是陈喋的女儿，闻知灵。

当初《花样宝宝》第二季时闻知灵便是著名的娇气包。

她爸爸闻梁当时便是什么都不怕，就怕这小祖宗哭，一哭就没完。

果然，到傍晚时分，陈喋便和闻知灵一块儿来了，闻知灵要比林槐然小几个月。

两个小娃娃站在一块儿别提多养眼。

陈喋从大学毕业出道，如今也好些年了，圈内认识的朋友也很多，一来节目众人便坐在一块儿聊天。

她心细，也能注意到许知喃跟他们其实话题圈子不同，便把聊天内容引到孩子身上。

自这些混世小魔王出生后大家就被折腾得精疲力竭，一聊起这个话题就停不下来，不知不觉便到了傍晚，天色也暗下来。

林清野对那些抱怨倒不太有感触，槐宝在这些方面的确是很乖，他和许知喃这个父母做得也比较清闲。

他喝了口茶，刚轻描淡写地秀了番儿子，身后却忽然一阵声音。

闻梁一手抱着闻知灵，一手提着小槐宝，面色不善，风雨欲来地走过来。

陈喋愣了下，念叨一句“他怎么突然过来了”，便起身小跑过去。

林清野也跟着起身，同样眉间紧皱，大步过去直接将林槐然从他手里解救过来，自己抱着。

两个男人个子都高，还偏偏都长了副狂妄脸，什么话都还没说看着却似乎下一秒就要开始干架了。

陈喋也摸不清这是什么情况，打圆场问了句：“怎么了啊？”

闻梁瞪了眼林槐然：“他刚才亲了知灵。”

众人一愣。

陈喋莫名想起了自家那个儿子之前录第二季节目时也有过亲人家小姑娘手的

光荣事迹，万万没想到这回轮到自己了。

她“啊”一声，有点蒙：“亲了哪儿啊？”

闻梁道：“脸。”

许知喃也走过去，自知理亏，便收起笑训道：“槐宝，妈妈有没有跟你说过你不可以随便亲人家女孩子？”

小槐然理直气壮：“可是爸爸说可以亲老婆。”

林清野眉心一跳：“谁是你老婆？”

小槐然笑眯眯道：“知灵妹妹啊。”

闻梁眉头的川字越来越深，刚想告诫自己女儿以后离这臭小子远一点，便听闻知灵也兴高采烈地跟他介绍道，还奶声奶气的：“爸爸，他叫林槐然，是灵宝的男朋友。”

众人又是一愣。

这两个小屁孩是什么时候达成这个共识的？

小槐宝以一己之力在还未满五岁的年纪拥有了自己的女朋友，而在拥有女朋友还不到半小时就被双方家长棒打鸳鸯、强行拆散了。

闻梁听完闻知灵那句话后就很不给面子地冲自己宝贝女儿冷哼了声，板着脸反问：“闻知灵，你是不是女孩子？”

“当然是的呀。”她还没察觉到自家父亲已经到发火边缘。

“哪个女孩子这么小就有男朋友的？”

闻知灵奶声奶气道：“可是槐宝跟灵宝一样好看。”

闻梁采用雷霆手段，直接说：“你没男朋友。”

闻知灵还想和他讲理：“灵宝有的。”

“你没有。”

父女俩杠上了，你来我往地说了好几回。

最后以双方家长各自带走教育作为结局。

因为今天早上交给四个父亲的任务中林清野完成得最好，所以可以继续住之前那个最好的房间。

刚才小槐宝被当场抓到亲闻知灵的脸蛋儿时是被闻梁提着过来的，林清野当着众人的面把槐宝解救过来后就抱在怀里，而回去路上却也是很粗暴地提着儿子的衣服领子。

许知喃还在一旁护着：“你别把他弄疼啦。”

小槐宝倒是没疼，甚至还觉得好玩，被揪着领子看上去没了脖子，他还荡秋千似的晃悠着腿，直到被林清野提着放到沙发上。

“刚才怎么回事？”林清野一副兴师问罪的样子。

林槐然歪歪脑袋，没懂。

许知喃拍拍林清野的肩膀，总算是将人安抚下来推到一边，轻声问：“小槐宝，刚才为什么说知灵妹妹是你女朋友？”

“我问知灵妹妹的。”

“问什么了？”

“问知灵妹妹喜不喜欢我，她点头了。”

许知喃和林清野对视了一眼，许知喃继续说：“可是这个喜欢有很多意思，不是所有喜欢都是女朋友呀，你们现在太小了，还不知道女朋友是什么样的呢。”

“妈妈以前就是爸爸的女朋友，后来就是爸爸的老婆。”林槐然思路清晰，据理力争，“而且我还问了知灵妹妹要不要做槐宝的女朋友，她说了要。”

许知喃深感以后不能放林槐然随便瞎玩了。

原以为只是两个小屁孩闹着玩的，没想到竟然已经到了这一步。

林槐然又补充道：“我还问了知灵妹妹可不可以亲她。”

许知喃有点心累。

在参加节目前，许知喃告诫了林槐然要做什么之前要经过其他小朋友的同意，而且不能随便亲吻其他小朋友，而林清野告诉他不是女朋友就不能乱亲。

现在看来林槐然的确没有违背他们的叮嘱。

确实是先确立了男女朋友的关系，并且在此基础上还问了对方能不能亲。

一时之间许知喃都觉得理屈。

林清野靠在一边墙上，抱着臂，垂眸扫了一眼：“那还有一点，每个人都只能有一个女朋友，知道吗，你现在如果有了女朋友以后就不能总是跟其他女孩子玩了。”

这倒是个新知识点，林槐然蒙蒙地复述了一遍：“只能有一个女朋友。”

“没错，所以你想跟别的女孩子玩就不能有女朋友。”林清野胜券在握的样子俨然是把自己儿子当成了有一个女朋友还不够的小渣男。

没想到林槐然却说：“槐宝知道了，槐宝是有女朋友的人了。”

林清野啧了声，简直是被他给气笑了：“上个月你李琮叔叔可还来跟我说你勾搭他家檬檬的啊，你到底有几个女朋友？”

“就一个的。”

“哪个？”

林槐然仿佛在看一个傻子，叹了口气：“知灵妹妹啊。”

许知喃问：“檬檬妹妹呢？”

“檬檬妹妹只是妹妹而已，知灵妹妹才是女朋友，我也没有亲过檬檬妹妹呀。”

林清野放弃挣扎，笑了声，侧头对许知喃说：“你儿子四岁就会说别的女生只是妹妹了。”

而另一边，导演组跟陈喋沟通了好一会儿，希望明天他们能够作为飞行家庭待上一天，毕竟当初第二季时闻梁那一家四口也深受观众喜爱。

“你先回家陪知景吧？”陈喋对闻梁说。

闻梁睨她一眼，又看向旁边的闻知灵，意思很明显，摆明了担心自己走了以后陈喋制不住姓林的那小子。

“不去，我已经叫陈邵去接他了，今晚让他睡陈邵家吧。”

陈喋想了想，便也同意了，只不过过了会儿又凑近闻梁耳边道：“那你得好好跟灵宝说，别凶。”

闻梁抬了抬眉，对此没做什么反应，片刻后开口：“闻知灵。”

连名带姓的，听着都让人发怵。

闻知灵放下自己的布偶玩具，乖乖走到闻梁旁边。

相较于林清野，闻梁冒着自己女儿被骗走的风险，显然是更加严肃了：“明天录节目少跟林槐然说话。”

陈喋一怔。

这也太简单粗暴了点儿。

闻知灵眨巴眨巴眼：“为什么？”

“因为你还不能有男朋友。”

闻知灵又是一句“为什么”。

闻梁懒得解释了：“总之就是不行，你才几岁。”

“可是灵宝已经长大啦，灵宝都四岁了！”

“不可以。”

“那几岁可以？”

闻梁略一抬眼，懒洋洋道：“等你四十岁以后吧。”

闻知灵安安静静地看了闻梁好一会儿，似乎是在消化他话中的意思，最后琢磨过来了自己爸爸妈妈现在的年纪，瞬间一扁嘴，眼角耷拉下来，一仰头便哭出来。

完全变脸似的。

整个过程转变得非常突兀。

连带着闻梁也愣了一下，太阳穴后知后觉地重重跳了一记。

节目组给他们安排的酒店房间里只剩下闻知灵嘹亮的哭声。

闻知灵这一哭就是二十分钟，其间完全不受打扰，专心致志地哭。

陈喋拍拍她的背，哄着问："为什么我们知灵这么喜欢那个小哥哥啊？"

闻知灵哭得话都说不顺："因……因为槐然好……好看！"

最后，闻梁实在是听烦了也听怕了，这才将闻知灵抱进怀里，耐着性子哄："好了，不哭了。"

闻知灵边哭边抽抽搭搭地说："妈妈才二十几岁就结婚了，为什么灵宝四十岁才能谈恋爱。"

"爸爸跟你开玩笑的，也不一定四十岁才可以。"

"那灵宝几岁可以？"

"总得等大学毕业以后吧，二十五岁以后。"

一旁听着的陈喋抬眼看了看闻梁，他说这话还真是不害臊。

完全是严以待人，宽以待已。

闻知灵一听，扁了嘴又要哭。

闻梁不怎么耐烦了："那你要几岁？"

"灵宝现在就要！"

闻梁眉一横："你想都别想。"

而当节目播出时，林清野和闻梁这两个房间的情况也如实播放出来，再次掀动了一波密集的弹幕。

【哈哈哈哈哈哈哈哈哈灵宝这熟悉的哭声啊，我仿佛已经又看到了上一季闻总被哭声折磨的日子。】

【我要举报！这里有人棒打鸳鸯！】

【哈哈哈哈哈哈哈哈哈哈，槐宝也太好笑了吧！】

【呜呜呜，槐宝和灵宝快点长大吧！】

【奇怪的 CP 又增加了，这是什么专一的风流帅哥 × 娇气的人间富贵花！】

【警告！现在是恋爱自由婚姻自由的时代了！请林清野和闻梁不要干涉小年轻的自由恋爱！】

【哈哈哈哈楼上的过分了啊，人家还小呢！】

时间回到录制时。

第二天早上终于没有了需要一大清早就起床的任务，大家也总算是可以睡一个懒觉了。

阳光洒进木框窗户，这一带维度虽低，但经常有云雾天，紫外线不强，这会儿的阳光也是温暖和煦的。

一张大床。

林清野和许知喃抱着窝在一块儿睡觉，而林槐然则自己睡在一旁，看上去孤零零的。

不过实际上是林槐然自小就习惯了自己一个人睡，倒也不会觉得委屈。

林清野侧着身，面对窗户，阳光一盛便直接烫在他眼皮上，很快就醒了。

他刚一动，怀里的许知喃也醒了，睡眼惺忪地眯了眯眼，开口声音很轻，怕吵醒旁边的槐宝："再睡会儿吧，你昨天起那么早。"

她的声音软趴趴的，尾音像小钩子似的在心尖拉扯，而那点钩子便轻而易举地撩拨出林清野一团火。

每一期录节目一录便是五天，虽然晚上睡觉时就会把摄像机关掉，但也总觉得不放心，何况还跟槐宝一间房，实在没有什么可以供林清野发挥的空间。

这会儿已经是难得，槐宝还睡着，摄像机也还没开。

林清野凑过去亲了亲许知喃嘴唇。

许知喃"唔"声，往后躲了一下："做什么？"

"做点儿不能过审的事儿。"

"槐宝还在。"

"这不还睡着嘛。"

两人说悄悄话似的，声音很轻，林清野说完便又俯身在她嘴角落了一个吻。

许知喃的脸立马就红了。

这个人简直……

她迅速捞住林清野的手臂："你干吗！"

他痞里痞气地笑了声，按着她手臂，又舔了舔她嘴角，很不正经地说："练练你的胆子。"

林清野正打算在被子里干点什么不要脸的勾当，却被突然醒来的林槐然的喊声打破了一屋的旖旎气氛。

"噫！爸爸羞羞！"

许知喃对他的声音反应灵敏，直接一把把林清野从身上推开了，要不是床大估计这一推能直接把林清野推到地上去。

林清野火苗烧得正盛，却被林槐然直接釜底抽薪，一点儿火星子都冒不出来了。

许知喃拢了拢衣服，庆幸刚才两人还没真干什么，槐然也只是以为他们在亲吻。

她温声问：“小槐宝饿不饿啊，我们起床去吃早饭好不好？”

“好啊好啊。”

林槐然从床上站起来，正要穿衣服却触及旁边林清野面色不善的神情，又缩了缩脖子，不知道自己刚刚醒来是怎么惹到他这个爸爸了。

三人洗漱完出门。

大家都已经在了，就连陈喋一家也已经在了。

节目组公布今天的任务：“今天宝宝们有一个很不一样的任务哦，我们的《花样宝宝》第三季也已经录制到了中期，宝宝们今天上午要一块儿去录音室录一首节目主题曲哦！”

导演姐姐笑着问：“哪个宝宝的爸爸唱歌特别好听呀？”

林槐然噌地举手：“我爸爸！”

“没错！所以这一次的任务也需要我们槐宝给大家分配任务哦，还要带领大家录好这一支歌哦！”

导演姐姐话落，林槐然还没说话，另一头角落站着的闻知灵举着两截细细的小手臂挥舞起来，扭着腰欢呼道：“哦！哦！哦！哦……”

第四个“哦”还没怎么发出声，闻梁直接皱着眉捂住了闻知灵的嘴，一脸嫌弃。

声音戛然而止。

林槐然听到闻知灵给他的欢呼声，立马喜笑颜开，刚准备朝那一侧看过去，就被林清野捂住了眼睛。

而他捂眼睛的理由跟闻梁不同，纯粹是因为自己早上那簇火被醒得不合时宜的林槐然硬生生打断，出于非常幼稚的报复心态，便也不让他看。

随后，林槐然和闻知灵又被各自爸爸带着跟着大部队往录音棚走去。

两人全程都隔着一道由林清野和闻梁搭筑而成的银河系，只能眼巴巴地望着。

因为这次是由几个宝宝们录主题曲，道具组甚至还将录音棚也布置得非常富有童趣。

林槐然虽然年纪小，但的确是有音乐天赋的，也不知从前许知喃怀孕时候听的那些歌是不是还真起到了胎教作用。

偶尔林清野也会带他去公司，他也看过林清野录音的过程，自然是比其他宝宝要熟悉得多。

节目组将主题曲给他们放了一遍。

一首很朗朗上口的旋律，不难，听着很可爱，有点儿像童谣。

节目组为了展现宝宝们的团队意识和组织能力，放完一遍主题曲后放手让小组长林槐然来负责分配问题。

好在小槐宝交流能力强，这几期节目下来很受大家喜欢。

大家怂恿着林槐然唱歌。

虽然声音还稚气未脱，但音准对这样一个小朋友已经很难得。

陈喋听了会儿，侧头对许知喃说："可以啊，这以后是个小林清野，唱歌也好好听，你们有打算让他进娱乐圈吗？"

许知喃道："我们也没想过，顺其自然，看他以后自己想怎么样吧。"

"那你们有给他报什么音乐兴趣班吗？"

"没有，不过也会点儿乐器的，从小在家就经常能看到清野玩乐器。"

陈喋笑了笑："也是，有林清野在也不需要再报什么兴趣班了，他那可是出了名的全才，词曲伴奏都精通。"

林槐然在音乐方面是有天赋没错，当初一周岁抓周时还抓起了一支架子鼓的鼓槌。

不过林清野和许知喃并没有什么他必须在音乐上做出成就来的要求，林冠承还希望以后这孙子能去接他的班。

到底未来怎样都看小槐然以后喜欢什么。

林槐然给大家分配好每个人唱的歌曲部分，因为今天闻知灵也在，便也分配到一句歌词。

"这样子唱。"林槐然给她重复了一遍。

闻知灵学着唱。

虽然她只比林槐然小几个月，但发音没有林槐然标准，听着便显得更加奶声奶气。

林槐然听完，笑出声，点点头，还不忘夸一句："很好听。"

闻知灵弯着眼笑。

一旁林清野和闻梁冷眼旁观，只不过这冷眼里闻梁显得更加痛心疾首了，林清野则在一旁感慨幸好这生的是个小崽子，倒也不亏。

整个录歌的环节两位父亲终于没有去干涉。

只不过这样的好时光并没有维持多久，等录完歌就到了下午，陈喋便准备走了。

今天天气热，太阳火辣辣地悬在头顶。

许知喃先带槐然回去洗了个澡。

洗完澡出来，林槐然便问："妈妈，知灵妹妹为什么要走了？"

"因为她爸爸妈妈有工作要忙呀。"

"那她家住在哪里？"

许知喃侧头问："他们也是在堰城吧？"

林清野"嗯"了一声。

林槐然兴奋道："那我以后能去找知灵妹妹玩吗？"

许知喃顿了顿，还真有些犹豫，就他这样第一次见面就被人家爸爸看到亲了自己女儿，还明显防范着槐宝，许知喃也不知道到底能不能去找。

"槐宝有知灵妹妹的联系方式吗，没有的话我们可能会找不到她哦。"

"槐宝没有。"林槐然眨了眨眼，"爸爸也没有吗？"

林清野跟陈喋合作过，自然是有她的联系方式的，但这一天下来早跟闻梁两看生厌，一点儿都不想有联系了，于是睁眼说瞎话："没有。"

林槐然皱了皱眉，在床边坐下来，轻轻晃着腿，一副思索的模样。

没一会儿，房间门被敲响。

不是门铃声，而是敲门声。

许知喃疑惑："谁啊？"

"不知道，我去看看。"林清野起身开门。

打开门，平视的视线内是扛着摄像机的一个跟拍摄影师，而这会儿镜头向下，朝着地面。

于是，林清野又低下头，便看到了闻知灵。

闻知灵眼睛水汪汪的，眨巴两下，纤长浓密的睫毛还挂着水珠，似乎是刚刚哭过，大概还是她身后那跟拍 PD 告诉的她林槐然住在哪里。

"叔叔。"闻知灵唤了一声。

林清野眉心一跳："找槐然？"

闻知灵用力点点头。

林清野侧身让人进来，林槐然一看闻知灵过来便从床上跳下来。

许知喃用口型问："怎么回事？"

林清野耸了耸肩，表示自己也不知道。

闻知灵从自己粉色小挎包口袋里拿出一个方方正正的手表，粉色宽表带，她将手表放进林槐然手里："这个你拿好。"

"这是什么？"

"可以打电话的手表。"闻知灵吸了吸鼻子，"这是灵宝自己的，等灵宝回家以后拿哥哥的手表给你打电话。"

倒是靠自己解决了以后没法见面没法联络的问题。

刚才闻知灵又和闻梁吵了一通，哭着鼻子出来，跟拍摄像也不敢怠慢那头的闻梁，便哄着闻知灵回去。

林槐然扬了扬那个粉色手表，非常认真地跟她道了声谢："我会等你打电话的。"

陈喋和闻梁带着闻知灵作为飞行嘉宾客串了一天便离开了。

这一期播放时两个小屁孩的"故事"引起了观众们的热议，除此之外便是在一期末尾放出来的那一首宝宝们录制的节目第三季主题曲。

【槐宝唱歌好好听啊！！！林清野的歌坛生涯要有危机了！！！】

【呜呜呜槐宝什么时候才能长大啊，老阿姨都等不及了！】

【槐然夸灵宝唱得好听那里也好甜啊！】

【不知道为什么看到最后那支宝宝们的 MV 我突然好想哭啊，林清野经历了那么多坎坷，看着槐宝脸上的笑容我就觉得像是看到了另一个林清野，另一个没有坎坷的真正天之骄子的林清野。】

这一期播出之时他们没有新的录制任务。

许知喃刚刚从刺青店回家，坐在沙发上看新一期的节目，同时视线扫过迅速滚过的弹幕。

看到那一长串的弹幕时，她愣了愣，又退回去重新完整地看完了那一条弹幕。

其实也没有很煽情，许知喃却看得眼眶一热。

从槐宝身上看到了另一个没有坎坷没有创伤的林清野。

随着林槐然一天天长大，许知喃有时候也会淡忘掉从前那些创伤坎坷，但又何尝不是件好事。

林清野过去那些关于家庭不美好的回忆都被现在自己的这个家庭重新覆盖住，也算是温暖了从前那个在家中无法适从的少年。

许知喃就这么想了没一会儿，手机便响了，是林清野打来的。

"喂？"她接起来。

"在家了吗？"林清野问，"我刚接完槐然放学，快到家了。"

"嗯，我马上下楼。"

今天约了要一块儿去林家主宅吃晚饭。

林清野和许知喃并不溺爱林槐然，但爷爷和外婆却对这小崽儿疼爱得很，简直是要什么给什么。

许知喃简单收拾了下便下楼，林清野正好开车进车库。

槐然坐在后座，许知喃上车便问："槐宝今天上学怎么样啊？"

"很好啊。"

母子俩就着幼儿园的话题聊了一会儿，很快就到林家主宅。

秋老虎的天儿依旧闷热异常，林冠承躺在树荫下的躺椅上，已经在候着他的这个小孙子了。

从前他刚当父亲时总是忙着事业，很少顾及家庭，而现如今却终于懂得如何平衡了，忙碌一辈子也愿意停下脚步享受一番天伦之乐。

"爷爷！"林槐然一下车便喊一声，朝林冠承小跑过去。

"哎！"林冠承笑着应了声，将小槐然拥进怀里，"走，爷爷可等你好一会儿了，今天给你准备了好多好吃的，快进来看看喜不喜欢吃。"

众人进屋。

餐桌上一道道菜都是槐然小朋友平日里喜欢吃的。

只不过饭吃到一半，林槐然书包里忽然响起一串铃声，他很快下桌，从包里拿出一个手表："爷爷，我去接个电话！"

林冠承还对到底发生了什么不清楚，不知道自己这小孙子怎么这个年纪就这么忙，饭吃到一半竟还有电话打过来。

"这是怎么回事？"林冠承问。

而许知喃和林清野已经对此习以为常，简单将录制节目时林槐然和闻知灵的事跟他讲了。

林冠承没料到是这一出，一时觉得难以置信又好笑，等林槐然打完电话回来还问："槐宝在跟谁打电话呀？"

林槐然也没瞒，实话实说："知灵妹妹。"

林冠承笑了声，侧头问林清野："他跟闻家那女儿幼儿园是一起的吗？"

"不是，不然也用不着打电话了。"

林槐然听出些什么："爷爷，你认识知灵妹妹吗？"

"爷爷认识她爸爸。"

"哦。"林槐然回忆一番，"她爸爸很凶。"

林冠承大笑起来，摸了摸小槐然的脑袋，感慨一句："说不准咱们林家的男人都是痴情种。"

这么说来还真是这样。

林槐然尚不知定数，但林清野之于许知喃的确是这样，而林冠承之于傅雪茗其实也同样。

林清野一顿，抬眸看了林冠承一眼，笑了笑问：“没打算再结个婚吗？”

林冠承笑道：“我这年纪还结什么婚？”

“想结就结呗，槐然还小，你那公司要真等到能交到他手里还有好多年呢。您这年纪也不大。”

林槐然吃完饭，便由用人陪着到外面玩去了。

林冠承看着窗外无忧无虑笑着的小槐然，叹了口气，忽然说：“可惜这世间没有后悔药啊。”

林清野也看向窗外，小槐然正在玩滑板，旁边用人生怕他摔了，一个劲儿地劝，他却不听，从这头滑到另一头。

过了许久，林清野含着些淡淡的笑意说：“到现在，这辈子我都已经知足了。”

年少冷漠家庭中的少年，自卑地喜欢着那个心中最为纯洁的女孩儿，心被那冷铁胄甲包裹着，跌跌撞撞地长大。

也跌跌撞撞地拥抱住了许知喃。

到现如今家人在侧，拥有了那个在心底多年的女孩儿，甚至还有了一个孩子。

还能有什么不知足。

即便是从前那些遭遇换来如今也是心甘情愿。

毕竟他们的未来还很长很长。

# 第十章

/

## 如今都是春暖花开

随着时间线进入到十月份，天气总算是稍微凉爽了些，而《花样宝宝》第三季也终于迎来了最后一期录制。

最后一期的节目录制很轻松，也没有什么各种需要挑战的任务，大家一块儿做饭吃饭聊天。

谈及这次通过节目宝宝们的转变，其他父母都说的是培养了孩子们的自理能力、独立能力一类，直到林清野。

他稍停顿了下，懒洋洋地靠在藤椅上，看向不远处正在玩儿的林槐然。

“他啊。”林清野笑了声，道，“一直都挺独立的，从小目标就明确。”

其他人纷纷笑起来，好奇追问：“槐然现在还和陈喋家的灵宝一直有联系吗？”

“嗯，经常打电话。”

【啊啊啊啊啊！！我好爱这两个小宝贝！！！】

【居然真的还有联系，哈哈哈哈闻梁竟然会让灵宝跟槐宝继续联系！】

【毕竟灵宝一哭闻梁就没辙了。】

【哈哈哈哈哈哈林清野这表情也太欠揍了吧，好想看要是林清野有了女儿以后会是什么反应。】

吃完晚饭，大家各自进入备采间进行采访。

这些年来林清野接的综艺不多，像《花样宝宝》这样录制了一整期的更是近些年头一回，大部分时间他都在做音乐，偶尔参加的节目也都是宣传活动。

大家一直以来对林清野的过去和生活都非常好奇，但实在无从探索，这次节目组便特地准备了几个问题。

“请问您对现在的生活满意吗？”主持人问。

“很满意。”

主持人：“我们在录制中发现小槐然和知灵妹妹关系特别好，您对他们这两个小孩儿未来是怎么想的？”

“现在说这些都太早了。”林清野笑了笑，“他们两个都还没五岁呢。”

“还有一个大家都很好奇的问题，你们会考虑再要一个小公主吗，网友们可都说你们这一对父母的颜值太高，就生一个太可惜了。”

“这个也是顺其自然，我和阿喃暂时没考虑过再要孩子，毕竟怀孕生产对母亲来说也不是一件容易事儿，不过槐然以前倒是一直挺想要一个妹妹的。”林清野勾唇，“但是现在他已经有他的知灵妹妹了，最近倒也不提想要妹妹了。”

主持人笑道：“果然这生男孩女孩就是一家欢喜一家愁，大家之前看节目还将你和闻总的表情做了对比，还特别好奇如果你要是有了女儿遇到这种情况会怎么样呢。”

由于林槐然和闻知灵的关系，林清野最近也和闻梁接触过，对此很不屑。

“就算是女儿这也没什么好干涉的，没必要，他太事儿了。”

节目在播出时还将这一段做了鬼畜效果。

配合之前闻梁“抓包”成功时臭着脸提着林槐然进来的那一段，旁边的背景音则是林清野这次采访中的“他太事儿了”。

弹幕里一片的“哈哈哈哈哈哈哈哈哈”。

【继知灵宝贝敢怼闻梁后，现在这位未来亲家也开始怼了！！！】

【哈哈哈哈哈哈哈哈我好想看闻梁看到这一段的 reaction 啊！！】

【林清野真的太欠了！！！我就不信他有小棉袄以后是这个态度！！！】

【二胎二胎二胎二胎！！！】

【阿喃快听听群众的呼声！我预定一个林清野翻车打脸！】

主持人又继续问：“大家都形容你是‘出走半生，归来仍是少年’，从前也的确是遇到过很多事情，以《刺槐》拿到金曲奖被大家认识，出道就拿到了《我为歌来》冠军奖杯，到后来退圈又复出，有想过以后将自己的故事分享给小槐然吗？”

谈到这里，林清野稍有停顿，而后垂眸淡淡笑了下：“我以前莽撞，性格张扬，做过很多引起争议的事，还不仅仅是粉丝们知道的那些，我从前做的错事其实很多，这些阿喃都知道，她是唯一一个知道我所有还愿意和我结婚生子的人，对于槐然的话，以后他如果问起那就告诉他，应该不会主动去说，毕竟也不是好事儿。”

他说的倒是非常轻松，不过林清野向来就是这样。

很快，又几个问题后采访便结束了，另一边许知喃和林槐然也已经结束了，在外面等他。

母子俩正站在花坛边说话。

阳光洒下来，将两人的侧脸都映照得像是隔了层滤镜。

小槐然听到声音，偏头看过来，声音脆脆的：“爸爸！”

林清野抱住朝他跑来的小槐然，托起来抱进臂弯里，往上颠了下，问：“跟妈妈聊什么呢？”

“聊知灵妹妹。”

林清野淡淡嗤笑一声，捏了把他的脸：“你怎么就知道聊人家小姑娘？”

“知灵妹妹好看，槐然喜欢。”

林清野笑了笑，看着自家儿子的眼睛，清澈见底，但又是桃花眼的弧度。

小槐然的确是和他小时候不一样，可以很轻松地说出自己喜欢与否，喜欢便对人家好，挺简单的小孩儿思维。

而他那时候却是将主动表示喜欢视为示弱，从来不知道如何表达喜欢，也不知道到底怎样是喜欢。

在这一点上，槐然其实是像许知喃。

从前林清野便觉得许知喃挺傻的，喜欢了就喜欢了，愿意把一颗心都捧出来，也不怕被骗。

“听说幼儿园里喜欢你知灵妹妹的小男生可多了，也不知道你是第几个。”林清野打击他。

林槐然瘪了瘪嘴，不服输道：“知灵妹妹也第一喜欢我。”

林清野勾唇问：“主持人姐姐刚才问你什么问题了？”

“问我更喜欢爸爸还是妈妈。”

这个问题问小孩儿倒是常见。

林清野其实并不怎么在意在林槐然眼中自己和许知喃哪个更重要，甚至也希望他能说更喜欢许知喃。

毕竟十月怀胎和生产的辛苦到现在也历历在目，他也不愿意让许知喃在这问题上受委屈。

“那你回答了什么？”

“都喜欢。”林槐然说，“不过那个姐姐要我选出来一个更喜欢的。”

“嗯，那你选了谁？”

小槐然鼓了鼓嘴，赌气道：“因为爸爸总是说我和知灵妹妹，所以槐宝更喜欢妈妈。”

“就你这德行。”林清野哼笑一声，同样赌气道，“反正爸爸也更喜欢妈妈。”

许知喃笑着在林清野手臂上打了一下：“你俩几岁。”

“我快五岁啦，爸爸只有三岁。”小槐然说。

紧接着就被林清野放到地上，又被摁着脑袋一通乱揉，小脸都憋红了，他又问：“妈妈，你是怎么回答的？”

许知喃问：“回答什么？”

小槐然道：“就是那个姐姐问你更喜欢我还是更喜欢爸爸。”

“没有问妈妈这个问题呀。”

林槐然坚持道：“那妈妈你现在回答一下。”

小槐然话音刚落，林清野就捏了把他耳朵：“小兔崽子，妈妈当然更喜欢爸爸。”

其他父母都纷纷向孩子表示最喜欢他，到他们家却成了各自互相争夺许知喃的宠爱了。

林槐然气得跺了跺脚，到后来也不知怎么没了赢过自己亲爹的勇气，竟然还快走几步跑到前面去了，向后摆摆手道：“算了算了，把妈妈的第一个位置让给你这个小气鬼好了，反正我还有我的知灵妹妹呢。”

他跑出老远，许知喃喊了声“慢点儿”，他才放缓了脚步。

夕阳西下，太阳余晖将三人的影子拉得狭长。

身后的摄像机完整拍下这一幕——

【神仙爱情！！！】

【哈哈哈哈哈哈槐宝真的好可爱呀！】

【呜呜呜太甜了，这还是一家人的甜，清喃永远是真的！！！】

【跟儿子吃醋第一人林清野！！！】

【作为一个从林清野十八岁拿到金曲奖就粉他的老阿姨，真的能很清楚地看到这些年来他的变化，已经取得了这么多成就，现在可以看到他变得成熟开朗起来我真的觉得好开心。】

【啊啊啊啊啊啊啊啊啊啊我真的太喜欢喃喃了。】

【好温柔好美好啊！】

到晚上，小村庄内下了场小雪。

孩子们在外面打雪仗，打得每个人头发上、衣服上都是碎雪渣子，白蒙蒙一片。

等回来时都已经冻得小脸冰冰凉，却又一个个笑闹着，都非常开心。

手套被雪水浸得湿透，手心也是凉的，一群孩子又坐在火炉边烤火。

休息了会儿，导演组便进来了。

同时一旁一直被大家忽略的一面白墙上忽然被投影仪投射照亮。

宝宝们有些年纪小第一回见到这个，纷纷拍着手喊起来。

导演组说：“最后一个大家共处的夜晚啦，大家一块儿在我们这个小木屋里看个电影吧，想看什么孩子们一起挑一个。”

大家簇拥着挤过去挑选。

四对家长自然是看什么都无所谓，全凭他们挑选。

宝宝们都对电影没什么兴趣，挑着挑着就开始选动画片儿了，最后四个人商量了会儿，确定了一个其中大家都看过的，一共有上百集，他们随便挑了一集。

经过一整期节目断断续续的录制，四个宝宝都已经认识了好几个月，彼此熟悉，不再像第一期时那样还都黏在父母身边。

这会儿家长一块儿聊着天，宝宝们则自顾自地边看边玩。

投影在墙上的那个动画片儿他们这些父母都没有看过，又是从中间随便挑了一集放，自然是看不懂的，兴趣不在那上面。

但如今外面是静谧雪夜，里面烤着火炉，孩子们都在，笑声悬梁，倒还真有点儿岁月静好的意思。

只不过动画片放到中间，突然出现了一个主人公被抓进监狱的情节。

动画经常有夸张手法，主人公的嘴都快咧到后脑勺，放声大哭，眼泪像是没关的水龙头一般从他眼眶里淌下来，哭得滑稽搞笑。

逗得孩子们纷纷哄堂大笑。

林清野只扫过一眼便移开了视线，其他人自然也知道从前那些事，并未将这个话题抬上桌面来调侃，很快就聊起别的。

毕竟如今再怎么时过境迁、云淡风轻，在当时也一定是一个巨大的创伤，大家都在娱乐圈摸爬滚打多年，这些理都还是懂的。

一集动画片儿很短，孩子们一共看了四集。

已经挺晚了，有习惯早睡的女孩儿打着哈欠快要睡着，也不像先前那么振奋激动地玩闹了。

其中一人提议回去，众人便纷纷起身。

大家还要在这儿睡最后一晚，明早便迎来了《花样宝宝》第三季录制的最后一天，早上大家收拾好行李便将分道扬镳了。

其他三个宝宝都已经困了，被家长抱着离开，只林槐然还端端正正坐在投影前不舍得走，全神贯注地看着。

“走了，槐然。”林清野喊他。

“来了！”林槐然站起身，视线还一直停留在画面上。

林清野问：“你之前没有看过这集吗？”

“看过呀，但是这一段太好看了呀，我都已经看过好几遍啦。”林槐然兴奋地说。

旁边工作人员也笑：“那就继续让他看完吧，这集也就几分钟了。”

林清野向工作人员道过谢，又说：“槐然，跟叔叔说谢谢。”

他的视线这才终于舍得从画面上移开，乖乖说了声“谢谢叔叔”，又扭头回去继续看了。

许知喃先去上卫生间了，等到小槐然看完后她还没回来，父子俩便站在门口等。

林清野靠在墙边看槐然蹲在地上抓着雪玩儿，他笑了声，问：“人家都困了，怎么就你还这么有精神。”

林槐然说：“因为刚才那一段特别精彩，我都不困了。”

“为什么精彩？”

林槐然便跟他细细讲方才那几集的故事梗概，好多陌生的名字一股脑地出来，听了半天林清野也没搞懂其中错综复杂的打斗关系。

但小槐然却讲得很激动，林清野便也没拂他兴致，时不时地应一声表示自己在听。

只不过他却忽然想起下午备采时主持人问的那一句——有想过以后将自己的故事分享给小槐然吗？

林清野垂眸看着小槐然，顿了顿，淡淡问：“那个人不是被警察叔叔抓起来了吗？”

“对啊，但他也不是因为干了什么特别坏的坏事才这样的嘛，而且受完惩罚就好啦，要再给他一次机会的。”林槐然说，“后面几集我也都看过啦，到最后他会变得很厉害很厉害很厉害的！”

林清野看着他，最后垂头低笑了声，什么都释然了。

第二天一早，大家便准备离开。

镜头拍到他们一个个拉着行李箱离开的背影。

《花样宝宝》第三季录制完美收官。

节目录制结束后，生活恢复正轨，小槐然也继续每周都要去幼儿园，没法跟从前那么疯玩了。

这个幼儿园当初还是林冠承选的，双语国际学校，标准“不能输在起跑线”的幼儿园。

林冠承是准备将这宝贝孙子当作未来准继承人来培养的，虽然的确宠他，但对学习上的要求其实也很高，而林清野和许知喃反倒是没什么特别高的要求，只要求他别不学无术就好，具体的成绩无所谓。

可惜小槐然大概在学习方面依旧是像了林清野，总吊儿郎当的，不爱学，学一会儿就想去玩了。

不过平时小槐然在作业上花的时间虽不多，但在幼儿园的英语口语听力、数学计算一类的测验中成绩却是很不错，可在阅读以及作文上总是吊车尾。

于是总成绩便一直处于中间水平。

不过爷爷看孙子总是哪哪都是优点，于是又美其名曰槐然擅长理科和外语，而且极其聪明，只要肯花时间第一名完全不是问题，而擅长理科和外语以后接他的班就更没问题了。

周日晚上，最后一期的《花样宝宝》播出。

小槐然明早还要上学，已经被赶去睡觉了。

主卧电视开着，正是最后一期的画面。

整个录制他们都参与其中，林清野并没有仔细看，只听着声音，他低着头靠在床头，腿上放了一张纸，正随手记下几个小旋律。

直到节目到尾声，放到了他们离开的场景，林清野都以为要结束了，结果画面一跳，出现之前他们单独在备采间的采访。

几位父母的采访结束，最后是各位宝宝们的，林槐然还是最后一个。

林清野听到他的声音，放下笔抬眼，而这会儿许知喃也洗完澡出来了：“槐宝的采访啊。”

“嗯。”

许知喃还挺好奇的：“他第一次单独接受采访，不知道他回答得怎么样。”

林清野倒很放松：“你儿子还会应付不来这种场面吗？”

前几个问题他倒是都答得很不错。

也没问什么难回答的问题，都是节目中跟谁关系最铁一类的，又为了满足观众们的好奇心还问了许多知灵妹妹的事儿。

林槐然如实回答，也看得一批养成 CP 粉一脸的姨母笑。

到最后一个问题——

主持人问：“槐宝更喜欢爸爸还是妈妈呀？”

“一样喜欢。”他说。

“如果一定要选一个呢？”

“不知道。”

反正童言无忌，主持人笑着哄他做出选择：“另外三个小朋友可都做出选择了哦，槐宝选不出来吗？”

小槐然沉默片刻，想了想：“选不出来，如果不一样喜欢爸爸妈妈的话，他们肯定有一个会失望不高兴的，喜欢妈妈，也一样喜欢爸爸，槐宝不想让他们有一个不高兴，所以会公平地对待爸爸妈妈的。”

到最后小槐然也依旧坚持一样喜欢爸爸妈妈。

一碗水端平。

许知喃想着那时候采访时父子俩的斗嘴，笑道：“你看，槐然都比你懂事。”

林清野也笑：“本来还以为家里是我们父子俩宠着你，没想到是你们母子俩宠着我。”

临近幼儿园寒假，堰城下了一场厚厚的雪。

马路上已经有浓重的年味儿，红灯笼高挂，人来人往，大家身上的棉袄羽绒服或围巾帽子色彩各异，远远看去都觉得这冬日异常绚烂热闹。

林清野和许知喃商量了一下，决定去幼儿园接母子俩，再去林冠承那里。

林清野从公司出来，驱车去幼儿园。

幼儿园的年味更加浓重。

到处挂着红色小灯笼和小旗子，展示窗两侧都是孩子们用蜡笔画的五颜六色的图画，孩子们个个都裹得严严实实，像小团子似的从校门口“发射”出来。

因为马上就要放寒假过年了，今天许多都是父母一块儿来的。

一家三口说说笑笑，很是热闹。

而林清野独自一人往里走，却莫名觉得有些寂寞。

果然，一个人热闹惯了以后，便不太容易再接受从前本已习惯的日子了。

一路走上林槐然班级所在的楼层，刚踏上最后一级台阶，便听到小崽儿的声音：“爸爸！”

林槐然冲过来，扑进了林清野怀里，将他周身方才刚刚聚集起的一点落寞感全数驱散开了。

他又说：“你快去你快去，妈妈在跟我老师说话呢。”

林清野一听便知：“又考得不好？”

“考试睡着了，最后一题没有写。”

林清野朝他脑袋上敲了一记，并没多说，提步朝教室走去，许知喃刚刚跟老师聊完，手里拿了一张成绩单。

“槐宝，你也太不专心了，考试也睡着。”许知喃训道，但依旧是温柔的。

林槐然乖乖听训，并未反驳。

许知喃也没再多唠叨，只叮嘱了以后要专心一点便过去了，那张老师给的成绩单也一并收进了包里。

三人一块儿往外走。

开始放寒假了，小槐然心情格外好，一路上都蹦蹦跳跳地走在前面。

林清野和许知喃跟在后面。

林清野的确是不怎么在乎槐然成绩如何，毕竟自己小时候也不怎么样，没资格要求他一定名列前茅。

但却没想到许知喃也对此没有多说。

“我发现你对槐然也太宠了点儿啊。”林清野说。

“嗯？”许知喃侧头，“怎么了？”

“以前大学时候我考试前你还给我画了重点让我背呢，放槐然这儿考试睡觉都不训？”

“我不是说他了吗？”

林清野笑：“就你那一句有什么分量。”

他抬了抬下巴，示意前面撒欢玩的林槐然：“你看他有半点像被训了的样子吗？”

的确是没有。

谁让槐宝是林清野的孩子，也遗传了他这点性格。

顿了顿，他忽然笑着问：“所以，更喜欢槐宝还是更喜欢我？”

这是之前录节目时主持人问槐宝的那个问题。

许知喃看他一眼，忍不住笑：“怎么你还问这个问题。”

“随便问问。”

“你都多大了，人家槐宝都说一样喜欢爸爸和妈妈，你还没他懂事呢。”

林清野不答，只用力捏了下她的手。

许知喃挣了下，转动手腕，和他十指相扣，抬眼看向不远处蹦蹦跳跳走路的林槐然，眼中泛起笑意。

在林清野以为她不会回答这个问题时，她轻声开口：“我很爱你，也很爱槐然，但我这么爱槐然也是因为你，他很多方面都很像你，我有时候甚至会觉得我在养一个小时候的林清野。”

他笑了声：“别占你清野哥的便宜啊。”

许知喃掐他一把，继续说：“所以我想和你一起好好地把他养大。

“其实以我以前的性格来说肯定会希望我的孩子成绩优异，最好有一两样兴趣或特长，做一个所有意义上的好孩子、好学生，毕竟我自己就是在这样的环境中长大的嘛。”

许知喃笑了笑：“但是因为他也是你的孩子，总会觉得你的孩子应该是像林清野的样子，不要有太多的束缚，也不要去过度给他规划未来的道路，让他自己慢慢长大，快乐自由，只要不做什么违法乱纪的事，他愿意做什么我都会无条件地支持。”

林清野听着，心尖很轻地颤动了一下，而后鼻间泛出些莫名的涩意。

放学正是傍晚时分，槐然的影子被拉长，落在林清野脚下。

而林清野的影子和许知喃的影子一块儿，就连影子都是牵着手的。

许知喃靠过去，两个人的手臂也贴在一块儿。

“槐然对我的意义不仅仅只是我们的孩子那么简单，因为他身上有你的影子，所以我会更加更加爱他。”

许知喃微微抬起头，暖色的霞光打在她脸上，美得惊心动魄。

她缓缓开口：“从前的林清野受苦了，现在我想保护这个小林清野好好长大，健康、快乐、自在，一辈子不要有什么太大的坎坷。”

林清野停了脚步，许知喃诧异地朝他看去，紧接着，他脖颈一低，唇低下来。

极为温柔地吻了她一下。

林清野轻轻捧着她的脸，指腹在她脖颈处轻轻摩挲，亲完后也依旧没退开，额头抵着，鼻尖也碰着。

他笑了笑，声音很低，呼吸打在她脸侧，又啄吻了下：“以前受不受苦无所谓，以后能跟你一起好好变老就好了。”

许知喃认真地应了声：“嗯。”

前面林槐然已经走出了老远，许久没听到后面赶上来的脚步声，结果一回头便看到父母那亲昵举动。

他大喊：“不要亲啦！羞羞！！！”

其实他们已经走到了停车场这边，周围人并不多，大家都关注着自己的孩子，没人注意到他俩，但被林槐然这一通喊，大家的视线便纷纷扫视过来，闹哄哄地发出些善意的笑声。

许知喃被他这猝不及防一喊，不好意思再亲热，推开意犹未尽的林清野，朝前面的林槐然小跑过去。

林清野落在最后，看着许知喃过去捏了把小槐然的脸。

小槐然扬着笑，站在车边，朝他大声喊：“爸爸快点！回家啦！”

林清野勾唇笑着，懒洋洋应一声：“来了。”

他孤单一路，如今天寒地冻，却又春暖花开。

## 番外一

/

为你生，为你死，为你重整旗鼓

堰城的夏天总是有一阵绵绵雨季。

林清野高中时并不喜欢这个季节，只觉得空气中都透着一股许久没见天日的霉味儿，可实际上他也不怎么喜欢太阳，那时候他总和几个狐朋狗友玩到很晚才回家，一觉就睡到傍晚，太阳都要落山了。

可大概是再怎么深陷囹圄，对阳光的渴求都是本能。

就像是许知喃对于他的意义。

又一天傍晚，他被床头的手机铃声吵醒，睡眼惺忪地接起："喂？"

某个高中同学在电话那头冲他喊："出不出来玩？"

林清野皱眉，不太耐烦："不来。"说完就直接挂了电话，丢到一边，继续补觉。

没一会儿，电话再次响起，这回林清野直接关机。

直到再次醒来，他开机，里面已经躺了好几条未接来电和短信，林清野随便扫了眼，又关上了。

洗漱完后下楼，家里的用人听到脚步声抬起头，看到他的瞬间还愣了下，似乎是没想到他这会儿在家，顿了顿道："小少爷，我还以为您没在家呢，我马上去给您把晚饭热一下。"

林清野淡声道："不用，我出去吃。"

他没在家多停留，关门的瞬间听到了傅雪茗和用人说话的声音，林清野手指微顿，拿出手机给方才那人回了条信息，问对方在哪里。

那人回了一通语音过来，先是将他刚才直接关机的行为一通批斗，而后才说了个网吧地址。

林清野打车过去，正好那群人打完游戏出来，关池和十四也在列，一群人一块儿去吃晚饭。

这一带是个商业区步行街，周六，学生很多。

他们挑了个烤肉店，坐窗边的位置。

中午时刚下了一场雷阵雨，地上还是湿漉漉的，空气中也是一股闷热又潮湿的气味。

很快，烤肉上桌，林清野没怎么吃肉，靠在窗边听他们闲聊。

后来不知道是谁忽然喊了声："哎，那不是秦棠在追的那一中的女生吗？"

其他人纷纷看过去，便见到和朋友手挽着手的许知喃。

"怎么星期六还穿着校服啊，也太学霸了吧。"

"你懂什么，他们一中好像有时候周六下午才放学，太惨了，一礼拜七天上六天的课。"

"你以为谁都跟你似的？人家这一看就是喜欢学习的乖乖女。"

一群人调侃了一通，林清野这时候起身。

"干吗去啊？"其中一人问。

林清野指了下超市，出去了。

许知喃正在烤肉店旁边的奶茶店，跟朋友一块儿，两人各自点了一杯。

"阿喃，你成绩这么好想过以后要考哪个大学吗？"她身边的朋友问。

许知喃回答："我想考平川大学，不过不知道能不能考得上，去年的分数线好像挺高的。"

"你肯定可以的，你成绩这么好。"

林清野靠着墙，也不知是在发呆还是什么。

他长相出众，周围有好几个经过的女生朝他投来打量目光，又颇为激动地跟自己身边的朋友分享，窸窸窣窣的。

也是在这时，再次下起一场毫无预兆的大雨。

许知喃和朋友拿上奶茶，两人都没带伞，躲在奶茶店檐下手足无措。

她朋友说："这楼上好像就有一家打印店，我们先去把之前老师说的资料打印出来吧，说不定一会儿雨就停了。"

"好啊，你带U盘了吗？"许知喃问。

"带了。"朋友拍了拍书包。

奶茶店旁边有个楼梯可以通到这儿的二楼，多是些打印店、眼镜店一类。

林清野并没有朝她们的方向看一眼，他环视周围，看到对面有一家便利店。

他压了压帽檐，走进倾盆雨幕中，从便利店买了把伞，放到她们方才上去的那个楼梯口的扶手上。

林清野没再多待，掸了掸身上的雨水便回了烤肉店。

“队长，你怎么淋雨了？”关池问。

“有事过去了一趟。”

他说得模糊，好在其他人也都习惯他这性格了，没有再问。

大家又吃了会儿。一场雨下来，外面天已经提前黑了，大家准备换摊继续玩。

众人一块儿走出烤肉店，踩着湿漉漉的地面。经过那家奶茶店时，林清野侧头看去，那把伞依旧放在那儿，孤零零的，就连最外面的罩子都没有被打开。

林清野平静地收回视线，跟大家一起往前走。

当时，许知喃高二，林清野高三。

也就是此刻的半年后，林清野的《刺槐》拿到了金曲奖。

金曲奖是一个非常有含金量的奖项，甚至于歌坛出道多年的前辈的目标便是这个金曲奖，此时忽然颁给了一个名不见经传的高中生手下的乐队，瞬间在歌坛引起了一场轩然大波。

除了娱乐圈中朝他伸来的那些橄榄枝，另一处改变便是几所名校的保送邀请。

大多都是很厉害的音乐类院校，只有平川大学是综合类院校，但它的艺术类实力并不比专门院校差。

因为《刺槐》的作词编曲和主唱都是林清野，所以刺槐乐队里拿到保送邀请的只有他一人。

“队长，你打算去哪儿啊？”季烟问。

林清野靠在工作室的沙发上，懒洋洋的，停了几秒，淡声道：“平大吧。”

“为什么去平大？感觉比那种纯音乐的学校难毕业。”

“离得近。”

季烟点点头：“那倒是，方便点。”

林清野没再说什么，阖上眼，闭目养神去了。

只是这会儿在他脑海中却浮现出了半年前在烤肉店外碰到许知喃的场景。

小姑娘穿着一身一中的蓝白校服，扎了马尾，额角几缕碎发，但却一点不显得凌乱，反倒让人觉得青春有朝气，外面下着雨看到她却仿佛是闻到了阳光的味道。

那天她便是跟朋友说她想考平川大学。

林清野的睫毛轻颤了下。

他其实并不确定自己到底是为什么会选择平川大学，只是下意识地做出了这个决定，而后才想起了那天听到许知喃也说了想要去平川大学。

不过一年后，便证实了他的选择做得没错。

许知喃的确是考上了平大，并且还通过他某些上不得台面的手段让两人产生了联系。

至此，林清野也不觉得自己是喜欢上了许知喃。

喜欢这个词离他的认知太过遥远。

但他对许知喃的感觉又的确不同，林清野将此看作是之前那个雪夜初遇所产生的执念。

两个人的关系持续了许久。

林清野很聪明，也的确是有一副足够吸引人的好皮囊，懂得怎样让人喜欢上他。

在这段关系中，看似是他在上，许知喃在下。

却从来没人知道在不为人知的那些年里，他是怎样一次次在梦中见到她，又是怎样步步为营才能到这一步。

就像那个刺槐乐队最后一次在酒吧驻唱，许知喃来看他演出的夜晚。

演唱结束，两人在酒吧侧门外见面，却猝不及防下起一场暴雨。

又是这样的情况，让他恍然间想起了多年前的夏季雨天，他那把被遗落在楼梯扶手上没有被拆开过的伞。

许知喃问："你有伞吗？"

林清野笑了声："没。"

许知喃站在屋檐下，看着暴雨犯愁。

林清野弹了弹烟灰，侧头道："跑？"

"啊？"

许知喃还在犹豫，林清野已经将外套脱下来套到她身上，直接拉着她的手冲进了雨幕中。

泥泞水坑里的雨点溅起来，打在小腿上，冰凉的。

当时的林清野并不知道，许知喃一直觉得他们不是一个世界的人，就像下雨天，她会打伞，而林清野则会拉着她在雨中狂奔。

但许知喃也同样不知道，其实从一开始，林清野就是那个愿意为她买伞的人。

也许是从一开始林清野接近她的契机就是错误的，这段关系注定不可能长久。

当着众人的面，林清野被泼了那一瓶子的水，被骂了浑蛋。

他的确是个浑蛋，他自己也清楚。

只不过他原以为自己也能依旧像浑蛋那样轻松地将许知喃从自己的生活中摘除出去，已经拥有过、胜利过，看过她红着的眼眶，那点执念也终于可以消了。

却没想到等着他的却是日甚一日的烦躁和醋意。

直到某次许知喃平静地看着他，就连声音也波澜不惊。

她说："因为，我发现你好像很喜欢我。"

他的秘密被抓住了。

他那颗真心也终于被直白地揭穿，彻底剥开。

过去来自家庭的创伤使他永远不想主动去表示自己的喜欢，因为再也不想碰到一次像傅雪茗对他的忽视冷淡的感觉。

可眼前是许知喃。

他认了。

认栽了。

哪怕当时许知喃看上去已经完全放下，他对她而言也只不过是一个从前遇到的不值一提的人渣。

可他还是将好不容易塑起铜墙铁壁的自尊心放下，狠狠踩在脚底。

他甚至不敢触碰她，手撑在自己膝盖，弯下背，视线和她齐平。

他卑微恳求："阿喃，让我再喜欢你一次吧。"

从此，他慢慢向许知喃剖开了那个真实的自己，也被她知晓了自己所有的自责和厌弃。

那个被傅雪茗打了一巴掌的林清野。

那个沉溺于哥哥死去那天的林清野。

那个被母亲视为仇敌的林清野。

他不再是从前许知喃以为的那个样子了——高高在上，受所有人追捧，自傲狂妄。

但他可以深陷泥潭无法自拔，也依旧可以光芒万丈让所有人都仰视。

他一头蓝发，在音乐节的山呼海啸中自我介绍："大家好，我是林清野。"

他举着奖杯，说："你的生日礼物我赢回来了。"

他在她害怕时将她搂进怀里，重复地低声哄："我在。"

他站在晨光熹微的台阶之上，说：“你相信我，我是林清野啊。”

他躺在烂尾楼顶楼的破木板上，说：“爱你啊。”

……

许知喃以前看童话书，最后公主总是和她的白马王子一起。

但林清野完全不符合王子的普通定义。

童话书里的王子有帅气的外表、显赫的家世、骑着一尘不染的白马，英姿飒爽，披荆斩棘砍恶龙，在所有人的祝福下迎来他的公主。

所有的恶龙或荆棘都是为了让他更显英勇威风。

但林清野不是，他没有那一尘不染的白马，途中的坎坷甚至直接砍断了他的腿——身陷囹圄，动不了了。

他入狱了。

从前潇洒恣意、无所禁忌、不被任何人束缚的林清野入狱了。

起居安排都要听从安排，按时起床吃饭、按时统一劳动、按时洗漱就寝。

可实际上，接受这一切哪是那么容易的事，他从前有多随性，有多自由，现在就有多痛苦。

可再痛苦，他也只能打碎了往肚子里咽。

直到有天晚上，他洗漱完，走过镜子时余光忽然瞥见后背上的文身，那是他长久以来都不敢去看的东西。

那些柔软和温情，他怕看一眼、碰一下，就再也坚持不下去现在的日子了。

他在镜子前站了很久，像是出了神。过了许久，似是忍耐不住，他终于缓缓地侧过身，看向镜子里自己后背的文身。

她淡淡笑着，温暖又阳光，是林清野第一眼就喜欢的样子。可在这一刻，他心间却涌上一种无可奈何的自卑。

她实在太美好了。

美好到不该被任何罪恶玷污。

也是在那一晚，林清野在寂静无声的房间，翻出纸笔，在上面一笔一画地用力写下——

那个女孩儿呀

我从未如此迫切地想见到她

可她不说话

像缄默的神明

……

最后，他在最上方写下歌名——《喃喃》。

这两个字他写得极为用力，甚至好几次划破了纸。

写完后，他看了许久，忽然低下头，深深埋进枕头，月光洒进来，他无声地流泪。

所有坚持和力量都在静谧的夜晚全数瓦解崩溃。

自卑一层一层地朝他压过来，席卷而来，快要透不过气。

林清野就在这样的状态下过完了两年半，在呼吸到外面空气的瞬间都恍如隔世，甚至连许知喃的样子都变得非常模糊。

他没有马上去见许知喃。

自卑，怕不知道说什么，怕她已经有了新的男友，也怕她还等着他。

他觉得自己再也配不上她。

可季烟告诉他，许知喃染了蓝发，他走了多久她就染了多久的蓝发。

王叔告诉他，现在只有他可以补偿许知喃。

林清野犹豫了一天，从早上到晚上夜幕降临。

他去了工作室，重新摸了一遍自己那些乐器，又听了一遍自己从前的歌，努力回忆自己从前意气风发的日子。

然后，他去找了许知喃。

从前他的自尊心是怎么被打破的，现在他就怎么拾起来。

即便是硬撑，但他也总算是勉强撑住了。

他站在刺青店门口，看着那个跟许知喃搭讪的男人，笑得轻慢又嚣张："欸，泡妞之前你倒是先去打听打听这是谁的妞啊。"

跟从前那个林清野一般无二。

像是幻境。

然后他站直了些，视线移到许知喃身上。

他两年半未见的爱人。

"阿喃。"他笑了，"我是林清野。"

林清野在此刻将自己逼上绝路，彻底打碎自卑，并且从自卑的废墟中逼迫自己担上前所未有的责任。

就算自己曾经深陷地狱，如今他也要将许知喃奉若神明。

他在此刻想——

也许不一定只有王子才能配得上公主。

哪怕他是那遭人鄙夷唾弃的恶龙，他也要乘风破浪、披荆斩棘，将公主好好保护在她的城堡中。

“队长，队长。”一个声音传过来。

林清野皱了下眉，从梦境中挣脱出来。

周围灯火通明，有窸窸窣窣的人声，视线向上，他看到了十四的脸。

“没事儿吧？”十四也许久没见他这副样子了。

林清野用力搓了把脸：“没事，我睡了多久？”

“挺久的，都快一小时了，最近准备演唱会太累了吧，刚才化妆师喊你呢，要做个发型。”

他喉结微动：“嗯。”

大概是最近太累，这个梦也格外沉，梦境贯穿多年的时间线，但每一个细节都那么真实，仿佛是重新带他又经历了一遍自己的前半生。

演唱会后台大家忙忙碌碌，准备服装、准备灯光、准备最后的一系列设备检查，所有人都围绕着他这场新专辑演唱会忙碌。

梦境在他最低谷的时刻戛然而止，一睁眼却是这样的画面，以至于他有些恍然。

造型师给他弄好服装和发型，前场歌迷已经有序入场。

今天还有一个特殊之处，林槐然也要跟他一块儿登场。

林槐然对于家里一大屋子的乐器，独爱架子鼓，今天要来给他伴奏。

“喏，看看，酷不酷。”造型师将小槐然带过来。

林清野拍拍他脑袋：“紧张吗？”

“这有什么好紧张的。”

林清野笑了声：“行，挺好。”

八点钟，林清野登台。

山呼海啸的尖叫呐喊，和一眼望不到头的蓝海。

“大家好。”他开口。

然后举起话筒。

台下齐声回答：“林清野——”

这已经是他出的第四张专辑，演唱会也接连不知道开了多少场了。

这些年他获奖无数，封神再封神。

可这回意义有些特殊，又回到了那个奥体中心。

八万人的场。

他复出第一次举办演唱会的地方。

他对这个地方有些情结。

他在这里第一次在那么多人面前介绍了刺槐乐队，也是在这里在众人面前露出了背后的大片文身，公开了恋情。

而到现如今，他和许知喃的孩子竟要跟他一块儿上舞台了。

实在是奇妙。

整场演唱会到尾声，最后一首歌，灯光扫过后面的伴奏团队，有眼尖的发现其中一个小小的个子。

“哎？那个是不是槐然啊？”

“哪儿啊？”

“后面！打架子鼓的那个！”

“好像真的是哎，太帅了吧！！！”

“啊啊啊啊啊啊！”

最后一首歌结束，林清野将话筒插入麦架，转身，朝后面招了招手，林槐然从后面走到灯光下。

林清野垂手搭着他肩，父子俩一起鞠躬。

旁边大屏幕上也播放出父子俩的特写，坐在后排看不清的观众们这回也看到了，全场都爆发出更加高亢的叫声。

“感谢大家今天来听歌。”林清野说。

台下不少人都是林槐然的妈妈粉，自从《花样宝宝》结束后也无从得知他的近况，这回近距离看到可都激动坏了。

在喊着“林清野”名字的呐喊声中还混着几声“林槐然”。

而忽然间，在一个全场终于安静下来的间隙，有一个极为响亮的声音出来：“我的喃喃呢！！！”

众人哄堂大笑。

林清野也听到，看过去，拿起话筒，低沉的笑声从音响里传出来：“她当然在啊。”

大家纷纷朝自己周围左右看，想找到许知喃的身影。

还没等他们发现，灯光师已经将追光打过去。

前排中央位置坐了个戴着帽子的女人，大屏幕放出来的图像，虽只露了个帽檐下的下半张脸，但也看得出来极为好看，的确是许知喃没错。

只不过现在重点不是这个，而是她膝上还坐着个小粉团子。

一个，没见过的，小粉团子。

一双圆滚滚的黑眸，像黑葡萄，眨巴眨巴地看着镜头，一点儿不怵，还扎了两个特别可爱的小辫子。

众人都震惊了，震惊到八万人的奥体中心内都暂时安静下来。

林清野站在台上，目光褪去从前的凛冽，温柔到无以复加："阿喃，来我这儿吧。"

许知喃抱着怀里的小粉团子走上前，到台前，被林清野抱着到台上。

林清野站在许知喃身边，臂弯托着粉团子，另一只手拿着话筒，冲台下缓声说："跟大家介绍一下，我们家的新成员。"

林清野想，当初他强撑着、伪装着勇气再次去找许知喃，到这一刻来看，的确是做出了一个正确的选择。

他和许知喃，最终事业有成、幸福安康、儿女双全。

当晚，演唱会结束，又一条热搜迅速升至第一。

# 林清野女儿 #

【啊啊啊啊啊啊啊什么时候的事，我居然没有吃到新鲜瓜？？？】

【林清野这是闷声干大事啊！】

【啊啊啊，真好儿女双全，槐宝肯定是个好哥哥，林清野会变成女儿奴吗？】

【哈哈哈哈哈哈，闻梁夺女之仇终于要得报了吗？】

【@ 闻知景 @ 闻知景 @ 闻知景 @ 闻知景】

【冤有头债有主，建议精准打击，亲上加亲吧！】

【粉团子好可爱啊！！！长得也太漂亮了吧！！！】

……

下了舞台，一家四口回到后台休息室，小槐然抱着妹妹。

小粉团子叫林青梧。

这名字还是许母取的，她从前是语文老师，"青梧"二字取自纳兰容若的《虞美人》，而梧桐又有高洁美好的意思。

"梧"字还能和"槐"相对应。

林清野从前的确没有再要一个孩子的打算，主要还是心疼许知喃。

可在林槐然五岁那会儿许知喃却忽然发现又怀孕了，而林槐然也的确想要一个妹妹或弟弟一起玩，于是便决定生下来。

这回两人都不是新晋父母，处理起来也不像从前那般慌乱。

只不过妹妹和哥哥毕竟不一样，让人忍不住操心的事儿就更多了。

一场演唱会下来，林清野出了一身的汗，先去洗了个澡，换上干净衣服出来，便看见许知喃正抱着小梧桐逗她笑。

虽生了两个孩子，但许知喃却和从前看不出什么差别，反倒整个人的状态越发年轻了。

林清野也同样，只要登上舞台，十八岁时的少年感依旧紧紧跟着他。

他走上前，在母女俩面前蹲下来，挑了挑小梧桐的下巴。

小梧桐已经会说爸爸妈妈，但也只会一些简单的词，还不会很连贯流畅地说完一整句。

这会儿被林清野一逗，看了他一会儿，乖乖唤了声“叭叭”，又过了会儿，这才弯着眼笑起来。

林清野一笑：“像你。”

许知喃问：“为什么？”

“呆呆的。”

许知喃朝他手臂上拍了下：“哪儿呆了。”

“问你还是问小梧桐？”

许知喃鼓了鼓嘴：“都不呆。”

林清野又跟小梧桐玩了会儿，许知喃问：“刚才在台上你怎么也不提前跟我说一声，镜头扫过来的时候吓我一跳。”

林清野笑了笑，抬着下巴蹲着跟坐在沙发上的许知喃亲了下：“突然没忍住，想炫耀一下。”

却不想林青梧看到两人亲亲笑得更欢，拍着手笑起来，像是看了出表演。

林清野挑眉：“喜欢看这个啊？”

他勾着许知喃下巴再次靠过去：“来，配合一下。”

果然，两人亲一下，林青梧便乐了。

小粉团子本就长得软糯糯的，一笑起来就更加好看了，像是糯米团里头的流沙馅儿。

周围工作人员还在收拾东西准备收工，林清野倒好，亲了一次还想再亲一次，许知喃脸皮薄，忙把人给推开了。

“槐然呢？”她岔开话题问。

“不知道，刚才好像有事出去了。”林槐然已经上小学了，林清野对这个儿子向来管得不严。

“外面这会儿很多人吧，不会出事儿吧？”

“让我助理陪他一块儿去了。”

林清野话音刚落，林槐然便回来了，身后还跟了个闻知景。

之前因为和闻知灵的关系，林槐然也一并认识了知灵的哥哥，闻知景。

随着年岁的长大，孩子们大概都知道害羞了，也知道男朋友、女朋友的含义了，总算是没有再像四岁时那样互相称对方为男女朋友了。

不过林槐然倒是和闻知景一直玩得不错。

今天听说闻知景和陈喋就在附近，林槐然便把他也带过来了。

“你妹妹没有一块儿来吗？”许知喃问他。

闻知景道：“没有，我妹妹最近在练钢琴呢，现在我爸爸应该已经接她下培训班回家了。”

“钢琴？”林槐然一顿，偏头问。

“嗯，好像是最近挺感兴趣的，刚练没多久呢。”

许知喃笑道：“槐然以前也学过一点儿钢琴，不过他在这上面没什么兴趣，现在都好久没有弹过钢琴了。”

闻知景说：“那还是打架子鼓帅点儿。”

许知喃又问：“你妈妈在这儿吗？”

“嗯，她在拍戏，应该又要很晚才能结束，最近不上学妹妹又要学钢琴，我觉得无聊就去了妈妈的剧组玩。”

“一会儿我们要去吃饭，知景也一起吗？”

“好啊。”

众人一并出去，他们这些人一块儿去吃夜宵太过惹眼，便直接开车去了十四之前开的那家烧烤店，还有一间特意为他留下的包间。

小梧桐今天见到那么多人，这个点了竟然还不困，心情很亢奋。

她坐在婴儿餐椅上，一左一右分别是闻知景和林槐然。

闻知景跟这个小妹妹见面的次数不多，这会儿还有些新奇，一直在逗她玩。

林清野略微抬眼，视线扫过两人，轻轻皱了下眉，似乎是有些不满。

正好这会儿许知喃泡好了奶粉，林清野便起身将小梧桐从餐椅里抱出来，抱到自己腿上喂奶。

因为有好几个小朋友在，而小梧桐喝完奶不久就困了，这顿夜宵没有吃很久便各自回去了。

将闻知景送回家，他们一家四口一块儿回家。

因为又生了个小梧桐，从前那空间便也显得不够宽敞了，这些年他们又换了套房子。

小梧桐还小，家里请了两个帮忙照顾的阿姨。

到家后，林清野将怀里的小梧桐交给阿姨，槐然也回房休息。

虽然刚才在十四的烧烤店里林清野并未明显地表现出来，但许知喃还是发现了，他把小梧桐抱回来后就再没有让其他人碰过这宝贝女儿。

许知喃忍不住笑："你怎么老是因为小梧桐吃醋。"

林清野刚洗完澡，套了件浴袍，系绳松松垮垮的，人也懒散，眉梢微抬："嗯？"

"知景逗逗她你就不乐意了。"

林清野现在将一切小梧桐身边的异性视为威胁："他自己有妹妹，逗我女儿做什么。"

"你女儿好看呗，而且知灵才比他小几分钟而已，跟这种妹妹不一样。"

"所以才要防着了。"

许知喃笑道："当初槐然可是把人家知灵爸爸气得不轻的，而且知景和槐然同龄，都已经七岁了，能对你女儿有什么心思啊。"

林清野道："网上大家可都说让闻知景去追我女儿呢。"

"啊？"

林清野拿起床头的手机，点开第一条热搜的评论，随便一扫就能看到发表类似言论的人，看得人心烦。

他把手机递过去，许知喃粗略扫了眼，愣住了。

当然，这也要怪从前林槐然和闻知灵那档事后，林清野的态度实在是太欠儿了，还公开场合多次"拉踩"闻梁。

以至于大家从很早的时候就盼着哪天林清野也有了女儿会是什么反应。

又一年年末。

这年年末大家一块儿过，许母和林父都在。

吃过晚饭，外面已经鞭炮声不断，六人一块儿拍了一张全家福。

因为过年，许知喃还特地给两个孩子买了两身颜色相配的衣服，而自己和林清野则也穿着情侣装。

自从生了林槐然和林青梧，许母和林父的重心便放到他们俩身上了，每回见到这两个小孩儿都笑得合不拢嘴。

拍完照，许母和林父便和林槐然、林青梧玩，而许知喃则跟林清野一块儿出门散步消食。

傍晚时刚下过雪，这会儿踩上去都是软绵绵的。

踩出两行一大一小的脚印。

许知喃牵着他的手：“你还记得之前有一年元旦，我们也穿了情侣装吗？还是藕粉色的。”

思绪回到从前，林清野垂眼低笑：“记得。”

“感觉时间过得真快啊，槐然七岁，小梧桐也一岁多了。”

林清野用指腹轻轻摩挲着她的手心：“我们还是老样子。”

许知喃偏头看他，如今的林清野已经不能称之为少年，而是男人了，但他身上总是有挥散不去的少年气。

他从一个异常锋利的个体到现如今的柔软又坚固。

可容貌上似乎的确没什么变化，还是和从前一样。

棱角分明，眉眼深邃，不笑时清冷又痞坏，但如果能触碰到他的真心，便会发现他其实并不是一个这样子冷冰冰的人。

“有时候我回过头去想以前，都觉得现在所拥有的一切都像是一场梦。”林清野淡声道。

许知喃问：“为什么？”

他抬了抬头，天空又开始下小雪了，良久后，他垂头笑了下，似乎是真的好奇：“怎么会有那么多人爱我呢。”

许知喃一顿，用力回握住他的手。

“但这么多人里面，你是最重要的。”林清野缓声说，声音像是冬夜里最温柔的一阵风，“没有你，就没有现在的林清野。”

一直是她。

从始至终便是许知喃。

是她说：“那你也拿个冠军吧。”

也是她在他最自卑无所适从的时候说：“你是林清野啊。”

她是光，也是信仰。

两人在一把木椅上坐下，十指交扣。

“阿喃。”他声音温柔，轻声道，“也许你永远都无法想象我到底有多爱你。”

他对许知喃的爱和许知喃对他的爱不同。

他的这份爱起源于最底层的自卑，没有人知道，从前的他是怎样不露声色地喜欢着许知喃，写下《刺槐》，选择平川大学。

因为爱你，所以自卑。

也因为爱你，所以打碎自卑。

最终也因为爱你，才能够光芒万丈。

许知喃忽然起身，向前几步。

昏黄的路灯尽职尽责地伫立在街边，周围很安静，不远处有鞭炮声，天空被一次次地照亮。

她小跑着到了那路灯下，灯光笼罩着她，雪花划破灯光光束，洋洋洒洒下来。

她转身，发丝轻轻飘动，画出一道漂亮的弧线，她眼中藏匿星辰。

“清野哥。”她唤了个许久没唤过的称呼。

林清野的目光在她身上移不开，喉结微动，“嗯”了声，却不知到底有没有发出声音来。

这一刻，仿佛穿越时空、时空交叠，回到了那个他十六岁时初次见到许知喃的雪夜。

却又有许多不同之处。

比如现在的许知喃，她勾着唇扬起笑，嘴角两颗浅浅的梨窝，清澈的眼眸中盛满了笑意，仿佛在他心间洒下银河。

她忽然抬起手臂，手腕在头顶向下压，给他比了个大大的爱心。

许知喃说：“林清野永远光芒万丈！”

慢慢地，这一幕画面不断倒退，和十六岁那晚重合，取代从前。

林清野永远光芒万丈。

你也永远无法想象我有多爱你。

我愿为你生，为你死，为你重整旗鼓。

# 番外二

/

陪你过生日

林清野出道这么多年来参加过两次真人秀综艺节目，一次是带槐然一块儿参加的《花样宝宝》，而另一次则是更早之前，出狱后刚刚做完专辑等待发行那段时间，参加了一个叫作《一日三餐》的慢综艺，也是在那次综艺上认识了陈喋。

原本他也不打算参加《一日三餐》，但公司原定去参加的艺人临时因为一些纠纷没法去，于是王启才好不容易说服了林清野参加。

在当时的情况下，《一日三餐》播出的时间正好能和《喃喃》发行时间线撞上，也算是为他复出铺路了。

《一日三餐》是短综艺，每次录制就是两天一夜，一共也没几期。

那段时间他一直跟许知喃一块儿住在那小破出租屋里头，这天从录制地的卧室醒来还有些茫然。

林清野从床上坐起来，冷着张脸用力搓了搓，吐出一口气。

捞起手机看了眼时间，他给许知喃发了条信息才起床去洗漱。

下楼，另外两个成员李琮和冉力鸣已经起来了，在做早饭。

“早。”李琮跟他打招呼。

林清野“嗯”了声，懒洋洋下楼，还颇为敷衍地问了句：“需要我帮忙吗？”

“不用，我们都忙完了。”李琮看了他一眼，问，“喝咖啡吗？”

林清野道了个谢，兜里手机便响了，他拿出来看了眼，许知喃回复他了。

【许知喃：录节目累吗？】

他笑了笑，跟厨台边两个人打了声招呼便转身朝没有录像的后门走去。

李琮也是传启娱乐公司的，对他和许知喃那点事儿心知肚明，一看他那副表情就知道手机那头是谁了，耸了耸肩，将那杯刚冲好的咖啡放到桌上。

陈喋也紧跟着起床："我最晚了？"

"嗯，林清野也刚起不久。"

陈喋往周围看一圈："他人呢？"

李琮朝后门处抬了抬下巴，压低声："偷偷跟女朋友打电话呢。"

陈喋探头一看，还愣了下，对于现在这个林清野俨然不能和印象中的林清野划上等号。

李琮也跟着看了眼，便见林清野坐在后门外的花坛边的台阶上，周围是枯黄落叶，而他低垂着头，噙了点微妙笑意，像是无尽的纵容和宠溺。

李琮不自觉抖了抖肩膀，反差太大，害他起了一身鸡皮疙瘩，对上同样疑惑的陈喋的视线，他笑了笑，低声说："想不到吧，平日里跟狼似的，碰到他那小姑娘就成了猫。"

屋外。

录制这会儿正是冬日，早晨天还有些凉。

林清野就穿了件单衣，风顺着领口往下滑，有点儿冷。

"在店里了？"他问。

因为时差，这会儿堰城正是下午。

"没呢。"许知喃这会儿刚洗了把脸，脸还是湿的，"午觉不小心睡过头了。"

林清野低低笑了声："没活你就多睡会儿，不用赶着去店里。"

"店里那么多人呢，我店里那些刺青师有时候拿不准主意的时候我也要出出建议。"许知喃趿上拖鞋，"你节目录得怎么样呀？"

"还行吧，挺无聊的。"

之前这节目林清野是不愿意接的，王启好说歹说许久，许知喃也从中了解不少关于《一日三餐》的具体流程和内容。

许知喃笑了下："王叔不就说了慢综艺嘛，正好你前段时间太忙了，趁这会儿休息休息。"

林清野"嗯"了声。

许知喃担心继续聊下去影响他录制，也没有再多聊，很快就说了再见。

挂了电话，林清野刚打算进屋，手机又是一振，林冠承发来的信息——明天就你生日了，能赶回来过生日吗？

林清野看着短信一愣。

其实他不怎么过生日，尤其长大后，关池他们倒是总撺掇着要弄个生日派对，林清野对这没什么兴趣，一般跟他们一起吃个饭便算是过了，他又不喜欢吃甜食，所以连蛋糕都没有。

如今又三年没过生日了，看到林冠承的信息他才恍然，又到生日了啊。

林清野对此兴致不高，并不觉得是一个特别特殊的日子，只盘算了下时间便回复。

【林清野：今晚的航班，应该能回去。】

只不过天不遂人愿。

林清野和李琮同一班飞机回堰城，可到机场却突然下起暴雨，电闪雷鸣。

不知道这场雨要下到什么时候，也不知道飞机要延误到什么时候。

【阿喃：清野哥，你几点到堰城？】

【林清野：延误了，不知道要什么时候，你不用来接机，可能会晚。】

许知喃没跟他提及生日，估计是忘了，林清野也没当回事儿，也不打算要跟她提一句。

这一延误便延误了一晚上，一直到天破晓广播才通知准备登机，林清野和李琮在机场睡了一觉。

被广播吵醒，林清野按了按脖子，活动了下。

李琮伸了个懒腰，叹口气："这运气也忒烂了。"

林清野笑了声，倒是好脾气地说："走吧。"

两个人的机票是之前节目组一块儿订的，头等舱没了，订了商务舱，好在也挺宽敞。

林清野戴着口罩帽子低头上了飞机，男人虽然将脸挡得严严实实，但身形落拓，宽肩窄腰，一路上也引起颇多注视。

好在他自出狱以来只有通过沈琳琳发歌重新进入大众视线，专辑也还没正式发行，大家不容易联想到他就是林清野。

跟李琮聊了会儿天，一个空姐过来，微微弯腰："先生，打扰一下。"

林清野压了下帽檐，从帽檐底下露出一双漆黑的眼："嗯？"

空姐愣了下，很快又恢复到职业笑容："我们注意到今天是您的生日，可以为您升舱至头等舱，正好有位头等舱乘客临时改签了，请问您需要升舱吗？"

"不用了，谢谢。"

等空姐走后，李琮才诧异问："今天是你生日啊？"

"嗯。"

"你怎么不早说，早说了咱们节目里给你过一个啊。"

"说了节目也是昨天就录完了。"

“那也能提前给你过一个呗。”李琮说，“我们到堰城要好晚了吧，生日都不能跟你女朋友一块儿过了。”

林清野笑了笑，似是并不觉得可惜：“无所谓，以后日子还长着呢。”

李琮顿了下，偏头看他一眼。

不得不承认，李琮虽然年纪比林清野还长几岁，但也经常会觉得他这人有时不太像个年轻人，大概是那几年在里面的后遗症。

明明从前是个那么有朝气的少年。

“也是。”最后李琮也只是一笑，“以后日子长着。”

回国到堰城机场，飞机着陆。

这一趟航班行程久，到的时候已经晚上十一点，这生日再一小时也就过去了。

林清野将手机开机，跳出来好几条信息，来自朋友和林冠承的生日祝福，林清野看下来，最后点进和许知喃的对话框。

登机前林清野刚给她发过信息，她回了个“好，到了给我发信息哦”。

小姑娘还挺酷，这十几个小时的航程都没给他发过其他信息。

林清野勾了勾唇，看了眼时间，估计她已经睡了，也没立马发信息给她。

和李琮一块儿下飞机，又是一圈流程，等真正出来已经又半小时过去。

“你怎么回？”李琮问。

“我的车就在这儿，你呢？”

“我经纪人来接，这么晚了你开车不累？要不我送你回去？”

林清野暂时没回答他，李琮侧头看他，便发现他视线落在不远处，眉间微蹙。

李琮顺着看过去，便看到一个小姑娘窝在椅子里已经睡着了，口罩拉在下巴上，容貌出众，即便是在人来人往的机场也很是显眼。

他一顿，了然，笑着拍了拍林清野的肩膀：“那我就不当电灯泡了。”

许知喃睡得迷迷糊糊之间似是察觉到一道近在咫尺的视线，睁眼一看便看到蹲在自己面前的林清野。

她缓缓眨了两下眼睛，睫毛扑闪着，似乎还没反应过来。

倒是林清野先笑了：“怎么都没跟我说一声就过来了？”

许知喃揉了下眼睛，还有点儿蒙，轻轻“啊”了声。

林清野揉了把她头发：“在这儿等多久了？”

“九点多到的。”

他皱眉：“等这么久？不是跟你说了不用来接我吗，这么晚了明天去店里肯定又要起不来。”

林清野难得像个老妈子似的絮叨几句，话没说完，许知喃却倾身张开双臂，环着他脖颈靠过去。

林清野嘴边一顿，回抱住。

许知喃脸埋在他颈窝蹭了蹭，好一会儿才舒出一口气，似是终于醒了：“今天肯定要来呀。”

“嗯？”

她摸摸他头发，语气还挺平静：“今天不是你生日嘛。”

林清野一愣，笑了：“我还以为你忘了呢。”

她维持原样依旧在他怀里，摇摇头：“这个怎么能忘记。”

林清野的确是不介意过生日与否，两人重新见面还没几个月，就算许知喃真忘了他也不会生气，可现在看着自家小姑娘就这样困得睡眼惺忪说了句“这个怎么能忘记”，却一下让他一颗心软得一塌糊涂。

林清野声音都软下几分：“走了？”

“嗯。”

许知喃直起身，这才发现周围好些人都朝他们投来打量的目光。

她本就长得极漂亮，又抱着这么个人高腿长的男人，很吸睛，好在林清野的口罩帽子挡得严实，看不清正脸。

许知喃还记得沈琳琳发歌时网上那些不好的评论，生怕有人在这会儿认出林清野，忙把他帽檐压下来。

“干吗？”林清野低笑。

她压着声：“快走。”

回到地下停车场，许知喃才终于放心。

“你怕什么。”林清野带着笑意问她。

“万一被人认出来了怎么办。”

他逗她：“我做你男朋友就这么见不得人啊？”

“不是。”她下意识要解释，又仰头看他一眼，闭嘴了，拧他一把，换个话题，“现在几点啦？”

“还有十五分钟就零点了。”

“快点快点。”许知喃牵着他手跑。

地下停车库这会儿很安静，脚步声咚咚砸在地面，传来隐约的回音。

林清野顺着她跟着往前跑：“干什么？”

“快来不及啦。”

她一口气跑到车边，从兜里摸出车钥匙开门。

大学毕业后许知喃也考了驾照，但像这样的大城市，堵车是常有的事，许知喃还是喜欢搭地铁，这车钥匙还是后来林清野给她的。

她探身从副驾驶猫进去，哼着歌拿出个东西，伸直手臂提到林清野面前：“你看。”她笑得眉眼弯弯，月牙状的眼睛亮晶晶的，盛满了笑意。

林清野有一瞬怔神，还明知故问：“这是什么？”

“蛋糕呀。”许知喃笑着说，“还好还有最后十五分钟，快点儿到车里来，我们吹个蜡烛。”

她从后座的蛋糕袋子里翻出一袋蜡烛，如今林清野二十六岁，她数了数蜡烛却一共只有二十五支，还差一支。

林清野道：“老了，连蜡烛都不够了。”

“那就一支好了，反正在车上也不能插那么多，不安全。”许知喃在蛋糕中央插了一支。

林清野拿出打火机，点火。

“清野哥，许个愿。”

他看着那簇微弱又跳跃着的火光，坦然一笑：“我这愿望有点贪心，想要一个期限是永远的。”

“是什么？”

“以后可以一直这样跟你过下去。”

“你这不是愿望，是事实，我们一定会一直过下去的。”许知喃说，“一年才一次的生日，你换个难点儿的愿望，别浪费啦。”

林清野想了想：“没别的愿望了。”

“专辑马上就要发行了，许个专辑大卖的愿望？”许知喃给他出主意。

“这个顺其自然就好。”林清野说，“这个愿望给你许吧。”

“哪有人过生日还送愿望的呀。”

“阿喃。”他低声问，“你有什么想要实现的愿望吗？”

许知喃静了静，仔细想了下，而后双手合十，看着那簇火苗认真道：“我希望林清野未来能够做自己想做的事，有很多喜欢他支持他的人，每天都能快快乐乐健健康康的。”

也不知是不是被那火光照着，林清野觉得眼皮都有点儿烫：“嗯，会实现的。”

吹灭蜡烛，两人在狭小车厢里委委屈屈地分了蛋糕。

林清野不爱吃甜食，许知喃却很喜欢，低着头拿叉子小口小口吃。

“今天不困？”林清野问。

“刚在机场睡了会儿，看到你就不觉得困了。”许知喃诚实地回道。

“怎么过来也不提前跟我说一声，要不是我看到你了，可能我都自己回去了。”

“想给你个惊喜的。”话说到这里，许知喃稍稍停顿了下，回忆一番刚才的场景，似乎没有一点儿跟惊喜挂上钩的，也和她想象中的完全不一样。

她鼓了鼓嘴，有些失落：“不过我好像不太擅长给人惊喜，挺普通的。”

“没。”林清野倾身靠近，抬手捏住她下巴，轻吻了下，舔掉她嘴角的奶油，复又盖了个吻，“很惊喜，阿喃。”

她也微仰着下巴乖乖同他接吻，而后抿了下湿润的嘴角，温声说：“还好还剩下了一刻钟，不然都来不及陪你过生日了。”

映着车顶微弱的灯光，林清野看向许知喃的侧脸，忽然想起从前自己也同样赶在许知喃生日最后十五分钟给她庆生的日子。

那天，他拿到了《我为歌来》的决赛总冠军，拿到奖杯。

如今想来，恍如隔世。

“阿喃。”

“嗯？”

“我这辈子最大的愿望已经实现了。”

许知喃静静看着他，明白过来他口中所说的愿望是指什么。

她主动靠近，再次抱住他：“我会一直陪在你身边的，会好好对你。”她将脸在他胸口埋了埋，又说，“也会好好爱你。”

林清野笑起来：“行，我监督着。”

时间到十一点五十九分。

周遭是安静的停车库，听不到一点儿声音。

机场位于郊外，整座城市都已经安静下来。

许知喃在心中默数着，到最后一刻，她轻声道：“清野哥，生日快乐。”

思绪回到三年多前。

两人在空旷安静的校园内，林清野从节目录制地匆匆赶来，只为了在最后十五分钟见她一面，跟她说一句生日快乐。

现在林清野同样是从节目录制地回来，换许知喃赶来，也同样是为了赶在一天的最后时刻为他庆生。

双向的奔赴永远比一个人更加惊心动魄。

他们之间已经互相等待了那两年半漫长的时光，现在再也不愿在原地等待。

我会用尽所有力气去永远爱你，也相信你会同样爱我。